Un Trato con el Rey de los Elfos

ELISE KOVA

Un Trato con el Rey de los Elfos

Traducción de Guiomar Manso de Zuñiga Spottorno

UMBRIEL

Argentina • Chile • Colombia • España
Estados Unidos • México • Perú • Uruguay

Título original: *A Deal with the elf king*
Editor original: The Borough Press
Traducción: Guiomar Manso de Zuñiga Spottorno

1.ª edición: febrero 2022

ISBN: 978-84-16517-69-5
E-ISBN: 978-84-19029-20-1
Depósito legal: B-9-2022

Fotocomposición: Ediciones Urano, S.A.U.
Impreso por: Rodesa, S.A. – Polígono Industrial San Miguel – Parcelas E7-E8
31132 Villatuerta (Navarra)

Impreso en España – *Printed in Spain*

Para aquellos que necesitan un respiro
y una segunda copa de vino.

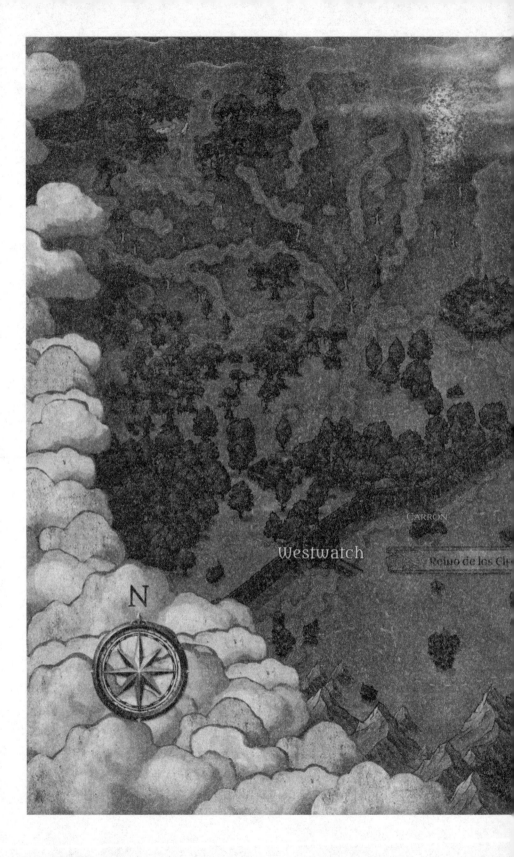

Westwatch

CARRÓN

Reino de los Cielos

N

Midscape

jmnar

Uno

Hay solo dos razones por las que los elfos vienen a nuestro mundo: guerra o esposas. En los dos casos, vienen a causar muertes. Vienen hoy.

Me tiemblan las manos cuando las alargo hacia el siguiente frasco. Mi consuelo y mi calma están escondidos en algún sitio entre los tarros llenos de hierbas que abarrotan las estanterías de mi tienda. Si escarbo bastante profundo en su interior, si sigo rebuscando entre ellos y continúo mezclando su contenido, tal vez encuentre alguna apariencia de paz. Me quedan dos cataplasmas por preparar, una pócima somnífera más, una poción fortificante, varios ungüentos curativos... unas cinco horas de trabajo y solo dos horas para hacerlo todo.

Si no encuentran a la Reina Humana entre las mujeres de Capton, nos veremos envueltos en una guerra. La guerra conduciría a la destrucción de toda la humanidad bajo el poder de la magia salvaje de los elfos. Dar con su paradero cumpliría nuestra parte del tratado y garantizaría la seguridad de la humanidad durante otro siglo más. Pero si *eres ella*, lo mismo te daría estar muerta.

Es la falta de reina lo que tiene a todo el pueblo de los nervios, incluida a mí.

El repicar de la campanilla sobre la puerta de mi tienda me saca de mi ensimismamiento en el trabajo.

—Lo siento, hoy estoy abierta solo para urgenc… —Me quedo quieta mientras dejo el pesado frasco de raíz seca de valeriana en el mostrador. Hay un reflejo familiar en su superficie: un hombre de pelo castaño claro y ojos de cervatillo. Lleva una bolsa grande. Levanto la cabeza a toda prisa para confirmar mis sospechas.

—¡Luke! ¿Qué estás haciendo aquí tan pronto?

Luke lleva un atuendo más tradicional del que suele utilizar como Custodio del Vano. Sus pantalones oscuros están recién planchados y su vistosa túnica azul no tiene ni rastro de suciedad. Los Custodios del Vano vigilan y cuidan del templo y del bosque al borde del pueblo, al pie de la gran montaña. Ellos son quienes suelen tratar con los elfos y evitan que los habitantes de Capton crucen por accidente el Vano, la barrera que separa nuestro mundo de la tierra de los elfos y la magia salvaje.

Me olvido de mi mundo en un santiamén. Abro la solapa del contador y paso al otro lado. Luke deja caer la bolsa con un ruido sordo y me envuelve entre sus brazos. El abrazo se prolonga un poco más de lo habitual para unos meros amigos que se saludan.

Afloja la presión pero no me suelta del todo. Sus brazos laxos se quedan alrededor de mi cintura y no sé qué hacer con mis manos. Al final, las apoyo sobre sus hombros. Aunque lo que querría tocar es su pecho.

—Tenía que venir a verte. —Me acaricia la mejilla con los nudillos. Levanto la cabeza hacia él y trago saliva.

Tengo ganas de besarlo.

Llevo al menos seis meses con ganas de besarlo, es probable que más. Lo supe cuando vino conmigo a buscar raíz de invierno en lo más profundo de las gélidas marismas. Lo supe cuando me dijo que la falta de Reina Humana significaba que sus deberes como uno de los Custodios del Vano se triplicarían, lo que le impedía pasar tanto tiempo conmigo.

Es posible que quisiera besarlo ya antes de que comprendiera de verdad lo que *era* besar, allá cuando éramos niños pequeños y jugábamos juntos en el bosque al principio de nuestra amistad de toda la vida. Pero darte cuenta de que *deseas* besar a alguien hace que todo sea una agonía. Si todavía pensara que éramos *solo* amigos, podría haberlo besado ya varias veces como reto, o por capricho, o si él me lo hubiera pedido. Podría haber estado con él sin que mi estómago diera volteretas.

Pero este *deseo* hace que cada momento entre nosotros sea insoportable. Sobre todo, porque no puedo besarlo. Hacerlo sería cruel... para los dos.

—Bueno, pues ya me has visto. —Por fin me separo de él y aliso mi delantal. En su presencia, estoy como en guerra conmigo misma. Cada segundo duele. Quiero que me envuelva entre sus brazos otra vez. Pero *no puedo* querer eso. En lo más profundo de mi ser, sé que no puedo. No tengo tiempo para él; el deber me llama. Ya es demasiada distracción como amigo—. Estoy segura de que hoy estarás muy ocupado con los Custodios, preparando la llegada de la delegación élfica de esta tarde. Podemos ir al bosque mañana. —Suponiendo que haya un mañana.

—Quiero llevarte esta mañana —me dice, en un tono que creía que estaba reservado solo para mis sueños—. Pero quiero ir más allá del bosque.

—¿De qué estás hablando? —pregunto, mientras vuelvo al otro lado del mostrador para seguir añadiendo varias hierbas secas a una de mis posesiones más preciadas: una tetera de plata.

Es uno de dos regalos asombrosos procedentes de Luke. La tetera me la regaló cuando me gradué de mis estudios de herbología en la academia de Lanton, al otro lado del angosto estrecho que nos separa del continente. El otro obsequio, un collar, me lo dio cuando no era más que una niña y jamás me lo he quitado desde entonces. Ambos son impresionantes.

Los artículos élficos suelen ser asombrosos. Y muy muy escasos. Trato de mantener el collar oculto para evitar llamar la

atención hacia el hecho de que tengo dos artículos de fabricación élfica en mi poder. No quiero meter a Luke en un lío por
mostrar favoritismo.

—Quiero llevarte lejos de aquí. —Hace un gesto hacia la bolsa a sus pies—. He preparado algunas cosas para el viaje y hay
un barco en el muelle, listo para que nos marchemos.

Sacudo la cabeza como si con ello pudiera menear sus palabras lo suficiente como para que adquirieran algún orden lógico.

—¿Viaje? ¿Un barco?

—Empezaremos en Lanton, como es obvio. Todavía tienes
contactos de tu tiempo en la academia, ¿verdad? Quizá podamos quedarnos con alguno de tus antiguos amigos al principio
—sugiere Luke como quien no quiere la cosa, como si estuviéra-
mos hablando de dar un paseo hasta los acantilados al sur del
pueblo. Sin embargo, no aparta la mirada en ningún momento.
Así es como sé que habla en serio. El pavor tiene el mismo sabor
metálico que el miedo—. Y desde ahí, ¿quién sabe adónde más?
¿Quieres explorar los inmensos desiertos del sur? ¿O tal vez las
montañas Slate al oeste?

Fuerzo una carcajada. Desearía poder fingir que está de broma.

—¿Qué mosca te ha picado? No podemos irnos sin más. Yo
tengo obligaciones aquí; y tú también, dicho sea de paso. Si me
marcho, ¿quién arreglará huesos, bajará fiebres y se asegurará
de que la Debilidad se mantenga a raya? —*Aunque incluso yo
puedo hacer poco con respecto a esto último.* La Debilidad es una
enfermedad devastadora que lleva un tiempo atacando a los habitantes de Capton y se resiste a todos mis intentos por comba-
tirla, a cada uno de ellos.

—Nuestro trabajo es lo que hacemos, no quiénes somos. No
hay nada que nos atrape aquí. No somos como los más viejos del
pueblo a los que solo el río Vano los mantiene con vida. Podemos marcharnos. Podemos salir de aquí.

—Aunque eso fuese verdad, los elfos vienen hoy. Tengo que
terminar mi trabajo antes de la reunión del concejo municipal;

no puedo abandonar a todo el mundo. El señor Abbot necesita su té, y Emma, su poción fortificante; si no, su corazón...

—Luella, tenemos que irnos. —Luke se acerca y apoya los codos en el mostrador. Su voz baja hasta no ser más que un susurro mientras echa una miradita hacia el piso de arriba.

—Todavía no están despiertos —digo. Me refiero a mis padres. Su habitación está encima de mi tienda y no he oído ni un ruido durante las dos horas que he estado trabajando.

—Los Custodios aún no han encontrado a la Reina Humana. La magia de la estirpe lleva algún tiempo apagándose. —Se rumorea que el poder de la Reina Humana pasa de una reina a la siguiente cuando la anterior muere. Nadie sabe lo que ocurriría si no hubiese una Reina Humana para que se la llevaran. Sería algo sin precedentes—. Algunos de mis compañeros Custodios creen que tal vez ni siquiera esté aquí. Quizá la magia se haya agotado. Razón de más para salir de aquí mientras podamos.

Desde que se firmó el tratado entre los elfos y los humanos hace tres milenios, se ha seleccionado una Reina Humana de Capton cada cien años con una precisión absoluta. Encontrarla nunca fue difícil; después de todo, ella es la única humana con magia. Pero esta vez, ni una sola joven de Capton ha arreglado algo con un pensamiento, o ha hecho crecer plantas en tierras baldías, o ha logrado que los animales le jurasen lealtad.

Ahora, hace ciento un años desde la elección de la última Reina Humana, y el pueblo está sufriendo por ello.

—Si no está aquí, entonces no puedo marcharme. La Debilidad se está extendiendo por el pueblo. Hay gente que está muriendo con solo ciento diez años. Tengo que hacer todo lo posible por detener la enfermedad. —*Y si se avecina una guerra, los curanderos serán más necesarios que nunca.* Aunque no logro decir eso en voz alta. Apenas puedo pensarlo siquiera.

—Si no hay reina, no podrás hacer nada para detener la enfermedad. La conexión del pueblo con el Vano está muriendo y la gente perecerá junto con ella. La duración de sus vidas quedará reducida a la de cualquier humano normal que no viva en nuestra isla. —Luke me agarra las manos—. Hoy vienen los elfos y he tenido un sueño terrible al respecto. Por favor, marchémonos, *ahora*.

—Luke —le digo con suavidad, mientras estiro una mano para acariciar la sombra dorada que cubre su barbilla. Esta pelusilla constante es nueva. No sé si se está dejando crecer la barba o si solo la mantiene bien recortada. Sea como fuere, creo que me gusta—. Da la impresión de que no has dormido. Has estado sometido a una cantidad de estrés tremenda y tienes un largo día por delante. Deja que te prepare una infusión vigorizante y también algo para que tomes esta noche y te ayude a dormir.

—No he dormido porque estaba preparando las cosas para marcharnos antes de que estallase la guerra. —Luke se aparta del mostrador y se cuela por debajo de la solapa. Estoy arrinconada: mostrador a un lado, estanterías llenas de hierbas medicinales al otro, Luke delante de mí, sin salida por detrás—. Quiero llevarte lejos. Quiero mantenerte a salvo.

—Luke —digo con cautela, suplicante. Quiero fingir que está de broma, pero veo que va completamente en serio—. No puedo irme así, sin más.

—Sí puedes, por supuesto que puedes. —El tono de su voz me deja pasmada por un momento. La manera en que me mira me corta la respiración. Tengo que recordarme seguir respirando—. Quiero llevarte lejos y pasar tiempo contigo y solo contigo, Luella. Seguro que sabes que... hace mucho que te quiero.

Abro y cierro la boca varias veces. Sí, lo sabía. Y yo también lo quiero. Lo quiero lo suficiente como para haber soñado con este momento, pero en mis sueños llevaba algo más bonito que mi bata de trabajo y no apestaba a aceite de lavanda.

Su rostro se viene abajo ante mi silencio.

—Oh, ya veo... Y yo que pensaba que quizá tú...

—Yo también te quiero. —En cuanto consigo pronunciar las palabras, mis sentidos vuelven a funcionar. El cosquilleo desaparece de mis pies. Todo mi cuerpo estalla en carcajadas—. Te quiero desde que era una niña.

—Entonces escápate conmigo, Luella. —Luke me agarra de las manos. Desliza el pulgar por encima de mis nudillos.

Mi alma ha echado a volar y ya ha superado el tejado. Sin embargo, mis pies están arraigados bien profundo en la tierra de la gente a la que he jurado servir.

—Sabes que no puedo —susurro.

—Pero me quieres.

—Sí.

—Entonces vámonos. —Tira de mis manos.

—*No puedo*. —No muevo ni un músculo. Su rostro adopta una expresión que no reconozco—. Quiero hacerlo, Luke. Desearía poder ir contigo. Pero es que no puedo marcharme así. Este pueblo ha invertido un montón en mí. Debo estar aquí cuando me necesiten.

La gente de Capton pagó por mis años de academia cuando mis padres no se lo podían permitir. Costearon la residencia y la manutención. Me apoyaron en cada momento con la calderilla del fondo de sus bolsillos que con tanto esfuerzo y tesón habían reunido.

—Además —continúo, más suave—. Si no encuentran a la Reina Humana y el Consejo no es capaz de arreglar las cosas con los elfos, no hay ningún sitio al que podamos huir. Llegados a ese punto, la humanidad entera estaría condenada. Preferiría quedarme aquí con nuestra gente y enfrentarme a lo que se nos viniera encima.

—Encontraríamos una manera —insiste. Yo niego con la cabeza—. Si me quieres, si de verdad me quieres, entonces es todo lo que necesitas. Nuestro amor es suficiente.

—Pero… —No tengo ocasión de terminar.

De un solo paso largo, cierra la distancia entre nosotros. Un brazo se desliza en torno a mi cintura. Su otra mano se cierra con suavidad sobre mi mejilla. Luke inclina mi cabeza hacia arriba y no me resisto. No quiero resistirme.

Los labios de Luke tocan los míos justo cuando cierro los ojos.

Noto la áspera pelusilla que rodea sus labios contra mi cara, pero apenas me doy cuenta. Toda mi concentración está en besarlo. ¿Cuánto movimiento es demasiado y cuánto es demasiado poco cuando de besar a alguien se trata?

De repente, desearía desesperadamente haberme rendido a los chicos de la academia y haber dejado que me «enseñaran a besar» cuando averiguaron que no me había besado nadie. Había estado esperando este momento. Había estado esperando estos labios.

Y aun así... cuando se aparta, me siento extraña e insatisfecha. Nada de esto es como había imaginado que ocurriría. No estoy flotando entre nubes. Mi corazón no revolotea. Algo en mí está como inconexo y... ¿triste?

Nos llega el sonido de alguien que se aclara la garganta desde el umbral de la puerta detrás de nosotros. Luke gira en redondo. Me arde la cara cuando miro a los ojos sonrientes de Madre, del mismo tono avellana que los míos. Para que la situación sea aún más bochornosa e incómoda, mi tetera empieza a silbar y la pócima para dormir que estaba preparando hierve ahora por todo mi mostrador.

—¡Oh! —Corro hacia ahí y empiezo a limpiar el desaguisado. Mi madre cruza hasta mí con una carcajada y me ayuda a retirar la tetera del fuego.

—Luke, qué bueno verte. ¿Te gustaría quedarte a desayunar?

—Me encantaría. —Le dedica una sonrisa radiante. Con un poco de suerte, la necesidad de llenar el estómago lo distraerá de su desquiciada idea de marcharnos. Y cuando esté lleno, tendrá la cabeza más asentada.

—Yo tengo trabajo —les recuerdo, sin ninguna necesidad de hacerlo.

—Y hacerlo con el estómago vacío no tiene sentido. —Mi madre se remete en el moño unos mechones de pelo rojo fuego, del mismo tono intenso que el mío—. Tómate un descanso, trabajadora hija mía. No vas a salvar ninguna vida en los veinte minutos que tardes en comerte un bollo y un huevo duro.

—Uno de sus bollos suena genial, señora Torrnet.

—Es Hannah, Luke, ya lo sabes. —Mi madre suelta una risita nerviosa y yo pongo los ojos en blanco—. Venga, subid los dos.

Hay un plato con bollos en el centro de la mesa, de lavanda y naranja. Es increíble la cantidad de plantas diferentes que crecen en la isla de Capton. Demasiadas. Tantas que debería ser imposible. Pero la principal fuente de agua de la isla discurre a través del Vano en sí, lo que hace posible lo imposible en este lugar.

Padre está sentado a la cabecera de la mesa. Sus gafas levitan sobre la punta de su nariz mientras estudia unos papeles; sin duda está repasando los discursos que tendrá que dar ante el concejo municipal más tarde.

—Buenos días, Luke —saluda, sin levantar la vista. Luke lleva viniendo a casa desde que aprendimos a andar y es un elemento tan estándar en esta cocina como la cazuela de hierro de mi madre o mi huerto de hierbas medicinales dispuestas en macetas delante de la ventana del fondo—. Qué sorpresa verte hoy. Aunque supongo que hoy es el día en que sueles acompañar a Luella al bosque.

—Pensé que podíamos hacerlo antes de que saliera el sol. Así podría volver pronto a mis obligaciones como Custodio —dice Luke con tono cordial mientras se sienta y se sirve un bollo. Ni una sola palabra sobre su intento de convencerme para que me marchara con él. Por suerte.

—¿Qué están haciendo los Custodios acerca de todo esto? —pregunta Madre desde donde fríe algo en una sartén detrás de mí. La cocina ocupa la mitad de la longitud de nuestra casa de piedra rojiza; como una cocina de barco, dirían los marineros.

—Madre…

—Estamos haciendo todo lo posible por encontrar a la Reina Humana —asegura Luke con calma.

—Bueno, quizá no debería *haber* una Reina Humana —refunfuña Madre.

—Hannah —le advierte Padre.

—Es verdad, Oliver, y lo sabes. El Consejo de Capton lo está haciendo tan mal como los Custodios. —Madre se muestra tan agresiva como el agua hirviendo de la que saca los huevos.

—¿Podemos desayunar tranquilos y en paz, por favor? —suplico. Estoy harta de oír a los Custodios echarle la culpa al Consejo de Capton por no ser más agresivo en su intento de encontrar a la Reina Humana interrogando a los lugareños, y al Consejo echarle la culpa a los Custodios por no compartir más historias o información sobre las reliquias élficas para ayudar a identificarla.

Padre cree que los Custodios deben de estar ocultando algo. Luke afirma lo contrario y dice que el Consejo no comparte suficiente información con el templo. Los dos quieren que me ponga de su parte y me cuesta un esfuerzo tremendo recordarles que lo único que me importa es mantener sana a la gente de esta isla. Yo no tengo caballo en su carrera.

—Si no hay Reina Humana, toda la humanidad sufrirá una muerte terrible cuando los elfos usen su magia salvaje para arrancarnos la piel de los huesos, convertirnos en bestias de las profundidades del bosque, agriar nuestra sangre, y cosas peores. Creo que no me equivoco al decir que ninguno de nosotros quiere eso. —Padre pasa unas cuantas páginas.

—Ya estamos muriendo. —Madre pone los huevos en una fuente y la deja sobre la mesa—. Has oído hablar de la Debilidad, ¿no? Tanto hombres como mujeres están muriendo como chinches. Morimos como cualquier humano normal del continente.

—Cuando haya una Reina Humana, el orden se restaurará y el tratado se cumplirá —la tranquiliza Padre—. No habrá más Debilidad.

—¿Tú crees? ¿Tenemos alguna certeza de que las cosas vayan a volver a la normalidad? —Madre se gira hacia Luke.

—Eso dicen los textos que estipulan los términos del tratado. —Luke pela un huevo. Madre suspira, agarra un bollo y arranca un pedazo sin dejar de mascullar.

—Aunque odio el tema este de la Reina Humana, si debe ocurrir, que así sea y acabemos con el problema. Pero mi corazón sangra por la familia cuya hija se llevarán… —Madre me da un apretoncito en la mano. Soy demasiado mayor. Históricamente, las reinas han desplegado tendencias mágicas a los dieciséis o diecisiete años. Recuerdo unos años en los que mis padres me observaban como halcones. Por fortuna, no hay ni un ápice de magia en mí—. Menuda situación más triste para que se case tu hija.

—Hablando de casarse —interviene Luke con tono casual—. ¿Os lo ha contado ya Luella?

Mis padres intercambian una mirada conmigo. Yo miro con nerviosismo a uno y otro y luego a Luke. No tengo ni idea de lo que está hablando.

—¿Si nos ha contado qué? —Padre es el que lo pregunta.

—Luella ha aceptado casarse conmigo.

Dos

Escupo el trago de agua de vuelta a la taza, medio ahogada.

—¡Luella, deberías habérnoslo dicho! —exclama Madre al tiempo que cruza las manos entusiasmada—. ¡Es una noticia maravillosa!

—Creía que estabas demasiado ocupada con tu tienda para pensar en cortejos y noviazgos —comenta Padre, con una ceja arqueada. Yo sigo tosiendo como si se me fuese a salir un pulmón por la boca—. ¿Estás bien? —añade.

—Bueno, yo… —Vuelvo a toser—. Perdón, se me ha ido el agua por el otro lado.

¿Casarme con él? ¿Cuándo acepté hacer eso? Oh, es verdad, *no lo hice*. Miro a Luke por el rabillo del ojo. Sonríe de oreja a oreja.

No puedo casarme con nadie. Ya se lo he dicho. Se lo he dicho a *todo el mundo* solo para que las amigas de mi madre dejaran de meter las narices en mis asuntos.

No tengo tiempo para el matrimonio. No tengo tiempo para lo que sea que Luke y yo ya hayamos estado haciendo. Jamás he *pensado* siquiera en el matrimonio.

A lo largo de mis diecinueve años, he sabido siempre que estaba destinada a casarme con árboles y hierbas medicinales, y con el deber antes que con un hombre. He estado contenta, satisfecha incluso, solo con eso. Pero ¿el matrimonio? ¿Ser madre? ¿Los deberes conyugales?

Tengo cosas más importantes en las que centrarme... como mantener a la gente con vida.

—Madre, Padre —digo, poniéndome de pie—, por favor, perdonadnos. Tengo rondas que hacer antes del concejo municipal y no quiero retener a Luke, que tiene sus propias obligaciones. —Le lanzo a Luke una mirada significativa—. ¿Vamos al bosque?

—Sí, nosotros recogemos. Id y divertíos. —Madre está radiante. Padre, sin embargo, me dedica una mirada inquisitiva, recelosa.

Me siento mal por dejar que mis padres recojan y frieguen cuando ellos han cocinado, pero tengo que salir de aquí. Tengo que hablar con Luke y arreglar toda esta tontería del matrimonio. Prácticamente lo arrastro de vuelta al piso de abajo, entramos en mi tienda, pasamos por delante de su estúpida bolsa que aún espera al lado de la puerta, y salimos a la fría mañana de Capton.

—¿Qué ha sido eso? —lo increpo en cuanto estamos en la calle—. ¿*Casarnos?*

—Dijiste que me querías.

—Puede que sea inexperta en todo esto, pero «te quiero» *no* es lo mismo que «me casaré contigo».

Ladea la cabeza con una sonrisa tierna y apoya las manos en mis hombros.

—¿No es lo que siempre has querido?

—¿Qué?

—Tú y yo, juntos. Nos queremos, Luella. Desde hace años. No hay nadie ahí fuera más perfecto para ti que yo.

—Ese no es el tema —musito.

Entrelaza su brazo con el mío y empieza a caminar por la calle bordeada de casas rojizas de la zona residencial del pueblo.

—Tienes que dejar de ser tan formal y de estar tan concentrada en tu trabajo.

—Mi trabajo me hace feliz.

—¿Y yo no te hago feliz?

—Sí, pero...

Me da un beso en la punta de la nariz, lo cual me silencia.

—Entonces, soy todo lo que necesitas. Tu padre puede oficiar la boda en persona...

Luke se dedica a parlotear sobre seda y flores y brindis durante todo el camino. Bajamos por la calle y subimos las estrechas escaleras que conducen a un camino de adoquines, que serpentea perezoso por la cima de los acantilados que dan al océano. Un río corta a través de la tierra a lo lejos, antes de caer en una catarata vertiginosa hasta la espuma del mar más allá. Sus bellísimas aguas azules están bajo la protección de los Custodios, igual que el bosque hacia el que nos dirigimos.

Nuestra isla es pequeña, muy próxima a la costa del continente y enfrente de Lanton. Asentado en la única bahía protegida de la isla está el solitario pueblo de Capton. Yo crecí encajada en esta estrecha franja entre montaña y mar. El denso y enmarañado bosque de secuoyas se extiende desde el pie de la gran montaña que se alza imponente por encima de nosotros hasta el pueblo. El templo se despliega como una especie de puente entre ambos.

Los historiadores de Capton dicen que el templo fue construido hace muchísimos años, antes de la gran guerra que dio lugar al tratado. A mí, sin embargo, me cuesta pensar en que algo tan viejo siga en pie. Me parece más probable que uno de los Custodios originales lo haya erigido para albergar a su orden.

De un lado del templo sale serpenteante un modesto sendero de arcos. Nunca he ido por ahí. Lo tengo prohibido, incluso con un Custodio como acompañante. Es para la Reina Humana y los elfos. Luke me ha dicho que discurre por todo el camino hasta la parte más oscura del bosque al pie de la montaña.

Es el camino que lleva hasta el Vano, la división entre el mundo humano y las tierras mágicas.

Capton es una especie de lugar entre medio, o al menos así es como me he acostumbrado a pensar en él. Está en el «lado humano» del Vano, el «lado no mágico», pero la proximidad con el Vano y con el río que corre a través de él le da a nuestra isla una flora y una fauna muy diversas, y a la gente una esperanza de vida de una longitud extraordinaria. El precio de estos beneficios es la Reina Humana. Entregamos a una de nuestras jóvenes cada cien años para cumplir con el trato. Esa es la carga que debe soportar Capton por el bien de toda la humanidad.

Me pregunto, no por primera vez, qué aspecto tendrá el Vano. Si estuviera delante de él, ¿sabría que estoy en la frontera entre los humanos y la magia salvaje? ¿El aire se notará electrificado, como justo antes de una tormenta de verano? ¿Me sacudiría como el viento aullante en los riscos más altos de la montaña? ¿O podría cruzar la línea sin saberlo siquiera, como dicen las leyendas, y perderme para siempre?

Esos pensamientos son peligrosos y me los quito de la cabeza. Casi todo lo relacionado con el Vano es un gran misterio, pero sabemos una cosa a ciencia cierta: la reina es el único ser humano que puede cruzar el Vano y regresar con vida.

—¿Qué pasa? —pregunta Luke.

—Nada.

—¿Me estabas escuchando siquiera?

—Por supuesto que sí.

—¿Qué acabo de decir?

—*Mmm...*

Se ríe entre dientes y se inclina hacia delante. Las yemas de sus dedos rozan mi sien cuando remete con ternura detrás de mi oreja un mechón de pelo despistado. Lo he besado, he dicho que lo quería, de algún modo estoy comprometida con él, y aun así, todavía me sonrojo.

—Deberías dejártelo crecer otra vez. —Sus ojos se centran en donde está escondiendo el pelo detrás de mi oreja. Reprimo un escalofrío al sentir sus dedos demorarse ahí—. Me gustaba más cuando lo llevabas largo.

—Se me engancha en las zarzas cuando estoy recolectando plantas —explico, con tono de disculpa. Aunque no sé de qué me estoy disculpando. Luke sabe por qué me lo corté durante los años que pasé en la academia.

—Quizá para nuestra boda...

—Quizá...

—¿En qué estabas pensando, en realidad? —me pregunta cuando llegamos al borde del bosque. Empiezo a recolectar pequeñas flores que crecen al pie de las secuoyas. «Estrellas matutinas», las llamo, porque florecen al amanecer. Son buenas para fortalecer cuerpo y mente, así que las utilizo para Emma y para el señor Abbot.

De niña, creía que crecían solo para mí. Pero por aquel entonces todo el bosque parecía más vivo. Ahora todavía está vivo, pero de un modo más apagado y tranquilo. Con la edad y con el tiempo, perdí a un amigo imaginario.

—¿Luella? ¿En qué estabas pensando? —repite Luke, con una pizca de nerviosismo en el tono.

Me gustaría poder decirle a las claras que la idea de estar comprometida me da ganas de vomitarle en los zapatos. Que me importa, que lo quiero, pero que le hice un juramento a los habitantes de Capton por el que asumía el deber de estar siempre ahí para servirlos y que eso siempre será lo primero. A lo mejor solo quiero que explique qué bicho le ha picado.

—Estaba pensando en aquella vez, de niños, cuando nos adentramos demasiado en el bosque y vimos a un lobo.

Había sido una enorme bestia de oscuridad y sombras, con unos brillantes ojos amarillos que cortaban a través de la densidad antinatural que flotaba en el aire en las profundidades del bosque.

Miro hacia los árboles mientras imagino esos ojos. Lo extraño fue que no había sentido miedo ese día, aunque más tarde le dije a Luke que había estado más aterrada que él. No hubiese encajado bien saber que él había tenido más miedo que yo.

Había sabiduría en los ojos de aquella bestia. Sabiduría y *secretos*. Secretos que siempre he tenido la sensación de estar a punto de descubrir, pero que aun así se quedan siempre justo fuera de mi alcance.

—Nada, ni bestia ni hombre, te hará daño jamás mientras yo esté cerca. —Luke se pone en cuclillas a mi lado, apoya la mano en la parte de atrás de mi cuello. Hace rodar sobre mi piel las cuentas vidriosas del collar que me regaló—. Y mientras lo lleves puesto.

—No me lo he quitado jamás. —Toco el colgante que pende de las cuentas. La piedra da la impresión de que un arcoíris hubiese quedado atrapado en la red de un pescador. Luke lleva una similar en la muñeca. Es una piedra especial que suele reservarse a los Custodios.

Otra razón más para haber mantenido siempre su regalo oculto bajo mi ropa.

—Bien. Llévalo y no entres nunca en el bosque sin mí.

—Nunca lo hago. —Me río y sacudo la cabeza—. Siempre tienes miedo de que entre en el bosque.

—No me gusta la idea de que estés ahí sola —murmura. Luke se pone de pie, se gira hacia el este. El horizonte está oculto detrás de la montaña, pero ya se ven los primeros rayos que delinean la cima de un tono anaranjado—. Todavía podemos marcharnos, ¿sabes? —susurra.

—No puedo —repito una vez más.

—Seremos marido y mujer. Es normal irse de casa.

—No para la gente de Capton, y no para mí. —Me levanto después de recoger todas las flores que necesito—. Deberías irte. Los Custodios te necesitan hoy.

—Te acompañaré de vuelta.

Casi le pido que no lo haga. Hoy tiene un aura extraña. Una que casi hace irreconocible a mi mejor amigo.

Pero está cansado. Le creo cuando dice que tuvo una pesadilla acerca de los acontecimientos del día. Dados los recientes encargos que he recibido en la tienda, creo que la mitad de Capton apenas puede dormir por la ansiedad.

Está actuando de esta manera tan precipitada porque de verdad cree que nuestras vidas están a punto de acabarse.

De regreso en la tienda, me vuelve a besar delante de la puerta. Una vez más, su beso me parece vacío. Pero intento aferrarme con todas mis fuerzas a los sentimientos que creo que debería tener, a él y al sueño de nosotros juntos.

—Si cambias de opinión —susurra—. El barco está listo. Márchate conmigo, por favor.

—Luke, yo...

Antes de que pueda decir nada más, da media vuelta. Lo observo alejarse a paso ligero calle abajo. No se gira ni una sola vez para mirarme. Le doy la espalda con un suspiro y entro por la puerta.

Cuando el sol ha salido del todo, empiezo mis rondas del día. No se espera la llegada de los elfos hasta el anochecer. La mitad de las infusiones siguen tibias mientras tintinean en mi cesta. Tengo en la cabeza la larga lista de todos mis pacientes, aunque esta mañana solo voy a visitar a la mitad, a la gente que está demasiado débil, malherida o enferma como para acudir al concejo municipal más tarde.

Haré el resto de mis entregas cuando los destinatarios estén reunidos convenientemente en un solo lugar. Con suerte, para entonces habré tenido el tiempo suficiente para terminar sus diversas medicinas.

El primero de la lista es Douglas, un pescador que lleva dos semanas en cama después de un incidente mientras pescaba con arpón. Por lo general, una herida como esa se hubiese curado con solo lavarla en las aguas del río Vano, pero sigue de un rojo intenso y rezuma pus. Hoy, además, el hombre tiene fiebre.

Después de él viene Cal. Su hija pilló un resfriado este invierno que no acaba de curarse. Luego Amelia, cuyo sangrado mensual es agónico, este mes más que nunca. Luego Dan, que no parece capaz de reunir fuerzas como para salir de la cama y atender sus obligaciones como carpintero del pueblo.

Continúo adelante, de puerta en puerta. Compruebo el estado de cada uno y me aseguro de que tengan lo que necesitan o, al menos, lo mejor que puedo darles. No parece suficiente. Cada uno se ve peor que el anterior, como si sus enfermedades estuviesen aferradas a ellos con el propósito expreso de burlarse de todo lo que trato de hacer.

Me convertí en herbolaria para ayudar a la gente, pero en el año que llevo en Capton desde que terminé mis estudios en la academia las cosas solo han empeorado más y más. Me dicen que estoy haciendo un buen trabajo, que el problema radica en la falta de Reina Humana, pero no puedo evitar preguntarme si no podría hacer algo más.

El amable señor Abbot es el último de mi lista matutina. Por suerte, sigue bien. Dudo que pudiese mantener mi compostura de no ser así.

—Pasa, pasa. —Me invita al interior con pequeños movimientos temblorosos de su mano ajada por el tiempo.

—Señor Abbot, me temo que hoy no puedo quedarme, pero le he traído su té para que pueda preparar…

—Ya he puesto a calentar la tetera. —Arrastra los pies por la cocina—. El té nunca sabe igual cuando lo preparo yo.

—Estoy segura de que sí. —Aun así, dejo mi cesta casi vacía sobre su encimera.

—No funciona tan bien —insiste él, como de costumbre.

—Creo que lo único que pasa es que le gusta tener compañía. —Sonrío y me pongo manos a la obra mientras él se deja caer en una silla delante de la mesa.

—¿Puedes culpar a un anciano?

—No.

El señor Abbot no es la primera persona en afirmar que no puede replicar mis infusiones, ungüentos y cataplasmas en casa, aun cuando les vendo las mismas hierbas que uso yo y les doy instrucciones detalladas. Sospecho que se debe a mi tetera élfica. Los Custodios dicen que un poco de la magia salvaje de los elfos reside en las cosas que fabrican mediante ella. Si eso es verdad, quizás algunas de mis habilidades se deban al collar que me regaló Luke.

Sea cual fuere la razón, me alegro de que mis dones sirvan para algo. Si tienen que ser mis manos las que preparen las infusiones para que funcionen, entonces así será. Una razón más por la que debo quedarme en Capton.

—El pueblo se ve muy ajetreado hoy. —El señor Abbot mira por el gran ventanal delantero de su casa. Vive cerca de los muelles, no lejos de la gran plaza donde se celebran los concejos municipales.

—Vienen los elfos —le recuerdo.

—Ah, cierto.

—Debería quedarse en casa, no le conviene someterse a ese tipo de emociones —le insto.

—Si me lo ordena mi curandera, supongo que tendré que hacerlo. —Frunce los labios antes de llevarse a la boca la taza que le ofrezco. Sus ojos parecen contemplar un recuerdo lejano—. Se llevarán a otra joven, ¿verdad?

—Por desgracia. —Deslizo los dedos por el borde de mi propia taza mientras pienso en la conversación del desayuno—. Sin embargo, ninguna de las mujeres de Capton ha mostrado tendencias mágicas.

—Los Custodios suelen estar muy pendientes de las señales.

Recuerdo cuando le asignaron a Luke vigilarme durante tres años, de los quince a los dieciocho. Él y mis padres mantenían un ojo puesto en todo lo que hacía siempre que estaba en Capton. Luke incluso vino a Lanton unas cuantas veces a observarme.

Una vez, mi madre incluso sospechó que mis dotes como herbolaria eran manifestaciones mágicas, pero Luke le aseguró que solo se debían a la buena formación recibida en la academia.

—Todavía lo hacen. —Bebo un sorbo—. Pero no han encontrado a nadie que pueda ser la Reina Humana.

—Todo este asunto es una herida que nunca termina de curarse —comenta con un suspiro.

—¿El qué? —Me da la impresión de que habla del tratado. Estoy equivocada.

—Perder a tu familia a manos de los elfos. Se llevan a una hija, una hermana, para siempre.

—La Reina Humana puede regresar a Capton cada solsticio de verano —le recuerdo sin necesidad. Lleva viviendo en este pueblo mucho más tiempo que yo. El señor Abbot está a punto de cumplir ciento veinte años.

—Sí, pero luego nunca son las mismas. Con Alice fue así.

Alice… Ese era el nombre de la última Reina Humana. Seguro que no era mera coincidencia…

—¿Quién es Alice?

El señor Abbot posa sus ojos lechosos en mí.

—Mi hermana. Y antes de que lo preguntes, sí, era ella.

—¿Su hermana fue la última Reina Humana? —pregunto de todos modos. El anciano asiente. ¿Cómo es que nunca lo supe? ¿Por qué no se enseñaba en el colegio ni se mencionaba? El señor Abbot lleva viniendo a mi tienda cada dos días desde hace ya un año. Le preparaba cataplasmas y pociones desde mucho antes de haber completado mis estudios—. No tenía ni idea —confieso. Me siento un poco culpable.

—Una cosa que aprenderás pronto es que el nombre de la reina enseguida desaparece de la boca de la gente. Quien sea que se marche será olvidada, como si nunca hubiese formado parte de este pueblo. Se convertirá en la Reina Humana para las leyendas y nada más.

Me estremezco. Aprendemos sobre la Reina Humana en el colegio, pero incluso antes, no hay un solo habitante de Capton que *no* conozca las leyendas. Ver partir a la reina supone un antes y un después para una generación entera. Y hasta esta conversación, hasta que la última Reina Humana dejó de ser algo más que solo una idea para mí, no me había dado cuenta de que Alice debía de regresar en los solsticios de verano y yo no la he visto ni una sola vez.

—Creo que, de un modo consciente o inconsciente, la gente lo hace por bondad —continúa el señor Abbot con una sonrisa cansada—. Como si, al decir menos su nombre, doliera menos que se hubiera marchado. Como si a una persona se la pudiese suprimir con tanta facilidad de una familia y de una comunidad.

—Nunca había pensado en ello de ese modo —susurro.

—Mantener la paz entre mundos es un asunto feo. —Le tiembla la mano cuando se lleva la taza otra vez a la boca para dar un sorbito tímido. Cuando la devuelve al platillo, sin embargo, sus movimientos son mucho más firmes. Me alivia ver que la poción surte los efectos deseados.

—¿La veía durante el solsticio de verano? —pregunto. Siento una curiosidad genuina. Trato de imaginarlo con una Reina Humana, sentado ante esta misma mesa desconchada y arañada frente a la que estamos ahora.

—Sí. Y nos escribíamos cartas.

—¿Las cartas pueden cruzar el Vano? —Mil preguntas me queman la lengua mientras dan vueltas por el té abrasador.

—No, pero los elfos sí. Traían los mensajes al templo, en general cuando venían para los últimos ritos o para comerciar con los Custodios.

—¿Qué decía acerca del otro lado del Vano?

—No gran cosa. —Sacude la cabeza—. Alice decía que su papel como reina era meramente existir.

Mi mirada se pierde un rato en las profundidades de mi taza de té.

Los elfos vendrán y se llevarán a una mujer, la separarán de su familia y de su hogar para cumplir un tratado que podrían muy bien olvidar sin más. La sentarán en un trono, ¿para hacer qué? ¿Existir? ¿Sin ningún poder ni responsabilidad?

¿De qué sirve entonces el trato que alcanzaron los elfos si todo lo que querían era una marioneta? ¿Por qué llevarse a una de nosotras entonces?

Para recordarnos que no somos nada, responde mi mente. Ellos tienen todo el poder. Lo que los elfos quieran, nosotros estamos aquí para dárselo. Estoy segura de que nos dirían que debemos estar agradecidos de que solo se lleven a una mujer cada siglo. Es muy amable por su parte.

Se me revuelve el estómago y tengo que irme antes de arriesgarme a decir algo que pudiera molestar al amable anciano.

El concejo municipal se celebra cuatro horas después, a última hora de la tarde. Es tiempo suficiente para poder volver a casa, rellenar mi cesta y refrescarme. No soy la única con la idea de hacer negocios antes de la reunión. Algunos de los pescadores han traído sus últimas capturas. Veo a unas cuantas vecinas ofreciendo sus bordados. Todo el mundo está contento de tener algo más en qué centrarse, o *fingir* centrarse, aparte de la inminente llegada de los elfos.

Aun así, los rumores y las teorías zumban en el aire a mi alrededor como abejas en un campo de flores. Oigo susurros y especulaciones. ¿Qué ocurrirá? ¿Encontrarán a la reina?

Hago caso omiso de todo ello y me concentro en mi tarea. Es imposible que vaya a estallar una guerra después de tres mil años de paz. Eso es lo que he decidido para evitar que me tiemblen las manos mientras reparto mis frascos y bolsitas.

—Atención, atención, ciudadanos de Capton —grita el pregonero del pueblo desde el estrado en el otro extremo de la plaza. Un grupo de hombres y mujeres con aspecto cansado se alinean detrás de él, mi padre entre ellos—. Damos comienzo a esta reunión del Consejo de Capton.

Me paro con el resto de los ciudadanos para escuchar una serie de anuncios. Hay varios asuntos administrativos a tratar: unas cuantas disputas con Lanton por las aguas territoriales de pesca, un acuerdo para derruir un viejo almacén... Pero todo el mundo está pendiente solo de la parte importante.

—En cuanto al asunto de la Reina Humana —dice mi padre, que está al lado de la jefa de los Custodios—, el Consejo ha escuchado vuestras preocupaciones y ha decidido...

No tiene ocasión de terminar la frase.

—¡Mirad! ¡Ahí! —grita alguien.

Todas las cabezas giran en dirección a las largas escaleras que suben desde el pueblo hasta el templo. Sobre ellas, marcha una pequeña legión. La encabeza un hombre montado en un caballo hecho de sombras, cuya forma se contonea y difumina a cada movimiento.

El largo pelo negro azabache del hombre le llega hasta los hombros; veo incluso un reflejo de lo que parece morado, o azul, a la mortecina luz del atardecer. Casi de manera orgánica, unas bandas de hierro se entrelazan unas con otras y alrededor de sus sienes, antes de surgir hacia arriba en un abanico de puntas afiladas en la parte de atrás de su cabeza, casi como espinas extragrandes, para formar una corona. Sus orejas sobresalen de su cara y terminan en puntas similares a las púas de su corona. Cuando él y sus soldados llegan al borde de nuestra plaza, veo que sus ojos son de un brillante tono cerúleo, casi del mismo color que las columnas del templo.

No se parece en nada al monstruo viejo y retorcido que había imaginado, ni a como lo describían las leyendas. Lo único que esas historias parecen haber descrito con precisión es el poder crudo que irradia de él.

El rostro del Rey de los Elfos, etéreo, apuesto, joven, duro como un diamante, es tan bello como aterrador. Es como una flor venenosa: deslumbrante y letal. *Este,* pienso cuando sus ojos centellean de un azul aún más brillante, *es el rostro de la muerte.*

Tres

El Rey de los Elfos se queda ahí sentado sobre su corcel de sombras y nos mira como si no fuésemos más que hormigas. Una legión de elfos, con armadura y armados, esperan detrás. Es una sorpresa, sin embargo, que él vaya desarmado.

Cuando echa pie a tierra, me doy cuenta de que nunca había visto un estudio de contrastes más perfecto. Su físico está tallado en mármol, pero sus movimientos son tan fluidos como la tela de seda que cuelga de sus hombros. Su túnica plateada de manga larga está bien ceñida a su cuerpo y planchada tan tiesa que da la impresión de ser acero martillado. Aun así, no tengo problema en imaginar mis dedos deslizándose por la sedosa tela, por encima de la lisa tabla de su ancho pecho.

Me apresuro a mirar mis pies y hago un esfuerzo por abstraerme de cualesquiera hechizos mágicos que haya podido arrojar sobre sí mismo. Sin embargo, mis ojos vuelven a él en contra de mi voluntad. No puedo *no* mirarlo. Ni cuando deja libre al caballo como si no fuese más que humo en la brisa. Ni cuando sus caballeros empiezan a moverse. Y, desde luego, no cuando sube a la plataforma sobre la que se encuentran la Custodia en Jefe, el Consejo y mi padre.

—Majestad. —La voz de la Custodia en Jefe tiembla mientras hace una profunda reverencia—. Esperábamos a una delegación, un embajador, o algún…

—Habéis tenido un año —dice el rey con parsimonia, y cada una de sus palabras rezuma descontento—. He sido muy paciente. He enviado una delegación al templo de los Custodios. Aun así, no tengo reina.

—Estábamos...

—*Silencio*. —Masculla furioso. Se inclina hacia ella—. ¿Acaso has olvidado quién soy? Hablarás solo cuando se te hable.

Los caballeros elfos se mueven a nuestro alrededor, nos rodean como si fuésemos ganado. Veo a algunos alejarse por parejas por las calles del pueblo. ¿Qué buscan? ¿Rezagados?

Me muerdo el carrillo por dentro para resistir la tentación de decir algo. No arrastrarían a nadie fuera de su lecho de enfermo solo para aterrorizarlo por las calles... ¿verdad?

—Encontraré a mi reina, aquí y ahora. No podemos permitirnos más retrasos —continúa el rey. Se vuelve hacia los habitantes de Capton—. Sé que la habéis escondido, manipulando fuerzas que no comprendéis.

—Majestad. —La palabra suena extraña en boca de mi padre. Desearía que se quedara callado. Lo último que quiero es que esos fríos ojos élficos se fijen en él—. Quizá no haya reina este año.

—Está aquí, de eso estoy seguro. Solo que está oculta. —Hace un gesto con un brazo para abarcar a toda la multitud—. Entregádmela o registraré casa por casa hasta encontrarla. Entregádmela o me llevaré a todas las jóvenes al otro lado del Vano, una a una, hasta que consiga a mi reina.

Pasar al otro lado del Vano como un humano normal equivale a una muerte segura. El rey mataría a todas las mujeres para encontrar a una. Aprieto la mandíbula, *con fuerza*.

—Luella. —Los dedos de Luke se cierran en torno a los míos. Lo miro, sorprendida. ¿Dónde había estado? ¿Escondido entre el gentío?—. Vamos, todavía podemos salir de aquí.

—¿Estás loco? —bufo entre dientes.

—Aún hay tiempo —insiste—. Vámonos. Los elfos me dejarán pasar porque soy Custodio, el barco aún espera y...

Un grito lo interrumpe.

—¡Emma, Emma! —grita Ruth—. ¡La Debilidad se ha apoderado de ella!

Hago ademán de acudir a su llamado, pero Luke me sujeta con fuerza.

—Suéltame.

—Esta es nuestra oportunidad, ahora que hay una distracción.

—¡He dicho que me sueltes! —Arranco mi mano de la suya y echo a correr. Me abro paso a empujones entre la gente que no se aparta. Ruth, la madre de Emma, está arrodillada al lado de su hija, aullando. Ya tiene la cara empapada de lágrimas.

—¡Han hecho que el Vano se cerniera sobre nosotros! Han venido a declararnos la guerra. ¡Estamos condenados! —dice a voz en grito.

—Ruth, Ruth, por favor. —Me arrodillo a toda prisa y dejo caer mi bolsa y mi cesta al suelo, a mi lado—. Deja que la vea.

—Dijiste que no sabes en qué consiste la Debilidad. ¿Qué puedes hacer tú? Ni siquiera le has traído su pócima esta mañana. —Las palabras de Ruth me hieren porque son verdaderas.

—Tienes razón. No sé lo que es la Debilidad —admito. Intento mantener la voz baja y serena, con la esperanza de que ella adopte el mismo tono y se calme—. Pero no es esto. La Debilidad solo se ha llevado a los mayores de entre nosotros... —*Hasta ahora*—..., y hace que los residentes de Capton fallezcan a la misma edad que lo haría un humano normal. Emma solo tiene diecinueve años. —Mi edad.

—La Debilidad se ha apoderado de su corazón, su pócima, está... ¡todo esto es por *su* culpa! —Ruth señala hacia el Rey de los Elfos mientras estrecha a Emma con fuerza contra su pecho. Sus rizos dorados botan en todas direcciones con los movimientos bruscos de Ruth—. Él ha hecho esto. Él ha decidido que fuera la primera en morir. Como no era vuestra reina, ¡la habéis matado!

—Ruth, para —digo con tono severo mientras me abalanzo hacia su brazo. Demasiado tarde. Hemos captado la atención del Rey de los Elfos como si no lo hubiésemos hecho desde el momento en que empezó el altercado—. Emma está respirando, ¿lo ves? —Tiro de la mano de Ruth para ponerla delante de la boca de Emma. Siente las respiraciones lentas, aunque superficiales, que yo ya había visto y su rostro se desmorona debido al alivio.

—Oh, benditos sean los viejos dioses. —Ruth se balancea adelante y atrás—. ¿Qué le pasa?

—Lo más probable es que sean solo los nervios y la agitación. Sin su pócima ha sido demasiado —digo en tono pensativo. Espero que eso sea todo. Esta es la razón de que no pueda marcharme con Luke. Solo una mañana de desayuno con él y con mis padres y ya tengo a una paciente tirada en el suelo, inconsciente—. Túmbala del todo, por favor.

Emma tiene el corazón débil. Siempre ha sido así, desde que éramos colegialas. De hecho, ella fue mi primera paciente y tratarla es siempre un baño de nostalgia. Nos escapábamos juntas al bosque, a veces también con Luke. Le preparaba mezclas de bayas, hojas, agua de río, flores y, en ocasiones, incluso barro. Y ella, obediente, se bebía mis brebajes.

Aunque solo era un juego, yo siempre quería ayudarla. Y Emma siempre juraba que mis pociones funcionaban, incluso entonces.

Por suerte, nunca salgo de casa sin mi bolsa. Mi cesta tiene creaciones personalizadas, adaptadas a las necesidades de distintas personas. Pero en mi bolsa hay un compendio básico de los productos esenciales de una herbolaria y mi cuaderno personal. Nunca sé lo que alguien me puede pedir por capricho o lo que me puede hacer falta de repente.

Saco una serie de hierbas medicinales y las machaco en una tacita de madera. Estoy tan absorta en mi trabajo que ni siquiera me doy cuenta de que la gente se ha congregado a mi alrededor. Una sombra eclipsa la luz del sol y me envuelve en la oscuridad.

Ruth farfulla cosas incoherentes mientras mira pasmada al altísimo hombre. Levanto la vista hacia el cielo y me topo con los ojos del Rey de los Elfos que se alza imponente ante mí.

—Continúa. —Su voz es como un susurro sedoso.

—Yo...

—¡No la toquéis! —grita Luke, mientras se abre paso a empellones entre la gente que se ha apartado un poco de Ruth, de Emma y de mí—. No le pongáis ni un dedo encima.

—Luke, *para*. —Cualquier afecto que hubiese podido sentir por él se marchita por momentos. Es como si se hubiese convertido en un desconocido en las últimas veinticuatro horas. Hay otra persona ocupando el cuerpo del hombre que yo conocía.

El rey se gira despacio para mirar a Luke. Ladea la cabeza, como si estuviera viendo a un gato, o a una rata, o incluso a una mosca. Es posible que eso sea todo lo que seamos para él.

De repente, la temperatura cae en picado. Un gélido frío invernal hace que me castañeteen los dientes y mis manos tiriten. Estoy dividida entre seguir ayudando a Emma y observar qué le ocurre a Luke.

Luke toca su brazalete de Custodio, lo pega bien a su piel.

—Sí, Custodio del Vano —dice el Rey de los Elfos con voz sedosa—. Toca tu labradorita. Te protegerá a *ti* del Conocimiento, pero no sirve para proteger al mundo a tu alrededor.

¿El Conocimiento? Nunca había oído ese término. Sin embargo, no puedo pensar mucho en ello pues las piedras bajo los pies de Luke cobran vida de pronto. Suben, se curvan de manera antinatural y se entrelazan para formar una celda en torno a él. Contemplo la magia salvaje, asombrada y horrorizada.

El Rey de los Elfos se vuelve hacia mí.

—Cúrala —me ordena, impaciente.

Observo con impotencia cómo Luke lucha contra su prisión, pero los barrotes de piedra no se mueven. Es tan impotente como el resto de nosotros contra un poder que desafía las leyes de la naturaleza. Desearía poder hacer algo por él, pero sé que no soy capaz. No hay nada en mi bolsa de hierbas medicinales que pueda revertir la magia salvaje.

El suave gemido de Emma llama mi atención. Ella es la que más me necesita ahora mismo. Y a la que puedo ayudar. Aparte de las órdenes del Rey de los Elfos ella es mi responsabilidad.

Echo las últimas hierbas en mi taza y la dejo con cuidado en el suelo delante de mí. En la bolsa tengo una cajita de yesca. Prendo una viruta de secuoya seca y la dejo caer en la taza. Brota una llama intensa cuando se quema a toda velocidad; incinera las hierbas machacadas y chamusca un poco el borde de la taza.

Rezo una oración silenciosa a los viejos dioses para que funcione. Meto el dedo en el hollín y las cenizas, y unto una línea debajo de la nariz de Emma. Parece uno de los ridículos bigotes que nos pintábamos unos a otros de niños, como broma cuando alguien se quedaba dormido en el descanso entre clases.

Las respiraciones superficiales de Emma captan el aroma de la ceniza y se despierta de golpe.

—Emma. —Me inclinó sobre ella para que yo sea lo primero que vea, no al Rey de los Elfos No necesita más sorpresas—. Emma, ¿cómo te encuentras?

—¿Luella? Yo... ¿Qué ha pasado? —farfulla. Miro a Ruth.

—Llévatela a casa; necesita descansar. Pasaré más tarde con una poción fortificante.

—Muy bien.

—Ya veo. —Las dos palabras del Rey de los Elfos nos dejan a todos paralizados en el sitio.

Las respiraciones de Emma son rápidas y superficiales. Va a conseguir desmayarse de nuevo con tanta agitación. Me levanto y me interpongo entre Emma y el Rey de los Elfos.

—Marchaos —les digo—. Id a casa. Nadie os lo impedirá.

Se incorporan despacio y empiezan a alejarse. Entonces habla el rey.

—Tú no puedes hablar en mi nombre.

—Emma no es vuestra reina. —Me giro hacia él. Tengo el estómago del revés, pero juré velar por mis pacientes, juré ayudar a este pueblo. Y si ayudar a Emma significa enfrentarse al Rey de los Elfos, entonces es solo otro día de trabajo—. Necesita descansar. Debéis dejarla marchar.

—Es libre de irse. —El rey asiente en dirección a sus caballeros y ellos permiten que pasen Emma y Ruth—. Porque tienes razón, ella no es mi reina. He encontrado a la mujer que buscaba.

—Bien, marchaos —musito en voz baja, pero cuando mis ojos vuelven a él advierto que su atención está fijada solo en mí. El peso de su mirada me recuerda lo osada que he sido y me da un retortijón.

—Te has escondido bien —dice, con un tono peligrosamente callado.

—No tengo idea de qué quiere decir con eso.

Da un gran paso hacia delante e invade mi espacio personal. Tan de cerca, puedo olerlo. A su alrededor, una colonia que huele a sándalo y a musgo, con un toque fresco, impregna el ambiente, como el aire antes de una tormenta. Es un aroma agradable, terroso y embriagador, que no tiene nada que ver con la mueca de disgusto que lleva en la cara.

Intento apartarme de él, pero estoy atrapada. Alarga un brazo y desliza las yemas de los dedos por mi cuello. Me estremezco, paralizada en el sitio.

Los dedos del rey se enganchan en el collar que me regaló Luke hace tantos años, bajan hasta el colgante y cierra el puño.

Su expresión se oscurece aún más hasta ser algo siniestro, y me pregunto si debería estar rogando por mi vida.

Su otra mano se ha posado en la parte de atrás de mi cuello, y ahora acuna mi cabeza. Mueve los dedos. ¿Está a punto de romperme el cuello? ¿Así es como voy a morir?

—Lo sabrás muy pronto —dice, antes de arrancarme el collar.

El mundo se vuelve blanco, y luego se llena de gritos.

Cuatro

Estoy mareada y sin aliento. La energía chisporrotea y cruje por todo mi cuerpo. Un poder inexplicable que no debería poseer amenaza con hacerme pedazos.

Como unos fuegos artificiales, la magia explota de mi interior a borbotones. Impacta contra las farolas que rodean la plaza. El cristal se hace añicos y cae al suelo como los pétalos de un cerezo. Donde una vez hubo hierro, ahora hay árboles.

Una exuberante alfombra de musgo y hierba se extiende por encima de los adoquines de la plaza. Arbustos y enredaderas brotan de ella y trepan por los edificios como serpenteantes tentáculos sensibles que tratan de reclamarlos. El mundo a mi alrededor se ha transformado, ha cambiado de artificial a natural. Es como si la naturaleza hubiese brotado de mis pies para oponerse a la audaz soberbia del hombre al enfrentarse a ella.

Ahora lo veo. ¿Lo veo? Todo. Puedo verlo *todo*.

Mis ojos jamás han estado más abiertos. Veo cada pulso de magia, de vida, en todos los que me rodean. Veo la esencia cruda de la existencia, y me roba la respiración y la compostura.

Unas lágrimas amargas y frías ruedan por mis mejillas. De repente siento que ardo. Soy un fuego al rojo vivo en un mundo que se ha convertido en hielo.

El rey por fin me suelta y me tambaleo hacia atrás. Me desplomo con los brazos estirados detrás de mí, para frenar la caída. El musgo crece por encima de mis dedos. Unos tallos diminutos brotan de golpe, aferran mis muñecas. Aparto la mano de un tirón y me agarro la camisa por encima del pecho, jadeando. Mi pelo rojo oculta mi cara alrededor de mi mandíbula y lo utilizo para tener un breve segundo de privacidad mientras aprieto los ojos con fuerza.

Esto no puede haber sido real. *Dime que todo esto es una pesadilla*, quiero gritar.

Pero cuando me enderezo, no puedo evitar *ver*. La plaza se ha convertido en algo sacado de un libro de cuentos. Las plantas y los humanos palpitan con una luz verdosa. Los objetos inanimados son grises.

Parpadeo varias veces, observo cómo las auras aparecen y desaparecen de mi vista. Todo a mi alrededor está bañado en los mismos colores... excepto *él*.

El rey es azul pálido. El aura que lo rodea es distinta de la magia tranquila y ordenada de la vida. Su magia se retuerce, enfadada y violenta. Muy parecida a la mueca de su cara. Cualquier visión que me hubiese sido concedida se difumina mientras continúo mirándolo.

El rey me contempla desde lo alto, con sus ojos indescifrables y el ceño fruncido.

—¿Qué...? —empiezo con voz rasposa, en un intento por encontrar mi voz—. ¿Cómo?

El rey ladea la cabeza.

—O sea que de verdad no lo sabías.

—Yo... —Se me cierra la garganta y me atraganto con el aire. *Sabías*.

Que no sabía que soy la Reina Humana, quiere decir.

—Decidme lo que está pasando —consigo balbucear al fin, pero me ignora.

—Por lo tanto, la pregunta se convierte en «¿quién?» —El rey se gira, desliza los ojos por la plaza. La gente que conozco, mis amigos, mi familia, me miran sorprendidos y asombrados—. ¿Quién la escondió? ¿Quién le dio esto? —exige saber el rey. Sujeta en alto el collar que arrancó de mi cuello.

—Eso... —En el mismo instante en el que hablo, los ojos del Rey de los Elfos vuelven a mí, acusadores y opresivos. Aunque tuviese la capacidad de mentir, no podría. Mis ojos ya me han traicionado al saltar hacia mi amigo de la infancia ahora enjaulado—. Luke. Fue un regalo de Luke.

—¿Cómo te atreves? —bufa Luke, furioso. Su cara es fea, horrible. Es la cara del odio. Los ojos con los que había soñado, los mismos que hacía unas horas me habían mirado con admiración al declarar que se casaría conmigo... ahora no los reconozco—. Te quería. Quería protegerte y ¿ahora me condenas?

—Hub... hubiera salido a la luz de todos modos. —Defiendo mis acciones por instinto. Eso solo hace que frunza aún más el ceño. ¿Acaso no ve que la mejor manera de salir de esta encerrona es la sinceridad? Estoy segura de que solo es una especie de malentendido. Tiene que serlo.

—¿Qué significa todo esto? —exige saber la Custodia en Jefe.

—¿Qué has hecho? —pregunta otro de los Custodios.

Luke no dice nada. Continúa fulminándome con la mirada, me tiene paralizada en el suelo como si no fuese más que tierra para él.

Dijo que me quería.

El rey se acerca a él y la prisión de piedra que lo mantiene encerrado se derrite. Entonces agarra la cara de Luke con tal fuerza que sus uñas se clavan en su barbilla, y lo hacen sangrar.

—Diles lo que hiciste —gruñe el rey.

—No hice nada —se defiende Luke.

El Rey de los Elfos empuja a Luke al centro de la plaza, en un círculo creado por todos los allí reunidos. Luke se tambalea, gira en redondo, busca a alguien que se ponga de su lado. Todos podemos oír la mentira en su voz. Sus ojos aterrizan sobre mí. Suplican algo que no sé si puedo darle. Tal vez habría podido en algún momento, pero ya no.

—Dile a *ella* lo que hiciste —ordena el rey.

—Intenté sacarte de aquí —murmura Luke. Veo que tiene los ojos rojos, anegados en lágrimas—. ¿Por qué no te marchaste conmigo?

—¿Cómo consiguió esto? —El Rey de los Elfos planta el collar que Luke me dio delante de sus narices.

—Que alguien me ayude. ¿Por qué no me ayuda nadie? —Luke se vuelve hacia los lugareños en ademán suplicante.

Nadie sale en su defensa.

—¿Qué pasó? —Por fin recupero la voz. Uso las pocas fuerzas que me quedan para ponerme en pie, recobro la compostura y mi bolsa de donde cayó al suelo a mi lado—. Cuéntamelo —exijo.

Luke se viene abajo.

—Yo… nunca quise que te hicieran daño. Nunca tuve la intención de que nada de esto ocurriera. —Veo la mentira en sus ojos inquietos mientras habla. Mentiras, mentiras, *mentiras*—. Pensé… que podríamos encontrar otra manera.

—¿A qué te refieres? —susurro. Los ojos de Luke vuelven a mí.

—¿Recuerdas el día en que fui al bosque con Emma y contigo, cuando teníamos doce años? Fue la primera vez que ella tuvo uno de sus ataques y le preparaste una poción. —Sí, lo recordaba con exactitud—. Lo vi entonces, cómo utilizabas la magia sin pretenderlo. Cómo brotaban florecillas entre las hierbas tras tus pisadas, sin que te dieras cuenta. Cómo los árboles parecían agitarse a modo de saludo cuando pasabas por su lado, y aun así tú siempre creías que era el viento.

El bosque había parecido tan vivo cuando era pequeña… como si tuviese vida propia; un amigo, además de un lugar. Creía que solo era algo que había ido desapareciendo con la edad y la madurez. Pero ahora no estoy segura.

—Supe que eras la reina —reconoce. Los habitantes del pueblo sueltan exclamaciones ahogadas. La Custodia en Jefe da un paso adelante.

—¿Cómo te atreviste? —Dice lo que está pensando todo el mundo.

—No podía renunciar a ti. No estaba dispuesto a hacerlo. Te quería entonces tanto como te quiero ahora —continúa Luke, hablando solo conmigo—. Así que encontré el collar en los almacenes de los Custodios y te lo di. Creí que te mantendría oculta, y cuando fuésemos bastante mayores te...

—Me llevarías lejos —termino con un susurro. Luke traga saliva y asiente.

Justo en ese momento, el rey tira al estrado el collar que arrancó de mi cuello. Aterriza a los pies de la Custodia en Jefe.

—De fabricación élfica, un amuleto de estilo antiguo. No hemos intercambiado artículos como este con Capton desde hace siglos, así que no tengo duda de que estaba enterrado muy hondo. Obsidiana negra para amortiguar sus poderes y labradorita para protegerla del Conocimiento, si alguna vez se encontraba con elfos que trataran de descubrir su verdadero nombre.

Miro el collar y luego otra vez a Luke.

—Dijiste que me protegería.

—Intentaba salvarte —suplica Luke con una voz aguda y quejumbrosa que jamás le había oído—. Pensé que podría librarte de un futuro terrible.

Las acciones de Luke, mis habilidades para curar, el hecho de que siempre me sentí condicionada por el deber... Todo tiene sentido ahora. Un sentido terrible, horrible.

—Luella. —Luke se tambalea hacia mí—. Te quería, ya entonces. Estaba hecho para ti y tú estabas hecha para mí.

Un brazo esbelto le bloquea el camino e impide que se acerque más a mí. Jamás pensé que le estaría agradecida al Rey de los Elfos, pero no sé lo que haría si Luke se atreviera a tocarme ahora mismo. Ya es bastante difícil soportar que me *mire* siquiera.

—No —le susurro—. No me quieres. Nunca lo hiciste.

Luke intenta esquivar al Rey de los Elfos, pero este se interpone otra vez en su camino. Lo agarra de la muñeca.

—Debes creerme. Todo lo que hice fue intentar salvarte de este horrible futuro.

—¡Intentaste salvarme a costa de todas las personas a las que quiero! Estabas dispuesto a dejar que sufrieran y murieran porque querías mantenerme escondida solo para ti.

—¡Porque te quiero!

—¡Esto no es amor! —Dejo que mi voz resuene hasta la cima de la montaña. Los árboles se estremecen con mi ira. Sus raíces sacuden los cimientos de la tierra muy profundo bajo mis pies. El viento aúlla y una tormenta acecha en el horizonte—. El amor se elige —continúo, antes de que él pueda decir una palabra más—. Tú... tú querías *poseerme*. Querías quedarte conmigo para ti solo, sin importar cómo pudiera sentirme yo al respecto. Ni siquiera me dejaste tomar esa decisión y ahora nuestro pueblo, nuestra gente, ha *sufrido* por culpa de tu egoísmo. Me estremezco al pensar en lo que podría haberle ocurrido a nuestro mundo entero si te hubieses salido con la tuya.

Cada funeral al que hemos asistido aparece ante mis ojos, funerales de vecinos del pueblo muertos antes de su tiempo debido a la Debilidad. Luke, de pie con los otros Custodios, lamentando la pérdida como si de verdad le importara, como si no hubiesen sido sus propias acciones las que los habían conducido a la tumba. Sus lágrimas no significaban nada entonces y su arrepentimiento significa lo mismo ahora.

—Luella...

—Cállate —susurro—. No vuelvas a pronunciar mi nombre jamás. —Apenas me reprimo de desear que la tierra se abra y se lo trague de una pieza. Con lo que siento ahora mismo... a lo mejor incluso obedecería mi orden—. Deshaceos de él. No quiero verlo más —le digo a nadie en particular. No me importa quién lo haga.

Es el Rey de los Elfos el que me hace caso. Arranca el brazalete de Custodio de la muñeca de Luke sin dudarlo ni un instante. Sus ojos centellean de un azul intenso, cruza los brazos delante del pecho y luego, despacio, los abre a los lados… como si estirara caramelo entre las manos. Luke se pone rígido y se queda como levitando de puntillas de un modo antinatural. Los dedos del rey se tensan aún más, tiran. Un gemido patético escapa de entre los labios de Luke mientras se retuerce. El aire se llena de pequeños estallidos. Los lugareños empiezan a gritar.

—¡No! ¡No le hagáis daño! —Corro hasta el Rey de los Elfos y lo agarro del brazo. Mira el punto de contacto con una mezcla de sorpresa y ofensa—. No quiero verlo *muerto*. —Ya se me ha roto el corazón; no podría soportar tener que ver cómo hacen pedazos a Luke. El Rey de los Elfos intenta quitar mis manos de su brazo, pero me aferro a él y clavo los talones en el suelo—. Debe ser juzgado por el Consejo de Capton. Debe pagar por sus delitos de un modo justo.

El Rey de los Elfos entorna los ojos mientras me mira con el ceño fruncido y, por un momento, me da la impresión de que me va a ignorar. No lo suelto. ¿Qué más puede querer llevarse de este pueblo? Ya tiene mi vida. Si soy la Reina Humana, y lo soy, no hay quien pueda negarlo después de la exhibición de hace unos momentos. No debería necesitar nada más.

—Luke no os importa —digo con mi voz pequeñita—. Mi gente hará justicia, *seguro*. Ya me tenéis a mí, dejadlo marchar.

El rey suelta a Luke, que se desploma boqueando. Dos Custodios se adelantan y lo agarran por debajo de los brazos. Empiezan a llevárselo a rastras, mientras Luke no para de suplicar y de musitar disculpas por todo el camino.

Ninguno de nuestros vecinos lo escucha. Lo miran furiosos, sin disimulo, con sus rostros fríos e imperturbables.

El Rey de los Elfos se gira hacia mí.

—Vamos, reina, debemos partir de inmediato. Se te necesita al otro lado del Vano —dice con voz seria.

Estoy como embotada, de la cabeza a los pies. El rey me toma del brazo y me devuelve a la realidad. Le lanzo una mirada asesina. Tengo mil objeciones en la punta de la lengua, pero aun así no logro reunir fuerzas para pronunciar ninguna.

Desde que era niña, me han enseñado cuál era el destino de la Reina Humana. Si le hablo de mis obligaciones como curandera, mis súplicas caerán en oídos sordos. Si le ruego que me deje quedarme un poco más, sé que se negará porque así son las cosas.

Si me niego a ir con él, mi mundo morirá.

—No hay tiempo. Tú y yo debemos casarnos.

Cinco

Debemos casarnos. Yo. Con el Rey de los Elfos. No consigo pensar con claridad.

—¿Cuándo? —logro preguntar.

—Ahora. El tiempo es vital —dice la Custodia en Jefe.

Mi atención resbala por encima de la mujer para aterrizar sobre el hombre que está a su lado. Mi padre. Mis costillas colapsan sobre mis pulmones y suelto una suave porción de aire, que se atraganta y enseguida se convierte en una emoción más cruda que las lágrimas.

—Pero… —empiezo.

—No hay tiempo —dice el rey con brusquedad—. El hecho de que yo haya podido venir aquí y utilizar tanta magia salvaje en este plano es prueba suficiente de que el Vano está flaqueando. Las líneas divisorias entre nuestros mundos se están desvaneciendo, lo cual, deja que te asegure, es algo que no quieres que ocurra.

Busco algún indicio de amabilidad o de resignación en los ojos del rey, pero todo lo que veo es una determinación férrea. Me pregunto si está soportando esto solo por fuerza de voluntad. Me pregunto qué oculta debajo de su superficie tan cuidadosamente compuesta. A lo mejor no oculta nada, y solo es un hombre hecho de piedra y magia.

—Lo haremos ahora —dice la Custodia.

Busco a mi madre entre la multitud, pero no la veo. Entre la maleza y los árboles que han brotado por arte de magia, y el hecho de que casi todo Capton está ahí reunido, no se la ve por ninguna parte. Me giro hacia mi padre. Tiene la boca apretada en una línea tensa y fina. No dice nada.

Sabe que debe hacerse, igual que lo sé yo. No hay elección.

Marchamos en un grupo grande hasta el templo. Yo voy en silencio, rígida, al lado del Rey de los Elfos. Intento mantener la cabeza alta, pero estoy cansada, muy cansada. En un momento estaba en la plaza del pueblo. Al siguiente, estoy en la sala principal del templo y me están ungiendo con aceite, con los habitantes de Capton a mi alrededor y la Custodia en Jefe hojeando un tomo gigantesco sobre el altar.

La luz del sol entra por las vidrieras detrás de la Custodia. Impacta contra mis hombros, pero no es capaz de iluminar el oscuro vacío que crece en mi interior. Estoy rodeada de gente que abarrota las pulcras filas de bancos de madera de secuoya, tallados a partir de los inmensos árboles que rodean el templo, y aun así, me siento sola. Ni siquiera me sale admirar la arquitectura orgánica del templo, como lo haría normalmente, con sus techos abovedados sostenidos por ramas nudosas, como si hubiese crecido, en lugar de estar construido a la sombra de la gran secuoya en el corazón del templo.

Un silencio ensordecedor resuena en mis oídos mientras estoy ahí de pie enfrente del rey. *Estoy a punto de casarme… con el Rey de los Elfos.* La idea casi me hace vomitar.

—¿Puedo ausentarme un momento? —susurro.

—No hay tiempo —susurra la Custodia en Jefe, no sin amabilidad.

—Al servicio, por favor. —Voy a vomitar. O a desmayarme. Quizá las dos cosas, una justo después de la otra.

—Esto acabará enseguida. —Ha encontrado la página que buscaba y empieza a leerla—. Ante los viejos dioses, en los restos de la fortaleza del antiguo reino de Alvarayal, a la sombra de la piedra angular original, honramos el pacto acordado...

No vomites. No vomites. Dejo de oír a la Custodia en Jefe. Todo lo que oigo en mi cabeza es esa única frase que se repite una y otra vez.

El Rey de los Elfos eleva las manos. La sensación de sus ojos clavados en mi frente me hace levantar los ojos hacia los suyos. Trago saliva sin saliva que tragar.

—Que primero se unan sus manos —repite la Custodia en Jefe con firmeza y algo de nerviosismo. Debe de ser la segunda vez que lo dice. Apenas me resisto a replicar y decirle que no tengo ni idea de lo que está pasando.

Por lo general, la Reina Humana es identificada a los dieciséis o diecisiete años. Dispone de entre uno y tres años para estudiar en el templo bajo la supervisión de los Custodios. La alimentan con comida del otro lado del Vano, le enseñan las costumbres élficas y estudia los conocimientos secretos que protegen los Custodios.

El Rey de los Elfos tiende las manos, expectante. Levanto mis dedos temblorosos y los pongo sobre los suyos. Su mano fría se cierra en torno a la mía. Sus ojos centellean de un azul brillante, como lo hicieron antes de que construyera la prisión para Luke.

Supongo que me encamino hacia una prisión diferente.

Una brisa fría sopla a través de mí. Es intensa, cortante, pero no me deja tiritando. Me yergo con orgullo. El hielo se condensa en la parte de atrás de mi cabeza e irradia una compostura fría por mi columna y hasta mis piernas. Mantengo los ojos fijos en los suyos mientras mi boca se mueve.

—Honraré el pacto —digo. Creo que estoy repitiendo lo que dice la Custodia en Jefe, pero no estoy segura. No estoy segura de nada aparte del Rey de los Elfos. ¿Alguna vez he visto a alguien, o algo, más perfecto en la vida? ¿Cómo pude haber tenido miedo de esto?

Esto es correcto. Así es como debería haber sido el mundo desde un principio. Una profunda sensación de calma antinatural me llena por dentro.

—Honraré el pacto —repite él.

—Cumpliré mi obligación para con este mundo y para con los del otro lado del Vano. —Empezamos a repetir una frase tras otra—. Mantendré las piedras angulares. Utilizaré los poderes conferidos a mi sangre por el destino para el mejoramiento de todos nosotros. Para la paz. Respetaré el orden que es tanto natural como creado.

»Honraré a mi marido.

—Honraré a mi mujer.

Sí, vale, farfulla mi mente de un modo traicionero. Pero el pensamiento queda escarchado por mi determinación. Me estoy casando con un rey de hielo. Tendré que ser una reina frígida para ir a juego.

La Custodia en Jefe dice unas cuantas palabras más y la cosa está hecha.

Soltamos nuestras manos y, por segunda vez en un día, me quedo mirando las mías. ¿Qué magia se ha forjado ahí? ¿Qué he hecho?

Me he casado, eso es lo que he hecho. Siempre que me imaginaba casada, *si es que* me imaginaba casada, Luke estaba enfrente de mí. Devuelvo la mirada al Rey de los Elfos y veo que sus brillantes ojos azules siguen fijos en mí.

—Deberíamos ir hacia el Vano —anuncia. Yo asiento.

El rey me ofrece la mano y yo la tomo. Su piel es suave y fría al tacto; su agarre, inesperadamente tierno. Me conduce con nuestras palmas unidas de un modo rígido y forzado. Salimos del santuario, giramos por el lateral y echamos a andar por un camino secundario. Sé, sin necesidad de que me lo digan, que este sendero nos llevará hasta el Vano.

Los vecinos se apelotonan detrás de nosotros, pero se quedan en silencio al pie del camino. El bosque está húmedo; los árboles enredan sus ramas en la niebla como dedos en el pelo de un amante. Veo cómo brotan capullos que luego florecen a mi paso. Se abren para mirarme, como si estuvieran despidiéndome de este mundo.

Despedirme… Me estremezco, pero la idea se me queda atascada en la mente. *Despedirme. Me estoy marchando.* Me estremezco de nuevo, con más violencia esta vez, y casi puedo imaginar un hielo invisible cayendo de mis hombros al sacudirme. Esa corteza fría en la parte de atrás de mi mente se fractura.

—¡Luella! —Oigo que la voz de mi madre rompe el silencio y el decoro.

Mi frágil compostura se hace añicos.

Miro hacia atrás. Ya estamos más lejos de lo que creía. Mi madre y mi padre están de pie a la entrada del camino, cerca del santuario. Mi padre la sujeta con fuerza, alisa su pelo color rubí y lo retira de sus mejillas empapadas de lágrimas. Le murmura algo que no logro oír, pero veo que las palabras le resultan físicamente dolorosas de decir.

—¡Luella! —chilla otra vez.

—¡Madre! —Mi corazón se ha desbocado de nuevo. El calor inunda mi cuerpo y mis mejillas. Suelto la mano del rey y hago ademán de echar a correr. Él me agarra del codo y me hace girar en redondo.

—Debemos pasar al otro lado del Vano. Tenemos muy poco tiempo.

Los ojos del Rey de los Elfos han vuelto a su color normal. La magia brillante que rielaba en ellos ha desaparecido. Es entonces cuando me doy cuenta de lo que ha hecho.

—Has empleado la magia sobre mí —susurro al percatarme, toda formalidad desaparecida de mi tono. Ese frío gélido, sus ojos relucientes… empiezo a asociar ambos rasgos con la magia élfica. El odio se mezcla con el horror en mis entrañas y mi rostro se contorsiona—. La ceremonia…

—Tienes que obedecer.

—Serás bastardo. —Me suelto de su agarre una vez más. Que le den a su Vano. Que le den a la boda. Que les den a los hombres que creen que pueden manipularme para recorrer un pasillo hasta un altar.

Un juramento realizado bajo la influencia de la magia no debería ser de obligado cumplimiento. Aunque sé que nadie se pondrá de mi lado.

Soy la Reina Humana. A pesar de que no me hayan educado para mi papel, conozco bien las leyendas que están arraigadas más profundo en el acervo social de Capton que los árboles que me rodean, y soy consciente de que la Reina Humana no tiene elección. Por arte de magia o por las circunstancias... el juramento que he hecho va a misa.

—¿Cómo te atreves? —bufa en mi idioma.

—Déjame despedirme.

—Eso no se hace.

—Ahora, sí —espeto cortante mientras lo fulmino con la mirada.

Da otro paso hacia mí y cierra la distancia de nuevo con su larga zancada. Me recuerdo que estoy tratando con una criatura peligrosa. Tal vez parezca un hombre, pero sé la verdad.

No es más que una tempestad de magia furiosa.

—Muy bien. —Baja la voz para que solo yo pueda oírla—. Te concederé este deseo como mi futura reina. Y también porque sé que no has tenido ocasión de ser educada de manera apropiada. No te han *entrenado* para que fueras mi esposa. Sin embargo, espero que aprendas rápido porque no toleraré que mi reina me hable de un modo semejante.

Quiere que me acobarde. Mis rodillas entrechocan en respuesta a su exigencia tácita, pero levanto la barbilla en señal de desafío. Estoy demasiado cansada como para pensar con sensatez; la valentía y la estupidez son dos caras de la misma moneda. Si cree que puede «entrenarme», voy a tener que demostrarle que le espera algo muy distinto de esta reina.

—Voy a despedirme.

El rey me lanza una mirada asesina, pero no se mueve cuando empiezo a alejarme. Sus ojos se atenúan una vez más y su magia relaja su agarre gélido. Sabe que soy suya, ahora y para siempre. Puede soportar no tener el control durante cinco minutos más, para que pueda abrazar a mis padres por última vez.

Corro a los brazos abiertos de mi madre. Se suelta de mi padre para levantarme en volandas. Estiro un brazo y él también se une a nosotras.

—Luella, Luella —solloza mi madre, como si mi nombre fuese lo único que supiera decir—. Lo siento tanto.

—No tenía ni idea —dice Padre.

—Lo sé. Yo tampoco. —Estamos todos juntos en este terrible embrollo, a punto de que nos separen a la fuerza para siempre, y todo por culpa de Luke. Tal vez siempre he estado destinada a marcharme, pero él me robó la posibilidad de despedirme bien. Espero que se pudra en una celda para siempre por todo lo que ha hecho.

—Siento que no te preparáramos para esto. De haberlo sabido, lo hubiésemos hecho. —Madre me aprieta con más fuerza. Si sigue abrazándome así, me va a exprimir las lágrimas que estoy reprimiendo.

—Lo sé —repito. Me aparto un poco—. No llores, no pasa nada. —Intento tranquilizarlos mientras mi propia voz empieza a quebrarse al ver las lágrimas de mi madre—. Sé que me hubieseis permitido prepararme para ser la reina. No lo sabíais. Ninguno de nosotros lo sabía. No ha sido culpa nuestra. —Trago saliva en un intento por ahogar mis emociones—. Pero ahora puedo ir y las cosas cambiarán. La Debilidad terminará. No es como quería hacerlo, pero todavía puedo ayudar a Capton.

Abrazo a mis padres con fuerza una vez más y renuncio a mis esfuerzos por reprimir las lágrimas. Aspiro temblorosas bocanadas de aire y lloro con mi familia. Parece que es lo último que haremos juntos jamás.

—El solsticio de verano —dice Madre.

—Lo intentaré. —Pienso en lo que dice el señor Abbot y en cómo nunca he oído que la Reina Humana saliera del templo hasta ahora. Con suerte, yo seré diferente.

—Luella. —La voz impasible del Rey de los Elfos nos separa—. Debemos irnos.

Me apresuro a girarme hacia mis padres.

—Cuidaos mucho, los dos. ¿Vale? Intentaré escribir. Os quiero muchísimo.

—No te vayas. —Madre se aferra a mi mano.

—Tiene que hacerlo. —Padre envuelve sus brazos en torno a su mujer, como para apartarla de mí.

Me alejo un paso, luego otro. Los dedos de mi madre se cierran en torno a los míos, se aferra a mí como los tallos que crecieron en la plaza. Nos separamos y una cuerda de emoción se rompe en mi interior. Jamás volverá a resonar. La imagen del rostro de mi madre, el sonido de sus sollozos, han enmudecido para siempre lo que haya sido ese sentimiento alegre.

—Lo siento —susurro. Lo siento por más cosas de las que puedo comprender en este momento.

Les doy la espalda, a ellos y al mundo que conozco, y camino despacio hacia el hombre que es rey, marido y desconocido para mí.

—Gracias por habérmelo permitido —digo a regañadientes.

—Que se sepa que soy amable —dice con tono hosco. Alarga la mano hacia mí. Sus ojos permanecen normales, sin destellos brillantes, así que tomo su mano con reticencia y echo a andar con él por voluntad propia. Nos adentramos más en el bosque por el camino que serpentea hacia la base de la montaña más alta de la isla.

El sonido de los sollozos de mi madre se pierde en la distancia. El eco del arrebato de emoción de mi padre cuando se vino abajo con ella resuena solo en mis oídos; hace ya rato que ha dejado de rebotar entre los árboles.

La legión de elfos nos sigue hacia las oscuras sombras del profundo bosque. Voy hacia ese gran desconocido que es el Vano como una reina extranjera. El camino se vuelve irregular y más lleno de maleza. Los adoquines no son ya más que piedras sueltas sobre las que pisar.

Pronto, no hay camino en absoluto. Me he adentrado más en el bosque que en toda mi vida y la oscuridad de lo que supongo que es el Vano se cierra a mi alrededor.

La densa neblina en sombras oculta los árboles. Se enrosca en torno a nosotros y, en la negrura, veo el contorno de unas figuras que se mueven a la distancia. Algunas parecen humanas y otras son como bestias. Me estremezco, no solo por el frío.

Mis dedos se cierran un poco más fuerte alrededor de los del rey.

Ya debemos de estar al pie de la montaña, ¿no? Miro detrás de mí y no veo nada más que elfos y oscuridad. El denso bosque zumba de energía ansiosa. Hay poder ahí, muy tirante a mi alrededor, que vibra bajo la tensión.

Entonces, a lo lejos, veo un destello de luz. La negrura se abre como si fuera un túnel. Los árboles están tan apelotonados que forman una pared casi perfecta. A medida que aumenta la luz, veo ramas y enredaderas por encima de nuestras cabezas.

Parpadeo y emerjo al otro lado del Vano por primera vez. Entonces doy mis primeros pasos hacia la ciudad de los elfos.

Seis

Estamos en la cima de una larga escalera, aunque ni la mitad de extensa que el empinado sendero que sube desde Capton hasta el recinto del templo. Detrás de mí, hay una pared cortada en la ladera de la montaña. La única abertura es la oscura mancha en la lisa piedra por la que acabamos de emerger.

A nuestros pies, una ciudad gris se extiende por un valle asentado en una hondonada formada entre las montañas. Los vientos invernales aúllan entre los edificios y los árboles desnudos; llegan a la carrera para alancearme la piel. La ciudad parece fría y desangelada, desalentadora… nada que ver con el ambiente cálido y alegre que siempre he creído que flota por encima de Capton.

—Bienvenida a tu nuevo hogar —dice el rey, aunque sus palabras suenan a cualquier cosa menos a una bienvenida.

—No es lo que esperaba. —Se me está quebrando la voz y estoy agotada por las violentas olas de emoción por las que he estado navegando.

—¿Qué habías esperado?

—Algo más… fastuoso. —Las casas son sencillas, no mejores que las de Capton, aunque de un estilo diferente. Nuestras casas son más pragmáticas y cuadradas. Estos edificios tienen tejados de paja, y segundos y terceros pisos retranqueados que los hacen parecer inestables castillos de naipes.

Aunque es diferente, es... soso. Había esperado un mundo lleno de vida y de magia, pero me recibe un entorno que más parece un cuadro lóbrego en el que el artista olvidó que tenía más colores que solo azul y gris.

—¿Por qué habrías de pensar eso?

—Los elfos parecen bastante sofisticados. Al menos por lo que sé de los artículos que los Custodios guardan bajo llave.

—Me encojo de hombros. El pensamiento me recuerda a mis escasas posesiones, olvidadas ahora en mi dormitorio del ático, y a la tetera élfica que ha quedado en mi tienda. Me aferro a la bolsa que había llevado conmigo al concejo municipal por la tarde. Al menos tengo *algo* de casa. Gracias a Dios que nunca salgo sin mi diario y algunos productos básicos.

El rey resopla pero no dice nada más; se contenta con un simple «vamos».

Lo sigo escaleras abajo mientras me castañetean los dientes. La legión marcha detrás de nosotros. Aunque en Capton dejamos atrás un atardecer cálido, aquí nos encontramos con un frío amanecer de invierno. La ciudad se está despertando, aunque las calles siguen vacías en su mayor parte. Todo está sumido en un silencio antinatural y cubierto de una escarcha a juego con el cielo gris.

En el centro de la ciudad hay un gran lago. De él sale un río hacia la montaña detrás de nosotros, supongo que de camino a Capton. En medio del lago veo una escultura de un hombre elfo y una mujer humana.

Me paro un momento. El rey hace otro tanto, igual que la legión, varios pasos más atrás.

—¿Esa es la primera Reina Humana?

El rey vacila un instante, como si estuviera meditando si debería responder.

—Así es. Y uno de mis predecesores más antiguos.

—¿Predecesores? —Lo miro—. ¿No eres el Rey Elfo?

—Qué pregunta más rara. —Me mira con los ojos entornados—. ¿Cómo puedes dudar de eso después de todo lo ocurrido?

—No, yo... —Me pellizco el puente de la nariz y suspiro. Ha sido un día muy largo—. Creía que todas las Reinas Humanas se casaban con el mismo Rey de los Elfos.

El rey echa la cabeza hacia atrás y se ríe a carcajadas. Sería un sonido precioso si no hubiera brotado a mis expensas.

—¿Crees que un hombre lleva vivo tres mil años?

—Bueno...

—En las leyendas humanas suele exagerarse mucho la duración de la vida de los elfos. Vivimos más o menos lo mismo que los humanos de Capton. —El rey me mira desde lo alto—. Nuestras vidas quedaron atadas desde el momento en que nos casamos. Cuando tú mueras, yo quedaré marcado para perecer no mucho después.

—Entonces, ¿tu padre fue el rey que estuvo casado con Alice?

Se pone rígido, tenso. Los músculos de su mandíbula se abultan mientras reprime lo que fuese que su instinto le instaba a decir.

—Lo fue.

Sin otra palabra al respecto continuamos adelante, aunque hubiese dado lo que fuera por parar y seguir indagando en las profundidades de las emociones que trataba de ocultar. ¿Qué significaba Alice para él? ¿Y cómo era en realidad su lugar en este mundo?

Miro otra vez la estatua del primer Rey Elfo y su Reina Humana. El rey sujeta una gran tabla en las manos, la levanta hacia arriba. La reina está de rodillas delante de él, con las manos apretadas contra el suelo a sus pies, como en actitud servil.

Estudio los detalles de la escultura, ajados por el tiempo, e intento extraer toda la información posible. Sin embargo, el aspecto del rey y de la reina se ha difuminado, además de estar cubiertos de escarcha y nieve. Aun así, quiero encontrar algo que sentir hacia ella, la primera mujer en colocarse por voluntad propia en mi posición para lograr la paz entre los humanos y las criaturas mágicas del otro lado del Vano.

Su magia está en mí ahora, si es que son ciertas las historias acerca de que la magia pasa de reina a reina.

—¿Cómo supiste que yo era la reina? —pregunto mientras nos dirigimos hacia un castillo a lo lejos. Está encajado entre dos montañas. El edificio abarca el ancho de la abertura que conecta este valle con el mundo que hay detrás, sea cual fuere. El rey me mira de reojo, y no sé si está enfadado porque haya roto el silencio una vez más o no. Continúo hablando de todos modos—: Entiendo que el collar intentaba ocultarme... ocultar mi magia... pero ¿cómo lo supiste antes de quitármelo?

—Te vi hacer magia.

—Pero ¿no era que la obsidiana negra escondía mi magia?

—Algunas personas no pueden ocultarse nunca; están destinadas a ser vistas.

—Estabas seguro —insisto, sin tragarme su respuesta vaga y poética.

—Te toqué —dice sin más.

—¿Lo supiste solo con tocarme?

—Ya oíste que el collar estaba hecho de labradorita y obsidiana negra. La obsidiana era para ocultar tu poder. La labradorita es una piedra rara que se extrae de unas minas aquí en Midscape, y que puede evitar que yo o cualquier otro elfo lleve a cabo el Conocimiento. Por lo general, la labradorita bloquea el Conocimiento tanto a la vista como al tacto. Sin embargo...

—Espera, ¿qué es el Conocimiento?

El rey suspira, como si la conversación se estuviese volviendo tediosa a marchas forzadas. Mala suerte para él que no me importa nada ser un incordio. Solo me importa obtener respuestas.

—El Conocimiento es cuando un elfo identifica el verdadero nombre de un objeto, criatura o persona. Un nombre verdadero es un sonido otorgado a la esencia cruda de lo que es algo... algo único a cada criatura y cosa. Los elfos realizan el Conocimiento por vista o por tacto junto con nuestra magia innata —explica—. Una vez que se conoce un nombre verdadero, el elfo puede manipular a la criatura o la cosa a voluntad.

—¿Un elfo le puede hacer *cualquier cosa* a algo o a alguien del que tienen su verdadero nombre? —Pienso en Luke y me da un doloroso retortijón.

—Siempre que un elfo conoce un nombre verdadero, el único límite son sus propios poderes y su imaginación.

Trato de reprimir un escalofrío y fracaso en el intento.

—¿Y ahora tú sabes mi verdadero nombre?

—Sí. Cuando nos tocamos, pude percibir tu verdadero nombre a pesar de la labradorita. Algo que no debería de haber podido hacer... La labradorita debería haberte protegido. Pero pude percibir tu verdadero nombre porque eres la Reina Humana y estabas destinada a mí desde que naciste. Como ya he dicho, aunque no te hubiese tocado, te vi hacer magia rudimentaria sin que te dieras cuenta siquiera. —Sus pasos se ralentizan a medida que nos acercamos a una plaza delante de una gigantesca compuerta de rejas—. Y ahora que hablamos de labradorita, necesitarás esto durante el tiempo que estés aquí. Tu mano, por favor.

Obedezco. El rey extrae un anillo hecho de la misma piedra arcoíris —que ahora conozco como labradorita— y lo desliza en el dedo anular de mi mano izquierda. Lucho contra el impulso de arrancármelo. Todo lo que veo es otro símbolo creado con esa terrible piedra y que me ha puesto un hombre, como si así me poseyera. Lo único que se me viene a la mente es Luke.

—¿Es obligatorio? —susurro.

—Sí —dice con firmeza, aunque el Rey de los Elfos vacila un instante justo antes de soltar mi mano—. Si quieres cambiarlo de dedo, adelante. Apenas me importa si lo llevas como símbolo de nuestro matrimonio o no. Es solo para protegerte de que otros elfos realicen el Conocimiento sobre ti. Si alguien más averiguase tu verdadero nombre, podría ser peligroso.

—¿Me harían daño?

—Ningún rey ni ninguna reina están libres de enemigos —responde con tono solemne. Hace un gesto hacia la legión que nos sigue.

—¿Quién...? —Antes de que tenga ocasión de formular mi pregunta, me veo silenciada por lo que parece una generala que se acerca.

Su piel es de un intenso tono marrón y sus largas trenzas son negras, veteadas de un azul vibrante. Sus ojos son del color del mar revuelto. Lleva una espada envainada a un lado y sus movimientos son secos y rígidos. Tiene tres cordones adheridos a las elaboradas hombreras de su armadura; también botones decorativos sobre el pecho.

Los botones me recuerdan, con una punzada de dolor, al elegante broche que le dieron a mi padre cuando se convirtió en miembro del Consejo. Respiro hondo en un intento por ahogar la repentina oleada de emociones. Estoy haciendo un esfuerzo enorme por asentarme en un nuevo mundo; no puedo dejar que unos *botones* me conviertan en un guiñapo lloroso delante del Rey de los Elfos y sus soldados.

—Majestad. —La mujer saluda con una inclinación de la cabeza.

—Lleva a la reina a sus aposentos y encárgate de que se vista como corresponde a su rango. No podemos esperar ni un momento más. Hace más frío a cada hora que pasa. —Las palabras del rey se condensan en nubecillas blancas como para darles más énfasis.

—Sí, mi señor.

El Rey de los Elfos no pierde ni un segundo en dejarme ahí tirada con esta mujer.

—¡Espera! —lo llamo. Hace una pausa. Gira la cabeza hacia mí, una oscura ceja se arquea—. ¿Cómo te llamas?

La delgada línea de su boca se parte en una sonrisita de suficiencia, como si tampoco pudiese creer que acabara de casarse con alguien que no conocía su nombre.

—Puedes llamarme «mi rey», o «majestad», o «mi señor».

No pienso aceptar eso como respuesta. No. Ni por un instante.

—¿Cómo te llamaría si fuese tu amiga?

Mi pregunta lo hace pensar un momento; su rostro se relaja y adopta una expresión que casi describiría como vulnerable.

—Yo no tengo amigos —dice con voz queda. Otras personas podrían interpretar el tono como de fría indiferencia, pero oigo un dolor que aún no comprendo rondando por sus palabras.

—Entonces, tus súbditos.

Hace una mueca ante eso, pero al final cede.

—Rey Eldas. Te veré en una hora. Y empezaremos de inmediato.

Siete

—¿Qué es lo que empezaremos? —pregunto. Sé que puede oírme desde sus altas orejas, pero esta vez no se detiene. Dobla por una curva del oscuro túnel delante de mí y desaparece.

Ahora estoy sola con una elfa desconocida, que encabeza una legión de más elfos desconocidos, en una tierra desconocida llena de magia salvaje. *La Reina Humana meramente existe.* Parecía tan injusto… Sin embargo, ahora que es mi trasero el que ocupa ese trono, estaría contenta con solo sentarme y recuperar la respiración.

Ha sido un día muy *muy* largo.

No obstante, si mi propósito solo es sentarme… ¿qué «trabajo» hay por hacer?

—Acompañadme, majestad. —La manera en que la generala elfa tiene que esforzarse para que un tono formal salga por sus dientes apretados me indica que, aunque supiera que la Reina Humana iba a venir, no está contenta con tener que responder ahora ante una humana—. Os mostraré vuestros aposentos reales.

Cuando hace ademán de partir, me fijo en un corte en la mano que apoya sobre la empuñadura de su espada. Tiene mal aspecto, con costras irregulares y los bordes enrojecidos por la infección.

—Puedo echarle un vistazo a eso —digo sin pensar.

La generala se detiene. Parpadea varias veces en mi dirección antes de hablar.

—¿Echarle un vistazo a qué? —pregunta.

—A tu mano. —Ya estoy rebuscando en mi bolsa. Gasté algunos de mis productos con Emma, pero aún debería tener...

—Es solo un accidente de entrenamiento —dice, restándole importancia.

—Ya, pero se está infectando y no me cuesta nada. —Encuentro el frasco de ungüento que estaba buscando. Es bueno para heridas leves.

—Tenemos curanderos en el castillo para estas cosas —dice antes de que pueda sacar el frasco de mi bolsa siquiera.

—Sí, pero tengo...

—Sois la reina —me interrumpe en voz baja, su tono intenso. Sus ojos saltan hacia los caballeros que esperan varios pasos por detrás—. Curar a alguien como yo sería rebajaros.

¿Rebajarme? ¿Curar y ayudar ahora es... *rebajarme*? Las palabras chirrían contra todo lo que he conocido jamás.

De repente, los grises de este lugar son más oscuros, más lóbregos. Todo adquiere un aspecto más sórdido y más deslucido, si eso fuera posible. Me han quitado mi casa, mi gente, mi familia, y ¿ahora me van a quitar la única cosa que se me da bien? ¿La que tanto he trabajado por conseguir?

Intento reunir valor para hablar, abro la boca, pero no logro pronunciar una sola palabra.

—Ahora, acompañadme. Por aquí, *por favor*. —Tiene que forzar el «por favor», como si mi oferta fuese escandalosa para ella, o problemática.

Por mis labios solo escapa un suspiro. No puedo luchar contra nada de esto. Centrarme demasiado en ello solo hará que me sienta abrumada por todo lo que me han quitado. Lo mejor que puedo hacer, por el momento, es intentar sobrevivir.

No puedo juzgar esta vida hasta haber intentado vivirla. Con suerte, me sorprenderá. Y si no lo hace... solo tengo que recordar que mi presencia aquí ha puesto fin a la Debilidad en Capton y ha garantizado otros cien años de paz.

El castillo es más bien una fortaleza construida directamente en la ladera de la montaña, y me pregunto de qué se supone que tiene que defender a sus habitantes. Cortado a través del centro de la fortaleza hay un único camino de piedra, con dos compuertas de rejas, una a cada lado. La superficie adoquinada es suave y lisa por el paso del tiempo, aunque profundos surcos de carros recorren la senda de un extremo al otro.

Me doy cuenta de que esta es la única puerta de entrada y salida. Si alguien quisiera tomar la ciudad, tendría que apoderarse primero del castillo.

Hay una tercera compuerta entre las dos entradas de este largo túnel. Detrás de ella hay un pequeño patio subterráneo iluminado por antorchas colgadas de paredes manchadas de hollín. Iluminan dos puertas sólidas.

—¿Qué hay por ahí? —Señalo hacia el otro extremo del túnel.

—No es asunto vuestro. —La mujer se detiene, con una mano sobre su espada—. Vamos por aquí. —Hace un gesto hacia las puertas.

—¿Lleva fuera de la ciudad? —pregunto de todos modos.

—Sí. Lo cual *no es asunto vuestro*. Ahora, acompañadme.

Sus soldados deben de haber oído una orden silenciosa, porque la legión nos rodea en un semicírculo, como para protegerse de atacantes invisibles.

Sin ninguna otra opción que obedecer, la sigo hacia lo que debe de ser la entrada al castillo. Los ojos de la guardia centellean de un vibrante tono azul ante las puertas y se gira hacia mí.

—Estas puertas tienen un cierre mágico. No os servirá de nada intentar huir.

—¿Por qué crees que querría huir? —pregunto, como si la idea no se me hubiese pasado por la mente ya... más de una vez.

—Con suerte, no lo haréis. —No es una respuesta demasiado prometedora. Abre las puertas, que dan a un rellano al pie de una larga escalinata.

—¿Cómo te llamas? —pregunto.

La mujer parece sopesar si debe decírmelo. Quizás haber forzado a Eldas a confesar su nombre la impulsa a ceder.

—Rinni.

—¿Eres una generala de algún tipo?

—¿Siempre sois tan incesante con vuestras preguntas? —Sus palabras son más cortantes que mis tijeras de podar.

—Quizá. —Me encojo de hombros—. Entonces, ¿tú lideras a los soldados? —insisto.

—A veces —responde al fin—. Muchos me consideran la mano derecha del rey Eldas. —Casi podía verla evaluando sus opciones y lo que podría significar para ella no responder a mis preguntas. Hace que me pregunte cuánta influencia tengo aquí.

Puede que sea una humana en la ciudad de los elfos, pero soy su reina. Tengo una magia que el Rey de los Elfos en persona y una legión de sus seguidores vinieron a Capton a buscar. Miro de reojo el anillo en mi mano izquierda. Pesa media tonelada.

En la cima de las escaleras hay una sala con altísimos techos de los que cuelgan pesadas lámparas de araña fabricadas en hierro. Las velas que hay en ellas gotean cera sobre el oscuro suelo de madera que estamos pisando. Dos escaleras más, una a cada lado de la sala, suben en curva hasta un rellano y luego dan a un entrepiso elevado que rodea la sala entera.

Entre ambas escaleras hay una pared de cristal emplomado con intrincados dibujos entrelazados entre los miles de pequeñas esquirlas. La luz que proyectan sobre el suelo parece un delicado encaje. Es la única cosa suave o brillante en este frío y lúgubre lugar.

—Venid, vuestras habitaciones están en el ala oeste. —La generala sube por las escaleras de la izquierda y yo la sigo hasta la entreplanta.

—¿Siempre está todo tan callado? —susurro, para no tener que oír el eco de mi voz por este espacio vacío y cavernoso.

—Sí.

—¿Qué pasa con la gente que se ocupa del castillo?

—Hay unos cuantos sirvientes. —No me mira cuando responde.

—¿Dónde?

—Solo porque no los veáis, no significa que no estén aquí. Es impropio que la gente común vea a la Reina Humana antes de su coronación. Así que al personal lo mantienen extremadamente reducido y fuera de la vista.

—Siento el trabajo extra que tendrán que hacer por haber limitado el personal. —Aunque, supongo que tienen su magia salvaje. Para lo que un humano tardaría dos días en hacer, es probable que un elfo demore una hora.

Debo de haber agotado la conversación, porque Rinni no dice nada más.

Detrás de una puerta hay una zona de estar que conecta con otra zona de estar. Pasamos puerta abierta tras puerta abierta en una cadena de habitaciones que parece interminable y sin otro propósito obvio aparte del de existir. Después de la quinta o sexta sala, llegamos a un pasillo con una escalera al fondo. Subimos tres tramos de escaleras y vamos a parar a un amplio rellano con una sola puerta.

—Estos son vuestros aposentos.

Rinni abre la puerta y parpadeo ante la intensa luz que inunda la habitación. Los techos tienen la misma altura que el primero y el segundo piso de la casa de mi familia juntos, y la pared del fondo está ocupada por unos grandes ventanales. Rinni espera mientras hago una rápida ronda de exploración por la sala principal y el dormitorio adyacente, con un vestidor más espacioso que el ático que convertí en mi habitación allá en casa, una sala de baño más grande que mi tienda y una cama en la que podrían dormir cinco personas con comodidad.

—¿Por qué es todo tan gigantesco? —pregunto al volver del dormitorio a la sala principal vacía.

—¿Gigantesco? —Rinni arquea las cejas.

—Las puertas son grandes, los techos son altísimos, los pocos muebles que hay ocupan más espacio que un carruaje pequeño.

—Todo tiene el tamaño adecuado para un castillo. Os acostumbraréis. Y si los muebles no os gustan, podéis encargar otros. La reina suele decorar sus habitaciones con artículos de su elección. Eldas ha decretado que tengáis libre acceso a las arcas reales para solicitar cualquier cosa que haga vuestra estancia aquí más cómoda.

Eso es inesperadamente amable por su parte. Aun así, al mismo tiempo, no quiero su dinero. Ya fue bastante difícil aceptar la caridad de Capton, y eso venía de personas con las que había pasado toda mi vida, personas a las que les había jurado que las ayudaría y cuidaría por siempre en señal de gratitud. Además, desconfío de todo regalo con el que deba tener precauciones. Y el dinero del Rey de los Elfos debe tener mil condiciones aparejadas.

Ya echo de menos mi tienda y ganar mi propio dinero… el poco dinero que ganaba, puesto que hacía la mayor parte de mi trabajo gratis para devolver la inversión que Capton había hecho en mí.

—Eso explica por qué está todo tan vacío. —Miro a mi alrededor y me pregunto cuáles de esas cosas las habrá elegido Alice.

—Ya nos hemos demorado bastante; vamos, tenemos que vestiros para el rey.

—¿Vestirme?

—Puede que os hayáis casado con el rey Eldas con esos harapos, pero desde luego que no vais a sentaros en el trono de secuoya con ellos. —Sus palabras rezuman desagrado.

—¿Perdona? —Bajo la vista hacia la ropa que llevo—. Mis prendas son prácticas.

—Para una campesina, quizá. Pero ahora sois la reina y os vestiréis en consonancia, aunque no actuéis como tal.

ᕫ

Después de una hora de ser zarandeada, manoseada y empuja-
da de acá para allá, tengo un aspecto que Rinni considera «apropiado».

Me miro al espejo apoyado contra uno de los rincones del
dormitorio. Llevo una ristra de perlas, más larga que yo, enroscada en torno al cuello, y Rinni intentó domar los nudos y ondas
de mi pelo y forzarlos a la sumisión, pero fracasó. Mi vestido
está fabricado con una seda de primera calidad, del color de las
hojas de otoño; las varillas del corpiño mantienen mi espalda
recta como una tabla. No suelo llevar colores cálidos debido a mi
pelo; pero al verme ahora, parezco fiera.

Al menos hasta que miro mis ojos.

Debajo de ellos hay sendas sombras que jamás habían estado ahí. Me inclino hacia el espejo y observo con más atención.
Son del mismo color avellana de siempre, pero una especie de
vacío se ha instalado en donde imagino que solía estar mi determinación.

—¿Quién eres? —le murmuro a la mujer que me mira desde
el espejo. No conozco a esta mujer cuyo vestido está más en
orden que su vida. Estoy acostumbrada a tener las cosas bajo
control. Siempre he tenido un plan, desde la infancia hasta la
academia.

Pero ahora… he ganado un castillo y una corona que jamás
pedí, y he perdido todo lo que había querido en la vida.

Sé fuerte, me insisto, mientras contemplo las vetas verdes en
mis ojos avellana. Tengo que intentar sacar el mayor partido de
esto. Encontraré algo que hacer, un propósito en mi vida. Aunque quisiera escapar… *no, ni lo pienses, Luella.*

—Aquí está. —Rinni emerge del vestidor después de haber
estado hurgando un largo rato. Me aparto del espejo a toda velocidad. La generala lleva en las manos una corona de hojas de

UN TRATO CON EL REY DE LOS ELFOS 75

secuoya bañadas en oro. La deposita sobre mi frente—. Ahora al menos parecéis una reina. Podríais incluso engañar a la corte, si no abrís la boca.

—¿Perdona?

—He oído cada palabrota que ha salido por vuestra boca mientras intentaba domar vuestra melena. A la mitad de ellas ni siquiera las conocía, y eso que llevo en los barracones desde los siete años. Vamos.

—¿Toda mi existencia va a estar gobernada por ti diciéndome dónde ir y cuándo? —pregunto, sin mover ni un músculo.

—Desde luego que espero que no —dice Rinni desde la otra habitación—. Tengo cosas más importantes que hacer que serviros de niñera. Así que por favor adaptaos pronto a vuestra posición aquí.

—¿Niñera? ¿Esa es forma de hablarle a tu reina? —pregunto, al tiempo que me echo otra rápida miradita en el espejo. La reina. *Yo* soy la reina. Si me lo digo las veces suficientes, a lo mejor me lo creo. A lo mejor acabo por registrar que toda esta situación es mi nueva realidad.

—Empezad a actuar como una reina y yo empezaré a hablaros como corresponde. —La voz de Rinni suena más lejos. Oigo cómo se abre la puerta de mis aposentos—. Y ahora, a menos que conozcáis el camino al salón de trono, os sugiero que os deis prisa.

Levanto las faldas hasta mis espinillas y le hago caso.

Volvemos a bajar por las escaleras y atravesamos otra serie interminable de habitaciones, subimos otro tramo de escaleras, cruzamos una biblioteca, un vestíbulo, y después un último tramo de escaleras hasta una pequeña antecámara. Rinni apoya la oreja en la puerta.

—Escuchar detrás de las puertas no es propio de una generala... o de un caballero... ¿Qué habías dicho que eras?

Me fulmina con la mirada.

—Me estoy asegurando de que no esté en medio de algo importante. —Rinni abre la puerta y hace un gesto con la mano para que pase.

El salón del trono está justo en el centro de la fortaleza, encima del atrio principal, según parece. La pared del fondo está hecha del mismo cristal emplomado que el atrio de abajo. Sin embargo, el intrincado dibujo del plomo se extiende aquí a paneles más amplios, por lo que puedo ver las colinas y los valles al otro lado.

Hasta donde alcanza la vista, todo es marrón y gris. Los bosques están tan desnudos como los campos, y los árboles, tan marchitos como los que vi en la ciudad. Mis ojos se posan en un mundo frío y cruel.

El paisaje está eclipsado por dos grandes tronos. El de mi derecha es de madera de secuoya y tiene una forma orgánica, como si un árbol hubiese arraigado en la piedra de la sala y hubiera crecido con forma de silla.

La madera de secuoya supone un marcado contraste con el frío trono de hierro a su lado. Un hombre, tan duro e insensible como la silla en la que se sienta, como la corona que lleva sobre la frente, me mira desde lo alto. Eldas desliza sus ojos por cada centímetro de mi cuerpo en concentrada evaluación.

—Lo has hecho bien, Rinni. Incluso la más basta de las piedras puede ser pulida, según parece —sentencia Eldas al cabo de unos instantes. Giro el anillo de labradorita alrededor de mi dedo. Es como si me estuvieran juzgando.

—Me alegro de poder cumplir con tus estándares —le informo con sequedad.

El rey frunce los labios. Una oleada de tensión irradia de su interior con tal fuerza que casi me hace caer.

—Agradecería que empezaras a guardarte tus comentarios para ti sola.

—¿Perdona?

—Hay mucho por hacer, y lo más importante que debes recordar es que la reina tiene una obligación, un trabajo. —Señala el trono a su lado—. Veamos lo que eres capaz de hacer... *Siéntate.*

Agarro mis faldas tan fuerte que dejo arrugas cuando por fin abro los dedos, pero me guardo mi frustración ante la idea de que solo estoy aquí para existir como una muñeca. Estoy demasiado cansada para discutir. Puedo mantener la boca cerrada y esbozar una bonita sonrisa durante un rato mientras el rey celebra audiencias, o elabora decretos, o ve a juglares bailar cabeza abajo, o lo que sea que haga el Rey de los Elfos.

Los tacones de mis zapatos resuenan con fuerza contra el suelo mientras me dirijo hacia el rey con paso cansino.

—Las reinas deberían flotar, no andar como un caballo. —O sea que él puede hacer comentarios pero yo no, ¿verdad? Ladeo la cabeza y aprieto los labios en una línea firme. Él esboza una sonrisita, entiende mi juego silencioso—. Bueno, acepto al caballo. Al menos, ellos son silenciosos.

Relincho para fastidiarlo y creo que frunce un poco un ojo.

Giro en redondo y mis faldas vuelan a mi alrededor cuando me quedo de pie ante el trono de madera de secuoya. Mi trono. Y me siento.

En el preciso instante en que lo hago, estallo en llamas invisibles. La magia me arrasa por segunda vez en un día y me deja en carne viva. Mi visión se canaliza, se nubla, y luego se expande más de lo que jamás hubiese creído posible.

Veo las raíces de este trono, este árbol, que se deslizan hacia abajo a través de una eternidad de piedra y mortero. Se hunden muy hondo, penetran en el lecho de roca y se estiran hacia los mismísimos cimientos de la tierra.

Me da vueltas la cabeza. Tengo ganas de vomitar. Intento gritar, pero no creo que pueda moverme. Al menos, mi *cuerpo* no se mueve.

Mi mente continúa expandiéndose a través de la tierra y la roca. Una raíz toca otra. Estoy en los árboles de la ciudad, y luego en los bosques desnudos, muy lejos, debajo del castillo. Siento las hierbas en los campos, secas y quebradizas.

Muriendo. El mundo se está muriendo.

Alimento. ¡Vida!, me gritan todas las plantas y animales con una voz singular. *Dánoslo.*

Dánoslo.

¡Dánoslo, dánoslo!

Sus raíces están dentro de mí, sus puntas de madera empujan por debajo de mis uñas, se meten en mi abdomen, serpentean por mi garganta. El mundo me busca a tientas, se apodera de mí, y yo no puedo hacer nada por impedírselo.

La tierra tiene sed y yo soy la lluvia. Las bestias tienen hambre y mi carne es su alimento.

Tomad. Tomad.

Me consumirán, entera, demasiado deprisa.

Me estoy apagando.

No hay suficiente para mí y para ellos. No hay suficiente en este mundo. Todo está muriendo y me gritan para que los ayude. Una ayuda que no sé si puedo darles. Que no sé *cómo* dar.

Dos manos me liberan. Las garras de la tierra se alejan y marchitan, gritan su protesta en silencio. La luz vuelve a mí. Ojos, mis ojos... puedo ver otra vez. Pero el mundo está brumoso. Las cosas son demasiado brillantes y se mueven demasiado deprisa.

El mundo se inclina y yo me inclino con él. La bilis trepa por mi garganta y salpica por el suelo. Es el primer sonido que mis oídos logran oír. Ahora escucho voces que hablan, maldicen, pies que se mueven.

— ... trae... Poppy lo... No... quédate...

Quédate.

Noto dos brazos fuertes a mi alrededor. Me aprietan mientras tiemblo con violencia. Estoy apoyada contra algo estable, más sólido que la propia tierra.

—*Saraphina.* —La palabra me la susurra una voz familiar. No, no es una palabra. Es un nombre. Es *mi* nombre. No sé cómo lo sé, pero nada ha resonado jamás con más certeza—. *Saraphina* —repite la voz, y se hunde en lo más profundo de mi alma—. Calma. Calma.

Calma.

La palabra se asienta en mis huesos con un frío gélido. Se extiende por mi cuerpo, no del todo desconocido, pero tampoco desagradable esta vez.

Congélame, quiero rogar. *Envuélveme en hielo, en frío, en algo que haga que este horrible fuego que arde debajo de mi piel desaparezca. Congélame, o podría morir.*

—*Saraphina,* quédate conmigo.

No puedo complacerlo. El mundo se difumina en una negrura fría y yo me pierdo.

Solo que, esta vez, no hay dolor.

Ocho

Abro los ojos una rendija y miro el amanecer con amargura. Estoy de vuelta en mis habitaciones, tumbada en la enorme cama. Unas plumas se clavan en mi mejilla y en mi ojo a través de la funda de la almohada.

Cuando intento sentarme, descubro que no puedo. Mis brazos se niegan a sostener mi cuerpo. Ni siquiera puedo estirar los codos.

Con el contoneo suficiente, consigo darme la vuelta sobre la espalda y suelto un gemido monumental. Me siento como si hubiese cruzado a nado el gran estrecho de aguas revueltas entre Capton y Lanton. Soy una ballena varada, resollando, suplicando por mi vida.

Suplicando por mi vida.

Los violentos ecos de la tierra necesitada vuelven a mí. Gimo y me llevo las manos a las orejas. Es fútil tratar de bloquear sus exigencias susurradas; el sonido proviene de *mi interior*. Los gritos de hambre reverberan en mi médula.

—Te has despertado —dice un hombre desde un lado de mi cama.

Entreabro los ojos y mis manos caen inertes sobre mi almohada. A primera vista, mi mente me engaña y estoy de vuelta en mi cama. Mi padre está sentado a mi lado, escurre un paño para ponerlo otra vez sobre mi frente. Parpadeo y la ilusión se desvanece. Nada más que el recuerdo de un consuelo que no volveré a conocer jamás.

—¿Quién eres? —pregunto con voz rasposa.

—Willow.

—Bonito nombre. —Es todo brazos y piernas, escuchimizado y tan larguirucho como un sauce. Los ojos del hombre son de un triste tono azulado y me mira con pesar—. No quiero tu compasión.

—Os guste o no, la tenéis. —Escurre un paño en la jofaina que hay a mi lado y lo vuelve a poner sobre mi frente.

—¿Tengo fiebre? —pregunto.

—Un poco. Está bajando. El rey no nos quiere decir vuestro verdadero nombre, así que estamos limitados en lo que podemos hacer por ti —explica, de un modo que me indica que el tema es controvertido. Cualquiera que le haga frente al rey Eldas es amigo mío, decido—. Así que tenemos que usar medicinas más tradicionales.

—¿Y esas son…?

—Pociones, ungüentos, cualquier remedio medicinal que seamos capaces de idear.

—Lo dices como si esas cosas no fuesen suficiente. —Levanto la vista hacia él, quizá con una expresión un poco más dura de lo que pretendía, a juzgar por su reacción.

—No quise ofenderos.

—Bueno, pues lo has hecho. —Intento enderezarme por segunda vez. Willow me ayuda a apoyarme contra el inmenso cabecero tallado, y coloca uno de los varios centenares de almohadas contra mi espalda para que los intrincados dibujos no se me claven en la columna—. ¿Qué me estáis dando?

—Una poción.

—Obvio. —Pongo los ojos en blanco—. ¿Qué lleva?

—Una infusión de albahaca, jengibre y bayas de saúco.

—¿Ni siquiera estás empleando sauce? Con lo que te pareces a uno. —Arqueo las cejas en su dirección mientras me hundo más en las almohadas e intento encontrar una posición cómoda. Duele estar en mi piel—. Corteza de sauce blanco, ni te molestes con la canela para el sabor. Algo de *Spiraea* si tienes. —El hombre me mira pasmado—. Tranquilo, sé de qué estoy hablando. Fui a una academia a estudiar justo esto. Es mi trabajo.

Era mi trabajo. La corrección mental me deja vacía. Tenía una vida, un propósito y ahora... ha desaparecido.

—Muy bien. —Willow apenas se reprime de poner los ojos en blanco y vuelve a una mesa larga que está al pie de la cama. No recuerdo que estuviera ahí cuando investigué mis habitaciones por primera vez.

—¿Cuánto tiempo he estado inconsciente?

—Unas doce horas —contesta, como si tal cosa.

—Doce horas... —repito. Mis ojos se desvían hacia la ventana—. ¿Qué ocurrió? —susurro.

Mis huesos crujen y mis músculos gritan mientras retiro con brusquedad el grueso edredón que intenta mantenerme inmovilizada. Mis pies desnudos tocan el suelo, mi camisón cae hasta mis pantorrillas.

—¡Majestad!

Hago caso omiso de la llamada de Willow y de su movimiento. Mi único objetivo es la ventana. Me tambaleo hasta ella y miro la tierra a nuestros pies.

El mundo gris que me recibió ha encontrado su color.

Flores silvestres brotan en parterres en los campos ahora verdes. Veo vegetación nueva en los bosques más allá. Algunos árboles ya tienen yemas primaverales en sus ramas. Logro divisar granjeros que empiezan a labrar sus tierras. Incluso el cielo ha cambiado de un tono invernal a uno primaveral de la noche a la mañana.

Este cambio debe haber requerido más de doce horas. Parece que hubieran pasado *meses.* Hasta donde alcanza la vista, el mundo está exuberante y vivo.

—¿Qué? —Mis rodillas ceden, pero Willow está a mi lado. Es más fuerte de lo que parece. Pasa un brazo alrededor de mis hombros y me ayuda a volver a la cama—. ¿Qué ha sucedido?

—¿No lo sabéis? —pregunta.

—No sé nada —respondo, escueta.

—Mi reina... *vos* habéis pasado.

—¿Qué?

Willow suspira y se pasa una mano por sus apretados rizos negros, que lleva cortados casi al rape. Sus brillantes ojos saltan de mí a la ventana. Al final, se retira y continúa mezclando la pócima como yo le he indicado. Miro por la ventana, resignada a permanecer en la ignorancia. Aquí nadie me...

—Tardamos un año en encontraros... un año largo, frío y anormal. Hubo algún tipo de error, ¿no es así?

—Solo uno grande llamado Luke —musito. Me mira a los ojos y me da la impresión de que quizás estemos a punto de entendernos—. Tienes razón. No me educaron como a una reina. No lo sabía. Me ocultaron mi propia magia antes de que me diera cuenta de que la tenía.

No fue mi culpa, quiero decir. *No lo fue.* Entonces, ¿por qué me atribuyo las acciones de Luke? Él fue el que me hizo esto... en nombre del *amor*.

Hago una mueca y miro hacia la ventana otra vez, más amarga que el amanecer. Pasé años soñando con ese patético hombre que no hacía más que hacerme sentir inepta y débil, que intentó enjaular mis habilidades. Capton sufrió y perdió a su única curandera debido a él. Es suficiente para que me dé ganas de gritar hasta tener la garganta en carne viva.

Si no vuelvo a pensar en el amor jamás será demasiado pronto. Todo lo que hizo Luke por «amor» confirma todas las razones por las que sabía que era mala idea iniciar una relación con él; con cualquiera. El amor es una distracción peligrosa de las obligaciones de uno.

—No suena como que tuvierais mucha voz en el tema. Bueno, tampoco es que ninguna reina tenga voz en su destino. Quiero decir, no tuvisteis gran cosa que ver con que vuestra magia fuese ocultada. No podéis culparos por las acciones de otra persona. —Willow sirve su brebaje en un vaso y me lo trae.

—No tuve ni voz ni voto en nada. Si lo hubiese tenido, las cosas habrían sido distintas. —Hago acopio de valor y me bebo la poción de un solo trago. Me estremezco ante el sabor; aunque es justo como *debería* ser. Pienso en todos los remedios que he preparado solo por su sabor. Una gota en la lengua y sabía qué hierbas contenía. Una magia que nunca vi—. Así que no, no sé nada. Deberían haberme enseñado lo que sea que los Custodios enseñan durante años. Pero no fue así y ahora aquí estoy, a ciegas. —Levanto mi cansada vista hacia el hombre que me mira desde lo alto. Él es mi único salvavidas—. Cualquier ayuda aparte de las pociones sería muy bienvenida.

Willow recupera el vaso y lo sujeta entre sus manos.

—¿Qué queréis saber? —pregunta al cabo de unos instantes—. La verdadera naturaleza del rey y de la reina es algo que se guarda con celo… pero os diré todo lo que pueda.

—Empieza por tutearme y luego cuéntame, en el nombre de todos los dioses olvidados, qué pasó cuando me senté en ese trono. —Hago un gesto hacia la ventana, aunque me cuesta incluso levantar el brazo—. Después podemos seguir con cómo han cambiado las estaciones de un día para otro. Y quizás en algún momento por el camino puedas decirme por qué me siento como si hubiese caído rodando por varios tramos de escaleras al tiempo que tengo una fiebre que me deja el cerebro embotado.

—Lo básico, pues. —Deja el vaso otra vez en su mesa y luego se ocupa de acomodarme en la cama. Me dan ganas de decirle que lo deje, que puedo hacerlo yo sola, pero el hecho es que no puedo. Es más, hay algo tranquilizador en su aura. Algo que no quiero alejar de mí—. ¿Sabes cómo se creó el Vano?

—Sé lo del tratado de paz entre los humanos y los elfos. —*Sé* es una palabra un poco fuerte. He oído hablar de ello en leyendas y canciones desde que era niña, pero eso es todo—. Sé que los elfos viven detrás del Vano con todos los otros seres... no humanos... que tienen magia. Y sin el Vano para protegernos a nosotros, los humanos no mágicos, nuestro mundo sería asolado.

Me doy cuenta de que «nosotros» los humanos no mágicos ya no es del todo preciso. Soy la Reina Humana y por eso he heredado la magia de mis predecesoras. Tengo poderes que ningún otro ser humano podría siquiera soñar con poseer, y en lugar de sentirme fuerte, me siento... sola. Ya no encajo bien con mi gente y tampoco soy del todo uno de los seres del otro lado del Vano. Estoy atrapada entre medio, destinada a no pertenecer de verdad a ninguno de los dos lados hasta el final de mis días.

—Eso es verdad en parte. —Willow medio se sienta, medio se apoya en el borde de la cama y cruza los brazos—. Por lo que he entendido... antes, hace muchísimos años, había un solo mundo. Ese mundo se dividió después en dos, el Reino de los Mortales y el Más Allá, mediante lo que llamamos el Velo. Más tarde, el Reino de los Mortales se volvió a dividir en dos, creando Midscape y el Mundo Natural.

—Entonces, ¿hay tres mundos en total? ¿El Más Allá, Midscape y el Mundo Natural? —aclaro.

—Sí, y tú provienes del Mundo Natural.

—Y donde estoy ahora es Midscape —razono. Willow asiente—. ¿Qué es el Más Allá?

—Nadie lo sabe. Bueno... el rey Eldas puede que lo sepa. Dicen que al Velo que nos separa del Más Allá lo fabricó el primer Rey de los Elfos para proporcionarle orden a los vivos y a los muertos. Al hacerlo, le arrebató a los elfos la inmortalidad que les habían conferido los primeros dioses. Por eso, otras razas se arrodillaron ante los elfos. Honraron su sacrificio para poder darle el descanso final a todos y proclamaron al Rey de los Elfos como rey de reyes... regente de todos los mortales.

—Antes de que se creara el Velo, ¿la gente moría? —pregunté.

—Según las leyendas, no. —Hace una pausa—. Y antes de que lo preguntes, no tengo ni idea de cómo era la logística de la gente que vivía más allá de cuando debería haber muerto. Las historias varían y cada una es más horrible que la anterior.

—Sé bien lo que es que te cuenten historias imposibles de creer —murmuro, pensando en todas las leyendas sobre los elfos: un compendio entremezclado de verdades y cuentos populares embellecidos—. Así que, en cierto modo, ¿los elfos son los guardianes de los muertos?

—Puedes pensar en ello de ese modo. Es parte de la razón por la que nos concedieron la capacidad para encontrar los verdaderos nombres de personas, bestias y cosas.

—Encontrar los nombres... ¿eso es el Conocimiento?

—Exacto, y es el poder más fuerte en Midscape.

—¿Cómo se fabricó el Vano? ¿Fue cuando el mundo se dividió en Midscape y el Mundo Natural?

Willow mira por la ventana.

—Después de que se creara el Velo reinó la paz, durante un tiempo. Al cabo de los años, empezaron las riñas y las disputas internas. Elfos, vampiros, hadas, dríades, sirenas, y todos los seres con magia salvaje, obtenemos nuestro poder del Más Allá.

Sirenas, vampiros, hadas, dríades y más. Todas las criaturas mágicas y letales de los cuentos que me contaban de niña son *reales*. Siempre han sido reales y esperaban justo al otro lado del Vano. Me estremezco al pensarlo.

—¿Y los humanos? —pregunto—. ¿Teníamos magia salvaje y luego la perdimos?

—No, los humanos eran diferentes... Mucho después de que las hadas descendieran de las dríades, los antiguos espíritus de la naturaleza crearon a los humanos de la tierra misma. Así que los primeros humanos obtenían su magia de la naturaleza.

Intento imaginarme contándoles a mis amigos de la academia que los primeros humanos fueron creados por dríades y que hubo un tiempo en que teníamos magia. Solo pensar en sus expresiones casi me hace reír.

—Entonces, ¿los humanos y las hadas son los que más se parecen? —pregunto.

—No… piensa en las hadas como una evolución que sucedió con el tiempo y por casualidad. Los humanos fueron diseñados… fueron obra de las dríades —explica Willow—. No mucho tiempo después, las dríades se extinguieron y los primeros humanos fueron condenados enseguida al ostracismo. Había quien los culpaba por la desaparición de las dríades, aunque yo creo que cualquier cosa diferente se utiliza con mucha facilidad como excusa para el odio.

—Así que estallaron las grandes guerras y los elfos intervinieron una vez más para crear una barrera, llamada esta vez «el Vano», para separar el Mundo Natural y a los humanos procedentes de él de las varias gentes y criaturas de Midscape —razono. Mi cerebro funciona solo a medio gas. Todo mi cuerpo está exhausto, incluida la masa blandengue entre mis orejas. Si no lo digo todo en voz alta, puede que no comprenda el mundo en el que ahora me encuentro.

—Exacto. Midscape es un lugar intermedio. Pero hay solo un problema. ¿Se te ocurre cuál es? —Me echa una miradita. Luego mis ojos siguen a los suyos hasta la ventana.

—Si creas un mundo entre el Mundo Natural y el Más Allá… entonces, *no* es natural. —Acabo de darme cuenta.

—Alguien tenía que salvar las distancias —me anima. La verdad está apareciendo ante mis ojos más brillante que el sol en los campos allá afuera.

—La Reina Humana.

—¡Eso es! —Se inclina hacia delante y me da una toba cariñosa en la nariz. Luego se echa atrás a toda prisa, sorprendido de sí mismo—. Lo siento, majestad, no debería haber…

Estallo en carcajadas y me froto la nariz con suavidad.

—No pasa nada.

—Eres mi reina. De verdad que no debería haber…

—Willow, no pasa nada —repito, más firme—. Es agradable tener a alguien que me trate con amabilidad, como un amigo.

El hombre parece incómodo de repente y se pone de pie. Cuando continúa hablando, mantiene la cabeza gacha y las manos ocupadas en limpiar sus herramientas y ordenar sus productos.

—En cualquier caso, sí, la Reina Humana es la conexión entre Midscape y el Mundo Natural.

—¿Todo Midscape tiene este aspecto? ¿Primaveral? —pregunto. Willow asiente.

—Porque cuando la Reina Humana… tú… se sienta en el trono de madera de secuoya, la naturaleza puede fluir hacia este mundo.

—*A través* de mí —susurro y me estremezco, pensando en la magia que asoló mi cuerpo. El dolor fantasma de unas raíces que hurgan en mi interior se aviva debajo de mi piel. La sensación de que me están arrancando el alma, la vida, de los huesos es abrasadora. Siento mil necesidades que me gritan al mismo tiempo y yo soy una sola chica. Era del todo imposible ayudarlas a todas.

Todo lo que quiero es mi tienda. Quiero a *mis* pacientes. Quiero un mundo al que pueda comprender y un pequeño rincón del que ocuparme.

Pedí cuidar de la gente, sí… Pero nada me había preparado para esto. Ni mis padres, ni la academia, y tampoco los Custodios. Mi ineptitud puede ser más un obstáculo que una ayuda.

—¿Responde eso a tus preguntas? —dice Willow, interrumpiendo mi arrebato de autocompasión.

—Tengo una más.

—¿Sí?

—¿Por qué tiene magia la Reina Humana? —pregunto—. Ningún otro ser humano la tiene.

—Sí, los humanos perdieron su magia cuando se erigió el Vano.

Me resisto a la tentación de señalar lo injusto que es que la cosa que mantiene a los humanos a salvo de la magia salvaje, el Vano, también sea lo que los desposeyó de su magia natural.

—¿La reina conserva su magia porque se casa con el Rey de los Elfos? —Hago una pausa—. No, eso no puede ser... porque la magia le viene a la Reina Humana *antes* de casarse con el rey.

—La magia de la reina es un misterio en cierto modo. —Suena como si se lo hubiese preguntado también muchas veces—. La creencia más extendida es que la primera Reina Humana ayudó en parte a construir el Vano. Como lo hizo, su magia puede penetrar el Vano y esa magia se pasa de mujer a mujer en la ciudad de la que provenía.

—Ya veo. —Suspiro.

—No es una respuesta demasiado satisfactoria, ¿verdad? —Willow no interpreta bien mi decepción.

—Es magia. Estoy descubriendo que la magia solo tiene cierto sentido. —Sacudo la cabeza—. Solo desearía que las cosas fuesen diferentes, eso es todo... —murmuro. Luego continúo, con más fuerza—. Tú estabas cuando vivía la última reina, ¿verdad?

—Sí, pero era un niño.

Me acuerdo de lo que me había dicho Eldas. Las historias de que los elfos viven cientos de años son una gran exageración. Dudo de que Willow sea mucho mayor que yo. De hecho, no me extrañaría que fuese un año o dos más joven.

—¿Qué hizo después de sentarse en el trono? ¿Cómo será el resto de mi existencia aquí?

—Ella...

—¡Alteza, debo insistir! —Suena una repentina conmoción y una aguda voz de mujer interrumpe a Willow—. Todavía está demasiado débil.

—Ella ¿qué? —insisto. Willow me mira con impotencia mientras intento sonsacarle más información.

La puerta se abre y no recibo mi respuesta. De pie en el umbral veo dos caras nuevas. En segundo plano hay una mujer con la piel del mismo tono oscuro que la de Willow, su pelo hirsuto y canoso recogido en un moño medio desgreñado.

Delante de ella hay un hombre joven de pelo negro azabache, con destellos entreverados morados y azules, como un derrame de petróleo. Es un tono demasiado singular como para ser casualidad. Aunque solo lo he visto un puñado de veces, ese pelo está grabado a fuego en mi memoria. Sin embargo, la nariz de este hombre es más plana, y los ojos, un poco más redondos.

Aun con las diferencias, no hay forma de negar mi suposición inicial: Eldas tiene un hermano.

Nueve

—Pero si es la nueva Reina Humana, aquí, por fin. —Me sonríe de oreja a oreja y da unas palmadas—. Qué honor conocerte. Espero sinceramente no interrumpir.

—No, príncipe Harrow. —Willow se mira los pies con pinta de estar muy incómodo de repente. Su inquietud hace que un cosquilleo de cautela suba por mis brazos. Algo va mal solo por la mera presencia de Harrow.

—Bien. Podéis retiraros los dos. —Harrow hace un gesto de despedida desdeñoso con la mano en dirección a Willow y a la mujer que tiene detrás.

—Ya os dije, alteza, que necesita descansar. —La anciana elfa se pone las manos en las caderas y chasquea la lengua como si el príncipe fuese un niño—. Podéis divertiros en otro momento.

¿Divertirse? No me gusta nada el sonido de eso. El cosquilleo se convierte en unas uñas que arañan bajo mi piel.

—Puedo divertirme cuando me plazca. Es uno de los beneficios de ser un príncipe —dice, a medida que una sonrisa lenta se dibuja en sus labios—. Y ahora, fuera, los dos. Decreto que esta interacción es un asunto real.

—Eldas va a tener noticia de esto. —La mujer sigue sin moverse.

—Corre a contárselo a mi hermano. —Harrow pone los ojos en blanco—. Siempre lo haces, Poppy.

—Alguien tiene que manteneros a raya. Y no es como si fuese a hacerlo vuestra madre —musita. No obstante, en lugar de marcharse, cruza hasta mí y pone su mano en mi frente—. Soy Poppy, cariño. Provengo de una antigua familia de curanderos reales. Así que, si necesitas cualquier cosa, no tienes más que hacernos llamar a Willow o a mí.

Asiento. Hay algo en su cercanía y en su forma de actuar que me recuerda al dulce señor Abbot. Se me comprime el corazón. No tuve la oportunidad de despedirme de él ni de ninguno de mis otros pacientes. La idea de todas las personas que he dejado atrás, personas que me *necesitaban*, hace que me ardan los ojos. Casi me echo a llorar y le suplico a Poppy que se quede mientras se aparta para marcharse. Willow la sigue de cerca tras lanzarme una última mirada de preocupación.

—Así que tú eres la Reina Humana. ¿Llevamos esperando todo este tiempo por... *ti*? —En el preciso instante en que nos quedamos solos, Harrow me mira de arriba abajo. Aunque la poción de Willow empieza a hacer efecto, ni siquiera me molesto en intentar ponerme más recta. Es imposible ser intimidante mientras estás tumbado en una cama.

—Eso parece —digo con tono seco.

—Dado tu numerito en el trono de secuoya, creo que el hecho es obvio. —Se acerca despacio.

—Me alegro de que lo hayamos aclarado. ¿Hay algo más con lo que pueda ayudarte? —Lo miro con los ojos entornados.

Sus ojos azul marino se iluminan de un azul glacial en respuesta, algo que he aprendido a asociar con el Conocimiento. Acaba de tratar de averiguar mi verdadero nombre y me estremezco al pensar en lo que podría haber hecho con él. Harrow hace una mueca y mira el anillo de labradorita en mi dedo. Cierro los puños. No esperaba que los enemigos que había mencionado Eldas estuviesen *dentro* del castillo.

—Mi hermano, tan detallista como siempre y perpetuamente empeñado en arruinarme la diversión. —Harrow suspira—. Bueno, levántate.

—¿Qué?

—He dicho que te levantes.

—No puedes...

—¿Que no puedo qué? —Arquea las cejas—. ¿Darte órdenes? ¿Qué vas a hacer al respecto? ¿Acaso sabes cómo utilizar tu magia siquiera? —Frunzo los labios—. No eres la única que lleva una corona en este castillo. —Da unos golpecitos en la diadema de hierro sobre su frente para dar énfasis a sus palabras.

—No, no lo soy. Eldas también lleva una. Y su corona es mucho más impresionante que la tuya.

La ira centellea en sus ojos, tan deprisa que casi no la veo, pero enseguida la enfría con una risa y la sustituye con una gracia perversa.

—Bien, no eres una mosquita muerta. Sería aburrido que lo fueras. Ahora, levántate. He aceptado permitir que unos cuantos miembros de tu corte tengan el honor de echarle un vistacito anticipado a su nueva reina.

—*Tu* corte puede pudrirse en el infierno.

Frunce un poco un ojo.

—Levántate o te obligaré a hacerlo.

—Sal de mi habitación.

—¿O *qué*?

Tiene razón. No tengo ni idea de cómo utilizar mi magia. Y aunque tuviese una manera de contactar con Eldas, dudo que se pusiera de mi lado o que mi aprieto le importara lo más mínimo. Él fue el que me hizo sentarme en el trono sin previo aviso y luego se lavó las manos con respecto a mí. Estoy sola en este lugar.

—Eso pensaba. —Su sonrisa se ensancha. Se gira hacia mis sábanas y sus ojos centellean de nuevo. Las sábanas se envuelven a mi alrededor como un capullo y me levantan por los aires. Forcejeo contra la tela que me ha atrapado, pero está demasiado apretada. Tengo los brazos inmovilizados, las piernas rectas como palos.

La magia que ilumina el rostro de Harrow se apaga cuando me deposita en el suelo, de pie delante del vestidor. Las sábanas caen en un montón alrededor de mis pies sin hacer mayor mal.

—¿Te vas a vestir sola? ¿O tengo que hacer que tu ropa te vista? Tú eliges.

Con una última mirada asesina, intento entrar en mi vestidor con la mayor dignidad que me permite mi cuerpo agotado.

Harrow llama a este sitio el rincón del almuerzo, que es un nombre de lo más inapropiado, pues la sala no parece tener nada que ver con el almuerzo ni con los rincones.

Es enorme. Por supuesto que lo es. Tan grandiosa como todo lo demás en este lugar.

Unos espejos bañados en oro cubren la pared de la derecha según entras. En sus cristales se reflejan las ventanas de gruesas cortinas que dan a la ciudad a la izquierda. Hay cinco mesas repartidas por la sala: cuatro más pequeñas dispuestas para cuatro comensales, y una más grande en el centro, para seis.

Ante esta última hay tres personas. Todas hacen caso omiso de la torre de pasteles y aperitivos que ocupan el centro de la mesa, y me miran.

—No dejéis que yo os distraiga. —Me acerco sin esperar a Harrow y echo mano de una de las relucientes tartaletas de fruta del estante de arriba—. No soy en absoluto tan fascinante como esta comida.

—Estamos en total desacuerdo con eso. —Una mujer de pelo negro y liso que le llega hasta la cintura se inclina hacia delante para apoyar ambos codos sobre la mesa.

—Quizá debamos hacerle caso. Seguro que tiene autoridad acerca de lo interesante que es. —Un hombre de piel marrón se ajusta sus gafas de gruesos cristales y bebe un sorbito de té de la delicada taza que tiene delante.

El tercero no levanta los ojos del libro que está leyendo.

Harrow se sienta y planta los pies en la silla vacía.

—Su majestad, te presento a mis amigos. Jalic es el fabuloso espécimen de gafas. —Jalic pone los ojos en blanco—. Nuestro tipo fuerte y silencioso es Sirro —continúa Harrow.

El hombre me mira entre sus largas pestañas y sus ondas de pelo castaño. Al final, debe de decidir que soy menos interesante que su libro, porque vuelve a él a toda prisa.

—Y por último, aunque no menos importante, desde luego, está la más bonita acróbata de todo Lafaire, la única e inigualable...

—Ariamorria —termina ella con una sonrisa de dientes torcidos—. Pero llamadme Aria. Encantada de conoceros, majestad.

—Sí, el placer es mío —miento, y me meto la tartaleta entera en la boca. Esperaba el sabor a cereza. Lo que no esperaba era que viniese acompañado de algún tipo de pimienta tan picante que me sale vapor por las orejas. Tan rápido como entró, la tarta leta vuelve a salir por mi boca. La escupo en el suelo y me abanico la lengua.

—¡Parece un perro! —Aria comparte risas con Harrow.

—Supongo que realmente es la verdadera reina si la comida de Midscape no le sabe a ceniza. —Jalic intenta, pero no logra disimular su diversión detrás de la taza de té. Incluso Sirro se ríe entre dientes.

Yo corro a servirme una taza de té. Está casi hirviendo, pero estoy dispuesta a escaldarme las papilas gustativas si eso detiene el ardor de las especias. La sala da vueltas a mi alrededor y me apoyo en una de las sillas.

—Creo que le has echado demasiado —le dice Aria a Harrow—. Parece mareada.

—Si se vuelve a desmayar estoy seguro de que mi hermano la levantará del suelo y ya está, como lo hizo la última vez. A lo mejor podemos empezar a llamarla «la reina desmayada»... Si lo intentáramos, podríamos hacer que la mitad de la ciudad adoptase el título antes de la coronación.

Más risas. Agarro la silla tan fuerte que los nudillos se me ponen blancos. Me cuesta encontrar la voz.

—¿Por qué? —Miro a Harrow y luego paseo la vista por el resto. Ninguno de ellos tiene la decencia de fingir culpa siquiera.

—Oh, no nos mires con esa expresión asesina. —Harrow me da unas palmaditas en la mano—. Es solo una pruebecita, eso es todo, para asegurarnos de que eres la verdadera reina.

—Creí que haberme sentado en el trono de secuoya era suficiente. —Hago un gesto hacia las ventanas tras las que luce un día primaveral—. ¿*Todo eso* no basta?

—Nos has traído la primavera después de años de invierno. ¿Qué quieres, una medalla? —Harrow arquea las cejas—. Ese es tu trabajo, *humana*.

El papel de la Reina Humana es existir. Las palabras se repiten una y otra vez, y cada vez averiguo otro nivel de verdad. Al principio creía que significaba que a la Reina Humana la ignoraban y la dejaban a un lado, un peón para el duradero tratado de paz. Luego, después de hablar con Willow, había pensado que la Reina Humana tenía que existir para «recargar» la naturaleza de Midscape. Pensé, tonta de mí, que eso me conferiría algo de respeto, o incluso veneración.

No.

No les importa. Soy solo una herramienta para hacer que florezcan sus plantas y sus campos sean fértiles. A sus ojos no soy más que un saco de abono.

—Gracias por esta prueba. Me alegro de haber podido resolver vuestras dudas. —Me enderezo y me aparto de la silla. Todavía tengo la boca en llamas y me empieza a palpitar la cabeza. El dolor alancea mis sienes y no sé si es por la fiebre o por la abrasadora comida picante—. Ahora, me voy.

Hago ademán de marcharme, pero Harrow me agarra por la muñeca.

—No, quédate. Todavía no hemos terminado contigo.

—Es muy excepcional que alguien vea a la reina antes de su coronación. ¡Un verdadero honor! —exclama Aria—. Queremos tener la oportunidad de conoceros.

—¿Torturándome?

—No seáis tan dramática. —Aria entorna los ojos—. En serio, si no sois capaz de soportar una broma pesada, no sobreviviréis aquí en Midscape.

—Solo espera a que vea su primera pelea de osos. Apuesto a que entonces sí se desmaya. ¿Por qué no encargamos varias como regalo de coronación? —Jalic apoya la barbilla en la palma de su mano y remueve el té con una cucharilla. Ni siquiera quiero saber lo que es una «pelea de osos».

—Me voy —digo una vez más, y suelto de un tirón mi muñeca del agarre de Harrow.

—Dudo que sobreviva a su coronación. —Aria se ríe como una histérica y el sonido me parte la cabeza en dos.

Me niego a dejar que me provoquen. Voy a ser la más madura de todos y me voy a marchar.

Harrow tiene otros planes. Las puertas se cierran delante de mí por arte de magia.

—Quédate. Tenemos que contarte los detalles de la coronación y los ritos primaverales, y antes de que lo sepas, será el solsticio de verano. No quieres avergonzarte por no conocer lo básico de las costumbres élficas, ¿verdad? Sobre todo, no después de haber hecho quedar a mi hermano como un tonto escondiéndote durante un año entero.

—Yo no he hecho quedar a nadie como un tonto. —Me mantengo de espaldas a ellos y cierro los puños.

—Oh, sí que lo hiciste. No es que me importara lo más mínimo —continúa Harrow—. Fue un espectáculo digno de ver. Es muy raro ver a Eldas desquiciado.

—Déjame marchar.

—No creo que me apetezca.

Me giro en redondo, vuelvo hasta ellos hecha un basilisco y estampo la mano sobre la mesa con tal fuerza que los platos se entrechocan con estrépito. Uno de los jarrones lleno de rosas recién cortadas casi se vuelca.

—Oh, dejad de poner caras. —Aria agita una mano por el aire como si yo fuese un bicho molesto.

—Si no me dejáis marchar…

—Deja que reitere lo que dije. —Harrow se inclina hacia delante—. ¿Qué vas a hacer?

Mi brazo sale disparado antes de que sus ojos puedan centellear. Agarro una de las rosas del jarrón. Mi intención era tirársela a la cara, arrojarle todo el ramo lleno de espinas y después estamparle el jarrón sobre la cabeza.

Pero las espinas se clavan en mi propia piel primero. Mi sangre gotea sobre el mantel blanco y siento como un tirón en la palma de la mano. Es sutil, como un susurro, un amigo invisible que está dispuesto a hacer lo que yo quiera.

Magia. Me doy cuenta un segundo antes de que sea demasiado tarde. Ese tirón es magia.

De repente, las rosas de la mesa se retuercen como serpientes. Estallan de su jarrón y Harrow me suelta, sobresaltado. Aria casi da una voltereta hacia atrás al levantarse de su silla para evitar el agua y las enredaderas. El libro de Sirro está en el suelo.

Doy un paso atrás, la flor resbala de mis dedos. Pero las rosas de la mesa ya están vivas. Crecen en tamaño hasta que los capullos son tan grandes como platos y las espinas son como pequeñas dagas. Las plantas serpentean por toda la sala, buscan cortar profundo a estas personas crueles.

—¿Qué demon…? —blasfema Harrow.

—¡Abre, Harrow! —le ruega Aria. Las puertas se abren solas.

—¡Hora de irse! —Jalic huye de la sala antes de que las plantas puedan cortarles la ruta de escape. Sirro le pisa los talones.

—Harrow, dejemos a la reina en paz. —Aria tira de él.

—¿Cómo te atreves? —susurra el príncipe mientras lo arrastran hacia la puerta.

—¿Cómo te atreves *tú?* —contraataco, furiosa—. Sal de aquí y no vuelvas a molestarme jamás.

Aunque huyen, mi ira alimenta aún más las enredaderas descontroladas. Una red de púas se extiende ante la puerta y trepa por las paredes y el techo. Rosas del tamaño de paraguas florecen ahora como lámparas de araña.

Caigo de rodillas, boqueo en busca de aire. Intento deshacerme de la magia, pero se ha apoderado de mí en la misma medida que de las plantas.

Las ventanas están cubiertas por completo y me quedo sumida en la oscuridad. Oigo el follaje sensible que cruje por encima de los muebles, rompe los cristales de los espejos. Los tallos siguen deslizándose, se acercan a mí como serpientes. Las enredaderas resbalan por encima de mis piernas, dejan profundos cortes a su paso. Ni siquiera grito; estoy demasiado cansada como para que me importe.

Muerte por enredadera. Así no era como esperaba morir. Cierro los ojos y suspiro.

No.

No… Si muero ahora, jamás podré volver a Capton. Si muero, es probable que elijan a otra joven porque el poder pasará a otra mujer. Quizá sea como yo y tenga objetivos y sueños personales. La apartarán de la gente que la necesita. Y este maldito ciclo continuará.

Si vivo, tal vez tenga una oportunidad de ponerle fin, ¿no? Ese solitario pensamiento es como un destello en la oscuridad. Un trueno silencioso, que casi suena como la voz de mis padres cuando murmuraban a altas horas de la noche sobre lo injusto de todo este sistema, llega corriendo detrás del pensamiento. Abro los ojos de nuevo.

A lo mejor mi padre tenía razón. A lo mejor hay una manera de salir de esta prisión que ha sido impuesta durante siglos sobre las mujeres de Capton. Si los elfos son capaces de separar mundos, ¿no podríamos encontrar una manera de vincular el Mundo Natural con Midscape? ¿Alguna vez se habrá intentado?

Aunque fracase, no puedo volver a casa si estoy muerta. Capton todavía me necesita. De algún modo, encontraré una manera de ayudarlos. Les juré a mis amigos y familiares que lo haría.

—Basta —procuro ordenarles a las plantas—. Ya basta.

Discuto con mi magia para recuperar el control, pero el poder es una bestia tan espinosa como las plantas que se alimentan de él. Me quito las enredaderas de las piernas, suelto un grito de dolor e intento ponerme de pie.

Si mi magia las hizo, mi magia puede controlarlas. Tengo que creer que es verdad. Conseguí levantarme del trono de madera de secuoya de algún modo, ¿verdad? Y el mundo me tenía mucho más atrapada entonces.

Este no es el trono que está impregnado de miles de años de magia. Estas son solo unas cuantas flores. Solo tienen el poder que yo les he dado.

Céntrate, Luella.

En lugar de retroceder y enroscarme sobre mí misma, extiendo mi voluntad hacia las plantas. Poco a poco, empiezan a contraerse.

Eso es. No sé si me estoy animando a mí misma o a las enredaderas. *Menguad; dejadme ver el día.* Una luz parpadea a través de las ventanas cuando las plantas retroceden, despacio.

De pronto, se estremecen. Observo la magia marchitarse, robada de mis manos. La vida del interior de las plantas desaparece. Se arrugan, se vuelven quebradizas, negras, y luego se desintegran en polvo que se dispersa en forma de humo.

Tras desaparecer la maleza, la sala es un desastre con olor a rosas. De pie en la entrada, veo a un ceñudo Eldas.

Diez

—¿Es que no puedo dejarte sola ni un rato? —me regaña.

—No ha sido culpa mía. —Oscilo sobre los pies, exhausta. Me arden las mejillas, pero no sé si es de fiebre o de vergüenza.

—Ahórramelo.

—¡No lo ha sido!

—¿Quién más podría haber hecho esto? —Eldas camina hacia mí—. ¿Alguna *otra* Reina Humana con el poder de manipular y controlar la vida misma? —Continúa hablando antes de que tenga ocasión de contestar—. Porque durante toda mi vida me dijeron que esperaba *solo a una mujer*. Pero si me he pasado todos estos años recluido y solo para nada, entonces por favor, cuéntamelo. Me encantaría saber qué opciones tengo.

¿Recluido y solo? Las palabras llaman mi atención, pero sé que si intentara preguntarle al respecto solo pondría los ojos en blanco, en el mejor de los casos. ¿Una pregunta para Willow, quizá?

Respiro hondo.

—Todo esto ha sido culpa de Harrow —digo, con la mayor calma posible.

Un fogonazo de sorpresa cruza su cara, seguido de ira. Eldas se apresura a reprimir las emociones, a esconderlas otra vez debajo de esa máscara fría e indiferente que le he visto llevar la mayoría de las veces.

—Harrow fue el que me sacó a rastras de la cama... de un modo bastante literal. Yo no tenía ningún interés en estar aquí.

—Eldas abre la boca para hablar, pero continúo por encima de sus palabras. Mi sangre empieza a bullir ante el mero recuerdo de Harrow. Señalo con un dedo directamente a su rostro, casi hasta el punto de tocarle la nariz—. ¿Y sabes qué? Aguanté sus provocaciones sin despeinarme. Soporté sin problema que se rieran a mi costa. Incluso toleré la bromita que habían decidido tenderme. Pero cuando quiso retenerme aquí en contra de mi voluntad, eso no pude soportarlo. —*Porque estoy harta de que me controlen hombres como él, como Luke y como tú*, estoy a punto de decir, pero logro reprimirme a tiempo.

Sus ojos se oscurecen de un modo que me atrevería a decir que es... ¿protector? Deben de ser imaginaciones mías.

—¿Qué te ha hecho?

—Me encerró aquí dentro con su magia salvaje.

Eldas mira hacia las ventanas. Algunos de los cristales se han roto y un fuerte viento sopla por la sala. Frunce el ceño aún más.

—Hablaré con mi hermano. Mientras tanto, apostaré a Rinni a la puerta de tus aposentos... al menos hasta que Harrow se aburra de ti. Ella será más disuasoria que Poppy o que Willow.

—Poppy intentó decirle que no lo hiciera —me apresuro a añadir. No quiero que la amable mujer se meta en un lío por algo que no fue culpa de ella en absoluto.

—Lo sé. Fue Poppy la que vino a buscarme, y por eso acudí de inmediato. Lo creas o no, conozco a mi hermano y sus gamberradas. —Vuelve a fruncir el ceño.

—Entonces, deberías tenerlo más controlado.

—Debería tener muchas cosas en mi castillo más controladas, pero aun así, parecen disfrutar poniendo a prueba mi paciencia. —Devuelve los ojos a mí—. Empezando por tu magia.

—Eldas camina a mi alrededor, como si yo fuese una escultura a la que tuviera que inspeccionar en busca de defectos. Según lo que sé de él hasta ahora, sospecho que encontrará muchos—. La magia no es tan difícil. Esperaba que tuvieras un *poquito* de control.

—¿En serio? Porque yo no esperaba tener magia en absoluto. —Lo miro a los ojos otra vez.

—El trono tenía hambre y no pudiste evitar que se alimentara de ti. Tu magia es débil y eso casi te mata. Estas enredaderas hubiesen hecho lo mismo para alimentarse de tu poder. —Sus ojos bajan a mi falda desgarrada y a mis piernas, que aún sangran—. Luella, eres un faro de luz en un mundo que está muy cerca de la tierra de la muerte. Midscape cada vez se acerca más al Velo y al Más Allá que al Mundo Natural. —Recuerdo lo que dijo Willow acerca de que los elfos obtienen su poder de la tierra de los muertos—. Eso te convierte en un blanco fácil aquí. Todos deseamos lo que no podemos tener, incluso la propia magia. Y tú eres la personificación de todo lo que le han arrebatado a este mundo.

—Hubiese agradecido esta explicación por tu parte antes —musito.

—En circunstancias normales, no suele ser trabajo del rey.

—¡Pero nada de esto es normal! —exclamo. Abro los brazos por los aires y gesticulo hacia la sala a nuestro alrededor. El movimiento me hace perder el equilibrio y me bamboleo un poco. Solo estar de pie ya es demasiado. Doy un paso hacia atrás. Mis rodillas ceden e intento averiguar cómo voy a dejarme caer al suelo sin perder la *poca* dignidad que me queda.

Eldas llega a mi lado en un abrir y cerrar de ojos. Pasa un brazo por detrás de mi espalda, se inclina hacia delante y pone el otro por debajo de mis rodillas. Se me hunde el estómago en la pelvis cuando me levanta en volandas.

Es más fuerte de lo que parece.

Alzo la vista hacia el hombre. Él se gira hacia mí y ninguno de los dos dice nada. Me pongo roja y ahora no le puedo echar toda la culpa a la fiebre… no cuando los fuertes músculos de sus hombros y su cuello están debajo de mis manos. Me pregunto si él sentirá la misma sensación cosquillosa cuando nos tocamos. Nos quedamos callados. Yo estoy capturada por sus manos y él parece capturado por mi mirada.

—Eldas —digo en voz baja—. Necesito la ayuda de *alguien* aquí. No tengo demasiadas opciones. Sea o no tu trabajo… por favor, enséñame.

Sus ojos se oscurecen ante la mera idea de ayudarme.

—Tengo deberes que no puedo desatender.

Intento moverme, pero es una situación incómoda y el movimiento solo me aprieta más contra él. La sensación cosquillosa me abruma y me siento mareada, pero no de un modo agobiante. Trato de mantener la concentración.

—Sé bien lo que es el deber. —Me mira con escepticismo—. Es verdad —insisto—. Tal vez no habrán sido lo mismo que todos tus deberes como rey, pero yo tenía mis propias obligaciones en casa.

No me cree. Lo noto en su cara. No estoy llegando a ninguna parte al querer razonar con él.

Intentemos otra cosa, Luella.

—Ya que hablamos de deberes y obligaciones… ¿No sería una de tus obligaciones como rey ayudar a que la Reina Humana hiciera la transición a su papel?

Suelta un gran suspiro y cambia un poco su agarre. Sus fuertes músculos ondulan debajo de mí. Jamás me habían sujetado así. Las pocas veces que estuve en brazos de Luke me sostenía como dentro de una jaula. Entonces no me di cuenta, pero ahora lo veo claro. Los brazos de Eldas son de una robustez sorprendente, seguros pero considerados, como si pudiera escurrirme de su agarre en cuanto quisiera, pero, al mismo tiempo, como si no tuviera nada que temer. Estaré aquí solo durante el tiempo que los dos queramos.

—Por favor. —No puedo mirarlo a los ojos cuando suplico. Odio sentirme tan impotente. Pero no es la primera vez que he tenido que depender de la amabilidad de otras personas para recibir una educación, y desde luego no será la última—. Necesito algo que hacer aquí, algún tipo de propósito.

—Vale. —Lo dice tan bajito que me pregunto si lo he imaginado.

—¿En serio? —pregunto, escéptica. No esperaba salirme con la mía. Creo que debería estar emocionada, pero la aprensión estrangula todas mis emociones.

—Por el momento, te voy a llevar de vuelta a la cama. No vas a aprender nada en este estado —dice, casi con ternura. Siento su voz en la misma medida que la oigo. El sonido retumba por su pecho y reverbera a través de mi costado. El calor se esparce hacia abajo desde mi cabeza y se arremolina en mi bajo vientre.

Recupera la compostura, Luella. Puede que sea el hombre más atractivo que he visto en la vida. También puede que, técnicamente, sea mi marido… pero a él le molesta este matrimonio tanto como a mí.

Todo lo que quiere es mi existencia. Cuanto antes sea consciente de eso, mejor.

Frunzo los labios y dejo que el rubor se enfríe mientras Eldas me lleva en brazos a mis aposentos. Poppy está ahí, esperándonos. Chasquea la lengua mientras Eldas habla en mi nombre y le proporciona un resumen de lo ocurrido.

—Vuestro hermano es peor con cada día que pasa —comenta Poppy en tono sombrío—. Temo por cualesquiera tierras sobre las que vaya a gobernar.

—Se volverá disciplinado en cuanto tenga responsabilidades reales —dice Eldas con frialdad. Me deposita en la cama. Sus manos se demoran en mí solo un segundo más de lo que creo necesario, luego se apresura a retroceder. La ternura de sus brazos y manos no fue más que mi imaginación. Está claro que está encantado de librarse de la carga que supongo. Un hecho aún más patente cuando se vuelve hacia Poppy.

—Cúrala. No debe entrar ni salir nadie de esta habitación excepto Willow o tú; y eso la incluye a ella. —Eldas me mira—. Retomaremos el trabajo dentro de dos días. Debes aprender a controlar tu magia si quieres sobrevivir aquí, y si yo debo ser tu maestro, que así sea. Asegúrate de estar bastante fuerte para poder mantener el ritmo de mi tutela.

Se dirige hacia la puerta y yo me enderezo un poco. Poppy ya está curando los cortes de mis piernas.

—¿Qué pasa si no logro controlar mi magia? —Me da un poco de miedo preguntarlo, pero tengo que saberlo.

Eldas desliza la mirada desde mí hacia la manga de su chaqueta, manchada con mi sangre. Frunce el ceño. Apenas soporto ver cómo lamenta más las manchas del vistoso raso azul que mis heridas.

—Lo harás —dice al fin. Espero que cambie de opinión o haga algún comentario cortante más, pero no lo hace. Contemplo cómo el rey se marcha en silencio y me quedo ahí plantada, preguntándome si esos serán los mejores ánimos que es capaz de dar. Y si lo son… entonces quizás haya algo de esperanza para mí después de todo.

Once

Una llamada seca a la puerta anuncia a Rinni.

—¿Cómo os encontráis hoy, majestad?

—Estoy bien. —*No lo estoy*. Miro por la ventana. Llevo un traje de seda verde esmeralda cuyas largas mangas se estrechan para acabar en punta por encima del dorso de mis manos. A diferencia del último vestido que usé, este no tiene varillas en el corsé y la falda es sencilla, lo que me proporciona más movilidad.

—Muy bien, vamos, pues —dice Rinni, atenta. Me pregunto qué ve en mí y qué le han contado sobre el incidente de ayer. Pero no digo nada. La sigo en silencio, mientras abrazo mis últimas esperanzas de que hoy vaya a ser un día productivo. Eldas me va a ayudar a aprender a usar mi magia, y una vez que tenga conocimientos básicos, puede que empiece a encontrar un sitio aquí.

Recorremos el mismo camino hasta el salón del trono. Igual que la otra vez, Rinni escucha con la oreja pegada a la puerta, supongo que para comprobar si Eldas está hablando con alguien.

—¿Con quién se reúne Eldas? —pregunto en voz baja antes de que pueda abrir.

—Con reyes y reinas de los otros seres de Midscape, con lores y damas elfos de Lafaire que supervisan a sus vasallos, y con ciudadanos que viven en el valle, aquí en Quinnar.

—¿La ciudad en la que estamos ahora es Quinnar? ¿Y Lafaire es el reino de los elfos?

—Sí y sí. —Responde a mis preguntas sin hacerme sentir mal por no conocer ya esa información. De hecho, me hace un favor al continuar. Espero que sea una buena señal para el día por venir—. El reino de los elfos, Lafaire, está situado en la punta del Vano, en el extremo más septentrional de Midscape. Al nornoroeste de nosotros están los clanes de hadas desperdigados por los campos y bosques. Solía ser el reino feérico de Aviness, antes de que las luchas intestinas los desmembraran hace dos mil años. Siguen luchando entre ellos por territorios; rara vez con nosotros ya. Los vampiros habitan en las montañas orientales, y los lykins, al norte de ellos, en los bosques verdes. Las sirenas viven en las aguas del extremo norte, más allá de las marismas, justo al borde del Velo.

Trago saliva con esfuerzo. Todavía estoy asimilando la idea de que haya *tantísimo* más aparte de los elfos al otro lado del Vano.

—Recordad —continúa Rinni— que todas esas gentes se arrodillaron ante los elfos cuando se creó el Velo, ante la estirpe de la que proviene Eldas. Eso significa que, por extensión, se arrodillan ante ti.

—Intentaré recordarlo cuando me encuentre de frente con un vampiro de largos colmillos —murmuro.

—No es probable que eso suceda… No han emergido de sus bastiones en las montañas desde hace siglos. No se les ha visto ni un pelo. —Rinni va hacia la puerta. La detengo de nuevo, agarrándola de la otra mano.

—Una pregunta más.

—¿Qué? —Ahora parece cabreada.

—Los vampiros, ¿de verdad… se alimentan de humanos para vivir? —*Como decían las viejas leyendas.*

—Si de verdad se alimentaran de humanos, ¿cómo seguirían vivos? Puesto que los humanos están al *otro lado* del Vano. —Rinni me lanza una mirada ceñuda.

—Bueno, dijiste que hacía siglos que no se los veía.

—Eso no significa que estén todos muertos. De vez en cuando nos llegan rumores de su actividad.

—Vale, ahí tienes razón. —Aunque en cierto modo desearía que se hubiesen extinguido—. Pero otras criaturas, animales incluso... Lo que estoy preguntando es si necesitan ingerir sangre para vivir.

—No seáis tonta. —La mujer niega con la cabeza y suelto un suspiro de alivio—. Los vampiros no necesitan sangre para vivir. Comen comida normal, como el resto de nosotros. Necesitan sangre para su *magia*. Tened cuidado de no dársela nunca, o podrían arrancaros la cara de cuajo. —Se me agarrota el estómago del miedo. Rinni abre la puerta antes de que pueda preguntar nada más—. Majestad, he traído a la reina.

—Llegáis tarde. —Eldas se levanta del trono en cuanto entro en el salón; sus ojos saltan de mí a Rinni.

—Es culpa mía. Tenía algunas preguntas para Rinni y eso nos demoró —me apresuro a decir. Rinni me lanza una mirada apreciativa, y se la devuelvo con un leve asentimiento. No voy a dejar que su amabilidad sea castigada.

—¿Eso es verdad? —Mira a Rinni, que asiente. Eldas frunce los labios—. No dejes que vuelva a ocurrir. Ahora, retírate. —Rinni se marcha y Eldas devuelve su atención seca hacia mí—. ¿Y?

—Y, ¿qué?

—Has llegado tarde. ¿No tienes una disculpa para mí?

Parpadeo varias veces. El Eldas protector y en cierta medida atento que vi ayer ha desaparecido. Pero no tengo ganas de enfrentarme a él.

—Lo siento —me obligo a decir.

—Si vamos a trabajar en tu magia, también deberíamos trabajar en tus modales. Queda poco tiempo para tu coronación y para entonces debes ser la imagen perfecta de una reina. Tus súbditos han aguardado un largo y amargo año de más para conocerte. Hazles el honor de ser lo que esperan de ti y más.

—La forma en que lo dice me hace pensar en que el amargado es él—. Así que «lo siento, *majestad*» hubiese sido más correcto.

—Pero eres mi marido. —Aunque en verdad no haya actuado como tal y esto sea una farsa de matrimonio, al menos voy a intentar utilizarlo en mi beneficio—. ¿De veras es necesario algo así entre nosotros?

—Antes que tu marido soy tu rey. —Los labios de Eldas se tensan en un rictus de desaprobación—. Por lo tanto, es muy necesario.

—Muy bien, *majestad* —me fuerzo a decir. Ya he vivido de acuerdo con las expectativas de otras personas antes. Puedo hacerlo ahora. Solo desearía que esas expectativas fuesen algo más que vestidos bonitos y modales educados. Algo más... útil—. Yo, sin embargo, te permito que me llames Luella.

—Te llamaré como me plazca.

—Perfecto. ¿Nos centramos en lo que tenemos entre manos, *majestad*? —Cada vez que digo la palabra lo hago con un poco más de retintín.

Está claro que Eldas se ha percatado del ligero tono sarcástico. Entorna los ojos, pero no hace ninguna alusión al respecto. Una pequeña victoria para mí, creo. Si quiere ser difícil, entonces eso es lo que va a encontrar como respuesta.

Si quiere ser amable y considerado, como ciertos detalles que vi ayer... entonces quizás obtenga eso también como respuesta. Pero no voy a contener la respiración.

—No hay nada mejor para aprender a controlar tu magia que el trono. Así que te vas a sentar de nuevo en él.

La sugerencia hace que me repliegue sobre mí misma. Hasta el último rincón de mi ser se revuelve. Trato de mantener la compostura como puedo.

—De hecho, yo tenía otra idea —aporto.

—¿Oh? Cuéntamela. No puedo esperar a oírla —dice arrastrando las palabras.

—Por el momento, ¿no sería posible que llevara puesto algo de obsidiana negra? Creo que la llamaste así. Ella reprimió mi magia durante años. —Antes de terminar de hablar ya veo que va a decir que no funcionará.

—La obsidiana negra reprime tu magia, sí, para *tu uso*. No elimina ni cambia la profundidad de tu poder. Si acaso, llevar obsidiana negra solo te haría más vulnerable a los ataques porque no serías capaz de defenderte con eficacia.

—Pero...

—Es más —me interrumpe y se acerca a mí. El hombre ni siquiera puede andar sin ser terriblemente apuesto e intimidante al mismo tiempo, por la forma en que la luz juguetea sobre las líneas afiladas de su rostro. Es inquietante—. En algún momento, necesitarás hacer magia. ¿Qué pasará si no controlas tus poderes?

—Vale, lo...

—Y la verdadera pregunta es... ¿por qué *querrías* deshacerte de tu poder? —Ahí se interrumpe. Sus ojos se iluminan al juzgarme—. Eres la Reina Humana. Eres la personificación de la vida y de la naturaleza. Y estás dispuesta a tirarlo todo por la borda. Escupes a la cara de todas las mujeres poderosas que vinieron antes que tú. Avergüenzas sus nombres y su recuerdo.

—Ahí te has pasado —espeto cortante. Hasta ahí llegaron mis esperanzas de que el día de hoy pudiese transcurrir de un modo pacífico.

—¿Ah, sí? —Sacude la cabeza y el juicio se endurece para convertirse en un disgusto injusto—. Hay gente que necesita tu magia. Y estás dispuesta a darles la espalda. ¿Por qué? ¿Porque es *demasiado difícil* para ti? Preferirías volver a tu patética existencia en ese pueblo de mala muerte. Hablas de obligaciones, pero dudo de que te hayas preocupado nunca por nadie aparte de por ti misma.

Lo golpeo en la cara y la bofetada resuena por toda la sala. Juré ayudar a otras personas, no hacerles daño, pero la familia real de Midscape está haciendo que ese juramento sea imposible de mantener. Me sorprende lo mucho que me pica la mano. Tal vez de verdad esté esculpido en mármol. Sus pómulos son tan afilados que podrían haberme hecho sangrar.

La cara de Eldas apenas se mueve. Aunque le he pegado, sigue mirándome desde lo alto. Solo que su expresión es ahora una lámina en blanco.

Su mejilla pálida ni siquiera se ha puesto roja.

Había acudido ahí con la mejor de las intenciones. Había acudido ansiosa por aprender. Y aun así me lo echa en cara.

—*No vuelvas* a insultarme —digo con firmeza—. No sabes nada sobre mí. No sabes lo que he hecho, por lo que he luchado, lo que me he *ganado*. Pasé años estudiando, aprendiendo y practicando a costa de no querer nada para mí misma. Me gané el respeto de mi comunidad y de mis pacientes, tanto que me dieron el dinero que habían ahorrado con el sudor de su frente para que pudiera recibir una educación con la que luego los podría servir mejor.

»Puede que mi vida no le parezca gran cosa a alguien venido de un grandioso castillo, pero ¿sabes qué, *majestad*? —me burlo—. Yo trabajé para conseguir lo que tenía y trabajé cada día para conservarlo, para conservar la estima, el respeto y la confianza de mi comunidad. Trabajé para ello porque es lo que elegí para mí.

»No sabes nada sobre mí y aun así me insultas cada vez que tienes la oportunidad. Perfecto, los dos podemos jugar a ese juego, *majestad*. ¿Qué has hecho tú para ganarte este castillo? ¿Nacer? ¿Qué has hecho por tu comunidad? ¿Respirar? Perdóname si no me impresionan tus grandiosos sacrificios.

Un silencio asfixiante se extiende a nuestro alrededor. Él continúa mirándome con esa expresión reservada tan suya, pero veo tiburones enfadados nadando en los fríos pozos de sus ojos. Daría un paso para alejarme de él si mi cuerpo quisiese moverse. La ira que irradia de él me mantiene clavada en el sitio.

—Vuelve a pegarme y será la última cosa que hagas en libertad —susurra, con un tono letal.

—No puedes controlarme.

—¿Estás segura?

—¡Inténtalo!

Sus ojos centellean, azules. La palabra, el nombre, *Saraphina* reverbera en mi mente. Se me enfría la sangre y se me pone la carne de gallina al tiempo que mis brazos se quedan rígidos al costado de mi cuerpo.

Eldas estira un dedo y señala el trono de secuoya. Con movimientos bruscos y forzados camino hacia él.

¡No!, quiero gritar, pero mi boca está cosida con hilo invisible, cerrada. *Saraphina* debe ser mi verdadero nombre, y Eldas lo blande contra mí de un modo más cruel que cualquier arma.

Intento caminar hacia atrás, pero no lo consigo. Lucho contra unas manos invisibles que me empujan y tiran de mí hacia el trono. No sirve de nada. Soy impotente.

Si solo pudiera robarle mi nombre de la mente. Si solo pudiera recuperarlo. Durante años fui la marioneta metafórica de Luke y ahora soy la marioneta literal de Eldas.

Sé diferente. Las palabras resuenan en mi interior. *Otra cosa, ¡cualquier otra cosa!*

De pronto, me libero. Me desplomo al suelo, boqueando en busca de aire. Levanto la vista hacia los ojos asombrados de Eldas. Veo un leve brillo de algo en ellos y me atrevería a decir que está impresionado.

—Has... has cambiado tu verdadero nombre. Ya has sido capaz de realizar el Ser. —Una sonrisa se despliega despacio por sus labios—. O sea que todavía hay esperanza para ti, cuando se te presiona. Tal vez seas aún más fuerte de lo que pensé al principio —añade, esperanzado.

¿El Ser? Sé que el Conocimiento es cuando un elfo encuentra un nombre verdadero con su vista mágica. ¿En qué convierte eso al «Ser»? Ni siquiera me molesto en pedirle que me lo aclare porque sé que no obtendré ninguna claridad de él. Ni siquiera *quiero* encontrarla en él. Esta ha sido la gota que colma el vaso.

Me levanto como puedo.

—Hemos terminado.

—Vuelve aquí —me ordena—. Habremos terminado cuando yo lo diga.

Empiezo a caminar hacia la puerta. Sus pisadas resuenan sonoras por la sala. *¿Quién es el caballo ahora?*

—Tócame para volver a realizar el Conocimiento... —Como hizo en la plaza del pueblo en Capton para esquivar la protección de la labradorita—, ¡y jamás *intentaré* siquiera perdonarte por esto! —Me vuelvo hacia él y le grito esto último a la cara. A diferencia de lo ocurrido con Harrow, tal vez sea bastante fuerte como para cumplir mis amenazas—. Vine aquí dispuesta a aprender, a hacer un esfuerzo, y lo que tú acabas de hacer ha *reducido a cenizas* toda esperanza de construir una relación productiva entre nosotros.

Eldas se tambalea hacia atrás, sobresaltado, como si nadie le hubiese hablado nunca de ese modo. Me pregunto si será la primera vez que sufre consecuencias por sus acciones.

—Primero me pegas y ahora... —No parece capaz de formar palabras coherentes y me siento muy satisfecha por ello—. Tengo derecho a conocer tu verdadero nombre.

—No tienes derecho a nada mío que yo no te dé por voluntad propia.

—Soy tu rey. —Eldas da un paso adelante y yo me inclino hacia atrás. Pero sigue estando demasiado cerca. Su larga figura es opresiva. Se alza sobre mí como un ave de presa.

Planto los pies en el suelo y me niego a dejar que me haga sentir pequeña. Seré el capullo que brota de la roca gris de este lugar. Seré la flor que se abre a pesar de la sombra de su rey.

—Eres un príncipe caprichoso glorificado por una corona de hierro de aspecto espinoso —replico cortante—. Eres egoísta y egocéntrico. No tienes ni idea de cómo hablar con la gente o relacionarte con ella. La compasión que demuestras o el esfuerzo que pones para conocer a alguien no son más que una farsa para obtener lo que deseas de quienes te rodean.

—Estoy por encima de la compasión y de las relaciones —bufa, furioso—. No tengo ninguna razón para rebajarme a las emociones de la plebe. Yo camino por encima de ellos.

—Si siempre caminas por encima de la gente, corres el riesgo de *pisotearla*, Eldas. Y así es como uno hace enemigos.

—No pienso soportar los sermones de una humana que ha entrado en mi mundo hace solo unos días. Y, desde luego, no de una que no ha reinado ni un solo día en toda su vida.

—Bien —exclamo—. Porque yo no tengo ningún interés en dar sermones a un hombre que se niega a escuchar. —Giro sobre los talones y vuelvo a encaminarme hacia la puerta. Por suerte, no me sigue.

—¡Me respetarás! —me grita Eldas.

—¡Primero debes ser alguien digno de ser respetado! —Salgo dando un portazo a mi espalda.

Doce

M *e he equivocado de camino,* me doy cuenta al instante. En el salón del trono hay seis puertas, tres a cada lado. Yo suelo entrar por la del fondo a la izquierda, la más alejada de los tronos. Pero Eldas me ha enfadado tanto que me he girado.

¿He salido por la del centro o por la del fondo a la derecha? No estoy segura.

Me topo con un pasillo largo y silencioso. Hay puertas a la izquierda, ventanas a la derecha. Cada puerta de mi izquierda tiene un grueso candado. Al final del pasillo, veo una escalera.

¿Subo por las escaleras? ¿O vuelvo atrás? En realidad, esa no es una pregunta. Desde luego que *no* voy a volver atrás para arriesgarme a encontrarme con él otra vez. Arriba, pues.

En el siguiente piso, encuentro un rellano con un sofá y una mesa pequeña al fondo, delante de un magnífico tapiz; supongo que es una sala de espera para los que tengan audiencia con el rey. Estoy a punto de seguir mi camino cuando un brillo capta mi atención.

Hago una pausa, desplazo mi peso adelante y atrás. Algo brilla en el borde inferior del tapiz. Cruzo hasta él a toda prisa, me agacho y estiro una mano para investigar. El tapiz cede bajo mis dedos. Retiro la pesada tela a un lado y descubro una abertura por la que me cuelo.

El brillo que había visto eran rayos de sol filtrándose por una escuálida ventana al final de este pasillo de una estrechez imposible. Tengo que andar de lado mientras las paredes intentan aplastarme, pero al hacerlo, veo que hay pequeñas perforaciones en la piedra. Es como si el constructor no hubiese terminado de rellenar todos los huequitos con mortero.

A través de esos agujeros, distingo fragmentos del salón del trono en lo bajo. Unas voces llegan flotando hasta mí. Eldas camina de un lado a otro delante de los tronos, las manos cruzadas con tal fuerza a la espalda que me sorprende que no se le rompan los huesos. Rinni también está ahí. Se la ve relajada, a pesar de la furia del rey. Está claro que esto no es nuevo para ella.

—¿Cómo puedo hacerlo, Rinni?

—Si alguien puede, ese eres tú, Eldas. —Vaya, en privado lo tutea.

—No está dispuesta a escuchar. No puedo trabajar con ella. Esperé a la reina que me prometieron y no es lo que he obtenido. —Eldas se para, pasa su largo pelo por encima de su hombro—. Su poder es solo una fracción del de la reina Alice. Es una indicación más de que la estirpe de reinas está desapareciendo. Si el poder de la Reina Humana se seca por completo, nuestro mundo estará condenado.

—Esa es una preocupación para el futuro. Céntrate en el aquí y ahora —le aconseja Rinni con calma.

—El aquí y ahora es que podría ser la última Reina Humana.

—Estás siendo dramático —dice Rinni. Es una afirmación precisa, pero aun así se nota que un fantasma de duda ronda sus palabras—. Acabas de empezar a trabajar con ella. Dale una oportunidad.

—¿Cómo puedo darle una oportunidad cuando disfruta de faltarme al respeto? —Eldas se detiene. Se gira para mirar a su guardia con la palma de una mano sobre la mejilla—. Me ha pegado, incluso.

Todo el espectro de emociones recorre el rostro de Rinni. Veo cómo frunce el ceño en señal de preocupación. Luego sus labios se entreabren por la sorpresa. Al final capto cómo los cierra a toda prisa para reprimir una risa.

—Rinni…

—Ya era hora, Eldas.

—¿Ya se ha ganado tu favor? Incluso me está robando a mis aliados. —Eldas hace una mueca y retoma sus paseos.

—En estos últimos meses te has vuelto insoportable. —Rinni no se muerde la lengua. Cruza las manos de forma petulante—. Alguien tenía que ponerte en tu sitio y está claro que lo que yo hacía o decía no te estaba llegando.

Eldas se pellizca el puente de la nariz y deja caer la cabeza; su pelo negro como el carbón resbala por encima de sus hombros y oculta su rostro.

—Supongo que he estado un poco borde.

—¿Un poco? —resopla Rinni con desdén.

Exactamente lo que diría yo. No estoy segura de si estoy aliviada por que Eldas lo esté reconociendo o si eso me enfada aún más. Si *sabía* que se estaba portando como un imbécil, ¿por qué permitirse actuar de ese modo?

Eldas se detiene de nuevo y mira la puerta por la que me fui. Una expresión turbia empaña su mirada. No logro distinguirla bien, pero… ¿me atrevería a decirlo? ¿Eso que veo es arrepentimiento?

No, no puede ser. Ha sido cruel y lo sabía. Esos hechos superan a todo lo demás. Aun así, cuanto más tiempo lo miro, más turbios son mis propios sentimientos. *Tu corazón es demasiado blando, Luella*, me regaño.

—Me pregunto si… —murmura Eldas.

—Si ¿qué? —lo presiona Rinni.

—Si estará bien —termina Eldas. Tenía razón, hay preocupación en sus ojos—. Debería ir a comprobar…

—No. —Rinni corre hasta él y lo agarra del codo—. No sé exactamente qué hiciste, pero sospecho que puede que sea mejor darle algo de espacio. Es posible que seas la última persona que Luella quiera ver ahora mismo.

—Dudo que...

—Eldas, ¿me equivoco? —Rinni lo interrumpe con esa pregunta seria y una mirada dura.

No se equivoca, pienso. No sé lo que haría si ahora mismo Eldas tratara de acudir corriendo a mí y se disculpara. Me gustaría pensar que aceptaría sus disculpas, pero parte de mí preferiría que tuviese que sufrir un ratito más por lo que acaba de hacer, asegurarme de que se arrepintiese de verdad antes de aceptar una disculpa.

—Muy bien —farfulla—. Me disculparé mañana.

Dudo de que lo haga. Lo dudo mucho.

—Creo que eso es más sensato —confirma Rinni.

Eldas se arrastra hasta su trono y se deja caer en él, derrotado.

—Primero los feéricos y ahora ella. El rey feérico ha dejado claro que cree que soy más blando y débil que mi padre. Quiere que les devolvamos tierras y exige reconocimiento en el Consejo de Reyes.

Me acerco más a las aberturas. Observo mientras Eldas se inclina hacia un lado, deja caer su peso sobre un codo y luego apoya la cabeza en una mano, como si su corona de repente pesara demasiado para soportarla. Parece cansado... vulnerable.

Ahora mismo, no parece un rey para nada. Parece un hombre. Un hombre cansado y hastiado.

Entonces recuerdo cómo utilizó mi nombre verdadero contra mí para tratarme como una marioneta, y cualquier compasión que pudiera sentir se esfuma.

—Haber aguardado por ella este último año ha sido un error. Me quedé demasiado tiempo recluido en el castillo, lejos de mi gente, a la espera de la coronación —murmura Eldas, tan bajito que casi no lo oigo—. Mis súbditos creen que los abandoné. Los otros reyes de esta tierra creen que soy débil.

—Te quedaste recluido en el castillo porque estabas esperando a tu reina y su coronación. Para presentaros ante Midscape como un solo ser junto a la Reina Humana. No ha sido un error; estabas honrando nuestras costumbres —lo tranquiliza Rinni con voz dulce—. La gente lo entenderá a medida que todo vuelva a la normalidad.

¿Eldas estaba recluido? ¿Por esperarme? Dijo algo al respecto ayer, pero se perdió entre tantas emociones. Mis uñas arañan la piedra con suavidad. Solo he pensado en él como en un poderoso Rey Elfo. frío e insensible. He pensado en él como en alguien que manda sobre este castillo tan contento.

Pero… ¿y si es tan prisionero de este sistema terrible como lo soy yo? Ese pensamiento me traiciona, despierta en mí una compasión que no quiero sentir por este hombre.

—Las estaciones han regresado y la gente está encantada. Ya están empezando a hacer preparativos para los ritos de primavera —continúa Rinni—. En la coronación, los otros gobernantes verán su poder y no te cuestionarán.

Mi compasión incipiente se marchita al instante al recordar el papel que juego para él. Soy una herramienta. Le di a este mundo la primavera y ahora reforzaré su reinado. Mi propósito aquí no tendrá nunca nada que ver con lo que quiero yo.

—Espero que sea verdad —dice Eldas con un suspiro.

—Estoy segura de que sí.

Eldas tiene la mirada perdida en la otra punta de la sala. Rinni se queda ahí de pie, expectante. Ve algo que yo no veo. Yo me hubiese tomado eso como el final de la conversación, pero ella espera.

—Rinni —dice Eldas al cabo de unos instantes, con la voz pequeña—. Tú eres la única mujer que ha cenado alguna vez en privado conmigo. Llevas a mi lado más tiempo que cualquiera de mis consejeros o magistrados. Tú… —A Eldas se le quiebra un poco la voz con más emoción de la que lo creía capaz de sentir—… eres la única amiga que he tenido jamás.

»Dime lo que debería hacer. La primavera está aquí, pero ráfagas de viento invernal soplan todavía desde el Velo. Si no aprende a manejar su poder, me temo lo peor. Temo que le fallaré. Temo que solo conozca este sitio como lo he conocido yo... como un lugar de sufrimiento. Y encima, la coronación se acerca. Me gustaría que hallara su lugar antes de eso.

Me pongo de puntillas, apoyada en la pared para ver mejor. Desearía poder atisbar su expresión. Desearía saber si la preocupación y la sinceridad que oigo en su voz son genuinas.

Rinni se acerca al trono despacio. La observo estirar un brazo y apoyar la mano en la mejilla del rey. Se me hace un nudo en el estómago por una razón que no logro explicar del todo.

Eldas levanta la vista. La mira con ojos anhelantes. Rinni no retira la mano de su cara y Eldas no hace nada por apartarla. Dudo que hiciera lo mismo si fuese yo la que lo estuviera tocando. Aunque claro, la primera vez que lo toqué, a mi marido, fue para pegarle.

No debería estar viendo esto. Aun así, no puedo apartar la mirada.

—En el fondo, eres un buen hombre, Eldas. Pero en la superficie eres *muy* duro. Ya lo sabes. —Acaricia su mejilla con el pulgar. Algo en ellos transmite buenas sensaciones... parece *correcto*. Me revuelve el estómago aún más—. Ella no entiende *por qué* eres así, porque tú no la dejas. Y tú tampoco estás haciendo un esfuerzo por entenderla.

»Admito que yo tenía los mismos prejuicios. Estaba resentida con ella por esconderse y por lo que su ausencia te ha obligado a soportar este último año. Porque te hubiese obligado a gastar tanto poder para mantener el Vano en pie y aun así ver cómo se debilitaba mientras Midscape muere.

»Pero nada de ello fue culpa de ella. Yo le creo y sé que tú también. No puedes culparla por la situación de Midscape ni por la tuya propia. Yo ahora estoy tratando de conocerla, y tú deberías hacer lo mismo.

—Sí, pero si ella...

—No inventes excusas —lo corta Rinni con firmeza. Deja caer la mano—. Inténtalo. Alice no era lo que esperabas, una vez que te abriste a ella. Tal vez Luella sea igual.

Eldas lo piensa y, durante unos instantes, su rostro luce suave y pensativo. La máscara de mármol ha dado paso a un hombre, pero se esconde otra vez detrás de los muros que ha erigido en el momento en que se da cuenta de que está expuesto. Eldas sacude la cabeza y se levanta del trono. Sujeta la mano de Rinni entre las suyas y le da un apretoncito.

—Respeto tus consejos, Rinni. Sabes que lo hago... Pero Alice era un ser singular. Yo no estoy hecho para el amor...

—Esas son las palabras de tu madre —le dice Rinni en tono cortante. Eldas hace caso omiso de su comentario.

—Nací para una sola cosa: mi deber para con Midscape.

—Y esas son las palabras de tu padre. —Rinni suspira.

—Cualquier otra cosa es una distracción —termina Eldas, ignorando por completo las objeciones de Rinni—. No puedo darle lo que tenía en Capton. No puedo brindarle una familia ni una comunidad. No puedo ofrecerle lo que yo nunca he conocido. Pero quizá sí pueda enseñarle a utilizar su magia y a manejarse en este mundo brutal. Haré todo lo posible por darle eso, al menos.

Trece

Observo a Eldas mientras sale y luego me aparto de las perforaciones en la pared. Se me han agarrotado las pantorrillas por estar tanto tiempo de puntillas, así que cambio el peso de un pie al otro unos momentos. Sirve para eliminar algo de la energía nerviosa que se acumula en mi interior.

Parte de mí desearía no haber sido testigo de esa conversación. Ahora ya no sé qué pensar acerca de Eldas. Encuentro un rincón en mi corazón que ya desea mostrarse compasivo hacia él. Aunque el sentimiento lo atempera enseguida la otra parte de mi corazón, que sangra por Capton y por todas las personas a las que echo cada vez más de menos a cada hora que pasa. La parte que sangra a causa de la crueldad de Eldas.

Él tenía razón: Midscape es brutal y es un mundo con el que querría no tener nada que ver.

Tu deber, me recuerdo por instinto. Siempre que las cosas se ponían difíciles, me centraba en mi deber para con las personas de Capton, como su curandera. Pero ahora… ese deber ya no existe, y sin él soy poco más que una marioneta de Eldas que deambula por el castillo.

No quiero que mi propósito en la vida sea fortalecer su reinado con mi mera existencia. Todo en mí anhela hacer más. Pero ¿qué puedo hacer? Mi lugar aquí parece superficial y vacío.

Subo las escaleras despacio, con paso cansino. No sé adónde voy, pero sigo el pasillo en el que desemboca el último escalón. Paseo de habitación en habitación hasta que el aroma a turba y a tierra llega a mi nariz y me saca de golpe de mis pensamientos.

El olor es como un relámpago en un día despejado. Parece no provenir de ninguna parte. Este castillo frío y gris está desprovisto de vida, así que cualquier signo de ella despierta mi curiosidad. Sigo el aroma por una serie de habitaciones conectadas que dan a un espacio que solo podría describirse como un laboratorio.

Multitud de estanterías atestadas de frascos revisten las paredes sobre encimeras llenas de matraces de colores, calderos burbujeantes y secaderos de hierbas. Unas mesas altas se extienden a ambos lados de mí, con banquetas a su alrededor y herramientas desperdigadas sobre ellas. La pared del fondo es de cristal, empañado por la humedad. Se ve vegetación borrosa entre la neblina.

El sudor perla mi piel al instante cuando entro en la terraza techada adyacente. El invernadero ocupa toda la anchura del castillo. Hay piedra por debajo, piedra por encima y cristal a ambos lados, dando al norte y al sur. Un montón de plantas crecen por los enrejados que llegan hasta el techo. Hay baldas enteras de tiestos y lechos de siembra por encima del suelo.

Huelo lavanda y diente de león mezclados con el perfume de unas rosas —que casi me provoca arcadas después del incidente durante el almuerzo— y el aroma terroso de la salvia y el romero. Veo matas de saúco, valeriana, prímula, menta y toronjil. Hay también plantas que no había visto en la vida y algunas que solo había encontrado en libros.

—*Oh*. —Me sobresalto y me paro en seco. El hombre al que acabo de ver se levanta de un salto. Casi se sale del pellejo, del susto que le he dado—. Hola, Willow. —Sonrío.

—Luella. —Suelta un suspiro de alivio—. ¿Qué haces aquí arriba?

Me encojo de hombros, poco inclinada a contarle lo que ha pasado con Eldas.

—Estaba paseando.

—Un buen sitio en el que pasear. Bienvenida al invernadero real. —Se quita los guantes de jardinería y los deja en una cesta. Las tijeras de podar y varias bolsas de menta los acompañan. Sonríe de oreja a oreja—. ¿Quieres que te enseñe esto?

—Me encantaría —digo sin dudarlo. Cualquier cosa que me distraiga.

Me enseña su intrincado sistema de irrigación y su recipiente de compost en el rincón del fondo. Willow está muy orgulloso de la organización del cobertizo de herramientas y las salas de secado, pero mi atención se queda atascada donde están creciendo las plantas.

Vivas.

Soy consciente de todas ellas al pasar por su lado, de un modo que nunca antes había experimentado. Su aura es como un saludo sutil, un gesto subliminal para indicar que son conscientes de mi presencia. Los girasoles se vuelven hacia mí en lugar de hacia el sol. Estoy tan ansiosa por verlos como ellos por verme.

—Esta planta, ¿cuál es? —Me detengo ante una planta con una base negra y bulbosa y hojas rojas, como enceradas y con forma de corazón.

—Una radícula corazón. —Willow se para a mi lado. Mientras habla, la examina en busca de bichos.

—¿Qué hace? No creo que exista en el Mundo Natural.

—Qué raro —cavila Willow—. Creía que todas las plantas de Midscape también estaban en vuestro mundo. Quizá sea solo que no la conoces.

—Quizá —admito, pero lo dudo. Me he pasado años estudiando toda hierba conocida por el hombre. Si yo no la conozco, puedo afirmar que no la conoce *nadie*.

—En cualquier caso, las hojas se utilizan en muchos antídotos para aumentar su potencia y la rapidez con la que los absorbe la sangre. Pero la corteza, esa es la parte interesante de verdad. La puedes usar para ralentizar el corazón de una persona casi a cero. El mínimo imprescindible para la vida.

—Por lo que apuesto a que también se usa en venenos. —Willow asiente para confirmar mis sospechas. Me doy cuenta de lo útil que podría ser para demorar la expansión de un veneno.

—Se dice que la corteza también se puede usar para los recuerdos... pero es algo que no muchos han explorado.

—¿Por qué no?

—Es más un rumor que algo con pruebas sólidas. «La radícula corazón recuerda», es lo que dice el dicho. Aunque nadie sabe de dónde viene ese proverbio. —Willow se encoge de hombros—. Yo he hecho algunos experimentos, pero nunca he sido capaz de encontrar cómo sacar ninguna propiedad mental con ella.

—Ya veo. —Alargo la mano y acaricio con cuidado las suaves hojas de la planta. Me invade una vaga sensación de nostalgia.

Siento la tierra, mojada y húmeda a mi alrededor. Casi puedo ver el contorno de una mujer que lleva una corona de hojas. Sus manos me envuelven, me mantienen a salvo. Luego, oscuridad. Estoy enterrada. Crezco más y más profundo mientras la tierra cambia por encima de mí; la capa se hace más gruesa, se endurece.

Unos recuerdos, no los míos, pero ocultos en alguna parte detrás de su base rojiza, nadan por mi mente.

Entonces, la sensación cambia. Se convierte en algo más parecido a un tirón. Brotan dos capullos y me apresuro a retirar la mano, que sujeto contra mi pecho.

—Lo siento.

Willow mira, asombrado.

—No lo sientas; esto es magnífico.

—¿Qué?

—Por lo general, la planta tarda trescientos años en madurar. Hasta entonces no salen las flores. *Ellas* son las que pueden curar cualquier veneno. La radícula corazón solo las produce a cierta edad.

—Oh.

—Esto es magnífico. —Me sonríe de oreja a oreja. Willow acaba de admirar algo asombroso. Y yo he visto otra señal más de mi magia fuera de control.

—¿Hay... alguna otra propiedad que surja a determinada edad? —pregunto—. ¿Quizá las relacionadas con los recuerdos?

—Lo dudo. Pero podemos probar.

—No... debería irme. —Aparto las sensaciones que aún perduran en mi mente y contemplo las plantas con tristeza. Si hubiese sido solo Luella la herbolaria, me hubiese pasado horas en este sitio. Pero ahora soy Luella la Reina Humana, que puede hacer crecer plantas por accidente. ¿Serán plantas buenas, como la radícula corazón? ¿O plantas malvadas como las que fabriqué en el rincón del almuerzo?

No debería quedarme para averiguarlo.

—Espera. —Willow me agarra del hombro e impide que me vaya—. Hay algo más.

—Willow, lo siento...

—Cuadernos escritos por las reinas anteriores. —Esboza una gran sonrisa, seguro de que no voy a decir que no a eso—. Poppy me habló de ellos cuando estuvimos comentando tu situación. Pensé que quizá te ayudarían a sentirte más en casa aquí... quizás incluso te ayuden con tu magia, ¿no crees? —Empieza a andar de vuelta hacia el laboratorio mientras habla y yo lo sigo. Willow va hasta una estantería en el rincón y saca una banqueta de entre ella y la pared—. La balda de arriba. Sírvete tú misma.

Inspecciono la balda superior. Hay veinticinco cuadernos de campo de todas las formas y tamaños, con nombres escritos en cada lomo. Algunos nombres están duplicados, con números ordenados debajo de ellos. En el último de la fila dice «Alice», garabateado en tinta.

—¿Siempre supiste que esto estaba aquí?

—Si te digo la verdad, nunca miro esa estantería. —Se ríe—. Pero estaba hablando de ti con la abuela Poppy y mencionó que estaba pensando en pedirte que nos echaras una mano aquí. Pregunté si Eldas lo permitiría... y ella dijo que había precedentes.

—¿Precedentes de que la Reina Humana hubiera colaborado? —No me atrevo a hacerme ilusiones. Ya las han hecho añicos aquí demasiadas veces.

—De hecho, ha sido bastante habitual. Lo cual tiene sentido, cuando piensas en lo que hace la magia de la reina. —Willow me ofrece una sonrisa un poco torcida. Y sonrío solo con verla.

—¿Qué tendría que hacer?

—Podrías ayudar a cuidar las plantas. O mezclar cosas para nosotros, si quisieras y si lo necesitáramos.

Es un comienzo.

—¿Iría a la ciudad?

—Tal vez después de la coronación. —Su expresión es ahora preocupantemente dubitativa.

—¿Podría tener pacientes?

—Lo... dudo. —Frunce el ceño y mi expresión es un fiel reflejo de la suya. Vuelvo a mirar los diarios con anhelo. ¿Cómo fueron felices aquí? ¿*Fueron* felices aquí? Supongo que solo hay una forma de averiguarlo. Sin embargo, ya sé que si alguna vez mi diario ocupa esta balda, no estará lleno de alegría si paso los días únicamente regando plantas.

—En cualquier caso, las otras reinas llevaron esos registros —continúa Willow—. Puede que encuentres algo útil en alguna parte de estos diarios, que te ayude a aclimatarte. Poppy también da su permiso.

—Faltan algunas reinas. —Para ser más precisos, las cinco primeras.

—Supongo que las primeras no llevaban diarios... O quizá se perdieran o fueran destruidos. Eso fue hace tres mil años.

Tenemos suerte de contar con estos. —Se encoge de hombros y se dirige hacia la puerta—. Es casi la hora de comer. Creo que iré a buscar algo. ¿Tienes alguna preferencia?

—Nada picante —me apresuro a decir—. Aparte de eso, cualquier cosa estará bien. —Engancho el dedo en el lomo del diario de Alice.

—Volveré con comida enseguida —me dice por encima del hombro mientras se aleja.

Al sacar el libro de la estantería, se me pasa por la cabeza la idea de llevárselo al señor Abbot. Estoy segura de que le encantaría *tener en la mano* algo que su hermana hubiera tocado. Me pregunto si podría hacerle llegar el libro de algún modo.

Si pudiera volver… Sería mucho más útil en Capton. La primavera ya ha llegado aquí a Midscape, la gente estará bien, y estoy segura de que Eldas puede hacerse el duro sin mí.

Me hormiguean las yemas de los dedos, como si el libro me diera permiso.

Alice organizaba sus notas con mucho orden. En la parte superior de cada página aparece el nombre de una hierba, con un dibujo espectacular y meticuloso del espécimen en cuestión. A la derecha del dibujo están anotadas sus propiedades y las instrucciones para la preparación.

Debajo de todo lo anterior hay notas sobre magia, sobre *la magia de la reina*, y cómo utilizarla. Dejo el libro en la mesa y empiezo a hojearlo. Echo un vistazo rápido a las anotaciones sobre magia.

Centrarse en el equilibrio. La naturaleza devuelve lo que recibe.

Esta almacena magia bien. Puede cargarse con magia que luego puede utilizarse para mayores intercambios de equilibrio.

Lo mejor es dejarla crecer de manera natural para una mayor potencia.

Fácil de manipular y sacrificar para mayores
conversiones de vida a poder.
Masticar y escupir antes de hacer ajustes a los
patrones climáticos.

Una tras otra, es un tesoro oculto lleno de información. Me giro hacia la estantería y saco otro cuaderno cualquiera. Esta reina organiza los datos de un modo un poco distinto. El dibujo de la planta es menos detallado y ocupa toda la página. Cada segmento de la planta se anota directamente encima del dibujo. A continuación, hay una página con información adicional y algunas anécdotas de su vida anotadas a la derecha.

Vuelvo a por un tercer diario. Me espera aún más información. Las esquinas de las páginas de esta reina están llenas de notas personales en las que habla con entusiasmo poético sobre su situación.

Rosa roja. Propiedades: amor. El rey me dio una
en nuestro quinto aniversario y me esforzaré por
mantenerla con vida para poder atesorar la
muestra de su afecto para siempre.

Suelto una carcajada. Al menos alguna reina, en algún momento, parecía estar enamorada del rey. Está claro que Eldas nunca ha oído esta historia. Él no tiene ningún interés siquiera en ser mi amigo, no digamos ya en quererme.

—¿Has encontrado algo divertido? —Willow ha regresado con una bandeja de comida que deja sobre la mesa entre nosotros.

—Pues sí. —Dejo el cuaderno y me acerco a por otro. Cuando vuelvo a la mesa, corto un pedazo de pan de romero y lo mojo en aceite y hierbas—. Tengo una idea.

—¿Ah, sí?

—Estos diarios son un buen comienzo... —Mucho mejor que el patético intento de entrenarme que hizo Eldas—, pero quiero aprender más acerca de mi magia y de la magia de los elfos. Necesito un lugar seguro donde practicar.

—Vale —dice Willow con un dejo de cautela.

—Quiero convertir este lugar en mi sala de entrenamiento. Y quiero que tú me enseñes.

—¿Qué?

—Háblame de la magia de los elfos y guíame mientras trabajo para aprender a utilizar la mía. —No puedo contar con Eldas.

—Pero...

—Por favor, Willow. —Agarro sus dos manos—. Eres el único amigo que tengo aquí.

Frunce los labios mientras su mirada va de nuestras manos a mis ojos.

—Vale —dice al fin.

Mientras comemos, me habla de la onomancia de los elfos, la magia salvaje de los nombres. Cada grupo de seres en Midscape tiene su propia magia salvaje particular. Los feéricos tienen *ritumancia*, es decir, magia cargada por rituales basados en acciones realizadas de determinadas maneras. Los vampiros tienen *sanguimancia*, magia de la sangre. Y así sucesivamente.

Me centro sobre todo en la magia de los elfos, puesto que es con lo que estoy tratando. Willow reitera lo que me contó Eldas sobre el Conocimiento y cómo los elfos lo utilizan para encontrar el nombre verdadero de un sujeto.

Siempre que el elfo conozca el nombre verdadero de alguien o de algo, puede manipular esa cosa como le plazca. Es como dijo Eldas: sus limitaciones están solo en su propia imaginación y en la fuerza de su magia. Willow me explica cómo algunos elfos tienen un arte único para sugerir emociones; otros pueden manipular el pelo para hacer peinados preciosos; y hay quienes hacen levitar objetos, invocan recuerdos, se comunican por telepatía, y muchas más cosas.

Estoy rodeada de gente con un poder inmenso. Yo no nací con magia y puede que nunca aprenda lo suficiente como para tener ni una oportunidad. Lo mejor y más seguro es que me vaya.

Willow no sabe nada del «Ser» que mencionó Eldas. Después de comer, paso la tarde revisando los cuadernos de campo en busca de alguna alusión al respecto. No encuentro nada.

No obstante, lo que sí encuentro son suficientes instrucciones sobre la forma de utilizar mi magia como para tener esperanzas renovadas… y un plan para más tarde esta misma noche.

El día sigue su curso hasta que un reloj da la hora y me saca de golpe de mis investigaciones. Willow está terminando de limpiar su banco de trabajo.

—Deja todas tus cosas donde están y ya está. Podemos retomar el estudio mañana, si quieres.

—Claro. —Fuerzo una sonrisa y me cuido de decir que, si todo va bien esta noche, no estaré aquí mañana.

Catorce

Tenía ocho años la primera vez que salí a hurtadillas de mi casa.

La diminuta ventana del fondo del ático era *justo* bastante grande para que mi cuerpo de niña pudiera escurrirse por ella. Los vierteaguas que enmarcaban la ventana eran *justo* bastante anchos para mis hábiles piececillos. Y yo era *justo* bastante estúpida para creer que trepar a árboles altos significaba que era perfectamente capaz de bajar por la pared desde el tercer piso de una casita de piedra rojiza, para poder ir a recolectar flores raras que solo florecían de noche.

Era joven e imprudente.

Ahora soy mayor… y al parecer igualmente imprudente.

La luz de la luna entra en diagonal por las ventanas del rincón del almuerzo. De algún modo, ya han recompuesto la sala que destruí. Un escalofrío serpentea por mi columna y me pregunto si será la sensación fantasma de la magia élfica que sé que tienen que haber utilizado para reparar los daños, o si será verdad que el poder ha dejado una sensación fría a su paso.

Llevo mi bolsa cruzada delante del cuerpo y la ropa con la que llegué. Prendas robustas con las que puedo trepar a las secuoyas más altas del bosque o bajar deslizándome por una colina. El tipo de ropa que me pondría en la tienda que tanto añoro.

Respiro hondo mientras debato conmigo misma acerca de lo que he decidido hacer. ¿Qué sucederá si de verdad me voy? El Rey de los Elfos necesitaba a una Reina Humana. Bueno, pues ya tiene una. Aunque esté lejos, técnicamente seguimos casados. Midscape necesitaba que esa reina del Mundo Natural lo recargara. Y eso también lo han tenido.

Además, según la conversación que oí entre Eldas y Rinni, he hecho más mal que bien a la vida del rey. Genial, porque ese sentimiento es mutuo. Si me marcho, los dos podremos volver a vivir como queremos, ahora que hemos cumplido cada uno con nuestro deber.

—Tengo que irme —digo, para reforzar mi determinación.

Quizá las otras reinas no tuvieran nada mejor que hacer que existir, pero yo tengo trabajo. He hecho que los árboles brotaran y que Midscape floreciera. Por lo que sé, mi trabajo aquí ha terminado. Ahora, es momento de ver si existe otra opción que ninguna reina ha osado explorar: volver a casa.

Abro la ventana. Aunque en la ciudad allá abajo los árboles estén en pleno arrebato primaveral, y sus ramas pesadas tengan nuevos brotes, mi aliento escarcha el aire. Me pregunto si esta ciudad estará siempre congelada por la magia de todos los elfos que viven en ella.

Sea como fuere, estoy impaciente por volver al clima mucho más cálido de la costa. Imagino el sol sobre mi piel mientras recolecto flores y hierbas que crecen silvestres en las colinas. Imagino el sonido de las olas al estrellarse contra la orilla, atenuado por los árboles mientras recojo esquejes para llenar los frascos de mi tienda.

Los recuerdos me dan valor. La idea de quedarme un solo segundo más aquí con Eldas y Harrow es demasiado para mí. Me marchitaré poco a poco si me veo obligada a vivir el resto de mis días en este lugar.

Sujeto una rosa en mi mano derecha. Esta vez he cortado las espinas para evitar que la magia de mi sangre se involucre en mi ecuación mágica. Llevo varias otras flores sin espinas en mi mano izquierda. Mi bolsa tiene manchas de humedad por todas las otras flores que he robado de los jarrones ahora vacíos del rincón del almuerzo.

Según lo que decían los diarios y lo que vi durante mis prácticas con Willow hoy, necesito algo para alimentar mi magia y poder utilizarla. La magia salvaje es poderosa porque desafía las leyes de la naturaleza. Yo, sin embargo, soy la personificación de lo natural, y la naturaleza se desarrolla bien en equilibrio. Así que todo lo que haga debe mantenerse equilibrado.

—Intentemos esto de nuevo —negocio con la flor—. Esta vez, tienes que escucharme, ¿vale?

La flor parece menearse bajo mis dedos. Seguro que es mi imaginación. Pero si no lo es, espero que sea un buen presagio.

Controlo mis nervios y me recuerdo que puedo hacerlo antes de colocar la flor en el alféizar de la ventana. Apoyo los dedos de la mano derecha sobre ella para que no se vuele. Inspiro, como si succionara la vida y la energía de las flores de mi mano izquierda.

Armonía y equilibrio, pienso. Extraigo la vida de las flores de mi mano izquierda y la transfiero a la rosa de debajo de mi mano derecha. No estoy destruyendo, ni creando, solo cambiando y reorganizando esencia cruda. El poder discurre a través de mí, cosquilloso, y corre por debajo de mi piel. Me da un valor que ninguna otra cosa me había dado hasta ahora.

Miro por la ventana y echo un vistazo hacia abajo, siete vertiginosos pisos hasta la calle mucho más allá. La rosa se estremece y cobra vida. Unos zarcillos se agarran a la roca. El tallo se alarga. Observo mientras se convierte en un enrejado todo el camino hasta abajo por la ladera de la montaña.

Tal vez Eldas tuviera razón y controlar la magia no fuese tan difícil después de todo, una vez que tienes los conocimientos básicos.

—Más vale que aguantes. —Me siento en el alféizar de la ventana y coloco los talones en la maraña de vegetación. Estoy confiando muchísimo en unos cuantos diarios viejos y en unas pocas pruebas preliminares. Pero no cuento con demasiadas opciones. Eldas cree que no tengo ningún control sobre mis poderes, así que ahora es el momento de escapar, si es que voy a hacerlo. Una vez que empiece a mostrar algo de dominio, puede que me encierre a cal y canto.

Con cuidado, cambio el peso y me giro mientras todavía puedo agarrarme al alféizar. Cierro la ventana tras de mí y empiezo a descender despacio.

Paso por delante de unas cuantas ventanas más, pero o bien están oscuras o tienen gruesas cortinas corridas para ocultar el interior. Para cuando mis pies llegan al suelo, me duelen las manos y los hombros, aunque el descenso no ha sido ni de lejos tan difícil como esperaba. Me dio la impresión de que las enredaderas acunaban mis pies y me proporcionaban agarres adecuados para las manos.

Me doy cuenta de que las plantas estaban cuidando de mí. Siempre lo han hecho. Ramas de árboles que hacían esfuerzos por soportar mi peso o se doblaban para que pudiera alcanzarlas… no era solo mi imaginación, aunque eso era lo que me decían de niña. Durante todo este tiempo, hubo pequeñas señales y pistas acerca de quién era en realidad. Y yo las ignoré.

Mis pensamientos divagan, se desvían hacia Luke. Espero que todavía no lo hayan juzgado, porque lo primero que quiero hacer cuando vuelva a casa es hacerle saber de verdad cómo me siento. Después, quiero explicarle cómo puso en riesgo también a todo Midscape al esconderme. En Capton, nadie parece comprender de veras lo que sucede detrás del Vano.

La ciudad está silenciosa. Las farolas rielan con fuego azul, que envuelve todo en una pátina color zafiro. Las casas son tan altas como la mía de Capton, si no más. Veo las tiendas ahora oscuras de sombrereros, ebanistas, herreros y zapateros… todas las profesiones que uno esperaría encontrar en una ciudad, solo que los productos expuestos en sus escaparates me hacen andar más despacio sin querer.

Los productos élficos son escasos en Capton y muy muy valiosos. Aquí, mi tetera de fabricación élfica es solo una tetera más. De hecho, veo una igualita en el escaparate de un platero al pasar.

Todo lo que antes consideraba exótico, preciado y mágico es común en Midscape. Desde las llamas azules hasta la magia fría y una arquitectura demasiado perfecta que termina en altas puntas afiladas en muchos de los edificios… es una tierra que al mismo tiempo parece mi casa y algo totalmente distinto.

Unos cuantos juerguistas nocturnos rondan por ahí, pero mantienen las distancias. Procuro evitar, en la medida de lo posible, las tabernas donde parecen estarse congregando. Me echo el pelo por encima de las orejas para tratar de ocultar que no son puntiagudas como las de todos los demás.

Veo algunos miembros de la guardia de la ciudad que patrullan por parejas, su atuendo es igual que el de los que llegaron a Capton acompañando a Eldas. En cualquier caso, es una noche pacífica. La gente se preocupa de sus propios asuntos y nadie lanza miradas suspicaces en mi dirección.

Unas risas y unos gritos resuenan desde el lago. Llaman mi atención y, cuando miro, veo a Harrow y a sus amigos que emergen de una callejuela poco iluminada. Harrow va suspendido entre dos hombres. Aria bailotea a su alrededor, ríe y da golpecitos a su cuerpo inerte.

Aprieto el paso.

Cuando llego al pie de la escalera que conduce al túnel de la montaña por el que salimos Eldas y yo, me paro un momento. No hay forma discreta de subir. Es una franja de pálida luz de luna que conduce todo el camino hasta arriba.

Miro atrás, pero apenas distingo las plantas que trepan por la pared del castillo como un lazo verde colgado desde la ventana.

Al amanecer, sabrán que me he escapado. Pero volver a encoger los tallos hasta no dejar más que una rosa era un riesgo que no quería correr. Necesito mis fuerzas para lo que sea que venga a continuación.

Sí, sabrán que he huido. Así que lo mejor que puedo hacer es sacarles toda la ventaja posible. Si logro llegar a Capton esta noche, podré explicar que he cumplido con mi parte del trato aquí y, con suerte, el Consejo me dará cobijo. Quizá Luke, a pesar de lo que aborrezco la idea de trabajar con él, todavía conozca alguna manera de ocultarme. O tal vez se pueda hacer una excepción por el hecho de que un pacífico pueblecito costero necesita una curandera con desesperación.

Respiro hondo y echo a correr.

Los elfos no cruzan el Vano para nada aparte de para el comercio excepcional de bienes, mujeres o guerra. No hay razón alguna para que un elfo solitario abandone la ciudad a esta hora de la noche. No tengo ninguna duda de que Eldas elige en persona quién puede cruzar el Vano y cuándo. Corro lo más deprisa que puedo y rezo por que no me vea nadie.

No dejo de correr al zambullirme en la oscuridad terrosa del túnel. Esprinto por la neblina color obsidiana que bloquea toda luz y casi me doy de bruces contra un árbol, pero me paro en el último segundo cuando emerge, al parecer, de ninguna parte.

Con dos manos, evito romperme la nariz contra el tronco. Me echo hacia atrás y miro a mi alrededor. La luz de la ciudad de los elfos ha desaparecido. Una oscuridad casi viva me rodea.

No recuerdo haber girado en ningún momento cuando Eldas me acompañó a través del Vano. Pero quizá sí lo hicimos. Esquivo el árbol y continúo adelante más despacio y con más cuidado que antes.

Solo logro ver unos pocos palmos delante de mí. Toda visibilidad se ha esfumado y ahora es como si yo fuese la luz. Soy la única entidad real en este lugar. Detrás de mí, todo son sombras y pesadillas.

El musgo húmedo cede bajo mis pies. Busco piedras y señales de los caminos hacia el templo. Ya llevo andando un rato, ¿no? Aunque tal vez parezca más tiempo porque estoy sola. Estoy muy *muy* sola.

Reúnete conmigo en el bosquecillo,
donde las parras crecer no verás.

Canto para mí misma. Es una de las canciones que recuerdo de cuando era niña, pero no logro identificar dónde la aprendí, ni de quién. Es una canción macabra sobre un humano que se enamora de una criatura de las profundidades del bosque, y encima canto fatal, pero es mejor que el silencio.

Reúnete conmigo bajo las ramas plateadas,
no tiene por qué saberlo nadie más.

Te veré bajo el velo de los secretos
antes de que el día expire.
Ahí, mi amor, robaré tu cara,
antes de que nadie nos mire.

Una ramita se rompe con un leve chasquido detrás de mí. Giro en redondo. La escalofriante melodía perdura en el aire mientras apenas logro distinguir movimientos en la oscuridad.

Primero oigo el gruñido, como un rugido grave que activa mi instinto primitivo de presa que me dice que debo huir. Después, un destello de luz atraviesa la neblina. Dos ojos amarillos me miran, brillantes y luminosos.

Paso a paso, la enorme bestia se acerca. Es el lobo más grande que he visto en la vida, con patas casi del tamaño de mis botas. Su pelaje es de un oscuro tono pizarra, como si fuese un producto de la neblina. Tiene los labios retraídos para enseñar sus dientes afilados como cuchillas.

Empiezo a caminar hacia atrás al mismo ritmo que él.

—No lo hagas —susurro. Las palabras suenan temblorosas—. Por favor, no lo hagas.

¿Por qué he tenido que cantar? Para el caso, podía haberme puesto a gritar *¡Aquí estoy, terribles bestias del Vano! ¡Venid a comerme!* Así que ahora voy a morir sola en la oscuridad por culpa de una canción que ni siquiera me gusta demasiado.

Mi espalda choca con el ancho tronco de un árbol y miro a mi alrededor en busca de alguna parte por la que trepar. Maldición. Por supuesto, no hay ni una rama.

Miro otra vez a la bestia que no para de gruñir. La miro a los ojos mientras meto la mano en mi bolsa y saco las otras rosas. Si logro hacer crecer una rama, quizá pueda trepar bastante alto. Aunque, a juzgar por sus poderosas patas, ya estoy a tiro de que se abalance sobre mí.

—No soy un buen almuerzo —le digo—. ¿Por qué no vuelves por donde has venido?

El lobo se limita a gruñir aún más, si eso fuera posible.

Mi mano se cierra en torno al tallo de la rosa. Aprieto la palma de mi otra mano contra el árbol detrás de mí. ¿Qué quiero hacer? ¿Hacer crecer una rama? ¿Seré capaz de trepar por ella a tiempo?

Podría intentar fabricar una jaula de raíces, como hizo Eldas con Luke. Sin embargo, la complejidad de construir algo grande y bastante fuerte me pone nerviosa. Mientras tanto, el lobo sigue acercándose.

Elige, Luella, antes de que te conviertas en su cena.

Una rama, pues.

Las rosas se marchitan y desmigajan debajo de mis dedos, pero no sucede nada. La magia se aviva en mi interior y chisporrotea de manera inofensiva por el aire.

El lobo suelta un rugido y se apresta a saltar. Intento trepar por el árbol, pero es inútil. En el proceso, resbalo sobre el musgo húmedo y caigo hacia atrás.

El mundo se mueve despacio.

Así es. Así es como muero. Madre siempre me decía que me adentraba demasiado en el bosque. Siempre me dijo que mi perdición, si acaso, sería que me alejara demasiado de casa.

Tenías razón, Madre.

Mi espalda se estampa contra el suelo y mis huesos se sacuden. Casi me arranco la lengua de cuajo de un mordisco. Me duelen los dientes y me pitan los oídos. Imagino la sensación del trono cuando arañaba por debajo de mi piel. Ahora serán las garras del lobo las que me arañarán. Después habrá dientes y sangre y...

Noto un aliento cálido al lado de la oreja. Un olisqueo.

Abro los ojos y me topo con la mirada luminosa del lobo. Huele un lado de mi cara. El macho, como ahora puedo afirmar, camina en círculo a mi alrededor. Huele mi mano y entierra la nariz en mi bolsa.

Cuando termina su inspección, se sienta, enrosca su frondosa cola alrededor de sus patas y me contempla expectante.

—¿Qué? —Me siento despacio—. ¿No me vas a comer? —El lobo sigue mirándome—. Entonces, ¿para qué gruñías tanto? —Me froto la parte de atrás de la cabeza. Todavía me duele—. ¿Y qué es lo que te ha hecho parar? No es que me queje...

El lobo ladea la cabeza en mi dirección. Mueve las orejas. Entonces me fijo en un profundo corte en su oreja derecha.

—Espera... ¿eres...? No, no podrías ser... —Me pongo de rodillas y por fin le echo un buen vistazo al lobo. Él continúa mirándome, expectante. Levanta la cola y luego la deja caer otra vez con un golpe sordo—. ¿Eres el mismo lobo de aquel día en el bosque con Luke?

Tiene que ser el mismo. Tiene los mismos ojos sabios y brillantes del lobo que vimos entonces... ahora que no me está gruñendo.

—¿Esta es la segunda vez que casi me matas del susto? —Me río, alegre. Supongo que una persona en su sano juicio le guardaría rencor al animal, pero yo más bien siento cierta diversión—. ¿Cuánto tiempo llevas observándome? Eres muy descarado, ¿no crees? ¿Sabías quién era desde mucho antes de que lo supiera yo?

Ladea la cabeza en la otra dirección. Quizá sea un «sí».

—¿Conoces el camino para salir de aquí? —He perdido la cabeza. Estoy hablando con un lobo—. Puedes llegar hasta el borde del bosque profundo, ¿verdad? Donde linda con las tierras del templo. Ahí es donde nos vimos la última vez. Quiero volver ahí.

El lobo me mira durante unos segundos más. Con un suspiro, me pongo en pie. ¿Un lobo guía? Soy un poco demasiado ilusa.

—Bueno, en cualquier caso, gracias por no comerme, otra vez. —Alargo una mano y la agito un poco a modo de despedida.

El lobo se mueve. Sus patas son tan poderosas como había imaginado porque antes de tener tiempo de parpadear siquiera ha cruzado el espacio que nos separaba y aprieta la cabeza contra la palma de mi mano. Lo observo maravillada mientras mis dedos se hunden en el denso y áspero pelo. Aunque parece nacido de la neblina del Vano, es sólido. Después, retrocede despacio, sin apartar los ojos de los míos.

Da media vuelta y desaparece en la oscuridad.

—Eso ha sido… —empiezo a decir, pero un destello dorado me interrumpe. Apenas logro distinguir el cuerpo del lobo entre las volutas de niebla, pero sí veo sus ojos relucientes. Parece casi expectante—. ¿Quieres que te siga?

El lobo echa a andar. Me apresuro a alcanzarlo. Lo más probable es que lo esté siguiendo hasta su árbol preferido para hacer pis. Ni siquiera sé si este animal hace pis. ¿Es un animal siquiera? ¿O una bestia hecha de sombras, como el caballo sobre el que llegó Eldas a Capton?

No importa. Es la mejor opción que tengo para salir de este lugar. Caminamos por el oscuro bosque durante al menos otra hora antes de soltar un gemido de frustración.

—Gracias por nada —mascullo—. Ahora voy a ir hacia allí. Parece tan buena dirección como cualquier otra que hubiéramos seguido.

Un ladrido y un gruñido me detienen a medio paso.

—¿*Qué?*

Otro gruñido grave.

—Muy bien, te seguiré un ratito más. —Levanto las manos por los aires, resignada.

Caminamos hasta que los árboles dan paso a un claro cubierto de musgo. Un círculo de piedras rodea una gran losa en el centro de un pequeño promontorio. Casi parece una lápida. Me estremezco.

—Estos no son los terrenos del templo —regaño al lobo, que suelta un resoplido y va hasta el gran *memorial* vertical. Se tumba a su lado—. ¿Este es tu lugar favorito o qué?

Ladea la cabeza y arquea sus cejas en mi dirección, como diciendo: *¿No es aquí adonde querías ir?*

—No, no era aquí adonde quería ir —musito mientras me acerco a la gran roca.

Hay algo escrito en ella, difuminado por el paso del tiempo y oculto detrás de una capa del mismo musgo verde que crece en su base. Este lugar tiene un aura muy parecida a la de un templo. Me recuerda a los antiguos santuarios que salpican los caminos medio olvidados que se adentran en el bosque profundo.

—¿Qué dice? —susurro, mientras alargo una mano para retirar el musgo de las letras grabadas.

—Nada que tú puedas leer. —La voz de Eldas rompe el tranquilo silencio y ni siquiera me molesto en reprimir un gemido gutural.

Quince

—¿**S**orprendida de verme? —pregunta. Da la impresión de tener gravilla en la garganta.

Me giro para mirarlo y no puedo decidir si parece más un espectro o un agente de los Dioses Olvidados. La oscuridad de su pelo se diluye entre la neblina del Vano. La palidez grisácea de su piel es como piedra tallada, antinatural y etérea en este mundo de noche viva. Tiene un aspecto incluso más poderoso del que tenía en el salón del trono, si eso fuera posible. Y varias veces más severo. Cruzo los brazos para protegerme de su juicio.

—Supongo que no debería.

—Pues no, no deberías. —Eldas frunce el ceño—. ¿En qué estabas pensando?

—Me senté en tu trono y os he traído la primavera. Está claro que ya no me quieres ni me necesitas aquí y soy más que una carga para ti. Me iba a casa.

Parpadea despacio y sacude la cabeza.

—¿Crees… que eres una carga?

—Dado por cómo me has tratado, ¿qué otra cosa debía pensar?

—He hecho un esfuerzo por ser educado contigo.

—Eso no es verdad —espeto sin pensar. Eldas da un paso atrás, atónito por que alguien le hable en ese tono. Dada nuestra experiencia en el salón del trono, soy yo la que estoy sorprendida de que todavía pueda dejarlo atónito.

—Bueno… te he dado unos aposentos privados. Te he dado acceso a las arcas reales para amueblarlos y decorarlos a tu gusto. No te he encerrado bajo llave ni te he prohibido el acceso a ningún sitio en mi castillo; una decisión de la que has hecho que me arrepintiera mucho.

—¡Me trataste como una marioneta! ¡*Me controlaste* con mi propio nombre verdadero! —continúo, sin remordimiento alguno. Estoy demasiado metida en esto ya, bien puedo seguir excavando—. No quiero ser una especie de peón para ti. No voy a pasar el resto de mi vida aprendiendo a utilizar mi magia solo para que puedas asustar a los otros reyes de Midscape.

Da otro paso atrás. Veo cómo la ira sube por sus mejillas, cómo le frunce el ceño. Hasta que toda su cara se suaviza.

—Lo siento. Me equivoqué.

—No… —*No quiero tus disculpas*, es lo que quiero decir. Pero recupero la compostura y lo digo de otro modo—. No quiero palabras, quiero hechos. Es fácil disculparse, Eldas. Es más difícil decirlo en serio.

—Entonces, lo intentaré con mayor ahínco.

—O puedes dejar que me marche. —Un hocico mojado empuja contra la palma de mi mano, como si el lobo quisiera recordarme que sigue aquí. Lo rasco entre las orejas, agradecida de tener a alguien de mi lado. Los ojos de Eldas bajan hacia la bestia y se entornan un poco, pero devuelve la vista a mí—. Tú no quieres este matrimonio; yo tampoco lo quiero. Hice lo que necesitabas y traje la primavera. Entonces, ¿por qué estamos intentando encontrar una forma de vivir y trabajar juntos?

—Porque debemos hacerlo.

—Pero ¿por qué? —Doy un paso hacia él y el lobo hace lo mismo. La idea de avanzar hacia el rey con una bestia del Vano me infunde algo de valor—. Basta… basta de dejarme a un lado, *por favor*. Si de verdad te arrepientes de cómo has actuado, esta es tu oportunidad para cambiarlo. Si quieres que te ayude, entonces ayúdame de un modo sincero. Enséñame como te pedí, no me regañes ni me ningunees.

Los ojos de Eldas se abren un poco y, por primera vez, sus muros no vuelven a levantarse de inmediato. Me estudia con atención y yo me mantengo abierta, desnuda delante de él. Esta es la última oportunidad que le voy a dar, aunque no se lo digo a la cara.

—La Reina Humana es nuestro vínculo con el Mundo Natural, y el trono de madera de secuoya es su lazo con los cimientos de Midscape. La magia fluye a través de ella y desde ella, para nutrir la tierra y darle vida. Esta conexión es algo que debe alimentarse. No te sientas en el trono una vez y ya está.

—Espera, ¿me estás diciendo que el trono va a actuar como sanguijuela mágica conmigo de manera *regular*? —pregunto, horrorizada.

—Sí, has recargado la tierra de Midscape, pero la magia que le imbuiste se diluirá con el tiempo. Así que debes seguir sentándote en el trono para continuar fortaleciendo la tierra.

—Eso es demasiado… —Envuelvo los brazos a mi alrededor mientras intento quitarme de encima la sensación fantasma del trono cuando me agarró y quiso chuparme la vida.

—Sí, con el tiempo, tu magia se agotará. Tu fuerza disminuirá a lo largo del año, por lo que Midscape se irá enfriando y la tierra se marchitará.

—¿Entonces me tiraréis a un lado porque ya no seré útil?

—¡No! —exclama Eldas—. ¿De verdad piensas tan mal de mí?

—No me has dado demasiadas razones para pensar bien de ti —admito. Eldas hace una mueca.

—Tu magia menguará, pero regresarás al Mundo Natural cuando más fuerte está, en el solsticio de verano, para recargarte y reafirmar tus vínculos.

Cuando llegué, Midscape estaba sumido en lo más profundo del invierno. Después de sentarme en el trono, la primavera brotó por todas partes. Luego vendrá el verano. A medida que mi poder se marchite, también lo hará la tierra.

—Estaciones —digo de pronto—. Estás hablando de las estaciones. —Eldas asiente—. Cuando me vaya a Capton en el solsticio de verano, será invierno otra vez en Capton porque mi poder será demasiado débil como para seguir recargando la tierra.

—Será Navidad, para ser más exactos. Midscape estará más cerca del Velo que del Vano, más cerca de la muerte que de la vida. Pero es parte de un ciclo necesario para sustentar nuestro mundo, que es un reflejo del vuestro, solo que a la inversa. Ahora estamos en proceso de restablecer el equilibrio, pero Midscape lo encontrará pronto y entonces todo debería ir mejor.

La naturaleza requiere equilibrio, pienso. Me siento más poderosa de lo que hubiera imaginado jamás. Gracias a mí habrá estaciones en Midscape, gracias a mí puede haber vida siquiera.

—El tiempo que estemos separados también será cuando yo reafirme mi poder —continúa Eldas.

—¿Cómo?

—Tú eres mi antítesis, Luella. Eres la reina de la vida.

—Y tú eres el rey de la muerte —susurro. Miro sus ojos de hielo y, no por primera vez, siento una punzada de miedo ante el poder que tiene este hombre. Por supuesto, como la persona completamente cuerda que soy, decido convertirlo en una broma—. Es bueno saber que nunca estuvimos destinados a llevarnos bien.

Un destello de picardía parpadea en sus ojos. Creo que es la primera emoción real que veo en él y trae una sonrisa a mis labios. Al menos hasta que da un paso hacia mí; entonces mi sonrisa se desvanece.

Pero Eldas pasa por mi lado para ponerse delante de la gran losa. Un pulso de magia vibra por el aire como un viento invernal cuando sus dedos rozan con suavidad las palabras grabadas. Una magia como plata líquida mezclada con el azul oscuro del ocaso se derrama por los grabados y retira el musgo. El aire se condensa a nuestro alrededor.

—O sea que ahora lo entiendes —dice Eldas. Tardo un momento en darme cuenta de que no se refiere a la magia que acaba de realizar, sea cual fuere—. No puedes librarte de esto más de lo que me puedo librar yo. Estamos atrapados en tándem, tú y yo. Por eso debemos aprender a vivir y a trabajar juntos, como tan bien lo has expresado.

—No, no lo entiendo —declaro. Me mira incrédulo, como si no pudiera creer que pueda ser tan obtusa—. Bueno, sí. Más o menos. Tanto como creo ser capaz de entender la compleja explicación de un poder antiguo forjado hace miles de años. Lo que no entiendo es por qué todo el mundo se ha limitado a cumplir con lo estipulado durante todo este tiempo.

—¿A lo mejor porque ninguno de nuestros predecesores quería condenar a un mundo entero a ser consumido por la muerte del Velo?

—Por supuesto que no quiero condenar a nadie a morir. Pero ¿y si hay otro modo de hacerlo? —pregunto.

—¿Otro modo?

El destello de interés que veo en sus ojos me anima. Pienso en las cosas que decía mi padre en torno a la mesa de la cena, cuando hablaba del Consejo, que lamentaba que no hubiese ninguna alternativa al tratado... cuando se preguntaba si no habría otra manera de ser libres. El recuerdo de su voz apasionada me da alas.

—¿Por qué no tratamos los dos de liberarnos de esto?

—No hay manera de liberarse de esto.

—¿Lo has intentado alguna vez? —pregunto. Se queda callado—. ¿Lo ha intentado alguien? —Más silencio—. ¿Por qué no trabajamos hacia una solución que no implique la muerte de Midscape ni un desequilibrio entre los mundos *y* hacia una que no suponga una guerra entre la magia salvaje y la magia natural? Una solución sin Reinas Humanas.

—Estás hablando de cosas que no entiendes. —Mira otra vez la piedra con expresión sombría—. Nuestra única esperanza es preservar este acuerdo el mayor tiempo posible. —Masculla algo en voz baja—. Que puede que no sea mucho ya…

Su vacilación me da esperanzas.

—¿Y esto lo sabes porque has buscado alternativas?

Suelta un suspiro dramático.

—Luella, sé que me miras y ves a un hombre normal…

—*Nada* en ti es normal —me apresuro a decir. Sus labios se entreabren y su expresión severa desaparece de su rostro, lo que lo hace parecer aún más guapo. Frunzo los labios y lucho contra un sentimiento que no quiero tener cuando contemplo a Eldas.

—Me ves como a un mortal —explica—. Pero mi poder va mucho más allá de tu imaginación. —Hace un gesto hacia la piedra que estaba examinando—. *Esta* es una piedra angular del Vano. ¿Sabes siquiera lo que significa? —Niego con la cabeza—. Es la primera piedra de Midscape, un pilar para el Vano. ¿Puedes ver su poder? —Niego con la cabeza de nuevo—. ¿Entiendes la intrincada magia que hay tejida por todas partes a tu alrededor, atada a esta roca? ¿Magia que divide mundos?

—No. —Eldas abre la boca para hablar otra vez, pero me adelanto a él—. ¿Entiendes tú cómo suena tener a miles, cientos de miles, *millones* de cosas vivas llamándote a gritos? ¿Puedes imaginar lo que se siente cuando la tierra araña bajo tu piel, raspa tus huesos para obtener vida y poder? ¿Querrá tu mente recrear la tortura de saber que todas esas cosas estarían encantadas de comerte viva si tuviesen la oportunidad?

Eldas parpadea. Ahí está esa expresión un poco perpleja una vez más. He descubierto que el lado más blando y expuesto de él me gusta mucho más que su costado severo. Si solo lograse mantenerlo desequilibrado, quizá podríamos llegar a alguna parte…

—Tienes razón —continúo—. No soy capaz de entender tu magia porque, como tú mismo has dicho, soy tu antítesis. Pero eso significa que tú tampoco puedes entender la mía. Y quizá ninguno de los otros reyes le haya dado a su reina una oportunidad para explorar de verdad su poder. A lo mejor existe algo que yo pueda hacer, o fabricar, como tu piedra angular, para vincular las estaciones de Midscape con las del Mundo Natural sin una Reina Humana. ¿*Mmm*?

No dice nada, pero su expresión se endurece una vez más para tornarse algo pasiva e indescifrable.

—Todo lo que estoy diciendo es… —suplico— que me des una oportunidad, una oportunidad de verdad. ¿Qué podemos perder?

—Todo, si no tenemos cuidado. —Hay un toque de ligereza en su voz.

—Entonces, *ayúdame*. Mi poder, tus conocimientos. Podemos hacer esto juntos, si nos dejas.

Los labios de Eldas se aprietan con fuerza en una línea fina. Busco en las profundas aguas de sus ojos, busco algo humano. No tengo ninguna razón para pensar que querrá ayudarme, pero al menos debo intentarlo. Se lo debo a Capton.

—¿Por qué es tan importante para ti? —acaba por decir, después de unos instantes. Oigo un indicio de dolor. Es la sombra de algo que ronda por lo más profundo de su personalidad. Pienso en lo que dijo Rinni… sobre lo de estar recluido—. Ayúdame a entenderlo.

Empiezo a hablar con la esperanza de que escuche.

—Yo tenía una vida. Tienes razón, no soy como las otras reinas. No me educaron para ti, ni para nada de esto. Tenía mis propios sueños y planes. Tenía gente que *dependía de mí* y a la que juré proteger y servir lo mejor que pudiera. Entregaron sus escasos ahorros, ganados con el sudor de su frente, para pagar mi educación, y yo les entregué mis habilidades, mis años. Capton me necesita tanto como Midscape; soy la única herbolaria que tienen.

»Así que quizás esa sea una razón por la que ninguna de las otras reinas haya osado cuestionar si había alguna otra forma de hacer esto. Ellas no tenían la expectativa de ser nada más que lo que eran, porque habían sido identificadas como reinas bastante jóvenes como para que ser reina *fuese su sueño*. Pero yo no soy ellas. Yo *sí* lo estoy cuestionando, para mí misma y para todas las demás jóvenes que vengan después.

La mirada del rey oscila entre mí y la piedra, como si estuviera eligiendo entre mi mundo y el que él siempre ha conocido. Ni siquiera me molesto en contener la respiración. Sé lo que elegirá, y no va a ser mi idea loca.

Y entonces...

—Vale —dice.

—¿Qué? —exclamo con la voz ahogada.

—Acepto dejar que lo intentes.

—¿De verdad? —Doy la vuelta a la piedra hasta su lado—. ¿Lo dices en serio? ¿No más mostrarte de acuerdo con enseñarme y luego actuar como un completo idiota?

Eldas se encoge un poco, pero asiente. Siento el impulso de agarrar su mano y darle un apretón, casi como lo haría con un amigo, pero reprimo la idea antes de que mi cuerpo pueda actuar.

—Este trato tiene condiciones. —Me mira con recelo.

—Por supuesto que las hay. —Aun así, esto es un progreso—. ¿Cuáles son?

—La primera es que debes mantenerme informado acerca de tu trabajo. Puede que a ti no te importe el futuro de Midscape, pero yo he jurado protegerlo.

—Nunca he dicho que no me importase...

—No dejaré que deshagas por accidente el entramado de mi mundo —termina, sin hacer caso de mi objeción.

—Muy bien, es justo. —Tampoco es que yo quisiera deshacer nada.

—Además...

—Oh, hay más, menuda sorpresa. —Cruzo los brazos. ¿Eso que veo en sus labios es un fantasma de sonrisa? Estoy siendo recompensada una vez más por un destello de diversión, más evidente que el anterior. Si sigue dedicándome sonrisas disimuladas y ojos centelleantes, voy a pensar que empieza a gustarle la Luella decidida y un poco audaz.

—Además —continúa—, no le hablarás a nadie sobre esta trama. No puedo y no pienso lidiar con los rumores de que la mujer que se supone que va a gobernar a mi lado está tratando de escapar de mí como si yo fuese demasiado débil para ganarla para mi causa. Mi gobierno ya ha sufrido suficiente bochorno por culpa de lo mucho que tardamos en encontrarte.

El lobo parece inquieto debido a la agitación de Eldas. Camina entre nosotros, así que estiro la mano. Se apresura a volver al trote a mi lado y lo rasco entre las orejas hasta que se calma.

—Eldas, nunca tuve la intención de que lo pasarais mal por mi culpa.

—Ahórrame tu falsa compasión. —La ira centellea en sus ojos, aunque no está dirigida a mí. Eso lo veo claro.

—No es falsa —replico, indignada—. Lo siento. De verdad.

Mi conmiseración lo aturde. Se tambalea un poco y tarda tanto en recomponerse que me preocupa haberlo quebrado.

—Yo...

—¿Tú? —lo animo.

—Yo también lo siento. Lo que has tenido que soportar.

Una sonrisa se dibuja en mis labios.

—¿Tan difícil ha sido eso? —Eldas hace una mueca.

—De verdad que puedes ser irritantemente insistente, ¿lo sabías?

—Ya me lo han dicho antes, en general mis pacientes. —No puedo evitar reírme—. Aunque yo prefiero describirme como tenaz. —Eldas resopla con desdén y, por un breve segundo, algo que me atrevería a llamar «paz» fluye entre nosotros. No me apetece mucho romperla, pero debo hacerlo...—. ¿Hay alguna condición más?

—Sí. No volverás a intentar escapar, por las mismas razones que ya expuse. Se supone que la Reina Humana no debe ser vista antes de su coronación. Es tradición, pero también es por tu propia seguridad, para que nadie pueda realizar el Conocimiento sobre ti ni ninguna otra magia, sobre todo antes de que controles tus poderes y puedas defenderte.

—Eso puedo aceptarlo sin problema. —Aunque pienso que menos reclusión sería mejor para todo el mundo.

—Por último, tienes hasta tu coronación dentro de tres meses para romper este ciclo.

—¿Tres meses? ¿Qué crees que puedo hacer en tres meses?

—Estoy impaciente por averiguarlo —comenta, con un leve retintín.

Tres meses. Tendré tres meses para encontrar una manera de liberarme.

—¿Y si no logro nada en tres meses? —me atrevo a preguntar.

—Aunque quisiera darte más tiempo, no puedo. En el momento de la coronación, serás aceptada del todo por el mundo de Midscape, serás más parte de Midscape que del Mundo Natural. Solo nuestra comida te nutrirá. Solo estas tierras serán tu hogar. Y aunque seguirás volviendo a tu mundo para reforzar tu magia, será por un tiempo limitado. Demasiado tiempo lejos de Midscape te matará.

—Estás diciendo que después de la coronación no hay vuelta atrás —susurro.

—Salvo unos pocos días en el solsticio de verano para reponer tu magia, sí.

Un escalofrío me recorre de arriba abajo. Si lo logro, seré libre. Podré volver a Capton. Podré ayudar a la gente a la que he jurado darles mi vida.

Si fracaso, me quedaré atrapada para siempre. Al menos de este modo, hay una oportunidad. Hay esperanza.

Los ojos de Eldas taladran un agujero en mi cráneo, como si tratara de obtener acceso directo a mi cerebro y ver cuáles son mis pensamientos. Estoy dividida entre las ganas de apartar la mirada y el trance en el que me tiene sumida la magia de sus ojos.

—Dime, ¿aceptas mis términos? —me pregunta, su voz profunda y ominosa.

—Muy bien, Eldas, trato hecho. —Le tiendo la mano. Sus largos y fríos dedos se cierran en torno a los míos. Apenas reprimo un escalofrío ante el fogonazo de magia que danza por debajo de mi piel al tocarlo. Me doy cuenta, demasiado tarde, de que acabo de darle la oportunidad de poner en práctica el Conocimiento otra vez. Sin embargo, en un sorprendente respeto a mis deseos, sus ojos no refulgen—. Eso sí, debo advertirte algo: trabajo muy duro. Tres meses van a ser tiempo de sobra. Me voy a librar de este compromiso.

—Me atrevo a decir que estoy impaciente por ver lo que puedes lograr. —Hay una implicación de respeto en sus palabras que me roba el aliento—. Volvamos, antes de que alguien tenga ocasión de darse cuenta de que te has marchado.

Antes de que pueda reaccionar, un repentino fogonazo de poder me inmoviliza en el sitio. Me entra el pánico y creo que, después de todo, sí ha utilizado el Conocimiento. Una neblina oscura brota como vapor de Eldas, se mezcla con el Vano. Se arremolina a nuestros pies, nos envuelve como un capullo. Quiero gritar, pero no puedo. No puedo moverme en absoluto. La única luz en la oscuridad es el fulgor de sus ojos.

El mundo se mueve a nuestro alrededor.

El aire rancio de mi habitación en el castillo llena mis pulmones mientras espiro el Vano en volutas de humo negro. Un intenso temblor sacude mi cuerpo y hace que hielo negro caiga de mis hombros. La magia condensada se evapora en forma de vaho y se disipa.

—¿Q... qué? —digo, mientras me castañetean los dientes. Me agarro las rodillas e intento recuperar la respiración antes de enderezarme. Eldas se muestra impertérrito—. ¿Qué ha sido eso?

—Vanoambulismo. Es una destreza que muy pocos son capaces de dominar.

Me pregunto qué otras hazañas increíbles es capaz de realizar. Antes de que pueda preguntar, el aire al lado de Eldas riela como cuando emana calor de una calle adoquinada. Y de entre las sombras y la luz, brota un lobo. La bestia ahora familiar trota hasta mí, camina en círculo alrededor de mis pies y se sienta a mi lado.

—¿Qué demon...? —Oh, bien, Eldas está tan confuso como yo. El rey frunce el ceño en dirección a la criatura—. Otra señal más de que el Vano se está debilitando. Se está volviendo rebelde —farfulla. Luego, más alto—: Márchate, bestia. —El lobo ladea la cabeza—. Por orden del Rey de los Elfos eres una criatura del Vano y allí te quedarás.

El lobo menea la cola y no me molesto en reprimir una risita.

—Me da la sensación de que va a hacer lo que quiera. —Entierro la mano en el pelo del lobo.

—Como alguien más que conozco. —Eldas me mira de soslayo y, por alguna razón, me echo a reír. Por primera vez, me da la sensación de que estamos trabajando juntos, como si fuésemos iguales.

—Si te sirve de consuelo, a mí tampoco me hizo ni caso.

Eldas levanta los ojos hacia los cielos, como si pidiera ayuda a los dioses en silencio. Luego suelta un suspiro monumental.

—Seguro que vuelve al Vano pronto. Lo más probable es que solo haya seguido nuestro rastro.

—El vanoambulismo parece mucho menos impresionante cuando un animal también puede hacerlo. —No puedo evitar sonreír. Eldas entorna los ojos en mi dirección, pero su ceño fruncido ha perdido algo de severidad.

—Puede hacer vanoambulismo porque es del Vano. Una criatura atrapada en la fisura cuando los mundos se dividieron.

—Es buen chico, eso es lo que es —le digo al lobo con dulzura.

—Perfecto. Ahora es mi elección permitir que esta bestia se quede todo el tiempo que quiera.

No sé si me lo dice a mí, al lobo o a sí mismo.

—Por supuesto que es *tu elección.*

—Si destruyes cualquier cosa en mi castillo, te envío de vuelta por la fuerza —le dice a la bestia muy serio.

—Yo cuidaré de él.

—No te encariñes demasiado. Mañana por la mañana ya no estará —refunfuña Eldas y se encamina hacia la puerta—. Y tú, Luella, practicaremos tu magia otra vez mañana.

—Me has dado aún más incentivo para aprender —le digo con énfasis. Eldas parece algo sorprendido por mi nuevo tono y me dedica un breve asentimiento. Me trago las ganas de decirle que, si ofrece amabilidad, lo más probable es que reciba amabilidad a cambio. Eldas bosteza.

—Ahora, haré un esfuerzo por dormir un poco, si es que la Reina Humana se digna a quedarse quietecita un rato.

—Lo permitiré, supongo.

Está claro que no esperaba que contestara. Una sonrisilla tira de las comisuras de sus labios, pero Eldas me da la espalda antes de que pueda disfrutar de la expresión.

—Eldas —digo, justo cuando su mano cae sobre el picaporte.

—¿Y ahora qué pasa?

—Gracias por nuestro acuerdo... Es un buen comienzo para demostrar que no eres tan terrible, después de todo.

En cuanto lo digo, bajo la cabeza y me centro en acariciar al lobo para disimular mi sonrisa. No quiero hacerlo sentir aún más incómodo. La imagen de su fachada gélida desmoronándose ante la gratitud de alguien es satisfacción suficiente.

No dice nada y sale de mi habitación, dejándome sola con mi inesperado compañero nuevo.

Dieciséis

R inni abre la puerta una rendija.
—¿Majestad? ¿Estáis lista?

—Sí. —Estoy sentada en el borde de la cama, con el diario de Alice en equilibrio sobre mis rodillas. Lo estoy estudiando en busca de cualquier información que pudiera darme un punto de partida para la tarea que tengo por delante.

Ya he conseguido dilucidar que el «Ser» es un reflejo especular del «Conocimiento» en cuanto a que es la esencia de la existencia, en lugar de solo la *comprensión* de la existencia. Es un concepto enrevesado, pero lo importante es que ahora sé que mis poderes pueden cambiar el nombre verdadero de algo.

Un descubrimiento útil al que dedicar mi mañana.

Rinni no dice nada. El silencio se alarga tanto que la miro de reojo. Sus ojos están fijos en el lobo que ocupa casi todo el pie de mi cama. La generala muestra una expresión perpleja y algo temerosa.

—Rinni, te presento a Hook. —Ya le he puesto nombre al lobo. Hace referencia a la forma ganchuda de su oreja mellada.

—Hook… ¿Tenéis un lobo?

—Sí. Se llama Hook. —Cierro el cuaderno—. Y antes de que lo preguntes, sí, Eldas sabe que Hook está aquí. Y sí, está de acuerdo en que puede quedarse.

—Eldas... Me he perdido algo.

—Quizá. —Sonrío con dulzura y voy hacia el vestidor. Me siento mejor que todos estos últimos días juntos—. Espera un momentito mientras me visto.

Rinni me mira de arriba abajo cuando emerjo.

—¿Qué? ¿No he elegido ropa adecuada para una reina? —pregunto.

—No es eso. Me gusta que hayáis optado por el verde otra vez. Pega bien con vuestro pelo. A lo mejor sí tenéis algo de talento para la moda.

—Rinni —digo—, ¿acabas de decir algo agradable sobre mí?

—Lo decís como si os sorprendiera —responde, tras poner los ojos en blanco.

—Bueno, creía que no te gustaba demasiado.

—Sí, me gustáis. —Los ojos de Rinni bajan hacia Hook a mi lado—. Pero no vais a traer a esa bestia al salón del trono.

—¿Quieres intentar decirle que no puede venir?

Hook ladea la cabeza en dirección a Rinni. Sus ojos dicen «acaríciame», pero con su largo hocico lleno de dientes afilados como cuchillas afirma «ponme a prueba». Solo ha pasado un día, pero creo que encontrar a Hook ha sido una de las mejores cosas que he podido hacer. Es como si estuviésemos destinados a estar juntos desde el principio.

—Muy bien, pero si Eldas pregunta, yo dije que debía quedarse en la habitación.

Me encojo de hombros. Después de la noche anterior, ya me siento más confiada en compañía de Eldas. Mientras cumpla con su parte del trato, quizás haya esperanza.

Tal vez, de algún modo, hayamos conseguido empezar a entendernos. ¿Un poco?

Cruzamos la sala principal de mis aposentos. Sigue vacía, y pongo «conseguir muebles» más arriba en mi lista de cosas por hacer. Está justo debajo de «averiguar cómo usar mi magia» y «detener el ciclo de la Reina Humana». Sin embargo, puede que sea más fácil de lograr que cualquiera de esos dos objetivos y, además, un apartamento amueblado puede que me haga sentir más cómoda durante mis, con suerte breves, tres meses aquí. Como poco, sería agradable tener un escritorio en el que leer los diarios de las reinas y tomar notas.

Recorremos el mismo camino hasta el salón del trono. Igual que las otras veces, Rinni escucha detrás de la puerta antes de abrirla.

—Excelencia, su majestad la reina y... el lobo de su majestad.

Eldas está de pie delante del gran ventanal que está detrás de los dos tronos, uno moldeado por la naturaleza y el otro por manos mortales. Las manos del rey están cruzadas a su espalda y su larga silueta queda recortada por la luz mañanera. Creo oír el eco de un suspiro.

—Gracias. Puedes retirarte, Rinni.

La mujer hace una reverencia y sale por la puerta lateral por la que hemos entrado.

Eldas se gira hacia mí y me mira a lo largo de su nariz afilada. Su rostro es tan severo que me hago la extraña pregunta de si será doloroso besarlo. Ya sé que sus palabras son más cortantes que el cristal. ¿Su lengua irá a juego? Aparto esos pensamientos de mi mente. Estoy aquí para *trabajar*.

Sus ojos se deslizan hacia Hook.

—La bestia sigue aquí.

—Se llama Hook.

—Muy bien. —Sacude la cabeza, resignado—. Tenemos trabajo por hacer, con lobo o sin lobo.

—Exacto —digo, tras hacer acopio de valor.

—Ven aquí. —El rey percibe mis reticencias y añade—: No te voy a obligar a sentarte en el trono.

—¿De verdad? —Esto ya está yendo mucho mejor que la última vez.

—En serio. Es obvio que tenemos que empezar por lo más básico. Comenzaremos contigo explorando tus poderes para que te familiarices con ellos. Tenemos que averiguar cuánta fuerza de las reinas del pasado has heredado —me explica mientras me acerco—. Cierra los ojos.

Obedezco. Con los ojos cerrados, soy de algún modo *más* consciente de su presencia. Oigo sus pisadas. Soy muy consciente del momento exacto en que cruza la línea de mi espacio personal. Está dolorosamente cerca y el aire se remueve mientras él se desliza a mi alrededor.

Un gruñido grave rompe el trance.

—Hook, *shh* —le indico. A lo mejor Rinni tenía razón en lo de dejarlo en el cuarto.

¿Eso que he oído es una risita suave? Eldas reprime enseguida el agradable sonido. Echo una breve mirada entre mis pestañas, pero ya no está delante de mí.

—Busca en tu interior. —La resonancia de su voz detrás de mí, casi tan cerca como para mover los pelillos de mi nuca, me hace estremecer.

Contrólate, Luella.

—Siente el poder que está ahí.

—No siento nada.

—No vas a dominar nada con sesenta segundos de esfuerzo —me dice en tono seco. No puedo evitar esbozar una sonrisita—. Inténtalo con más ahínco. —Apoya las manos en mis hombros, ligeras como plumas. Me estremezco de nuevo mientras desliza los dedos por el terciopelo que cubre mis brazos—. Siente la magia que absorbes por el aire, el poder que se arremolina en tus manos. Siéntelo mientras tus pies echan raíces en el suelo. —Su mano recorre mi cadera. Suelto una exclamación ahogada cuando sus dedos se extienden por mi abdomen plano. Es como si con cada caricia mi magia se activase, ansiosa por responder a él; es como si mi poder pudiese conectarnos—. ¿Lo sientes? ¿Sientes cómo se acumula en tu interior? Un manantial de vida que espera ser liberado.

—Yo... —*Sí que siento algo.*

—*Shh* —me dice, un poco demasiado suave—. Mantén la concentración, Luella.

¿Por qué suena mi nombre mucho mejor cuando lo dice con esa voz profunda? Aprieto los ojos más fuerte e intento apartar mis pensamientos de él. Las únicas cosas que siento acumularse en mi interior son deseos oscuros que no estoy en absoluto dispuesta a reconocer ante nadie, incluida yo misma, en ningún momento.

—Inspira —susurra. Hago lo que me dice—. Espira.

Soy como arcilla para modelar bajo sus manos. «Inspira, espira, concéntrate». Eldas está de pie detrás de mí, una mano sobre mi abdomen y la otra apoyada con suavidad sobre el dorso de mis dedos. Respira al mismo ritmo que yo. Y, poco a poco, los deseos carnales que despertó con su contacto se van difuminando.

Respiramos juntos como un solo ser y, en la oscuridad, está surgiendo algo nuevo.

El poder fluye entre nosotros. Mi magia es más bien un lago ancho y poco profundo, no un pozo profundo. Eldas está de pie en la orilla opuesta. Miramos hacia cielos diferentes, rotos por la silueta del otro.

Nuestro poder está conectado, pero lo vemos de manera diferente. Y puesto que lo entendemos de manera diferente, el poder funciona de manera única para cada uno de nosotros.

Veo vida. Él ve muerte. Dos lados de la misma moneda. Dos mitades que se necesitan mutuamente para existir.

Me imagino arrodillada a la orilla del lago. Aun así, mis ojos no se apartan de él en ningún momento. Ni siquiera cuando sumerjo las manos en el agua.

No está mojada, como podría haber pensado. El agua está caliente y da vueltas alrededor de mis dedos con un leve resplandor. Cuando retiro las manos del lago, tienen el mismo brillo que el agua.

—Poco a poco —murmura Eldas.

¿Ve él lo mismo que yo? ¿Esta visión está en mi mente o más allá? ¿Es real, o solo la forma en que estoy comprendiendo el poder cambiante que tira entre nosotros como mareas impotentes atrapadas entre dos lunas?

—La magia responde a ti, Luella. Tú la dominas; no ella a ti. Existe para servirte y tú eres la única que manda sobre ella; no pienses nunca de otro modo. —Sus manos abandonan mi cuerpo y reprimo un inapropiado quejido de frustración. Tengo la piel arrebolada, caliente donde la ha tocado—. Abre los ojos.

Abro los ojos mientras camina a mi alrededor. La luz del salón del trono es demasiado brillante. Parpadeo varias veces, mientras devuelvo mi mente al aquí y ahora, al mundo físico.

—¿Eso ha sido real? —pregunto.

—Ha sido la forma en que tu mente intenta comprender tu magia.

—¿Tú también lo has visto?

Parece sorprendido de que pregunte por su experiencia.

—He visto… algo. —Eldas da media vuelta, oculta la expresión que acompañó a sus palabras. Doy un paso al frente, atraída por él mientras se aleja. Habla antes de que pueda indagar más—. Ven al trono.

El suave calor que llenaba mi cuerpo desaparece. El trono de secuoya se alza ante mí, enorme e imponente. Amenazador.

Está suavizado, solo un poco, por la presencia de Hook. El lobo se ha hecho un ovillo a su pie, la barbilla sobre las patas. Me mira con sus ojos dorados. De algún modo, incluso el animal parece esperar algo de mí cuando de este trono se trata.

—Dijiste que no tendría que hacerlo —susurro.

—Este es tu poder —dice Eldas con delicadeza—. Debes decidirte a tratar de aprender a utilizarlo y controlarlo. Sobre todo si quieres tener alguna esperanza de romper los lazos de la reina con el trono.

—Pero…

Solo necesita dos de sus grandes zancadas para plantarse delante de mí otra vez. Eldas se estira despacio a por mi mano y yo dejo que la tome entre las suyas. De algún modo, su contacto es fuerte y tranquilizador.

—Puedes hacerlo. Debes hacerlo.

Me estremezco y obligo a mi cuerpo a moverse. Es solo un trono. Un trono que casi me mata la última vez. Nada de qué preocuparse. *Eso es*. Tal vez, si me lo repito lo suficiente lo creeré.

Eldas guía la palma de mi mano hacia el trono, la sujeta justo por encima de la esquina del reposabrazos.

—Solo esto, por el momento. Saluda al trono y a su poder sin entregarte a él. —Estoy paralizada de miedo—. ¿Estás lista? —pregunta con suavidad.

—Solo un minuto más. —Me tiembla un poco la voz. Eldas me da ese tiempo y luego un poco más. Espera con paciencia a mi lado, con mi mano en la suya. Cuando recupero la compostura, asiento y aprieta mi mano contra la madera.

Una chispa sisea debajo de mi piel. Un chisporroteo crepita en mis orejas. Pero me mantengo bien aferrada a mi cuerpo. Esta vez, no me veo arrastrada a las profundidades de las garras mágicas del trono de secuoya. Parpadeo y respiro despacio. Hook emite un gemido grave.

Eldas ha soltado mi mano y yo continúo apretando la palma contra el trono por voluntad propia. Mi conexión con él es estable y tranquila esta vez. Una vez más, siento esas raíces profundas que se extienden en abanico debajo de mí, en los cimientos de los mundos.

—¿Qué sientes? —susurra. Tiene las manos cruzadas a la espalda otra vez y, aun así, el fantasma de ellas sigue sobre mi cuerpo.

—Siento que… se estira, intenta llegar a mí. Siento la tierra, poderosa y sólida, enroscada entre el agarre de las raíces. Siento… —Roca. Una capa dura de roca en la que las raíces no pueden penetrar. En lugar de eso, se apelotonan justo delante de ella, alrededor de algo, como una jaula. No logro distinguir qué es ese «algo». Es un punto negro en mi conciencia, un lugar donde mis sentidos limitados van a morir. No lo recuerdo de la primera vez... pero toda aquella experiencia ya es solo un barullo de dolor en mi mente.

—Cuando estés preparada, cierra los ojos. —Respiro hondo y hago lo que me dice una vez más—. Siente el Vano que cruzaste, justo al sur de la ciudad; estamos en el límite de Quinnar. Atraviesa las llanuras y las colinas hacia las montañas del este. Siente sus blancas crestas nevadas. Entra en los profundos bosques de los feéricos. Encuentra, en el horizonte del agua, lejos, muy lejos al norte, el sitio donde el Velo separa nuestro mundo del Más Allá. Mira, pero nunca toques.

Mientras habla, hago un viaje detrás de mis párpados. Me veo sacudida de un lado a otro. Es como si corriera de un paraje al siguiente para mantener el ritmo de sus palabras. A medida que cambian mis pensamientos, también lo hacen mi percepción y mi conciencia.

Tirito cuando el frío gélido de las montañas roza contra mí. Oigo el piar de los pájaros que se despiertan a la primavera en los bosques. Huelo el aire salado mientras miro hacia un horizonte enorme y oscuro al borde mismo del mundo.

Voy a un sitio, luego al siguiente. Cada uno intenta atarme zarcillos de magia. La tierra chupa de mí por instinto, y una pequeña parte de mi ser se queda atrás en cada lugar.

Abro los ojos, retiro la mano e intento recuperar la respiración. El mundo da vueltas y me tambaleo. Eldas se mueve por la periferia de mi visión. Hook es más rápido.

—Estoy bien. —Entierro una mano en el pelo del lobo. Se acerca hasta mi muslo y se apoya contra mí para darme el soporte que odio necesitar. Solo ese poquito de magia me ha dejado agotada—. Solo... necesito recuperar la respiración.

—Es una mejoría significativa con respecto a la última vez.

—Cuidado, Eldas, eso suena a aprobación.

—Bueno, soy un rey, debo saber discernir con mi aproba-ción. —Recoloca su abrigo, alisa unas arrugas invisibles. Es un movimiento que empiezo a asociar con incertidumbre. Casi lo encuentro adorable. Una sonrisa cansada tironea de mis labios.

—¿Incluso con tu mujer?

—Sobre todo con mi mujer. —Me mira a los ojos—. Porque nadie tiene más responsabilidad o poder que ella. Mi discerni-miento es máximo con aquellos que son más capaces.

—Y *eso* casi ha sonado como un cumplido.

—Tómatelo como quieras. —Mira al trono, como si mi sonri-sa irónica lo hubiese hecho sentir incómodo, a él, al poderoso Rey de los Elfos—. ¿Qué has sentido?

—El mundo, otra vez. Pero esta vez con más control. No sen-tí como si unos buitres me estuviesen picoteando hasta los hue-sos. —Me enderezo, ya no me hace falta apoyarme en Hook. La habitación ha dejado de dar vueltas.

—Aun así, te quitó magia —señala Eldas. Asiento. Él frunce el ceño—. Mañana trabajaremos en proteger tu magia de fuerzas que podrían intentar succionarla.

—¿Hay más fuerzas que podrían succionar mi magia aparte de la tierra en sí? —pregunto.

—Es posible que la tierra sea la mayor fuerza, pero proteger-te de ella podría ser la tarea más fácil. Protegerte de un ataque de un ser sensible es mucho más difícil. —Suena como si hablara por experiencia.

—¿Quién haría eso?

—Ahora eres reina. Es más, eres mi mujer. Ambos títulos traen enemigos.

—Esta no es la primera vez que has hablado de enemigos… ¿Quiénes son?

—No tienes que preocuparte por eso.

—Está claro que sí. —Parpadeo varias veces en su dirección, espero su confirmación. Eldas frunce los labios.

—En el castillo estarás a salvo. Quédate aquí hasta tu coronación. —Eso es todo lo que dice mientras se dirige hacia una de las puertas al otro lado de la sala. Es como si estuviera huyendo de permitirse acercarse demasiado a mí. Como si la mera idea le diera miedo—. Ven otra vez mañana por la mañana.

—¿Adónde vas?

—Tengo asuntos que atender.

—A lo mejor podría ayudarte.

Hace una pausa.

—¿No tienes tu propio trabajo que hacer, buscando la manera de terminar con el ciclo de las reinas?

—Creía que tú ibas a ayudarme a lograrlo.

—Yo hago las cosas a mi manera. —Eldas esboza una sonrisa de labios apretados.

—Pero...

Cierra la puerta con fuerza a su espalda. Doy media vuelta y me quedo plantada delante de los tronos.

—Perfecto, que así sea —musito, y me dirijo hacia el invernadero.

Willow está ahí esperándome. Hook se convierte enseguida en su nueva obsesión y, gracias a eso, nuestra práctica de magia va lenta hoy. Pero no pasa nada; estoy cansada y me vendría bien un descansito. Trabajamos hasta la hora de comer, cuando se excusa como hizo la víspera para ir a buscar comida para los dos.

Tengo la nariz enterrada en el cuaderno de una de las antiguas reinas, mientras absorbo tanta información como puedo, cuando Hook se pone atento. Lo veo moverse por el rabillo del ojo. Emite un gruñido grave.

Unas pisadas se detienen a la entrada del laboratorio.

—Hook, ¿qué pas...? —Me quedo helada.

Harrow está apoyado contra el marco de la puerta, agarrado a él para mantenerse en pie.

Diecisiete

—Vaya, vaya. Pero si pareces la típica reina. —Harrow habla con voz un poco pastosa. El pelo del príncipe está estropajoso y se pega a sus mejillas, que muestran una palidez enfermiza—. Aquí arriba ya, pasando el día con plantas en lugar de con personas.

—Encuentro que las plantas rara vez me atacan, a diferencia de las personas. —Cierro el libro despacio y me resisto a la tentación de correr hasta él para examinarlo y determinar qué dolencia sufre.

—Permíteme que disienta —jadea.

—Necesitas atención médica.

—Necesito a Poppy. ¿Dónde está?

—Willow dijo algo de que ha partido en algún tipo de misión especial. —Creo que eso es lo que me comentó antes… Estaba demasiado concentrada en estudiar como para registrar los detalles, y Willow estaba demasiado concentrado en rascar a Hook detrás de las orejas como para explicar en profundidad lo que hacía Poppy.

Harrow maldice.

—Willow volverá enseguida…

—No quiero al suplente —bufa Harrow, furioso. El dolor contorsiona su cara y la hace aún más fea.

—Entonces, ¿qué tal una reina?

—Como si fuese a dejar que tú me tocaras jamás —escupe, pero no hace ningún esfuerzo por marcharse.

—*Ajá.* —Pongo los ojos en blanco por lo niño que está siendo y señalo hacia uno de los taburetes—. Siéntate.

—¿Cómo te atreves…?

—¿Cómo me atrevo a intentar curarte incluso después de que te portaras como un imbécil conmigo? —espeto, cortante—. Ahora, siéntate, principito arrogante, antes de que tu cabezonería te haga caer o vomitar. —Cualquiera de las dos cosas parece igualmente probable.

Harrow me mira inexpresivo. Sus ojos están vidriosos y nublados; supongo que tiene fiebre, dado lo mucho que suda. Su camisa se queda pegada al marco de la puerta y luego es succionada de vuelta a su piel cuando se mueve hacia el taburete. Ojeo los cuadernos a toda velocidad. Sé cómo curar enfermedades, pero puede que haya maneras más eficaces de hacerlo encerradas en estas páginas polvorientas.

¿Me atrevería a utilizar mi magia, justo ahora?

—¿Te has sentido mal al despertarte?

Se ríe entre dientes y niega con la cabeza. Lo miro de reojo. La banqueta cruje cuando se apoya contra la mesa.

—Así que esto ha empezado más tarde durante el día, ¿no es así?

—Muchas cosas han empezado más tarde… anoche, esta mañana, en algún momento… el tiempo resbala entre mis manos, dedos… vida… ah, maldito sea todo ello. —Lo que dice no tiene ningún sentido.

—Harrow, dime qué te duele.

—Todo. —Suelta un bufido y se hunde. Veo que deja caer la cabeza, pero se apresura a levantarla al tiempo que se apoya aún más en la mesa. Corro hasta él y le pongo una mano en el hombro.

—Quítame esa mano de encima, humana.

—Para —le digo, más suave. Hago un esfuerzo supremo por eliminar el veneno de mi voz. Un rincón desagradable de mi ser quiere dejarlo sufrir, pero mi formación, a lo que he dedicado mi vida entera hasta este momento, no me lo permite—. Puedo curarte, pero necesito saber qué te pasa para decidir qué hacer. Ahora mismo, tus heridas son internas, no puedo verlas. Así que necesito que me digas qué es lo que va mal.

—Demasiada fiesta, eso es todo.

Lo vi ayer por la noche, recuerdo. Ya entonces no tenía muy buena pinta, pero estaba con sus amigos. Seguro que ellos se ocuparían de él, ¿no? Aunque Aria parecía bastante alegre, a pesar del estado del príncipe...

—No tienes pinta de venir de una fiesta —murmuro—. Tienes pinta de venir de una pelea y de haber perdido.

Me fulmina con la mirada.

—¿Has terminado ya de burlarte de mí?

—No estoy segura. ¿Puedo burlarme hasta convertirte en un paciente modélico?

Harrow me enseña los dientes. Su gesto recibe el eco del gruñido de Hook, grave y feroz. El príncipe parpadea, sobresaltado, y se fija en el lobo por primera vez. Señala hacia él y suelta una carcajada.

—Espera... ¿De verdad hay un lobo ahí? ¿O estoy alucinando otra vez?

—De verdad hay un lobo ahí. —Me aparto de él con cuidado. Lo recoloco y me aseguro de que no vaya a darle un patatús antes de que yo vuelva—. Voy a prepararte algo que te hará sentir mejor. Por favor, no te desmayes en los próximos cinco minutos.

Me muevo por el invernadero con determinación. Recopilo aloe, diente de león, trébol rojo, cardo lechero, ortigas y un puñado grande de albahaca. De vuelta en el laboratorio, lo mezclo todo con cúrcuma, miel, jengibre seco y sauce. Mientras examino mi brebaje, se me ocurre otra idea.

Alucinando otra vez, ha dicho. Harrow está colapsando por momentos. Si no le administro esto pronto, no será más que un charco en el suelo. Es posible que un charco muerto.

No sé lo que ha ingerido, pero corro otra vez al invernadero y arranco con sumo cuidado una única hoja de la radícula corazón. Willow dijo que aumenta las propiedades de los antídotos. Si hay algo sospechoso en el organismo del príncipe, con suerte esto ayudará.

Sujeto el manojo de albahaca en mi puño izquierdo y pongo la mano sobre la olla. Respiro hondo y me preparo. *Doy vida para obtener una mezcla más potente,* pienso con determinación para mí misma.

La albahaca se marchita mientras extraigo la vida de ella. El poder discurre por mi interior, se mezcla con mi propia magia. La magia se hincha dentro de mí y la empujo a través de la palma de la mano que tengo sobre el caldero hacia la mezcla que he creado.

Fortalece las hierbas, ordeno, mientras la magia cambia mi mezcla de un color turbio a un verde chillón. Lo huelo con cautela. Huele como debe oler. Todo en el brebaje parece correcto.

Pero ¿puedo confiar en mi instinto cuando de magia se trata?

Echo una miradita a Harrow. Se está apagando por momentos. Ni siquiera tiene pinta de poder aguantar hasta que vuelva Willow.

Tengo que intentarlo.

Despacio, echo un espeso pegote de mezcla en una taza. Le he añadido solo la cantidad de agua suficiente para que sea bebible. Harrow levanta la vista hacia mí con escepticismo cuando se la ofrezco.

—¿Me vas a matar? —susurra—. ¿Me vas a atacar ahora que estoy débil, para vengarte por lo que te hice?

—Por favor. Tengo cosas mejores que hacer con mi tiempo que matarte. —Llevo la taza a sus labios—. Bebe. Y ni se te ocurra quejarte del sabor. Tienes suerte de que haya echado un poco de miel.

La miel, de hecho, es estupenda para evitar inflamaciones y prevenir infecciones. Pero dudo de que Harrow lo sepa y prefiero que crea que le he hecho un favor.

Harrow bebe despacio. Su garganta sube y baja y sus mejillas empiezan a recuperar el color. Casi puedo ver cómo la fiebre baja. Se sienta más erguido y se seca la frente.

Vuelvo a la olla para sacar la segunda taza. Acabo de hacer magia sin problema. Ayer por la noche, esta mañana... aparte del chisporroteo fútil cuando intenté fabricar una rama en el Vano, empiezo a mejorar. Quizás haya esperanza para mí todavía. Cuando no le doy demasiadas vueltas a las cosas o estoy asustada, mis manos parecen saber qué hacer.

Aunque soy consciente de que sería una tonta si pensara que el trono de secuoya será tan fácil de conquistar. Aun así, es agradable que algo salga bien por una vez.

Harrow se muestra mucho más escéptico con respecto a esta taza que con la anterior. Odio el hecho de que debo tomarme como buena señal el que esté volviendo a su arisco ser habitual.

—¿Qué lleva? —Olisquea la taza.

—Tú mismo has visto todo lo que he echado. Dudo que entiendas por qué, pero no necesitas comprenderlo. Solo bebe. Cuanto más puedas incorporar a tu organismo, mejor.

—Está asqueroso. —Harrow arruga la nariz mientras bebe otro sorbo de mi infusión.

—Pero está claro que ayuda. —Cruzo los brazos.

Se resigna a seguir dando sorbitos del brebaje en silencio. Le doy la espalda y vuelvo a los cuadernos. Pretendo seguir hojeándolos, pero estoy demasiado nerviosa con la presencia de Harrow como para concentrarme. Y no hago más que echarle miraditas para asegurarme de que mi magia no lo vaya a matar de repente.

—¿Por qué me has curado? —Su pregunta interrumpe mis pensamientos y lo miro a los ojos. Parece mucho más joven cuando no tiene esa sonrisa malvada que llevaba plantada en la cara desde que nos conocimos.

—Porque era lo correcto —digo al final—. Porque ese es mi trabajo.

—Creo que el mayor de mis hermanos no estaría de acuerdo en que es tu trabajo.

—¿*El mayor?* —Arqueo las cejas y me concentro en eso, en lugar de en Eldas y su control de mi posición y mis circunstancias. No voy a dejar que Harrow, de todas las personas posibles, sacuda la base estable sobre la que Eldas y yo estamos de pie ahora mismo—. ¿Sois más?

—Al menos podrías intentar disimular tu decepción al respecto. —Pone los ojos en blanco—. Eldas es el mayor, luego está Drestin y luego yo.

—¿Todos tenéis la misma madre y el mismo padre?

—¿Qué tipo de pregunta es...? *Sí*, todos tenemos la misma madre y el mismo padre.

—Sé que vuestra madre no era la última Reina Humana. —Apoyo la mano con suavidad sobre el diario de Alice. Ella parecía tener una relación... *extraña* con el anterior Rey Elfo.

—*Oh*, ¿estás estudiando nuestra ascendencia porque quieres saber si tendrás que dar a luz al pequeño vástago chillón de Eldas? No te preocupes, el Rey de los Elfos utiliza amantes para engendrar a sus herederos.

Ignoro sus comentarios. No voy a estar aquí tanto tiempo como para tocar el tema de quién es la encargada de parir herederos. Por suerte, el tema de consumar nuestro matrimonio no ha surgido todavía, ni en conversaciones ni en los cuadernos que he leído. Me alegra saber que la obsesión de la gente por las parejas nocturnas de sus gobernantes también estaba muy exagerada en los cuentos que leía de niña—. ¿Dónde está Drestin?

—Destinado en Westwatch. —Harrow bebe otro sorbito del brebaje—. Oh, es verdad, no sabes *nada* sobre nosotros. Deja que te lo explique.

—Puedo averiguarlo por mi cuenta —digo, cortante.

—Westwatch es la fortaleza adosada a la gran muralla que bordea los bosques feéricos —explica de todos modos—. Fue construida hace varios cientos de años y ayuda a mantener sus luchas internas fuera de nuestras tierras. Un destino muy honorable para el *noble* Drestin. —Harrow mira hacia el rincón de la habitación, enfadado con algo que no puedo ver.

Me río con suavidad y sacudo la cabeza.

—¿Qué te parece tan gracioso?

—Me recuerdas a una amiga mía, eso es todo. Tiene dos hermanas y sus peleas son legendarias. —Me pregunto cómo estará Emma. Espero que su corazón esté aguantando para que Ruth no pierda los papeles a cada rato. Debería quedarle poción suficiente para unos días... pero tendrá que tomar el *ferry* a Lanton para comprar más cuando se le acabe. Ahora es mi corazón el que siente dolor por ella.

—No me compares con vosotros los humanos y vuestros patéticos problemas plebeyos.

Suelto una sonora carcajada.

—Perdonadme, oh, poderoso príncipe elfo. Porque suenas *muy* por encima de nosotros, seres inferiores, cuando está claro que solo estás celoso de tus hermanos.

—No sabes nada sobre mí. —Harrow tira la taza al otro lado de la habitación, donde se estrella contra la pared y se hace añicos, después de que el poco líquido que quedaba salpicara el suelo.

Doy un respingo, pero hago lo posible por mantener la compostura.

—Recoge eso, humana. —Señala hacia el estropicio que él mismo ha causado y se dirige a la puerta a paso airado.

Harrow se queda paralizado cuando el gruñido de Hook se convierte en un ladrido enfadado. Da media vuelta y, en el momento en que sus ojos se cruzan con los del lobo, Hook ataca.

—¡Hook, no! —grito. La magia vibra en mi interior. Veo la poción que preparé para Harrow y ahora emana del suelo en volutas gaseosas antes de desaparecer. El equilibrio obedece mi orden instintiva: poción a cambio de una barrera.

Un muro de maleza brota de un modo imposible del suelo de madera. Hook se detiene en seco y le ladra a la pared de arbolitos que he erigido entre él y Harrow. Me observa con sus ojos dorados mientras Harrow nos mira a uno y a otro.

—Hook, *no* —repito, y de algún modo consigo mantener la voz serena a pesar de la magia que acabo de realizar. *¿Cómo he hecho eso?* Por suerte, Hook se apacigua.

—Tú... —Los ojos de Harrow ocupan tanto espacio en su cara como sus enormes orejas.

—Esta ha sido la segunda vez que te he salvado la vida hoy. Un *gracias* sería apropiado —digo, con los ojos entornados.

Todo lo que obtengo es una mirada furibunda y la partida apresurada de Harrow, que me deja con la emoción y el asombro de la magia que todavía cosquillea en mis dedos.

Dieciocho

Nunca le cuento a Willow lo que pasó con Harrow. No estoy muy segura de por qué. Sé que Willow se pondría de mi parte y sé que, si acaso, estaría orgulloso de mí por lo hábil que fui al utilizar mi magia.

Pero algo en el intercambio me pareció privado. Tengo la cosquillosa sensación de que Harrow no querría que la gente supiera acerca de su estado vulnerable. Y por mucho que quiera ignorar esa sensación, no puedo. La privacidad de mis pacientes es sagrada para mí, en el Mundo Natural y en Midscape.

Así que Willow y yo nos despedimos sin que él tuviera ni idea de lo sucedido y tras haberle dado una excusa en forma de «intento de poción que se me fue de las manos» para explicar el estado del suelo, que él arregló con su magia salvaje.

Esa noche apuro el aceite de medianoche y me levanto al amanecer. Reviso los diarios que me he llevado del laboratorio en busca de alguna pista sobre cómo se crea el equilibrio entre la reina, el trono de secuoya y las estaciones. Empiezo con el cuaderno de Alice, pero la calidad de sus entradas disminuye con la edad.

Los trazos de su pluma son temblorosos. Los dibujos, tan precisos al principio, son después bocetos burdos, poco nítidos y difíciles de descifrar. Sin previo aviso, se interrumpen del todo.

Me llena el pecho de un profundo dolor, distinto de cualquiera que haya conocido hasta ahora. Puedo verla en el laboratorio, extrayendo la última energía de sus dedos mientras todavía estaban dispuestos a cooperar. Imagino sus dedos temblando sin su permiso hasta que ya no puede sujetar una pluma. La imagino sola, añorando a su hermano, el consuelo de la familia, deseando oler el aire salino de Capton solo una vez más.

Me imagino a mí misma, dentro de noventa años, marchitándome en este lugar frío con nada más que la agonía del trono de secuoya para llenar mis días. Es un pensamiento frío y sombrío, al que intento guardar con el diario de Alice.

Después de eso, leo lo que escribieron las reinas anteriores a Alice. Es más fácil hojear las páginas que llevan a sus fallecimientos cuando no tengo ningún tipo de conexión personal con ellas. Después del tercer diario, el de las notas de amor sobre las rosas, consigo endurecer mis emociones.

Esa reina había tenido el corazón partido por la idea de separarse de su rey, incluso al morir.

Una llamada a la puerta me sobresalta y mis ojos se apartan de la página. Me los froto. Hook se ha hecho un ovillo al pie de mi cama otra vez. Hace mucho rato que ha renunciado a intentar poner el morro encima de las páginas de mi libro o a empujarme con la nariz en busca de atención.

—¿Estáis despierta? —pregunta Rinni desde el otro lado de la puerta.

—Sí. —Estiro los brazos por encima de la cabeza y mi columna cruje por varios sitios. Rinni entra.

—He venido a informaros que ha surgido un asunto urgente.

—¿Oh?

—Parece que ayer por la noche llegó una delegación del rey feérico —me cuenta.

—Creía que no había un rey feérico, solo unas cuantas luchas internas entre clanes…

—De vez en cuando consiguen arañar la unidad suficiente para declarar a alguien rey y jurarle al resto del mundo que son presentables. Este es el que más ha durado, pero veremos si logra mantenerse en el trono. Ningún rey ha mantenido su poder el tiempo suficiente para llegar al Consejo de Reyes. —Rinni se encoge de hombros—. Sea como fuere, Eldas me ha enviado a informaros que no podrá reunirse contigo esta mañana como estaba planeado.

—Oh, vaya. —Me bajo de la cama de un salto—. ¿Tú qué haces hoy?

—Que yo… ¿qué hago hoy?

—¿Estás ocupada? —pregunto de otro modo. Hook se estira con un gemido suave y se sacude.

—Por lo general, estaría asistiendo al rey con la delegación… pero me ha destinado a vuestro cuidado.

—No sé muy bien si eso te molesta o no. —Sonrío. Rinni se altera un poco.

—Yo… —Se aclara la garganta—. Majestad, protegeros es un honor.

—¿Ah, sí? —Arqueo las cejas y me dirijo al vestidor. Dejo la puerta abierta mientras me cambio, para poder seguir hablando con ella—. Todavía no tengo claro si te gusto.

—Mi trabajo no es que me gustéis; mi trabajo es serviros.

—Sí, pero… —Me asomo y Rinni se apresura a mirar de reojo mis hombros desnudos—. Preferiría mil veces gustarte. Si no, estoy segura de que podríamos encontrar a otro guardia que sí lo hiciera.

Rinni bufa y frunce los labios.

—Creo que ya os he dicho que me gustáis lo suficiente.

—Oh, bien. Y ¿estás segura de que no te estoy robando tiempo? Pareces alguien bastante importante.

—Es verdad que *soy* la mano derecha del rey. —Me callo un momento al oírla decir eso, me trae el recuerdo de Rinni con la mano sobre la mejilla de Eldas. No puedo evitar preguntarme si no habrá nada más ahí. Harrow mencionó algo respecto de que el Rey de los Elfos tenía amantes…—. Pero es justo por eso que me tiene cuidando de ti. No confía en nadie más para manteneros a salvo.

Apenas me reprimo de preguntar si hay algo que ella pueda hacer con respecto a Harrow.

—Bueno, pues entonces hoy me gustaría hacer dos cosas: oír cómo me tuteas de una vez y amueblar mis aposentos. Dijiste que era algo que las reinas tenían derecho a hacer. —Emerjo del vestidor. Rinni ladea la cabeza del mismo modo que Hook. Casi no logro evitar reírme de los dos.

—Sí, pero suelen hacerlo *después* de su coronación, cuando ya pueden ir a la ciudad.

—¿O sea que estoy atascada sin muebles hasta dentro de tres meses?

—Tengo una idea —dice Rinni tras fruncir los labios pensativa—. Creo que los muebles de las reinas anteriores están guardados en alguna parte del castillo. Podrí… podrías empezar con eso de momento.

—Perfecto. Te sigo.

Deambulamos por el solitario castillo hasta una habitación remota. Está claro que la usan como almacén, pero es del tamaño de un pequeño salón de baile. Aunque los únicos bailarines son fantasmas de lona moldeados por los muebles que tienen debajo.

—¿Todo esto… pertenecía a reinas anteriores?

—Eso creo.

Es como un cementerio. Con una curiosidad morbosa, retiro la primera sábana para revelar un diván tapizado en suave cuero marrón. *Es solo un mueble*, trato de convencerme a mí misma. Sin embargo, alcanzo a ver el contorno del lugar donde se sentaba la reina.

Me estremezco y bajo la sábana. La habitación me parece de repente diez veces más fría.

—Creo que prefiero elegir mis propios muebles.

—Pero…

Me giro hacia ella.

—¿No habría una forma de que pudiéramos salir a escondidas? Puedo cubrirme la cabeza, ocultar mi pelo y…

—Tus ojos —me interrumpe Rinni.

—¿Qué?

—Tus ojos te delatan. Los elfos tienen los ojos azules.

Maldigo en voz baja.

—No puedo utilizar nada de esto… —Sacudo la cabeza—. Ha sido un buen intento, gracias, pero no puedo… Sería extraño. Como si viviera con fantasmas. —Rinni suelta un suspiro de conmiseración. Al menos parece entender por qué su sugerencia no funcionaría—. ¿Estás segura de que no hay forma de que pueda ir a la ciudad a buscar mis propios muebles?

Hace una pausa mientras abre y cierra los dedos en torno a la empuñadura de su espada.

—¿Rinni?

—Quizá *podría* haber una forma, si tenemos mucho cuidado. —Los ojos de Rinni saltan de acá para allá, como si dudara de sí misma por haber hablado.

—¿Y? —la animo con entusiasmo.

—Te lo contaré de camino. —Rinni me hace un gesto para que la siga y me apresuro a ponerme a su altura.

El plan es bastante simple.

Rinni me lleva a su habitación y allí me quito el vestido y me pongo ropa de ella. Tiene un apartamento modesto. Los estantes llenos de armas me los esperaba; los materiales de pintura, no. Rinni no dice nada acerca de su *hobby*, así que no lo menciono. No sé si se supone que debe ser un secreto que la mano derecha del rey sea también una artista. Sea como fuere, no quiero poner en riesgo la paz que hemos encontrado.

Remeto con cuidado mi pelo debajo de un gorro. Aunque nadie me conoce todavía, Rinni dice que el rojo es un tono demasiado distintivo como para dejarlo fluir con libertad. Unas cuantas hebras rojas y anaranjadas se empeñan de todos modos en flotar alrededor de mis orejas.

El toque final a mi atuendo son unas gafas de cristales tintados verdes. Al parecer, como todos los elfos tienen los ojos del mismo color, algunos piensan que es muy moderno llevar gafas de tonalidades diferentes. Es como si llevara una de las vidrieras del templo de los Custodios plantada delante de la cara, pero lo aceptaré si es la manera de salir del castillo sin problemas.

—Creo que funcionará. —Rinni me examina por última vez. Ella se ha quitado su habitual uniforme militar para ponerse ropa de civil.

—Será genial. —Me miro en su espejo alto y estrecho—. ¿Vamos?

—Una última cosa. —Rinni mira a Hook—. Él tiene que quedarse aquí.

Frunzo los labios.

—Hook es...

—A Hook lo van a identificar enseguida como el lobo de la reina. —Rinni cruza los brazos delante del pecho—. Si no puede verse tu pelo, a Hook tampoco.

Me giro hacia Hook con un suspiro.

—Vas a tener que quedarte aquí. —Gimotea—. No, insisto. Rinni tiene razón, no hay otra forma de hacerlo. —Un ladrido—. No uses ese tono conmigo. Te vuelves a mis aposentos, ahora.

Aúlla en tono desafiante y da saltos por la habitación. Y antes de que pueda impedírselo, el aire riela, las sombras se alargan y el lobo se desliza entre ellas hacia el vacío. Rinni está tan sorprendida como yo.

—¿Qué has hecho? —susurra.

—No... no lo sé. —El pánico sube arañando por mi garganta y sale por mi boca en un suave «¿Hook?». Nada—. Hook, vuelve aquí. —Me llevo las manos a los labios y emito un silbido agudo. El lobo vuelve corriendo a mi orden y entierro los dedos en su pelo—. Buen chico. ¿Has oído mi silbido? ¡De verdad que eres el mejor!

—Vaya, *eso* sí que es útil —comenta Rinni asombrada—. Un lobo vanoámbulo… Es lo único que me faltaba por ver.

—Vale, Hook, vuelve a jugar al Vano. Luego te llamo.

Obedece mi orden, y Rinni y yo nos ponemos en marcha por los pasillos secundarios del castillo. Todos los caminos llevan de vuelta al patio principal y a las dos puertas que Rinni abre con magia.

En cuanto entramos en la ciudad, respiro hondo. Como si le diera la bienvenida a la primavera con un gran abrazo, abro los brazos a los lados, por encima de mi cabeza, y me pongo de puntillas. Los días se están volviendo más cálidos, no hay duda, aunque sigan un poco demasiado fríos para mi gusto y las noches sean gélidas.

—Pareces contenta —comenta Rinni al cabo de un rato, mientras caminamos en torno al gran lago del centro de la ciudad.

La escarcha ha desaparecido de las estatuas y sus detalles son más nítidos. La reina no solo estaba arrodillada… parece que está enterrando algo. ¿Quizá? Veo un montículo grande debajo de sus manos y tal vez un arbolito que casi me resulta… ¿familiar? He visto esas hojas antes, ¿verdad? Pero el significado de que ella esté enterrando algo, o qué puede estar enterrando, se me escapa… Algo más que buscar en los diarios.

Lo más probable es que solo sea la reina plantando un árbol conmemorativo, o algo así. Me apresuro a prestarle atención a Rinni una vez más.

—Es agradable salir del castillo. —Mantengo un ojo puesto en su cara en busca de alguna señal de que sepa lo de mi escapada de hace dos noches. No veo ninguna indicación al respecto. Se dedica a pensar su respuesta durante unos pasos.

—Me doy cuenta de que debes sentirte como una especie de rehén, sobre todo hasta que llegue el día de la coronación. Pero una vez que seas presentada de manera formal a Midscape, podrás explorar Quinnar a tu antojo. Las reinas anteriores incluso viajaban a los diversos bastiones y tierras de todo el reino de los elfos... o a la cabaña real. Y, por supuesto, cruzarás el Vano todos los años para estar en contacto con el Mundo Natural.

Frunzo los labios. Entiendo por qué dice eso, cómo funciona su lógica. Levanto la vista hacia las largas escaleras que llevan al túnel de la montaña que cruza de vuelta al Mundo Natural.

—Rinni, ¿por qué quisiste hacerte guardia, o caballero, o lo que seas? —pregunto.

—Yo... porque mi padre era caballero y yo fui su única hija —dice. Noto que la tensión le ha hecho levantar un poco los hombros.

—Entonces, ¿siempre se esperó eso de ti? —razono. Ella asiente—. Si pudieras ser cualquier otra cosa, lo que tú quisieras... ¿qué serías? —Según lo que he visto en su habitación, sospecho que ya conozco la respuesta.

—Caballero, como mi padre y como el padre de mi padre. Vengo de una larga tradición de caballeros que han servido a los reyes elfos durante siglos.

—No. —Dejo de andar y Rinni hace otro tanto—. ¿Qué quieres tú? Olvida a tu familia. Por un minuto, eres huérfana y no tienes ni idea de quiénes eran tus padres ni de lo que hacían. ¿Qué serías?

Rinni hace un mohín pensativo. Veo que la pregunta le resulta incómoda, pero parece estar haciendo un esfuerzo de todos modos.

—Pintora —dice al final—. Pero...

—Sin peros —la interrumpo—. *Tú* quieres ser pintora. Eres guardia por lo que se esperaba de ti. Y no pasa nada. —Intento no juzgarla por ello. Se me viene también Willow a la mente, que siguió los pasos de Poppy y de los abuelos de Poppy antes que ella. Los elfos parecen disfrutar de hacer cosas en aras de la tradición—. Pero no tomaste esa decisión por ti misma; en realidad, no. La tomaste porque se daba por sentado que lo harías y porque supongo que no seguir esos pasos hubiese creado tensiones en tu familia.

Rinni suspira y echa a andar de nuevo, como si pudiese dejar la conversación atrás. Pero yo no estoy dispuesta a ceder todavía. Sin embargo, sí cambio de táctica.

—No pretendo atacarte ni molestarte —digo.

—No dejaría que me molestaras —farfulla.

—¡Bien! —suelto una carcajada y le sonrío. Veo una diminuta sonrisa en respuesta—. Solo trato de decir que... no somos tan diferentes. Y quizá, por eso, puedas entender cómo me siento. Yo también tenía mis propios sueños, Rinni. Tenía una tienda. Quería ayudar a la gente con mis talentos en materia de hierbas medicinales y pociones. Todo el pueblo dependía de mí e invirtieron sus ahorros en mí para que pudiera hacerlo. Esta profesión, la de herbolaria, fue *mi* pintura. Pero el mundo quería que fuese algo diferente.

»Así que no, no soy una rehén en el sentido literal, pero es posible que me sienta así, en especial porque la vida que había planeado para mí está ahora fuera de mi alcance.

Rinni suspira y se pasa una mano por el pelo veteado de azul.

—Supongo que, expresado de ese modo, puedo entenderlo.

—Gracias. —Le doy un suave codazo y Rinni me mira sorprendida. Le regalo una sonrisa radiante—. Agradezco tu esfuerzo.

Se sonroja un poco. ¿Está sorprendida por que alguien le haga un cumplido?

—En cualquier caso —se apresura a decir—, hemos llegado.

—¿Llegado?

—El mejor fabricante de muebles de todo Quinnar.

La tienda del ebanista está llena de piezas de exposición y libros con diagramas de muebles intrincados. El serrín no hace más que llegar flotando desde el taller en la parte de atrás, por lo que el ebanista se dedica a limpiar meticulosamente sus mostradores sin descanso. Me decido por unos cuantos muebles que ya tiene prefabricados, en lugar de pedir algo demasiado personalizado.

—Sospecho que sabe quién soy —le digo a Rinni cuando salimos de la tienda.

—Es probable, sobre todo después de verme contigo, pero viene de una antigua familia de ebanistas —dice. ¿Por qué no me sorprende?—. Llevan muchas generaciones trabajando con el castillo, así que confío en su discreción. No te hubiese traído aquí, si no.

Estamos a medio camino del castillo cuando se para un momento.

—Oh, espera, hay algo que quiero que pruebes.

Zigzagueamos entre el constante flujo de gente que llena las calles. A la luz del día, Quinnar es una ciudad totalmente distinta. Los elfos se afanan de acá para allá y hay carros alineados delante de las tiendas, con gente que vende todo tipo de cosas, desde comida y joyas hasta pociones sospechosas que me hacen arrugar la nariz.

Rinni me lleva hasta un puesto en el que una mujer está asando algún tipo de masa sobre una parrilla plana. Rinni pide dos y la mujer agarra uno de los pequeños bollos, lo corta por la mitad y lo llena de queso. Otro minuto sobre la parrilla y la mezcla derretida llega a manos de Rinni.

—Toma. Es uno de mis tentempiés favoritos cuando patrullo la ciudad en primavera —explica Rinni mientras nos dirigimos hacia la orilla del lago para sentarnos en un banco—. Empiezan a hacerlos cuando se acercan los ritos de primavera.

—¿Qué son esos ritos? —Harrow también los había mencionado.

—Un gran festival de arte para que el mundo dé la bienvenida a la primavera. Por lo general, las fronteras del reino se abren... es probable que sea la razón de que haya llegado esa delegación. Habrá música, bailes y actuaciones, canciones y poesía. —Rinni sonríe melancólica—. Te encantará. Y después, en la noche del fuego, el cielo mismo es el lienzo y el Rey de los Elfos lo pinta de colores ardientes.

—¿Literal? —No puedo evitar preguntar.

—Por supuesto. —Rinni se ríe—. Eldas es el que más cerca está del Velo y el más fuerte de todos nosotros. No hay casi nada que él no pueda hacer.

Intento imaginar a Eldas pintando el cielo con fuego, sus hábiles manos dirigiendo la magia con la destreza de un tejedor en su telar. Rinni mira hacia arriba, como si ya pudiera ver los trazos refulgentes. Hay admiración en sus ojos. Hace que se me haga un nudo en el estómago, una sensación que me apresuro a ignorar.

—¿Cuándo es?

—En general, una semana o dos después de la coronación.

—Oh. —Contemplo la comida en mis manos y reprimo cualquier tristeza. No necesito ver cómo Eldas pinta cuadros con fuego en el cielo. Necesito ir a casa. Necesito atender a mis pacientes. De hecho, *no quiero* ver los ritos de primavera. Porque si lo hago, será porque me he quedado en Midscape demasiado tiempo y nunca podré regresar de verdad a mi mundo.

—¿Le pasa algo? —pregunta Rinni. Señala hacia el bollo frito, tras malinterpretar mi expresión—. Te prometo que está bueno.

—Oh, seguro que sí. —Me apresuro a dar un mordisco. El bollo está crujiente por fuera, pero blandito y esponjoso por dentro. La parte tostada le añade un toque agradable a lo que parece una base de maíz para la masa. El queso se estira en hebras entre mi boca y el bollo cuando intento arrancar un bocado. Tanto Rinni como yo nos echamos a reír.

Durante unos momentos, olvido quién soy y dónde estoy.

Para cuando me doy cuenta de que lo he olvidado, el bollo de queso braseado ha desaparecido y, con él, ese momento desenfadado. Pero, por unos instantes, las cosas no fueron tan horribles. No fueron horribles en absoluto. Estaba deleitándome con una comida deliciosa y riéndome con una amiga. Disfrutábamos del buen tiempo y del tranquilo ajetreo de la ciudad a nuestro alrededor.

Fue una felicidad accidental. Un breve atisbo de lo que podría haber sido mi vida… de lo que quizás habría debido ser mi vida, si me hubiesen preparado para esto desde un principio. Si hubiese venido aquí preparada para ser la reina, no estaría dedicando mi tiempo a buscar una forma de romper el ciclo. En lugar de eso, estaría encontrando maneras de explorar mis nuevas circunstancias y de disfrutar de ellas.

Suspiro y mis ojos se deslizan de vuelta a la abertura en la montaña que lleva a través del Vano.

—Deberíamos volver al castillo —murmuro.

—Sí, antes de que te vea alguien.

Nos ponemos en camino a buen paso. Hasta que algo capta mi atención y hace que me detenga en seco.

Ahí, en una oscura callejuela entre dos edificios, está Aria. Se dirige con actitud inquieta y miradas nerviosas a una pequeña criatura con alas de libélula y de cuya cabeza brotan dos cuernos de ciervo. Veo que el hombre le entrega una pequeña bolsita.

Entonces, los ojos de la chica se cruzan con los míos. Se queda paralizada y me apresuro a dar media vuelta para alcanzar a Rinni con pasos rápidos.

—¿Estás bien?

—Sí, muy bien. —Palpo con suavidad el borde de mi gorro para ver si se me ha escapado algún mechón de pelo. No hay forma de que haya podido reconocerme con este atuendo, ¿verdad?—. Creí haber visto algo raro, pero aquí hay muchas cosas que me resultan raras. —Fuerzo una sonrisa y Rinni me sonríe a su vez.

—Enseguida llegaremos de vuelta al castillo. —Hace un gesto con la cabeza hacia la fortaleza que se alza imponente delante de nosotras y da dos pasos animosos hacia el frente—. Al menos eso te resulta un poco familiar...

Veo un manchurrón por el rabillo del ojo que se solidifica en una forma con peso detrás de mí. Una mano planta un paño mojado sobre mi boca antes de que tenga ocasión de decir nada. El aroma de algo punzante y agrio llena mi nariz. Por instinto, contengo la respiración a toda prisa.

Pero es demasiado tarde.

No sé en qué brebaje han empapado el trapo, pero no es nada bueno. Mis músculos empiezan a aflojarse y se me empaña la vista. Ya me arden los pulmones de contener la respiración, pero no puedo aspirar otra bocanada de aire. Si lo hago, perderé la conciencia.

Pierdo de vista a Rinni mientras me arrastran entre dos edificios.

Ni siquiera puedo gritar.

Diecinueve

Me arrastran más y más profundo por las callejuelas de la ciudad. La brillante luz del sol se difumina. Aparece una silueta delante de mí: cuernos y ángulos afilados, alas finísimas que brotan de forma antinatural desde su espalda.

Es la criatura a la que vi con Aria.

—Sigue sujetándola, todavía está despierta —masculla un hombre.

Parpadeo despacio y lucho contra todos mis instintos de respirar hondo. Mis pulmones se están rebelando. *Tendré* que respirar pronto. Con suerte, si piensan que he perdido el conocimiento, retirarán el trapo.

De la manera más natural posible, acabo por cerrar los ojos y dejo que mi cuerpo cuelgue flácido y pesado. Eldas había dicho que habría enemigos. ¿Por qué no lo escuché? ¿Por qué no me lo tomé más en serio?

El movimiento cesa cuando empiezo a oír gritos a lo lejos. Son palabras embarulladas y frenéticas. La oscuridad de detrás de mis párpados comienza a no ser solo fingida. Voy a desvanecerme pronto.

Aun así, justo cuando pienso que estoy a punto de perder la batalla por la conciencia, retiran el trapo. Lucho contra todos los instintos que me dicen que aspire grandes bocanadas de aire fresco. En vez de ceder a la tentación, inspiro despacio para no alertar a mis atacantes.

—Ve y despístalos. —Mis ojos siguen cerrados, pero reconozco al hombre de los cuernos solo por la voz—. Yo la esconderé.

—No tienes ninguna ritumancia preparada —bufa otra voz, tan bajito que apenas oigo las palabras. La ritumancia era la magia salvaje de los... ¿feéricos?

¿Es Aria? Creo que la que habla es mujer... pero no puedo estar segura. Hay más movimiento. ¿Ahora hay tres personas o cuatro?

Mi corazón palpita atronador en mi pecho. Quiero gritar para pedir ayuda. Llamar a Eldas. Él cruzó el Vano y me encontró cuando intenté escapar. No sé cómo funciona el Vano, pero vendrá si lo llamo, ¿verdad? Lo dudo... no hay forma de que pueda oírme. De hecho, cree que estoy sana y salva en su castillo.

Aun así, ese pensamiento me da una idea.

Rinni tiene que haber mirado atrás y descubierto que no estoy. La conmoción que oigo aumentar a la distancia debe de ser ella conduciendo a los guardias hacia mí. Solo tengo que aguantar y resistirme lo suficiente como para que no puedan llevarme demasiado lejos.

Eso puedo hacerlo, ¿verdad?

Dos manos me agarran y me levantan en volandas. Oigo el zumbar de unas poderosas alas. Se me cae el alma a los pies cuando me siento ingrávida de repente.

¿Estamos volando?

Abro los ojos una rendija y veo el borroso aleteo de las alas de libélula del hombre con cuernos. *Me va a sacar de aquí volando*, pienso. Respiro hondo y recuerdo la plaza de Capton. Usé mi magia para devolverle al Mundo Natural lo que habían fabricado manos humanas. Convertí hierro en árboles. Transformé piedras en musgo. Puedo hacer *algo* para salvarme.

Es ahora o nunca. Abro mucho los ojos y miro la cara del hombre. Aún no se ha dado cuenta de que no estoy tan incapacitada como cree. Me sorprende cuán humano parece su rostro, a pesar de sus alas y sus cuernos, pero no me permito distraerme.

Alargo la mano hacia el collar de cuentas que lleva alrededor del cuello y cierro el puño sobre él. El hombre mira hacia abajo y casi me deja caer. Se le escapan un bufido y una maldición.

¡Transfórmate, ordeno, *conviértete en enredaderas, en ramas de árboles, en cualquier cosa!* Las cuentas se estremecen, casi cobran vida. El hombre me zarandea entre sus brazos e intenta alejar el cuello de mí. Procuro concentrarme en mi magia, pero resbalo de su agarre.

El collar se rompe y caigo de vuelta al suelo. Aterrizo con un golpe sordo. Por suerte, no estaba demasiado arriba todavía, pero sí lo bastante como para que el impacto me deje sin respiración.

El hombre se posa a mi lado y viene hacia mí con una mueca de odio.

—¿Cómo te atreves, humana?

Ni siquiera pierdo el aliento en discutir. Puede que mi magia sea aún demasiado poco elocuente para manejarla a voluntad, pero sé de otra cosa que me obedecerá.

Me llevo los dedos a los labios y emito un agudo silbido.

—¡Hook, ven! —grito. El hombre se abalanza sobre mí justo cuando veo rielar el aire a su alrededor. Hook salta de entre las sombras—. ¡Hook!

Mi lobo emite un gruñido que suena más como un rugido, y galopa hacia el hombre de los cuernos. Mi atacante apenas tiene tiempo de reaccionar antes de que Hook se abalance sobre él. Hunde los dientes en las alas de la criatura, que suelta un alarido agónico.

Retrocedo arrastrándome hasta que mi espalda choca con una de las mugrientas paredes de los edificios.

—Hook —lo llamo, con voz débil. La bestia no es ya más que ira y dientes. Hook arranca de cuajo una de las alas del hombre—. ¡Hook, para! —Me pongo de pie a duras penas.

Ese hombre me atacó. Intentó secuestrarme. Y aun así, igual que con Luke, no puedo soportar verlo mutilado por el violento ataque de Hook.

—Hook...

—¡Ahí! —La voz de Rinni resuena por encima de la mía. Está a la entrada de la callejuela. Una masa de soldados entra en tromba tras ella, pasan por su lado y corren hacia nosotros. Hook ha tirado al hombre al suelo, tiene las fauces cerradas en torno a su rodilla y se niega a soltarlo.

A pesar de ello, el hombre levanta las manos, cruza los dedos y los baja contra la cabeza de Hook.

—¡Para! —grito. Los caballeros no pueden llegar hasta nosotros bastante deprisa. Continúa golpeando a Hook hasta que el lobo lo suelta, e incluso entonces, el hombre no cede—. ¡He dicho que pares!

Me agarra cuando corro para inmovilizar sus brazos. El hombre saca un cuchillo de su manga y me sujeta contra él. La plata fría queda debajo de mi mandíbula, su malvado filo se clava en mi piel.

—¡No os acerquéis! Dad un solo paso más y la mato.

—Mátala y nos condenas a todos, idiota. —La voz de Eldas proviene de detrás de nosotros y es la maldad personificada. Se desliza por el suelo y sube para llenar el aire a nuestro alrededor. Las sombras parecen alargarse. La temperatura del aire baja en picado.

El hombre de los cuernos se queda rígido. Hace ademán de girarse pero no puede. Sus brazos se desenroscan de mi cuerpo y observo cómo se estrella como un maniquí contra la pared de enfrente. Tirito mientras miro su figura ensangrentada, que se contorsiona y cruje.

Una mano se cierra en torno a mi codo. Eldas tira de mí hacia él. Su brazo se desliza alrededor de mi cintura y mi costado queda pegado al suyo.

Protegida. A salvo. El Rey de los Elfos mira al mundo con rabia y un poder furioso. Pero yo soy la antítesis de todo ello. Me sujeta con firmeza, pero con ternura.

—Eldas... —susurro—. No lo hagas. —Mis ojos saltan del hombre a Hook. El lobo gimotea con suavidad. Solo el recuerdo de mi atacante pegándole en la cabeza casi hace que retire mis palabras.

—Luella, este no es tu mundo —me recuerda. Leo entre líneas sin problemas: *este hombre no es Luke*—. Esta bazofia feérica ha tratado de hacerte daño y morirá por ello.

—Si nos... si nos hubieseis dado nuestras tierras... esto no habría sucedido —resuella mi aspirante a secuestrador—. Midscape está muriendo bajo el gobierno de los elfos. No pararemos hasta obtener lo que es nuestro y hasta que seamos libres para controlar nuestro propio destino.

—Tus hombres deberían arrestarlo para que sea juzgado, llevarlo ante la justicia. —Levanto la vista hacia Eldas. Suplico a esa estatua de hombre en cuyos ojos bulle una ira ardiente, más caliente que ninguna emoción que haya visto jamás en él.

—Esto es justicia. *Mi* justicia.

Aparto los ojos y entierro la cara en el pecho de Eldas cuando un horrible sonido crujiente y desgarrador llena mis oídos. Tal vez haya gritado. El brazo de Eldas se aprieta aún más a mi alrededor y el mundo se oscurece mientras me lleva con él a través del Vano.

Veinte

Eldas me acompaña a mi habitación. Sin decir una palabra, invoca un fuego de la nada para que crepite por encima de los morillos en la chimenea. Me siento delante de ella sobre el suelo desnudo. El rey echa una manta con suavidad por encima de mis temblorosos hombros. Murmura que estaré a salvo.

Desaparece y regresa de nuevo, esta vez con Hook acunado entre los brazos. Deposita al lobo a mis pies. Hook gimotea y sus ojos, de costumbre tan brillantes, lucen distantes y vidriosos. Pero responde con un suave resoplido cuando alargo la mano hacia su cabeza.

Me giro para darle las gracias a Eldas por haberme traído a Hook, por haberse asegurado de que mi lobo estuviera a salvo, pero ha desaparecido. Y me quedo sola, con el espeluznante sonido de un cuerpo que se retuerce más allá de lo posible resonando en mis oídos.

Eldas. Civilizado, brutal, frío, caliente, capaz de ser amable, pero igualmente capaz de mostrar crueldad. Describió Midscape como un lugar brutal cuando lo oí hablar con Rinni. Entonces no lo entendí del todo.

Este no es mi mundo, me recuerdo una y otra vez. Las reglas que siempre he conocido no aplican aquí. Antes era bastante tonta como para creer que esas reglas solo estaban relacionadas con la magia y con la gente que la utilizaba.

Pero no es solo la magia. *Todo* es diferente.

¿Cómo podría encajar aquí jamás?

Para cuando regresa el Rey de los Elfos, el sol ha avanzado más por el cielo. No entra en mi habitación vanoambulando; esta vez, usa la puerta.

Eldas se detiene justo a la entrada, espera algo. Ni siquiera puedo mirarlo. No sé lo que veré. ¿Será a un asesino? ¿O será al hombre cuya caricia enciende mi piel?

Tengo las manos enterradas en el pelo de Hook para que me dé fuerzas. Aprieto los ojos y aspiro una temblorosa bocanada de aire. Todo lo que veo es la cara de un hombre, un feérico, que murió... *murió a manos de Eldas...*

Contemplo el fuego en un intento por reducir los recuerdos a cenizas. No quiero enfrentarme a esta verdad. No puedo lidiar con que las cosas se compliquen aún más. El peso de la presencia de Eldas de repente a mi lado me saca de mi trance. Ni siquiera me doy cuenta de que sigo tiritando hasta que su brazo se desliza con timidez a mi alrededor. Me apoyo contra él, a mi pesar. Parte de mí cree que debería temerle. La otra parte lo necesita a él y a cada pizca de estabilidad que pueda ofrecerme.

Como si percibiera esta necesidad, Hook levanta la cabeza con cuidado y la apoya con fuerza sobre mi rodilla.

—Quería protegerte —dice Eldas en voz baja al cabo de un ratito. Doy un respingo al romperse de pronto el silencio en el que he estado sumida toda la tarde—. Por eso te dije que te quedaras en el castillo. —Oigo su voz temblar, como si luchara con su propio temperamento, pero por primera vez desde que lo conozco, lucha y gana—. Independientemente de por qué sucedió, siento que hayas tenido que pasar por esto.

—Tienes razón —susurro, sin apartar la vista del fuego—. Debí hacerte caso. Debí quedarme en el castillo. Solo quería tener un momento de libertad, algo que fuera mío. Pero si hubiese hecho lo que me pediste, ese hombre seguiría vivo. Por mi culpa...

—No —me corta Eldas con firmeza. Cuando su mano libre se apoya en mi barbilla, su contacto es suave comparado con la dureza de su tono, y su dulce caricia sustituye al recuerdo del cuchillo sujeto contra mi cuello mientras gira mi cabeza para que lo mire—. Esto *no* ha sido culpa tuya. Lo entiendo, Luella. Aunque desearía que hubieses hecho caso de mis advertencias y no hubieses salido, entiendo que quieras escapar de este lugar.

—Veo deseo y añoranza brillar en las aguas de una profunda tristeza en sus ojos—. Ese hombre murió porque intentó atacar a la Reina Humana.

—Pero ¿por qué? ¿Por qué querría atacarme? —Cierro los dedos sobre la camisa de Eldas con suavidad, como si me aferrara a una respuesta que lo más probable es que no esté ahí—. No quiero hacerle daño a la gente. ¡Traje la primavera!

—No todo el mundo quiere a la Reina Humana —dice Eldas con solemnidad.

—Pero...

—Algunos la ven, te ven, como una idea desfasada. Quieren que volvamos a unirnos con el Mundo Natural y conquistemos a la humanidad. —Me estremezco y Eldas me aprieta más contra su cuerpo. Lo dejo hacer. *Asesino* y *protector*, las dos palabras dan vueltas por mi cabeza mientras me doy cuenta de lo juntos que estamos. El movimiento parece haber sido inconsciente porque, por un momento, se muestra tan sorprendido como yo. Eldas se aclara la garganta y luego recupera la compostura—. Otros ya han percibido que el poder de las Reinas Humanas está menguando. Cada reina es más débil que la anterior.

—¿De verdad que mi poder es más débil? —A mí siempre me ha parecido bastante fuerte. En contra de mi voluntad, las palabras de Luke vuelven a mí: dijo que los propios Custodios sabían que el poder de la reina estaba decreciendo.

—Tal vez te parezca difícil de creer —admite, como si me leyera la mente—, pero así es. Piensa en cómo el trono casi acaba contigo la primera vez que te sentaste en él. Además, la naturaleza en Midscape ya no es tan estable y eso está creando dificultades: la comida escasea y las tierras viables son más valoradas que nunca.

Agacho la cabeza.

—Y culpan a la Reina Humana por los apuros de la tierra.

—No entienden que la reina hace todo lo que puede.

—Debemos encontrar una manera de romper el ciclo —digo, sacudiendo la cabeza.

—Lo sé. —Eldas se mueve. Ahora muestra una expresión dura pero no cerrada. Se lo ve decidido, todo lo que esperaría de un rey. Sus ojos lucen apesadumbrados mientras contempla las llamas. Me pregunto qué verá en la luz danzarina—. Debemos hacerlo por nuestro mundo y por los futuros reyes y reinas. Me temo que puede que seas la última reina. Pero aunque nada de eso fuera cierto, nadie debería tener que pasar por lo que has pasado tú... por lo que seguirás teniendo que pasar. Y ningún otro rey debería... —Se calla de golpe.

—¿Debería qué?

—Debería ver a su reina con un cuchillo al cuello. —Sus ojos vuelven a mí. Están llenos de una emoción a la que no me atrevo a dar nombre. Una expresión atrapada sin remedio entre la desesperación y el deseo. Se me atasca el aire en la garganta.

—¿Estabas... preocupado por mí?

Se ríe con una risa ligera. Nuestras caras están bastante cerca como para que su aliento alegre sople por mis mejillas y revuelva mi pelo.

—Por supuesto que estaba preocupado por ti. Es mi deber protegerte. —Eldas estira una mano y remete un mechón de pelo despistado detrás de mi oreja. Ese movimiento tierno contrasta con sus palabras prácticas. Un peso se instala sobre mí.

—¿No soy nada más que tu deber? —No sé lo que quiero que diga. Me arrepiento de haberlo preguntado al instante.

—Eres... —Entorna los ojos, como si tratara de verme mejor.

La pausa es terrible. Mi cerebro tiene tiempo de rellenar mil palabras atrapadas detrás de sus ojos enigmáticos. Imagino que dice que sí. Oigo cómo dice que no. Me enderezo e intento distanciarme de él y de la pregunta.

—No pasa nada —me apresuro a decir—. No tienes por qué responder. Comprendo el peso de tu deber. —Y mi propio deber me hace buscar una manera de poner fin a este ciclo. Terminar con él sería la ayuda suprema para Capton, ¿no es así? Y entonces podría regresar y escapar de esta tierra de magia salvaje.

Eldas rebaja la tensión al cambiar de tema.

—Hook parece estar bien. —Alarga la mano para rascar detrás de las orejas del lobo. Hook lo permite, aunque no se mueve de donde está.

—Gracias a los Dioses Olvidados.

—De verdad te importa esta criatura.

—Me importan todos mis amigos. —Le lanzo una miradita, con la esperanza de que oiga mi mensaje implícito: *Sé mi amigo y tú también me importarás.* Eldas me sostiene la mirada con intensidad, como si esperara que dijera algo más, pero tengo la garganta demasiado pastosa. Busco una alternativa—. ¿Puedo preguntarte otra cosa?

—Puedes preguntarme todo lo que quieras. —Su sinceridad me sorprende, pero dejo esa sensación a un lado. Hablar de política enfriará el calor que sube por mis mejillas.

—Esa criatura era feérica, ¿verdad? —Eldas asiente—. ¿Todas tienen ese aspecto? ¿Cuernos de ciervo y alas de libélula?

—Muchos, sí. Aunque sus rasgos pueden variar. Sin embargo, con frecuencia se cubren con *glamour* para parecer algo distinto.

Me estremezco al pensar que esas criaturas pueden acechar por cualquier esquina. Por primera vez, me siento agradecida de que el castillo esté tan vacío. Sigo dándole vueltas al tema. Hablar me ayuda a borrar la imagen y el sonido de la muerte de ese hombre.

—Entonces, ¿podría ser cualquiera? —susurro.

—El agua dulce borra el *glamour* feérico —me tranquiliza Eldas—. La frontera con ellos está bloqueada por una muralla y por agua. Los únicos puentes están muy bien protegidos y vigilados. Ningún feérico puede entrar en nuestras tierras sin que lo sepamos.

—Pero la delegación feérica…

—Los mandé de vuelta a su casa —dice, escueto—. No podía soportar mirarlos ni un segundo más. Y si tuvieron algo que ver con este ardid, no los querría en mi territorio. Nadie más entrará o saldrá hasta tu coronación o hasta… que estés de vuelta en el Mundo Natural. Rinni se encargará de expulsarlos en persona.

Apenas me resisto a pedirle que no sean demasiado duros, pero entonces ese horrible sonido llena mis oídos y tengo que luchar contra un nuevo tembleque. Este no es mi mundo, ni mi justicia.

—¿Cómo te atraparon sin que se diera cuenta Rinni? —pregunta Eldas.

—Me quedé rezagada un momento… todo fue muy rápido —murmuro. Aunque no quiero pensar más en ello, algo más aflora entre esos recuerdos manchados de carmesí—. Aria estaba ahí —susurro.

—¿Qué? —Eldas frunce el ceño—. ¿Con los secuestradores? —pregunta de inmediato.

—No, no… la vi hablar con el hombre de los cuernos justo antes.

—¿Estás segura de que era el mismo hombre? ¿Estás segura de que era ella? —Eldas se mueve para mirarme directo a los ojos—. Debes estar completamente segura.

Intento repasar mis recuerdos, pero después de haberme pasado el día entero intentando apartarlos a un lado y olvidarlos… sacudo la cabeza.

—Eso creo. No. Debía de ser ella. A lo mejor así es como me identificaron, puesto que Harrow les permitió a Aria, Jalic y Sirro verme antes de la coronación. —Eldas se queda callado, los ojos fijos en el fuego. Ve algo que yo no puedo ver—. ¿Crees que estaba implicada? —me atrevo a preguntar. No me gusta la idea de que alguien que podría haber estado implicada en un intento de secuestro pueda entrar y salir del castillo. Después de otro minuto de silencio, insisto—. ¿Eldas?

—No —dice al final—. Dudo de que lo estuviera...

—Pero ¿cómo sab...?

—Aria es la sobrina del actual rey feérico.

—¿Es feérica? —Parpadeo, sorprendida.

—Solo a medias. Su lado élfico es mucho más dominante. El hermano del actual rey feérico era su padre, aunque murió cuando ella era pequeña. Aria se crio en Quinnar con su madre. —Eldas sacude la cabeza—. Parte de la razón de que permita la amistad de Harrow con ella es que es beneficiosa para la diplomacia sin suponer un gran riesgo para nosotros. Cuando se hicieron amigos hace años, la investigamos a fondo. Es problemática, sí... —Suspira—. Pero el tipo de problemas que causa Aria no tienen nada que ver con secuestrar a la Reina Humana. Sus problemas se manifiestan en llevar por el mal camino a mi hermano, que es bastante influenciable. Ella lo empuja a salir hasta altas horas de la noche y a beber demasiado.

—¿Estás seguro? —Nopuedo evitar la pregunta.

—Si estuviera implicada en una trama para secuestrarte, estaría actuando en contra de su familia y de sus propios intereses personales. Si el rey feérico estuviese implicado, perdería cualquier estatus que pudiera esperar tener con los elfos. Y Aria mira por sí misma. Intentar hacerte daño limitaría *muchísimo* sus perspectivas —explica Eldas. Lo pienso un poco. Tiene sentido, supongo. ¿Y qué sé yo de la política de Midscape? Muy poco. He estado tan centrada en aprender a manejar mi magia y en buscar una manera de romper el ciclo que no he tenido ocasión de informarme demasiado sobre todo lo demás.

—Si tú estás seguro... —murmuro.

—Si estuviera implicada, me encargaré de ella en persona —me jura Eldas.

Me apresuro a cambiar de tema, pues no quiero pensar en Aria desmembrada extremidad a extremidad.

—El hombre dijo algo acerca de sus tierras... que querían que se las devolvieran. ¿A qué se refería?

Eldas se pasa una mano por el pelo. Observo cómo la sedosa cortina cae sin esfuerzo de vuelta a su sitio.

—Cuando los feéricos empezaron con sus luchas internas, fueron años de sangrientas reyertas que se extendían por las tierras circundantes. Hubo ataques a asentamientos élficos cuando las fronteras entre nuestros reinos eran más difusas de lo que lo son ahora. La mayoría fueron ataques sin provocación previa; feéricos que buscaban saquear para obtener recursos o nuestra gente que quedaba atrapada en el fuego cruzado. Eso dio lugar a represalias inmediatas.

—¿Represalias por parte de tu padre? —Me pregunto de dónde heredó Eldas su vena brutal.

—No, mucho antes que él. —Eldas contempla el fuego—. Con el tiempo, los elfos construyeron una muralla, que está bordeada por agua dulce a lo largo de toda su extensión. —Recuerdo lo que dijo Harrow de su otro hermano, Drestin, que había recibido no sé qué puesto honroso en una muralla en alguna parte—. La muralla fue erigida para mantener las luchas fuera de nuestras tierras. Pero cuando el polvo empezó a asentarse y los clanes se cansaron de sus guerras, descubrieron que la muralla había invadido una gran franja de territorio que antes era feérico.

—¿Y ahora lo quieren recuperar?

—Hace siglos que vienen reclamándolo. Pero para cuando dejaron clara su reivindicación, nuestra gente llevaba ya mucho tiempo asentada en esas tierras. Aunque se las devolviéramos, no está claro quién se quedaría con ellas y quién las gobernaría. La delegación feérica que ha estado aquí hoy vino a pedir que se derogara el diezmo que los feéricos tienen que pagar por entrar en territorio élfico. Piensan que, si sus tierras ancestrales no pueden ser restituidas, al menos deberían tener derecho a entrar en ellas con libertad y sin coste alguno. Aunque después de hoy, dudo de que jamás vaya a...

—No permitas que hoy cambie las cosas —digo a toda prisa—. Ese hombre pagó por sus delitos. A menos que estuviera actuando en nombre del rey feérico... no dejes que todos los feéricos sufran por culpa de sus elecciones.

Eldas me mira con tal intensidad que me muevo incómoda y me ciño mejor la manta a mi alrededor, como si eso pudiera protegerme de su mirada penetrante.

—¿Preferirías que aceptara su petición?

—Preferiría que gobernaras con justicia, con fuerza y con honor.

Una sonrisa cansada curva las comisuras de sus labios.

—A veces me recuerdas a ella.

—¿A quién? —Imagino a alguna amante a la que renunció antes de que yo llegara al castillo.

—A Alice. —Desde luego que ella no era quien esperaba. Aprieto la manta con más fuerza.

—Debiste conocerla bien, ¿no?

Una sombra cruza su rostro y Eldas sacude la cabeza, como si se arrepintiera de haber dicho nada. Siento cómo se retira mentalmente bastante antes de retirarse físicamente. Observo cómo se levanta y tengo que reprimir el extraño impulso de tirar de él de vuelta a la chimenea conmigo.

—Deberías descansar un poco —me dice con suavidad, pero con firmeza.

—Eldas...

—Te veré por la mañana para practicar tu magia.

—Pero… —No me da ocasión de continuar la frase. Sale por la puerta a una velocidad que nunca había visto en él. Miro a Hook, que emite un suave gemido y ladea la cabeza en mi dirección a modo de respuesta—. Yo tampoco lo entiendo.

El lobo se levanta, se estira y luego viene a sentarse donde estaba Eldas. Me apoyo contra él para que me dé fuerzas y la bestia suelta un resoplido suave. Pero no se mueve. Hook permanece ahí incluso cuando me quedo dormida sobre su peludo hombro.

Veintiuno

A la mañana siguiente, Rinni llega como de costumbre. No hace ningún comentario al encontrarme dormida en el suelo. De hecho, está demasiado callada.

Hook todavía parece un poco aturdido por el día anterior, así que le digo que se quede en mis aposentos. No protesta y ya empiezo a pensar en lo que puedo prepararle más tarde en el laboratorio con Willow para hacer que mi compañero se sienta mejor.

—Rinni, en cuanto a lo de ayer… —empiezo mientras caminamos hacia el salón del trono. No hace ni ademán de girarse hacia mí—. Quiero disculparme contigo. —Silencio—. Tenías razón —continúo, con toda la sinceridad que tengo—. Estaba equivocada. Deberíamos habernos quedado en el castillo.

Más silencio.

—Rinni…

—Te estaré esperando cuando acabes con el rey para llevarte con Willow —declara Rinni, sus palabras desprovistas de toda emoción. Su enfado hubiese sido más fácil de manejar.

—Puedo reunirme con Willow por mi cuenta.

—Su majestad me ha indicado que no debes ir a ningún sitio sin escolta, ni siquiera dentro del castillo. Sin embargo, me gustaría darme prisa con esta tarea porque tengo asuntos que discutir con los otros generales con respecto a la seguridad y las patrullas de la ciudad.

—Eldas parecía pensar que el castillo sería seguro ahora que la delegación se ha marchado.

—Es la voluntad de nuestro rey. —Rinni se detiene delante de la puerta del salón del trono—. Y *no* somos quiénes para ir en contra de sus deseos.

Rinni no me da la oportunidad de decir nada más antes de hacerme pasar al salón del trono para otra mañana de prácticas de magia.

Eldas se muestra distante otra vez. Es como si a cada ocasión que se acerca incluso remotamente a mí la compensara en exceso la siguiente vez que nos vemos. Se queda varios pasos lejos de mí en todo momento. Lo cual solo me hace pensar aún más en sus caricias anteriores, cuando empezamos a trabajar juntos.

Hubiese creído que la distancia me haría sentir mejor. Este es un hombre que hizo pedazos a otro. Sin embargo, ese hueco entre nosotros solo me hace sentir frío. Es casi *más* un recordatorio de lo que es capaz de hacer. Quiero al hombre tierno que vino a mí ayer por la noche, pero no sé dónde ni cómo encontrarlo.

Mi magia actúa en consonancia con mis emociones. En ciertos momentos obedece a mi voluntad y a sus instrucciones. Continúo explorando el trono de secuoya e intento averiguar qué es ese lugar oscuro. Todo lo que logro descubrir antes de que mi magia me falle es que el trono parece haber crecido *de* ese punto.

En cuanto Eldas decide que hemos terminado, se marcha sin decir una palabra. Ni siquiera tengo la oportunidad de hablar acerca de la víspera. Envuelvo los brazos a mi alrededor y me dirijo al laboratorio. Rinni me acompaña en silencio.

Por suerte, al menos Willow está normal.

Me escucha mientras le cuento el incidente en la ciudad y me permite dar voz a todos los sentimientos confusos que me tienen en vilo desde ayer por la tarde.

—Los feéricos son un desastre... —Suspira cuando termino—. Lo cual es triste, porque tienen unas tradiciones y una magia fascinantes. He oído decir que algunos de los rituales que celebran para recargar su ritumancia pueden durar varios días. A veces dedican años a buscar todos los artículos que necesitan para ellos. Y los rituales en sí están llenos de bailes, meditación, y a veces, incluso, hay deportes de sangre.

No quiero pensar en sangre.

—Ya me he dado cuenta de que a los elfos les encanta la tradición —comento, en un intento por erradicar el pensamiento de mi mente. Willow se ríe entre dientes y se estira por encima de la mesa del laboratorio para darme un apretoncito en la mano.

—En cualquier caso, me alegro de que estés bien.

—Yo también, aunque me temo que a lo mejor he metido a Rinni en un montón de problemas.

—Si hay alguien que estará bien, esa es Rinni. No existe una sola posibilidad de aquí al Velo de que Eldas vaya a castigar a Rinni jamás.

Mi cabeza vuela de vuelta a ese pasillo secreto que da al salón del trono, a la mano de Rinni sobre la mejilla de Eldas. Gracias a los diarios he confirmado lo que dijo Harrow: los reyes elfos tienen amantes. La idea da lugar a una pregunta, una cuya respuesta sé que necesito.

—¿Cuál es la relación entre Eldas y Rinni? —He tenido que hacer acopio de valor para preguntarlo.

—Rinni es la mano derecha del rey y la generala del ejército de Lafaire.

—Y aquí está, perdiendo el tiempo en protegerme.

Willow me da una toba en la nariz y me sonríe. No puedo evitar devolverle la sonrisa.

—Deja eso ya. Eres la Reina Humana. Protegerte es cualquier cosa menos una pérdida de tiempo. Es más bien un gran honor.

Suspiro y reformulo mi pregunta anterior.

—¿Eldas y Rinni tienen una relación... íntima?

Willow parpadea varias veces y me doy cuenta de lo mucho que lo incomoda esta conversación.

—Luella, eso no es algo que uno pregunte sobre el Rey de los Elfos.

—Entonces, piensa en mí como en una mujer que pregunta acerca del hombre con el que está casada.

—*De verdad* que no sé nada. No me meto en asuntos reales. Tendrías que preguntárselo a uno de ellos. No me corresponde a mí hablar de esto.

Tamborileo con los dedos sobre la mesa, sumida en mis pensamientos.

—¿Sabes?, es una idea excelente, Willow. Creo que acudiré a Rinni en cuanto acabemos aquí.

—No puedes estar hablando en serio.

—Pues lo estoy.

Willow se rasca la cabeza con nerviosismo.

—Vale, pero si vas a hacerlo, antes prepararemos tartaletas de cítricos.

—¿Tartaletas de cítricos?

—Son las favoritas de Rinni.

—¿Y tú cómo sabes eso?

—Llevo en el castillo casi desde que nací. Casi siempre he estado aquí arriba con Poppy, estudiando para ser el siguiente curandero del castillo. Pero... supongo que he oído algunas cosas sobre los escasos vecinos con los que comparto el castillo. —Se encoge de hombros.

Apenas me resisto a la tentación de señalar que, si ha oído «algunas cosas», lo más probable es que sepa la verdad acerca de Eldas y Rinni. Pero me resisto. Willow tiene razón, no le corresponde a él decirlo. Y algunas cosas es mejor preguntárselas a la propia fuente.

Al final del día Willow nos lleva, a mí y a una pequeña caja de tartaletas de limón y naranja que hemos pasado la tarde haciendo, a la habitación de Rinni. También hay una bolsita de chucherías para Hook que Willow insistió en preparar. Más tarde veremos si le gustan. Espero que sirvan para que mi lobo se recupere lo antes posible.

Nos paramos delante de la puerta de Rinni. Respiro hondo y llamo con los nudillos.

—¿Sí? —Rinni abre la puerta. Lleva un delantal alrededor de la cintura y ha cambiado su habitual armadura y uniforme formal por ropa suelta manchada de pintura. *El atuendo le pega*, pienso. Sus ojos saltan de Willow a mí—. ¿Qué estáis haciendo vosotros aquí?

—Ella insistió —se apresura a decir Willow.

—Tenemos que hablar. —Entro en la habitación sin su permiso.

—Vale... —Rinni intercambia una última mirada con Willow antes de cerrar la puerta—. ¿Qué necesitas de mí, majestad?

—Quiero hablar de... —Me fallan las palabras cuando mis ojos aterrizan sobre el retrato en el que está trabajando. Un par de ojos cálidos y familiares me devuelven la mirada desde el lienzo con una sonrisita enigmática. Es de una minuciosidad increíble, aunque el retrato enseguida se estropea cuando la pintura resbala de la cara del sujeto. *Mi cara*—. ¿Me estás pintando... a mí?

—Sí. —Rinni se limpia las manos en un trapo—. Es un encargo.

—¿De quién?

—¿De quién crees tú? —Rinni se aclara la garganta y se fuerza a abandonar el tono coloquial—. Quiero decir, majestad, que el Rey de los Elfos en persona encargó esta pieza.

¿Eldas quiere un retrato mío? ¿Para qué? Miro de Rinni al cuadro. *Vayamos cosa por cosa.* Le ofrezco la caja de tartaletas.

—Toma, una ofrenda de paz y una disculpa.

—¿Qué es? —Rinni acepta la caja con escepticismo. En cuanto la abre, suelta un quejido ronco—. Ese Willow.

—Dijo que te gustaban las tartaletas de cítricos —señalo enseguida.

—Sí. Me encantan. —Aun así, se muestra gruñona al decirlo. Empuja unas cuantas pinturas a un lado en su mesa y deja la caja sobre ella al tiempo que se mete una de las tartaletas en la boca—. Solo odio que te haya contado mi única debilidad.

—Bueno —digo con una carcajada—, pues ahora que te tengo en un estado vulnerable, Rinni, lo siento mucho.

—Vale. —Suspira mientras se come su segunda tartaleta—. Acepto tu disculpa.

—Gracias. —Echo otro vistazo al cuadro y pienso en la otra razón por la que he venido. Si había algo entre Eldas y Rinni, no creo que le pidiera que pintara mi retrato. Eso sería cruel—. ¿Ya somos amigas otra vez?

—Oh, muy bien —dice en tono dramático. Esbozo una sonrisa—. Supongo que sí, somos amigas.

—Bien, porque hay algo que quiero preguntarte.

—Adelante, te quedan cinco tartaletas hasta que vuelva a levantar la guardia.

—Quería hablar de Eldas.

Las manos de Rinni se paralizan. Pues sí que sirven de mucho las otras cinco tartaletas…

—¿Tenéis una relación romántica? Vosotros dos, quiero decir —pregunto sin rodeos. Rinni ni me mira y mis nervios se vuelven locos—. Porque si la tenéis, lo entiendo. O si no la tenéis pero tienes ese tipo de sentimientos hacia él, me gustaría saberlo. No me voy a entrometer.

—Eres su mujer —me dice con delicadeza, aún sin mirarme.

—Sí, pero no somos en absoluto una pareja normal. —Suspiro. Ahí está ese fantasma de dolor en mi estómago. Está intentando apagar a pisotones una esperanza que no era consciente de que hubiese empezado a brotar—. Sé que el Rey de los Elfos tiene amantes. Tiene sentido, en realidad. Nuestras circunstancias no conducen al compañerismo.

—Luella, no me voy a interponer en nada que pueda estar surgiendo entre vosotros dos. —Rinni levanta la vista con una sonrisita—. No somos amantes. Y no tengo *ningún* interés en ser la amante de Eldas nunca.

—¿No lo sois? —pregunto despacio—. Pero parecéis... Hay... —Tropiezo con mis propias palabras cuando descubro que tal vez hubiese deseado que lo fueran. Tal vez he estado buscando una razón para sofocar esta frustración que ha empezado a brotar cada vez que estoy cerca de Eldas—. Está claro que hay una conexión entre vosotros.

—La hay. —Agradezco que Rinni no lo niegue—. Hemos crecido juntos. Tenemos más o menos la misma edad. Y no estoy segura de si lo sabes, pero... al príncipe heredero no se le permite abandonar el castillo mientras su padre sigue con vida. Así que, de niño, Eldas no salía del castillo nunca. Después, tomó la decisión de permanecer recluido hasta ser coronado a tu lado. Es solo que no esperaba que la cosa se demorara más de un año...

Ya sabía lo de la decisión de Eldas de permanecer recluido.

—¿Por qué no puede salir el príncipe heredero mientras su padre viva?

—Porque así solo hay un Rey de los Elfos cada vez. Esto hace que la transición de poder, de un reinado al siguiente, sea... ordenada.

No tengo claro si estoy de acuerdo con eso.

—¿O sea que lo mantenían en el castillo, solo?

—Sí... —Rinni frunce el ceño un instante. Ni siquiera la siguiente tartaleta logra quitarle la expresión de la cara. Incluso ella, alguien que conoce las tradiciones, cree que retener como cautivo a un chico joven es un poco extremo—. Como podrás imaginar, no tenía muchos amigos.

—Se nota. —Las palabras se me escapan y me siento mal al instante.

—Quizá. —Rinni esboza una leve sonrisa—. No tenía muchas opciones para el compañerismo y yo estaba aquí todo el tiempo porque mi padre era la mano derecha del suyo. Nos hicimos amigos. —Rinni cruza los brazos y se apoya contra la pared. Me mira a los ojos—. Supongo que también debería decirte que sí, que en un punto sí hemos explorado la posibilidad de tener una relación amorosa.

—¿Hace cuánto?

—¿Unos tres o cuatro años? —cavila, tras pensarlo un poco—. En retrospectiva, creo que Eldas estaba aterrado de ver a la última Reina Humana acercarse al final de su vida. Más que solo abrumado por la pena… creo que se sentía confinado a su rol y se estaba rebelando a su propio modo contra la idea de casarse. Era bastante mayor para comprender su destino y estaba perdiendo a Alice al mismo tiempo.

Me pregunto si Eldas se ve reflejado en mí. Si mi rebelión contra mi destino remueve pensamientos negativos en él, o sentimientos de impotencia. Quizá la mera sugerencia de que podría haber una salida es casi más dolorosa que la aceptación en la que él se ha sumido.

—Buscó consuelo donde podía encontrarlo y yo estaba receptiva. Mentiría si dijera que hasta ese momento no había dedicado más de un pensamiento romántico a él y yo juntos. Así que lo intentamos con torpeza durante unos meses, solo dos o tres en realidad. Y antes de que lo preguntes, no hicimos mucho más que besarnos. Además, no voy a darte más detalles sobre nuestra relación. Terminó, y él y yo no trabajamos juntos de un modo romántico. Los colores están secos en ese paisaje de mi vida y no tengo ningún deseo de volver a ese lienzo.

—Vale —digo—. Gracias por tu sinceridad.

—Por supuesto, os apoyo a los dos. Eldas y yo estamos mejor como amigos y aliados, pero es verdad que el intento por convertirnos en amantes nos acercó aún más. Así que tienes razón en lo de que existe un vínculo. No hay ningún otro hombre al que preferiría servir con el pincel o con la espada, o de cualquier otra forma... *excepto* en el dormitorio.

Suelto una carcajada, aunque la levedad del momento se corta con la idea que todavía flota a mi alrededor, de Eldas pugnando con su destino. Lo imagino joven e inexperto, incómodo en su propia piel. Mi sonrisa se desvanece con un suspiro.

—Rinni, ya sé que te he pedido mucho hoy, pero ¿podrías ayudarme con algo?

—Te costará unas cuantas tartaletas más.

—Hecho. —Me río y continúo—. Quiero conocer mejor a Eldas. —Pienso en lo que dijo Rinni en el salón del trono: que Eldas no hacía un verdadero intento por conocerme. Para ser justos, la situación ha sido así en ambos sentidos—. Me gustaría cenar con él.

Me gustaría cenar con él, en privado.

Rinni arquea las cejas mientras una sonrisa pícara repta por sus labios.

—De acuerdo, estoy segura de que podré organizarlo.

—No quiero que sea nada formal. —Pienso en los fastuosos banquetes del castillo y en las ilustraciones que vi en libros cuando era niña—. No quiero que seamos el rey y la reina sentados cada uno en un extremo de una mesa tan larga que bien podríamos estar en habitaciones distintas.

—Sé a qué te refieres —comenta Rinni con una carcajada.

—Bien. ¿Se lo pedirás por mí? Me preocupa que si lo hago yo, Eldas diga que no. —Dado cómo parece rehuirme después de cada vez que nos acercamos un poco, es muy probable que lo haga—. Y también me preocupa que el salón del trono se haya convertido en un aula o bien en un campo de batalla para nosotros. Si nos vemos ahí seremos...

—Incapaces de relajaros —termina ella por mí—. No digas una palabra más. Yo puedo conseguir que ocurra.

—Gracias. —Me acerco a ella y le doy un rápido abrazo. Se queda tiesa y parece tan incómoda como la primera vez que abracé a Willow, pero da la impresión de acostumbrarse a la idea un poco más deprisa que mi amigo curandero.

—Por supuesto, majestad —dice, algo abochornada cuando la suelto.

—Olvida ya las formalidades. —Me dirijo hacia la puerta—. Llámame Luella.

Esa noche, cuando Hook se hace un ovillo al pie de mi cama, me quedo mirando el techo. En una semana he conseguido dos amigos y un lobo. Si soy sincera, nada de esto va tan mal como había esperado.

Aunque aún quedan los obstáculos más grandes: entablar una amistad sincera con Eldas y, con su ayuda, averiguar una manera de romper el ciclo. Bostezo.

—Paso a paso —murmuro antes de rodar hacia un lado y dormirme.

Eldas y yo no nos vemos al día siguiente, ni al otro, así que me entretengo con los cuadernos de campo y con Willow en el laboratorio. Aunque Eldas no me ayude, continuaré buscando una manera de romper este ciclo. Por mí, por él y por nuestros mundos.

Me preocupa que Rinni le haya hablado sobre la cena y la cosa haya salido mucho peor de lo que hubiese podido imaginar. Al tercer día, Rinni me informa que Eldas ha iniciado nuevas negociaciones con los feéricos y que eso es lo que lo tiene ocupado.

Pienso en nuestra conversación y me pregunto si estas nuevas negociaciones han sido, en parte, inspiradas por mí. Me atrevería a pensar que quizá sí, lo cual me llena de una sensación efervescente, como si yo fuese una especie de bebida gaseosa contenida bajo presión.

Por suerte, al cuarto día tengo una nueva distracción porque llegan mis muebles. El ebanista hace la entrega en persona y se ocupa de ayudarnos a Rinni y a mí a colocar las piezas por las habitaciones. Es un anciano dulce y no puedo evitar fijarme en que, para cuando por fin terminamos, se masajea los dedos nudosos.

Después de que todo haya quedado dispuesto a gusto de ambos, lo llevo arriba, al laboratorio, y le doy una cataplasma similar a las que preparaba para el señor Abbot. Por fortuna, ni Willow ni Rinni me dicen que ayudar a un «plebeyo» sea «rebajarme».

El ebanista se muestra tímido, pero ante la insistencia de Willow acepta el regalo. El resto del día lo paso trabajando con Willow, experimentando con mi magia y aprendiendo de los libros dejados atrás por las reinas anteriores.

Como y ceno en mis aposentos sola, excepto por Hook. Mi lobo se hace un ovillo debajo de mi nuevo escritorio, que mira hacia las ventanas de la sala principal, en lugar de hacia las puertas. Paso con delicadeza las frágiles páginas escritas por las mujeres que me antecedieron, en busca de pistas. El diario más viejo tiene poco más de dos mil años. La reina original no dejó registro alguno, como tampoco lo hicieron sus sucesoras inmediatas. Así que tengo que aprender de mujeres que se movían por todo esto tan a ciegas como yo.

En la tarde del quinto día, por fin encuentro algo que podría ser útil. Está más o menos a mitad del diario de la reina Elanor, cuatro reinas antes de mí. Al parecer, yo no fui la primera persona en pensar en romper el ciclo.

A cada nueva reina, el trono de madera de secuoya se cobra un peaje más grande. Nuestro poder parece estar menguando generación tras generación. Es posible que más pronto que tarde ya no haya una Reina Humana.

Sospecho que el trono mismo está buscando el equilibrio con el otro lado del Vano, con el Mundo Natural. La Reina Humana no es equilibrio suficiente por sí sola. Las leyes de la naturaleza se están forzando demasiado.

Si hubiera alguna forma de poder poner los dos mundos en equilibrio, entonces quizá Midscape ya no necesitaría una Reina Humana. Pero no tengo manera de demostrar esta teoría...

A la mañana siguiente me estoy preparando para ir al laboratorio cuando oigo la llamada distintiva de Rinni.

—¿Puedo pasar?

—Estoy decente —le grito.

—¿Qué ropa es esa? —pregunta Rinni en el mismo instante en que pone los ojos sobre mí.

—Es algo que Willow me ayudó a encontrar. —Deslizo las manos por unos pantalones de lona gruesa—. No me digas que el día que por fin me atrevo a no ponerme un vestido, Eldas quiere reunirse conmigo. —Rinni sonríe. Yo gimo—. Sí, ¿verdad?

—Sí, pero tienes hasta esta noche para cambiarte.

—¿Ha aceptado mi invitación para cenar? —No logro distinguir si el aleteo en mi estómago son alas de mariposas o de avispones. ¿Estoy emocionada o nerviosa? Ambas. Hay una guerra entera de bichos alados ahí dentro.

—Así es, *por fin* —musita Rinni. Se lleva una mano a la boca y tose, como si quisiera disimular el hecho de que se le hayan escapado esas últimas palabras. Le hago un favor y no digo nada—. Sí, lo ha hecho. Cenarás en el Ala Este esta noche.

—*Ooh*, la misteriosa Ala Este. —Meneo los dedos por el aire—. Qué emocionante y distinguido.

—Lo es. Solo lo familia real suele tener ocasión de entrar ahí. No se me pasa por alto que no se me considera parte de la «familia real». Puede que mantenga a Midscape con vida, pero está claro que no merezco el honor de ser considerada uno de ellos. Mis pensamientos divagan hacia Harrow. Desde que lo curé, no he vuelto a verlo. Cosa de la que debería estar agradecida, pero que sin embargo me llena de preocupación.

Aunque Eldas no parecía demasiado preocupado por Aria, no puedo evitar pensar en que pueda estar tramando algo… No, debe de ser solo mi miedo al hombre de los cuernos lo que enturbia mis opiniones sobre ella.

Aparto esos pensamientos. Harrow es solo otra razón por la que me alegro de no ser parte de esa familia. Me voy en menos de tres meses.

—Gracias por venir a decírmelo. ¿A qué hora debería estar lista?

—Eldas te espera a las ocho.

—Oh, genial, entonces podré pasar el día entero en el laboratorio y aún tener tiempo para cambiarme.

—¿Quieres que te ayude a prepararte esta tarde?

Al principio siento la tentación de aceptar su oferta. Hay vestidos en mi armario cuyos corchetes no puedo abrochar sola, al menos no todos. Pero…

—No, gracias —decido al final. Si Eldas va a conocerme mejor, debería poder contemplar mi verdadero yo, no a una Luella con el peinado o el vestido que Rinni considerase apropiados.

—Entonces, volveré a las ocho menos cuarto. —Rinni hace una reverencia y se marcha.

El día es una extraña mezcla de demasiado largo y demasiado corto. Las horas parecen arrastrarse mientras estoy en el laboratorio. Cada vez que miro el reloj de pie, estoy segura de que ya ha pasado medio día, pero solo han sido cinco minutos.

Apenas logro concentrarme.

Sin embargo, demasiado pronto para mi gusto me encuentro de vuelta en mi habitación y Rinni está llamando a la puerta una vez más.

—Pasa —digo en voz alta. Rinni se asoma a mi cuarto de baño.

—¿Eso es lo que has elegido ponerte?

—No es negociable —declaro—. O me recibe con esto o no me recibe en absoluto.

—Muy bien. —El fantasma de una sonrisa juguetea sobre los labios de Rinni mientras salimos. Por suerte, no hace ningún comentario acerca de que Hook nos siga. Se ha convertido en mi sombra en el castillo, puesto que me encuentro mucho más cómoda teniéndolo cerca. Por lo tanto, llegar a conocerme implica llegar a conocer a Hook.

Cruzamos el salón del trono para dirigirnos al Ala Este. Supongo que era un camino más directo que bajar al patio central. Rinni me conduce a través de la puerta por la que suele desaparecer Eldas. Me guía por pasillos silenciosos, atestados de intrincadas armaduras, piedras afiladas sobre pedestales, tapices y retratos. En esta zona hay menos espacios diáfanos que en el Ala Oeste. Menos salones de baile, comedores, habitaciones por amor a tener habitaciones… Todo ello ha sido sustituido por escaleras de caracol y una cantidad infinita de puertas que bloquean mis ojos curiosos.

Por fin llegamos a nuestro destino, una puerta que se parece mucho a cualquier otra. Rinni llama con suavidad.

—Majestad —dice—. Tu reina está aquí.

Veintidós

Me quedo un poco consternada al oír las palabras «tu reina». Jugueteo con el anillo de labradorita en torno a mi dedo, consciente de repente de su presencia una vez más. No quiero ser propiedad de nadie. No quiero que me posean. Casi echo a correr, pero logro mantenerme en el sitio.

Esas palabras no pretendían implicar un sentimiento de propiedad. Vine aquí por voluntad propia. Quería esto para comprobar que el hombre amable del que he captado atisbos realmente existe. Para ver si puede confiar en mí. Si es posible que nuestra colaboración pueda reforzarse de tal modo, que de verdad logremos liberar a Midscape del vínculo que lo tiene maniatado. No estoy aquí por obligación, ni por miedo, ni porque él me lo haya ordenado.

—Que pase. —El tono grave de la voz de Eldas resuena directamente a través de mí.

La puerta se abre hacia el pasillo y Rinni da un paso a un lado. Entro en la habitación y procuro andar bien erguida, una mano enterrada en el pelo de Hook para que me dé fuerzas. En cuanto la puerta se cierra con suavidad a mi espalda, los avispones le ganan la batalla a las mariposas en mi estómago y aprieto los labios para evitar que palabras nerviosas salgan zumbando por ellos.

Eldas está de pie delante de una gran chimenea. Hay una mesa entre nosotros en la que podrían caber con comodidad cuatro comensales pero que está dispuesta solo para dos. La comida centellea a la tenue luz: carne asada, bandejas de verduras y algún tipo de tarta helada y redonda con lo que espero que no sean alas reales de mariposa como decoración.

Solo puedo inspeccionar la comida durante unos instantes antes de que mis ojos se deslicen hacia el hombre al que he venido a ver en realidad. Eldas lleva una túnica de punto del color de la medianoche. Tiene diminutos botones de perlas cosidos en el centro de unas equis bordadas delante del pecho; parecen estrellas desperdigadas. Su cutis está en claro contraste con su ropa oscura, lo que lo hace parecer un rey de luz estelar, en lugar de uno de muerte.

—¿De verdad es necesaria la corona? —farfullo, completamente descolocada por su aspecto. Casi parece haber hecho un esfuerzo por mí.

—¿Perdona? —La sorpresa desmorona su estudiada expresión serena y una de sus manos vuela hacia la oscura línea de hierro sobre su cabeza. Eldas baja la mano al instante, como abochornado por su reacción—. Soy un rey, ¿por qué no llevaría mi corona?

—Porque solo soy yo la que viene a cenar.

—Razón de más. Soy tu rey, ¿por qué no estar a la altura?

Tu rey. Las palabras retumban en contraste con «tu reina». Si yo soy su reina, ¿significa eso que él es mi rey? ¿Será que, en lugar de que él me posea, los dos nos poseemos uno al otro? ¿Nos compartimos?

Por primera vez, desearía haber pasado un poco más de tiempo con todo este asunto de las relaciones y los romances en la academia, en lugar de estar solo concentrada en la herbología. A lo mejor estaría menos incómoda y menos inclinada a darles demasiadas vueltas a las cosas.

—Yo... —Me fallan las palabras. En vez de hablar, voy hacia él. Noto cómo sus ojos siguen cada uno de mis movimientos.

Hook se queda atrás, como si de algún modo supiera que tengo que hacer esto sola—. He venido como yo misma, como Luella. —Extiendo mis manos y dejo que mire la falda de talle alto y la holgada camisa que he elegido. Telas sencillas y diseños simples; lo que me hubiese puesto en Capton—. Esperaba poder...

Estiro los brazos, pero él se aparta al instante. Mantengo las manos en alto y espero. Eldas se calma y deja que mis dedos se cierren en torno a su corona. Pesa más de lo que esperaba; de hecho, pesa tanto que me pregunto cómo consigue mantener la cabeza erguida.

— ... reunirme con Eldas, no con el Rey de los Elfos. —Dejo la corona en la repisa de la chimenea, aliviada por que no se me haya caído.

—El Rey de los Elfos es quien soy y lo que soy. No hay nada más.

Esas palabras son fiel reflejo de cosas que yo misma he dicho muchas veces. Eldas no pretendía herirme con ellas, pero aun así lo hace. Un temblequeo interno intenta hacer castañetear mis huesos. Los nervios se apoderan de mí porque jamás me había sentido tan vulnerable.

Por primera vez, me doy cuenta de que la ropa, la corona, ese horrible y resonante salón del trono... son distintas formas de armaduras para él. Lo protegen de que alguien pueda ver qué tipo de hombre es sin ellas. Y ahora, siento aún más curiosidad por ver quién es ese hombre en realidad.

—Lo entiendo —susurro.

—No es verdad. —Mira otra vez al fuego, como si no pudiese soportar mi escrutinio. Como si supiera de qué acabo de percatarme.

—Sí, lo es —insisto—. Porque yo tenía mi propia armadura. Tenía mi tienda, mi trabajo, mis deberes. La usaba para protegerme de todo, porque si salía de ahí por un momento podía resultar herida. O podía perder el control.

Sus ojos vuelven a mí. El fuego crepita y un tronco rueda.

—Y mira para lo que me ha servido —murmuro. A pesar de haber intentado protegerme a mí misma, Luke me asestó un golpe casi mortal al corazón. Los ojos de Eldas se suavizan aún más—. Así que no voy a huir. Bueno, estoy *intentando* no hacerlo. Quiero conocerte, Eldas.

—¿Por qué? —Parece sorprendido de que alguien quiera hacerlo.

—¿Qué tipo de pregunta es esa? —Me río, nerviosa. Sin embargo, sus hombros tensos indican que ha sido genuina—. Técnicamente, soy tu mujer.

—Tan solo una formalidad… Y te forcé a hacer ese juramento. —Se lleva una copa de cristal tallado a los labios. Apenas oculta una mueca—. Siento haber actuado de ese modo en el templo de Capton. Debería haberme disculpado antes.

¿Una disculpa sincera que nadie le ha pedido? Apenas me reprimo de soltar una exclamación de sorpresa. Progreso, esto es un verdadero progreso.

—Gracias por disculparte. —Frunzo los labios. Parte de mí no quiere perdonarlo. Aun así…—. Para ser sincera, sin tu ayuda, lo más probable es que hubiese vomitado sobre tus zapatos.

Esta vez no oculta la mueca.

—A lo mejor lo siento menos.

Me río un poco. Es un sonido frágil que hace juego con nuestras delicadas exploraciones.

—¿Qué estás tomando?

—¿Esto? —Hace girar el líquido de la copa y oigo el tintineo de unos hielos—. Es hidromiel feérico. Lo enviaron junto con las disculpas de su rey por el incidente de Quinnar.

—¿Puedo probarlo? —Hay una barra estrecha con otra copa preparada y una botella de líquido del mismo color que el de Eldas.

—No creí que fueses a querer, dado que es de fabricación feérica. Solo lo abrí porque es fuerte y porque esta noche… necesitaba algo de valor.

—¿Necesitabas valor para estar conmigo? —Arqueo las cejas.

—Tú eres quizá la única cosa de Midscape a la que encuentro aterradora.

Me río entre dientes y me sirvo algo de licor. Mientras lo echo, Hook ocupa mi lugar al lado del fuego. Lobo y hombre se miran con recelo cuando me reúno con ellos y tiendo mi copa hacia Eldas. Eso lo distrae de Hook.

—Por la fuerza de esta noche. —Mira mi gesto durante tanto tiempo que me hace sentir incómoda—. ¿Aquí no brindáis?

—Sí, lo hacemos. —Por primera vez, su mirada gélida parece tentadora. Sus ojos son fríos, pero como una bonita mañana de invierno a la que estás dispuesto a darle la bienvenida. Eldas levanta su copa—. Por este mundo. Por el siguiente. Por la gente a la que conocemos y los vínculos que compartimos. —Choca su copa con suavidad contra la mía y bebe un sorbo. Yo hago otro tanto.

—¿Es un brindis élfico? —pregunto.

—Así es.

—Es precioso.

Eldas no parece saber cómo responder al cumplido, así que opta por cambiar de tema.

—Veo que la bestia todavía insiste en pasearse por mi castillo.

—Hook —lo corrijo con amabilidad—. Sí, sigue conmigo.

—Tendrás que volver al Vano en algún momento —lo regaña Eldas con ligereza. Aun así, a pesar de su tono, se inclina hacia delante y alarga la mano hacia Hook. El lobo se pone tenso, pero permite que Eldas lo rasque entre las orejas.

—Va y viene cuando lo necesita. A veces se marcha por voluntad propia, pero siempre vuelve. Y siempre que está aquí es buena compañía. —No quiero pensar en que Hook pueda abandonarme por completo, como implica el tono de Eldas.

—Me alegro. Este castillo puede ser solitario. —Eldas frunce un poco los labios, como si no hubiese tenido intención de decirlo.

—Sí, tú sabes de lo que hablas, ¿verdad?

—Tanto como tú. —Eldas devuelve la pelota a mi tejado y me quedo callada. Damos largos sorbos de hidromiel.

—¿De verdad te quedaste recluido aquí dentro mientras me esperabas? —La pregunta sale débil. Me da miedo la respuesta.

—Te lo ha contado Rinni, ¿verdad? —No me mira cuando lo dice. Dudo de que le guste sentirse vulnerable. Pero no voy a disculparme por interesarme por su bienestar.

—Sí. No te enfades con ella.

—Sigues diciéndome con quién puedo y no puedo enfadarme. —Eldas me mira por el rabillo del ojo. Casi puedo sentir cómo lucha con una sonrisita y eso me hace sonreír.

—Tómate mis comentarios como cualquier otro consejo: meras recomendaciones. —Bebo otro trago y la conversación pierde fuelle. Espero. Nada—. No has contestado a mi pregunta.

—Sí, me mantuve recluido. Quería presentarme ante el mundo al mismo tiempo que presentaba a mi reina, pero... —Se pasa una mano por el pelo y sacude la cabeza—. Nada está saliendo según lo previsto. Y luego llegaste tú... y tu naturaleza hizo añicos los últimos detalles de los planes que con tanto esmero había diseñado. No eres para nada como esperaba. —Antes de que pueda hacer algún comentario sobre ese sentimiento casi tierno, se gira hacia la mesa—. ¿Cenamos?

—Vale. —Me apresuro a olvidar lo que Eldas podía esperar de mí. Me da casi miedo averiguar la respuesta. No... no es eso... me da miedo descubrir la que *espero* que sea la respuesta: que no soy para nada lo que esperaba de un modo del que podría estar disfrutando. Un sentimiento que es peligrosamente mutuo—. ¿Todo esto lo has cocinado tú?

Arruga la nariz como repugnado por la idea.

—Por supuesto que no. Tengo gente que se encarga de ello.

—Aun así, el castillo parece siempre tan vacío... —Ocupo mi puesto y él el suyo—. Alguna vez me he preguntado quién cocinaba.

—Hay pasadizos internos. Piensa en ellos como en un castillo dentro de un castillo. Los sirvientes se mueven por ellos. Se ven muy pocos en este lado. —Hace una pausa y sus ojos saltan hacia los míos—. La magia también ayuda.

—La magia ayuda —repito con una carcajada—. Supongo que sí.

—Bueno, sé que en tu mundo no puedes invocar un costillar de cordero con solo pensarlo.

—¿Puedes...?

Antes de que tenga ocasión de terminar, Eldas levanta la mano y hace un gesto hacia un rincón de la habitación. Una neblina azul se arremolina en torno a sus dedos, un fiel reflejo de la nubecilla que ha surgido en el rincón. Con un estallido tempestuoso, y como era de esperar, se condensa en un costillar de cordero.

—Disfrútalo, Hook. —Eldas se reclina en su silla, hace girar su copa y bebe un trago. Cuando ve mi cara de pasmo, estalla en carcajadas—. Creías que no podía.

—¿*Cómo?*

—Averigüé el verdadero nombre de ese costillar de cordero y puedo crear réplicas de él.

Mientras habla, Hook roe el inesperado regalo.

Tengo mil preguntas en la punta de la lengua, pero solo logro soltar una tontería.

—Te debe de *encantar* el cordero.

Eldas vomita una risotada y se tapa la boca a toda prisa con una mano. Su expresión avergonzada me provoca también un ataque de risa. Y de repente, nos estamos riendo juntos.

—¿Cómo es posible que haya habido escasez de alimentos en Midscape si eres capaz de hacer eso?

—Solo pueden hacerlo los elfos, y muy pocos de nosotros tenemos esa habilidad. Además, esa comida no es para nada tan nutritiva como algo natural... algo real. —Me mira por encima de la copa mientras bebe otro trago. Algo en los músculos de su cuello al contraerse es extrañamente fascinante.

Me apresuro a devolver mi atención a la comida y cambio de tema para averiguar más cosas acerca de los inminentes ritos primaverales. Eldas me da información con entusiasmo, en especial de la parte que él desempeña en ellos. Me brinda todo tipo de detalles sobre sus deberes como Rey de los Elfos: cómo inaugura y clausura las ceremonias, cómo presenta a la reina como la portadora de la primavera. No puedo evitar sonreír mientras habla y habla.

Su emoción por ser el rey, por gobernar por fin, es sincera. Y aun así... estamos trabajando para poner fin al ciclo. Yo no estaré aquí para ver esos ritos de primavera. Él no me presentará ante sus súbditos.

Mientras charlamos, nos servimos lo que nos apetece del auténtico banquete que tenemos delante. Eldas es el perfecto caballero, casi hasta el punto de hacerme sentir incómoda. Se preocupa de rellenar mi copa siempre que queda poco en ella, lo cual es a menudo, pues el hidromiel está dulce y es efervescente. También me sirve cuando muestro interés por probar cualquier cosa.

Mientras comemos, no me sorprende descubrir que lo encuentro todo delicioso. La comida en Midscape tiene una especie de magia particular. Todos los sabores parecen más intensos, únicos y vibrantes. ¿De verdad había saboreado algo antes de venir aquí?

—He oído que estás ayudando en el invernadero. —Eldas intenta charlar sobre trivialidades.

—Willow ha sido muy amable conmigo. —Salgo al instante en su defensa, aunque no había nada en el tono de Eldas que pudiera sugerir que no me estaba permitido ayudarlo—. No solo me deja colaborar con las plantas, sino que también me ha dado acceso a los cuadernos de campo de las reinas anteriores y me ha enseñado más cosas sobre la magia élfica.

Eldas ladea un poco la cabeza cuando menciono los cuadernos.

—Sí, he oído que te sientes muy cómoda ahí. Incluso hasta el punto de que el rumor de la habilidad de la reina para curar afecciones se ha extendido ya por la ciudad.

—Estoy segura de que no soy la primera reina en hacerlo. —Pienso en la pequeña cataplasma que preparé para el ebanista.

—Las reinas no han mostrado ningún interés en mezclarse con la gente común de Quinnar, ni con la gente común en general.

Resoplo con desdén ante ese comentario. Eldas deja el tenedor en el plato y arquea las cejas.

—¿He dicho algo divertido?

—No es que las reinas no mostrasen interés, sino que no se les ha *permitido* mostrar interés.

—Eso no es verdad.

—¿Ah, no? —Sonrío. La expresión se despliega por mis mejillas arreboladas con demasiada facilidad. ¿Cuántas copas de hidromiel llevo ya?—. Quizá deberías leer algunos de los diarios de las reinas anteriores. Quizás encuentres sus vidas reveladoras. Si estás haciendo el esfuerzo de conocerme, entonces tal vez podrías hacer lo mismo con ellas.

—Hice un esfuerzo con Alice.

—¿De verdad? —Sonrío, pero abandono la expresión cuando su tono se vuelve pensativo de repente. Vacila un instante, la voz gruesa y triste de pronto.

—Era… una mujer amable.

—Tengo su diario, por si quisieras leerlo —digo con dulzura. Se queda muy quieto y una emoción casi infantil refulge en sus ojos.

—Me encantaría.

—Te lo prestaré; yo ya he terminado con él.

—Sería muy amable por tu parte.

—Quiero ser amable contigo.

Eldas ocupa la boca con un largo trago de su licor y luego se concentra en la comida que le queda en el plato. Tal vez sea solo por la luz del fuego, pero creo ver que un ligero rubor tiñe sus mejillas. Dejo el tema y vuelvo también a mi comida.

—Tienes razón —dice, sin levantar la vista del plato. Es una suerte porque así no ve mi cara de sorpresa. *¿Tengo razón?*—. Nunca he dedicado tiempo a informarme bien sobre las reinas anteriores, aparte de Alice, y es algo que debería remediar si quiero ser un rey eficaz tanto para ti como para mi futuro heredero.

Sigue asumiendo que estaré aquí más tiempo que solo otros dos meses. Apenas me reprimo de comentárselo. Esta ha sido una noche cordial y me pongo triste al pensar en partir ahora mismo.

Aunque no es una tristeza que un poco más de hidromiel no pueda remediar.

—Entonces, te recomendaré extractos de las otras reinas —digo al final—. Algunos pasajes de sus vidas. Y otros sobre detallitos relacionados con su magia que he descubierto y puede que nos ayuden a poner fin a este ciclo.

—¿Sigues pensando en que puedes eliminar la necesidad de que haya una Reina Humana?

—Mi plan no ha cambiado.

Eldas se levanta y va hacia la chimenea otra vez. Se apoya en la repisa y su altísima figura dibuja una línea oscura contra la luz del fuego. Rasco a Hook detrás de las orejas mientras observo a Eldas. No, mientras lo *admiro*.

La luz ilumina sus pómulos justo de la manera correcta para hacerlos resaltar aún más. Sus ojos brillan con intensidad, de una belleza cautivadora. Y los arcoíris ocultos en su pelo negro azabache nunca habían sido tan visibles.

—Es para los dos, ¿sabes? —digo con tacto, mientras me pongo también en pie con la copa en la mano. La habitación se tambalea y casi me saca una risita de los labios. Pero ahora no es momento para risas. Todavía tengo la lucidez suficiente para darme cuenta de eso—. Así como para el bien de todos los que vengan detrás. Piensa en lo que podríamos cambiar, Eldas. Sueña en lo diferente que podría ser la vida de tu heredero... en cómo podría ser la tuya.

—Hace mucho que he dejado atrás la edad de soñar. —Sus ojos fríos y atormentados recalcan la verdad de su afirmación.

—A lo mejor deberías empezar a intentarlo otra vez. Es fácil: solo sueña, Eldas, y luego persigue esos sueños. —Toco su codo con suavidad y sus ojos se deslizan hacia los míos.

—Yo no estoy hecho para sueños. Estoy hecho para gobernar.

—Creo que uno está hecho para lo que quiera ser.

—No me conoces en absoluto. —La preocupación ondula por sus palabras.

—Creo que empiezo a conocerte. Sé que quiero hacerlo. —Mis dedos bajan por su brazo hasta su mano. Bailan por su piel suave, juguetean con el puño que ciñe su muñeca, piden más—. ¿Qué querías de niño? Cuéntame tus deseos.

Eldas mira de mis dedos a mis ojos. Inspira despacio. Tiene las pupilas dilatadísimas.

—Toda mi vida ha consistido en formarme para ser rey. Para servir a mi gente, para proteger a la Reina Humana y el ciclo. Mi padre nunca me advirtió que...

—¿Ella sería la que trataría de destruir ese ciclo? —Se me comprime el pecho.

—Ella sería de quien necesitaría protegerme.

—Solo te pegué una vez. —Se me escapa una risita y me llevo la copa a los labios, agradecida de que a él también parezca hacerle gracia—. Siento haberlo hecho.

—Yo siento haberte insultado. ¿Crees que podríamos dejarlo en tablas?

—Tablas es un comienzo.

—¿Un comienzo de qué, exactamente? —¿Cuándo se ha acercado tanto? Oscilamos como árboles en una tormenta de viento, adelante y atrás, los dos al borde del espacio personal del otro hasta que apenas hay espacio en absoluto.

Hook me da un empujoncito en los riñones. ¿No estaba tumbado en el rincón hace un momento? Ya estoy demasiado desequilibrada, así que me tambaleo hacia delante. Mi copa se vuelca sobre la lujosa túnica de Eldas solo para que yo aterrice contra el manchurrón húmedo que ahora cubre su pecho. Sus manos me sujetan, pero no me aparta como hubiese esperado. Me mira desde lo alto, sonrojado de un modo que me da vértigo.

La dura línea de sus labios luce de repente más suave, brillante de hidromiel feérico. La luz que ilumina su rostro lo baña en oro, no en mármol. Me pregunto a qué sabría si lo besara ahora mismo.

¿Es esto de lo que he estado huyendo toda mi vida? ¿Esto significa que te importa otra persona? El pensamiento espontáneo ronda por mi mente mientras lo miro. *¿Cómo he podido querer esconderme de esto?*

—Perdona —murmuro—. Ha sido sin querer. Es culpa de Hook.

Una sonrisa perezosa cruza sus labios. Sabe algo que no me está diciendo. Eso es lo que dice su expresión, pero no tengo ocasión de indagar. Me distrae con una mano sobre mi cara, desliza el pulgar por mis labios.

—Discúlpate con la bebida. Porque en lugar de estar sobre tu lengua, ahora está solo sobre mi ropa. Una degradación muy triste.

—Eldas —susurro con voz pastosa. Mi cabeza se ladea un poco hacia su mano. Siento un deseo en mi interior, una profunda necesidad a la que nunca he cedido, y todo me dice que rendirme ahora es la peor idea posible. Pero no logro pensar con claridad. Entre el hidromiel y su contacto, no quiero hacerlo.

—¿Luella? —Mi nombre es una pregunta. ¿Qué está preguntando?

—Sí. —*Lo que sea que pregunte, sí.*

Su mano se tensa, levanta mi cara. Mi boca se encuentra con la suya. Su brazo se aprieta a mi alrededor, me acerca aún más a él. Olemos a miel y sabemos a sueños olvidados. Nos movemos con desesperación.

La copa que sujetaba se cae. Se hace añicos contra el suelo y casi rompe el trance. Pero Eldas desliza la lengua por mis labios y yo emito un gemido que ni siquiera sabía que podía hacer. Le permito la entrada en mi boca y su lengua resbala con suavidad contra la mía. Con muchísima suavidad.

Aun así, sus movimientos son algo bruscos y ansiosos. Es un hombre de contrastes. Blando y duro. Frío, pero me hace estallar en llamas.

Mi espalda está atrapada contra la repisa de la chimenea. Mis hombros se arquean y me aprieto contra él. Sujeta mi cara pegada a la suya hasta que los dos estamos mareados y jadeando. Emergemos para respirar.

Eldas me mira, los labios brillantes y entreabiertos. Le sostengo la mirada con la misma expresión de sorpresa y asombro. El fuego arde tan azul como sus ojos. Las esquirlas de mi copa rota son ahora pétalos de rosa.

—Nosotros… Yo… —Eldas respira con dificultad. Entonces, sin previo aviso, se aparta de mí. Hay pánico en sus ojos y miedo en sus movimientos—. Te marchas.

—Estoy aquí mismo. —Alargo los brazos hacia él, porque he perdido todo mi buen juicio.

—No, te marchas de Midscape. Me dejas aquí. Nosotros… No puedo. —La verdad nos hace volver al mundo real—. Debo irme.

—Eldas…

Desaparece antes de que pueda decir otra cosa que su nombre. El fuego arde naranja una vez más y el único rastro del rey son zarcillos del Vano a través del cual acaba de huir.

Veintitrés

El trayecto hasta el salón del trono se me hace muy *muy* largo a la mañana siguiente.

—¿Estás bien? —me pregunta Rinni, haciendo una pausa antes de que entremos.

—¿Qué? Sí, claro, muy bien. ¿Por qué lo dices? Estoy perfectamente.

—*Ya*. —Rinni se aparta de la puerta y cruza los brazos delante del pecho—. ¿Qué pasa?

—Nada. Y ahora, si me perdonas, llegaré tarde y Eldas se va a… —Hago ademán de dirigirme a la puerta y Rinni me corta el paso. Hook le gruñe, pero lo interrumpo con un gesto de la mano. Rinni ya conoce a Hook lo suficiente como para no mostrarse intimidada en lo más mínimo.

—Sí, no te interesa llegar tarde. Así que suéltalo. ¿Qué tal ayer por la noche?

—Muy bien —afirmo, un poco demasiado deprisa.

—¿Muy bien? —Arquea las cejas y repite—: ¿*Muy bien*? Te has retorcido las manos al menos cincuenta veces de camino aquí. Pasó algo.

—No, nada.

—Estás mintiendo.

Suelto un gemido y entierro la cara en las manos. La anticipación de ver a Eldas otra vez ha hormigueado por mi interior durante toda la mañana hasta el punto de que no podía estarme quieta. He tenido que leer los diarios mientras caminaba antes de que saliera el sol siquiera; de otro modo, la energía nerviosa acumulada en mi interior podría haber estallado en relámpagos.

Durante toda la noche, la imagen de su silueta recortada en cruda magia azul ha iluminado mi mente. Durante toda la noche, he oído los susurros de los tonos más suaves de su voz; sus expresiones más delicadas me han atormentado. El recuerdo de la sensación de sus labios sobre los míos me ha hecho suspirar y gemir de formas bochornosas hasta el amanecer.

—De verdad, todo estuvo muy bien. Solo tendremos que ver cómo sigue el resto a partir de ahora.

Rinni me mira con atención durante un largo minuto más. Entonces, por fin, se aparta de la puerta.

—Vale, pero si quieres hablar de cualquier cosa, aquí estoy.

—Gracias. —Aunque es probable que Rinni sea la última persona con la que querría hablar acerca de querer que su rey me apretara contra una pared y me hiciese cosas obscenas con los dedos en algún sitio entre... *Olvida esos pensamientos ahora mismo, Luella.*

—Si te sirve de consuelo, Eldas parecía descolocado esta mañana.

Apuesto a que sí, me reprimo de decir. Luego entro en el salón del trono.

Eldas está sentado en su trono de hierro, el tobillo derecho encima de la otra rodilla. Apoyado sobre el muslo veo un diario familiar. Su barbilla descansa con suavidad sobre un puño mientras sus ojos vuelan por la página.

Camino en silencio hasta ahí y me planto justo delante de él, pero no levanta la vista. Sus pómulos fuertes enmarcan sus labios finos, un poco fruncidos en ademán pensativo, a juego con la ligera arruga que cruza su frente. Ahora sé la sensación que producen esos labios. No son cortantes ni fríos, sino de terciopelo.

Me pregunto si no se ha dado cuenta de que estoy aquí. Parecería imposible, pero con semejante expresión de concentración...

—Creo que tengo que darte las gracias —dice al fin. Casi me salgo del pellejo cuando sus palabras resuenan por toda la sala.

—¿Por qué? —Mi mente sigue clavada en ayer por la noche. Eldas sujeta el diario de Alice en alto.

—Por haberme contado que esto existía. Fui a buscarlo al laboratorio ayer por la noche. —Se pone de pie y alarga el brazo hacia mí—. Toma. ¿Te importa devolverlo a su sitio por mí?

—¿Lo has... terminado? —pregunto, mientras me acerco y tomo el diario de su mano. Está actuando con normalidad, pero al mismo tiempo no. Hay cierta amabilidad ahí, una calidez que antes no había.

¿Acaso quiere besarme otra vez? No lo sé y odio esa sensación. Quiero conocerlo tan bien como para saber cada vez que quiera besarme y cada vez que dejaría que yo lo besase. *¿Acaso quiero besarlo otra vez?* Me cuesta poner mis pensamientos en orden.

—Sí.

—Debes de haber tardado...

—Toda la noche. —Aun así, no se lo ve diferente en nada. Su piel luce el mismo tono, sin sombras oscuras debajo de los ojos. Si estar fresco como una rosa después de pasar toda la noche leyendo es una especie de habilidad élfica, me voy a sentir muy engañada como humana—. Me cautivó al instante.

—¿En serio? Quiero decir, me alegro. —Intento no dejar que mi sorpresa le transmita la impresión equivocada y fuerzo una sonrisa. Todo es muy incómodo. Eldas me mira con expresión recelosa.

—Me gustaría ver cuál me recomendarías a continuación.

—¿Perdona?

—Tenías otros, ¿no?

—Sí, pero... —Eldas ya está cruzando la sala—. Espera, ¿adónde vas?

—A tus aposentos —dice, como si fuese de lo más obvio.

—¿Cómo dices?

—Los otros diarios están ahí, ¿no? Me gustaría empezar el siguiente que me recomendases. Eso sí, he de reconocer que pasé por encima de algunas de las notas más detalladas sobre plantas. Así que, por favor, dame uno con más notas marginales y anécdotas personales además de la herbología.

—Muy bien —digo, como si esta conversación fuese de lo más normal—. En verdad, ven por aquí. —Me dirijo hacia la puerta del fondo del salón del trono.

—Pero...

—Hay dos diarios en concreto que me gustaría recomendarte. Bueno, tres, pero todavía no he terminado con el tercero. A este lo tengo en mi habitación, pero los otros ya los he devuelto al laboratorio.

—Vale, te sigo.

Si está intentando actuar con normalidad, yo haré lo mismo. Si no quiere hablar de lo de ayer por la noche, entonces yo tampoco tengo por qué hacerlo. Ignorarlo es la mejor respuesta, la más sana y más madura, ¿verdad? Verdad.

Hook pasa por mi lado cuando abro la puerta. El lobo sube a la carrera hasta la mitad de las escaleras, donde se detiene a mirarme, como si estuviese frustrado porque no voy bastante deprisa. Está claro que ya sabe adónde vamos.

—Adelante —lo animo—. Ahora mismo vamos.

Hook suelta un ladrido y echa a correr.

—Ayer por la noche también empecé a hacer unas cuantas investigaciones —comenta Eldas.

—¿Unas cuantas investigaciones? —Me río—. ¿Has tenido tiempo de investigar algo y de leer todo ese diario?

—Ya te he dicho que me salté las secciones de herbología —dice con un dejo arrepentido, como si la mera idea de no leer todas las palabras de un libro fuese bochornosa para él.

—Bueno, vale. ¿Qué es lo que has investigado? —Supongo que quiere que se lo pregunte. Si no, ¿para qué comentarlo?

—Si ha habido otros casos en los que bestias del Vano se han colado en Midscape.

—¿Y?

—No es del todo inaudito, pero por lo general nunca se han quedado tanto tiempo. Las bestias del Vano son los animales que quedaron atrapados entre ambos mundos cuando se separaron. Puede que parezcan mortales... pero son parte del Vano en sí.

—Parte del Vano en sí —repito—. Así que, ¿todos esos animales, árboles y criaturas quedaron ahí atrapados cuando Midscape se separó del Mundo Natural? —Eldas asiente—. Entonces, el Vano es casi como una criatura en sí mismo, ¿no es cierto?

Me paro en las escaleras al darme cuenta de que Eldas se ha quedado atrás. Me mira desde un poco más abajo con sus brillantes ojos azules, de un modo en el que no me había contemplado nunca. Si tuviese que describirlo, diría que me está mirando con anhelo.

—Correcto —dice con voz suave—. El Vano es muy similar a un ente vivo que respira y piensa.

—Y que está atrapado en una estasis. —Por alguna razón, siento compasión por esa oscura neblina primordial.

—Nadie había pensado eso hasta ahora —comenta Eldas con un toque de sorpresa.

—Estoy segura de que alguien lo habrá hecho.

—No, nadie —insiste, y da otro paso hacia mí. Me pregunto si me va a besar otra vez. Me pregunto cómo será con los dos sobrios y sensatos. No estoy teniendo mucho éxito en mi empeño por ignorar esos pensamientos—. Me da esperanzas que le tengas tanto cariño a algo del Vano.

—¿Por qué?

—Porque el hecho de que seas capaz de encariñarte con algo del Vano es prueba de tu capacidad para sentir compasión. El Vano es un lugar frío.

Me doy cuenta de que lo que quiere decir es *frío como yo*. Si el Vano proviene del Rey de los Elfos y le tengo cariño a algo del Vano, ¿significa eso que le tengo cariño a él? ¿Es eso lo que ve? ¿Es esa la verdad?

—El Vano… —Ese muro sensible, al parecer, es una parte de Eldas—. Creía que la primera Reina Humana había ayudado a crearlo.

—Sí, la magia de la Reina Humana, su don de la tierra, y los poderes del Rey Elfo otorgados por el Velo. Fueron necesarias ambas cosas.

—¿Ves? Somos más fuertes si trabajamos juntos —murmuro. Estoy arrinconada contra la pared otra vez y él se alza imponente delante de mí.

—Tal vez tengas razón. —Eldas lleva una sonrisita en la boca y continúa escaleras arriba. Suelto un suspiro de alivio. No sé lo que habría hecho si hubiese seguido mirándome de ese modo un solo instante más.

Cuando llegamos al laboratorio, Willow está de rodillas, absorto en rascarle la barriga a Hook con un ahínco extraordinario, las manos hundidas en el pelo hasta los nudillos. Está claro que Hook está encantado con sus atenciones, menea la cola y contonea el cuerpo en señal de deleite.

—¿Quién es el mejor Hookie? ¡*Tú* eres el mejor Hookie! Y el mejor se ha ganado que le rasquen la barriga. Sí, sí, *se lo ha ganado*.

—Oh, Hook, mi feroz defensor, ¿qué voy a hacer contigo? —Me río y cruzo la sala hasta la estantería. Willow apenas me mira—. Lo mimas demasiado, ¿lo sabes?

—Es el mejor y se merece que lo mimen —declara Willow a la defensiva—. Oh, he estado trabajando en la receta de las galletas. Veamos si podemos encontrar algo que por fin quiera comer. —Hook no ha mostrado ningún interés por la comida, para desasosiego de Willow. Sea lo que fuere lo que coman las bestias del Vano, no es nada de lo que ha preparado el curandero. Como mucho, Hook ha dado unos bocaditos por educación y para ganarse más rascados de barriga—. Están justo ahí... oh. ¡Oh, majestad!

Miro hacia atrás para ver a Willow doblado por la cintura ante Eldas. Hook sigue tirado patas arriba, como si estuviese muy satisfecho de avergonzar al pobre hombre. Pongo los ojos en blanco.

—Ya veo en qué se están gastando mis recursos —comenta Eldas, de repente seco otra vez—. En hacer galletas para criaturas del Vano.

—Yo... bueno, veréis... Es solo... —Willow todavía no se ha enderezado. Veo que casi está temblando.

—Déjalo en paz, Eldas —lo regaño y bajo de la banqueta, diario en mano. Vuelvo a cruzar la sala y se lo entrego al Rey de los Elfos—. Es el mejor curandero que este castillo tendrá jamás y sabes que no te vas a deshacer de él solo porque le guste mimar a mi lobo. Sobre todo, cuando Poppy no está.

Eldas entorna los ojos en mi dirección pero no dice nada. Me atrevo a sonreírle y casi puedo verlo pugnar con su propia sonrisa.

Un movimiento detrás de Eldas capta mi atención. Todas las respuestas ingeniosas que tenía en la cabeza se diluyen en un suave «oh, no».

Harrow está desplomado contra un hombre de largas pestañas y ondulado pelo castaño. Era el individuo callado, con la nariz enterrada en el libro, de la primera vez que vi a Harrow y a su pandilla variopinta. *Sirro*, ese era su nombre.

Sirro parece aterrado mientras forcejea por llevar a Harrow hasta el laboratorio. El príncipe, por su parte, apenas se mantiene en pie. Su cabeza cuelga flácida, y cada dos pasos parece desvanecerse y sus pies se arrastran inertes.

—¿Qué...? —Eldas se gira y se para en seco. Veo cómo se tensa todo su cuerpo. La sala se vuelve notablemente más fría—. ¿Qué significa esto? —pregunta, su voz teñida de una suavidad letal.

—Harrow me... —Sirro mira de mí al rey. Me sorprende cuando sus ojos se posan en mí—. Me dijo que viniera aquí a buscarte.

—¿*A mí?*

—Dijo que podrías curarlo de nuevo.

Maldigo varias veces en voz baja. No le había hablado a nadie de ese día. Y, desde luego, no es así como esperaba que lo averiguaran Eldas y Willow.

—Ponlo aquí. —Señalo la banqueta en la que lo curé la otra vez—. Dime qué ha pasado.

—Nosotros... bueno, nosotros... —Sirro mira otra vez de mí a Eldas mientras continúa avanzando con Harrow.

—Sea lo que fuere, necesito saberlo. —Solo puedo imaginarme el desenfreno al que se han podido estar dedicando—. Te puedo asegurar que el rey se enfadará mucho más si *no* me dices lo que está pasando y algo terrible le sucede a su hermano.

—Tú no hablas en mi nombre —dice Eldas, quizá más por instinto. Levanto la barbilla y lo fulmino con la mirada—. Pero la reina tiene razón —admite. Aprieto los labios para evitar quedarme boquiabierta por la conmoción. Acaba de reconocer que yo tenía razón sin que nadie lo obligara—. Y estoy de lo más interesado en saber por qué mi hermano está en ese estado. Willow, puedes retirarte.

—Luella, ¿necesitas...? —intenta preguntar Willow, pero Eldas no le deja decir ni una palabra más.

—Está claro que Luella no necesita ayuda si lo va a curar *otra vez.* —La forma en que Eldas dice esto último comienza a anudarme el estómago, pero me resisto con ademán desafiante. No voy a arrepentirme de haber ayudado a un hombre necesitado—. Fuera, Willow —le ladra.

Willow me lanza una última mirada y luego se apresura a marcharse. Hook gruñe ante el tono de Eldas, pero es probable que sea porque su rascador de barriga acaba de salir corriendo. Estoy demasiado concentrada en Harrow para preocuparme por Hook o por Willow ahora mismo.

—Dime, Sirro —insisto y miro al hombre directo a los ojos. *Solo estamos tú y yo ahora mismo*, querría decirle. *Ignora al poderoso Rey de los Elfos de pie justo a tu lado*—. ¿Qué le pasa? ¿Qué ha hecho?

—Estábamos en Harpy's Cranny —empieza Sirro, sin apartar los ojos de Eldas.

—¿Harpy's Cranny? Ese tugurio...

—Eldas, basta —interrumpo al rey con tono cortante—. Sirro, mírame, ¿qué pasó?

El hombre respira hondo.

—Ayer por la noche fuimos a Harpy's Cranny, los cuatro. Aria estaba de celebración porque ha conseguido un papel en la Troupe de Máscaras y acababa de enterarse de que va a empezar una gira con ellos antes de los ritos de primavera; debutarán en Carron dentro de unas semanas. Había hidromiel feérico y recuerdo que la gente bailaba... —Sirro sacude la cabeza—. No me...

—Lo estás haciendo genial —lo animo—. ¿Solo tomó hidromiel?

—Es todo lo que vi que tomara. Pero en un momento dado se fue con Jalic, o eso creo... ¿Quizá con Aria? No estoy seguro. Creo que eso fue lo que pasó. Jalic estaba interesado en la campánula dulce que yo tenía. Le había dado un poco unas horas antes. Quizás eso fue lo que hicieron...

—¿Campánula dulce? —No he oído el término jamás. Eldas hace una mueca.

—Es una sustancia patética que algunos dicen que potencia los efectos del alcohol. Los que la toman oyen campanillas y risas y bailan con los espíritus bajo la luna llena.

—Es inofensiva. O eso creía. No creerás que llevaba algo más, ¿verdad? —pregunta Sirro, preocupado.

La imagen de Aria en ese callejón con el hombre de los cuernos vuelve a mi cabeza. No puedo dejar que el ataque del feérico contra mi persona me haga tener prejuicios contra Aria. Si Eldas no ha descubierto todavía nada por esa vía —y por alguna razón estoy segura de que me lo contaría si lo hubiera hecho—, entonces no voy a preocuparme.

—Estoy segura de que es solo una ingesta excesiva —miento y me dirijo al invernadero.

—Puedes marcharte —le ordena Eldas a Sirro.

—Pero Harrow...

—¡Fuera! —Esa única palabra hace huir a Sirro a toda prisa. Casi puedo ver escarcha crujiendo por el cristal del invernadero a medida que aumenta la ira de Eldas. Decido ignorarlo por el momento.

Una vez más, avanzo paso a paso en la preparación de un remedio para el príncipe enfermo. Una vez más, añado una hoja de la radícula corazón y otras hierbas para desintoxicarlo. No sé lo que hace la campánula dulce, pero si Harrow ha consumido cualquier cosa más, le vendrá bien toda la ayuda posible para limpiar su organismo. También añado unas cuantas hierbas que me vienen a la mente gracias a la lectura de los cuadernos de las antiguas reinas. Eldas apenas me mira. En vez de eso, tiene un brazo alrededor de su hermano, para sujetarlo mientras se tambalea sobre la banqueta.

—¿Qué pasó? —pregunta Eldas cuando vuelvo con el brebaje—. La última vez que lo curaste.

—Tenía un aspecto muy parecido. Aunque claro, no pude sacarle demasiada información útil.

—Claro —musita Eldas. El rostro del rey es un cuadro de preocupación, con esa expresión frenética y angustiada que he visto antes, cuando pensó que yo tenía problemas.

Harrow apenas responde cuando levanto la taza hacia sus labios.

—Vamos, bebe.

Los ojos de Eldas refulgen azules. Una ráfaga gélida me azota como un vendaval de invierno. Harrow se estremece y veo cómo se tensa su garganta mientras traga.

—¿Qué has...?

—Céntrate, Luella. Supongo que tiene que terminarse eso.

—Eldas todavía no ha apartado los ojos de su hermano.

Gracias al control mágico de Eldas sobre Harrow, conseguimos que beba la taza entera.

—¡Harrow! —exclama Eldas cuando su hermano se queda inerte entre sus brazos.

—Solo está dormido. —Apoyo una mano tranquilizadora sobre el hombro de Eldas. Se ha convertido en roca debido a la tensión—. La poción ayudará a que su organismo elimine todas las sustancias nocivas... pero a menudo la mejor medicina es el descanso y dejar que el cuerpo funcione por sí solo. He añadido unas cuantas hierbas para ayudarlo a dormir; con un poco de suerte dormirá unas horas y se despertará fresco como una lechuga.

—Vale. —Eldas suspira—. Entonces, vamos, hermano. —Se mueve y levanta a Harrow con facilidad para sujetarlo entre sus fuertes brazos. Veo cómo sus músculos tonificados se abultan debajo de la túnica. La preocupación de su rostro se va relajando para dar paso al alivio. Un alivio que yo he ayudado a crear. El pensamiento me produce una oleada de alegría que no había sentido desde hacía tiempo.

Esto es lo que estaba destinada a hacer: ayudar a la gente. Echo de menos mi tienda y a Capton más de lo que lo había hecho en semanas, pero intento alejar esos pensamientos de mi cabeza. Son más intensos de lo que lo han sido nunca y necesito mantener la concentración.

—Toma, cuando se despierte necesitará otra dosis. Más descanso... y después debería...

—No puedo cargar con él y con medio laboratorio. Por favor, trae lo que vaya a necesitar y sígueme hasta su habitación.

Veinticuatro

La habitación de Harrow es el último sitio en el que quiero estar, pero tampoco es como si pudiera decirlo así sin más. Y no puedo abandonar a un paciente.

—Yo... claro. —Me apresuro a meter todo lo necesario, y alguna cosa más, en una cesta y sigo a Eldas—. Hook, vete —le ordeno. No quiero llevarlo a la habitación de Harrow. No me sorprendería que el príncipe se enterara e intentara que me quitaran a Hook de algún modo como represalia. El lobo me mira con sus ojos amarillos y ladea la cabeza—. No pasa nada, Hook, vuelve al Vano. Te llamaré más tarde.

Hook merodea entre las sombras del mundo mientras Eldas y yo nos alejamos. Caminamos por el silencioso castillo y entramos en el Ala Este. Reconozco los agobiantes pasillos llenos de reliquias y tapices de la cena de la víspera. Llegamos a un rellano parecido al mío y entramos en un desastre de apartamento.

El suelo está cubierto de un rastro de excesos y desenfreno. Hay ropa tirada por todas partes. También los restos de una antigua fiesta, esperando desde hace tanto tiempo a ser recogidos que un olor rancio flota en el ambiente.

Eldas hace una pausa con un gran suspiro. Gira la cabeza hacia mí.

—Perdona por esto... El dormitorio está justo por aquí.

Pasamos con cuidado por encima de una multitud de objetos sospechosos para entrar por un arco cerrado por unos visillos. Detrás, hay una gran cama circular tan desordenada como el resto del lugar. Eldas deposita a Harrow sobre ella y yo me tomo la libertad de despejar una mesilla de noche para colocar todos mis productos.

—Dime lo que necesitará. —Eldas coloca con dulzura las mantas alrededor de su hermano pequeño.

—Cuando se despierte, tendrá que beberse lo que queda de esto. Después, habrá que mezclar este polvo con agua y tiene que tomárselo de un trago. Pero puedo volver y ocuparme de él.

Eldas levanta la vista hacia mí desde el borde de la cama. Su rodilla casi toca mi muslo cuando se gira para mirarme mejor. Sigo centrada en mis hierbas y bálsamos.

—¿Harías eso por el desgraciado de mi hermano?

—Incluso los desgraciados necesitan cuidados. —Hago una pausa y mis ojos se deslizan hacia Harrow. Ya no parece el terrible antagonista que conocí al principio. Dormido, parece más joven y más dulce; casi vulnerable—. No... no es un desgraciado, solo un poco descarriado, supongo. —Las personas que peor se portan a menudo son las que más dolor sufren—. Él, más que nadie, necesita cuidados. —Más de los que yo puedo darle. Sospecho que los problemas de Harrow van más allá de lo fisiológico.

—Es verdad —admite Eldas con voz queda—. Es culpa mía que sea como es. —Me quedo callada mientras Eldas habla—. Qué hacer con los sustitutos del Rey de los Elfos ha sido problemático a lo largo de la historia. El primogénito siempre ha podido subir al trono, gracias en parte a las medidas de protección que rodean al heredero desde su nacimiento. Así que nunca se han necesitado sustitutos... Con nuestro hermano, Drestin, fue fácil. Tiene iniciativa y aceptó encantado su puesto en Westwatch.

»Pero Harrow... Nuestra madre siempre ha sido blanda con él. Era el hijo al que podía aferrarse durante más tiempo. Lo adora y le consiente todo; Padre también lo hacía. Y yo...

—Le guardabas rencor por ello —termino por él.

—Exacto. —Eldas aprieta los ojos y esconde la cara en su mano—. Yo era el heredero de todo Midscape y sin embargo envidiaba a mi hermano pequeño.

—No lo tuviste fácil. —Siento una gran pena por dentro. Es como si por fin hubiese penetrado a través del imponente muro de permafrost que rodea a este hombre y hubiese captado algo real, algo cálido... Dolor—. No podías salir. Fuiste el heredero desde el momento de nacer y te criaron y educaron como a tal. Tu padre estaba en una situación complicada con tu madre y su reina. Estar atrapado entre ella y Alice no pudo ser fácil...

—Alice fue mi salvadora —me interrumpe—. Sin ella, me hubiese vuelto loco.

—Oh. —Todas las veces que se ha referido a Alice en el pasado adquieren nuevo significado.

—Ella fue buena conmigo. Mi madre sabía que estaba destinado a ser rey y que ese destino me alejaría de ella. Desde el momento en que nací me entregó a las amas de cría y se lavó las manos con respecto a mí.

Decenas de cenas familiares destellan ante mis ojos. Todavía oigo los ecos de mis padres cuando me llevaban a la cama, cómo me aseguraban que no había monstruos acechando en los rincones de nuestro ático. Recuerdo la primera vez que mi madre me llevó al campo a enseñarme lo que sabía sobre hierbas y plantas. Sus sollozos cuando me fui llenan mis oídos y la imagen de los ojos rojos de mi padre centellean ante mí.

¿Me odió Eldas entonces? ¿Me odió por la familia que tenía y que a él se le había negado? ¿Me arrancó de ellos de un modo tan despiadado para hacerme daño?

Las preguntas escuecen en mi lengua mientras las lágrimas me hacen arder los ojos. Es probable que así fuera. Quizá debería odiarlo aún más.

Pero... no lo hago. No puedo. Algo en mi interior está cambiando ahora que lo he visto así y sé lo que sé. Está cambiando más que con los besos contra la pared. Tal vez no pueda volver a mirarlo nunca del mismo modo.

Tal vez no quiera hacerlo. Siento más afecto hacia él de lo que jamás hubiese esperado, y no me disgusta.

—Alice se apiadó de mí cuando nadie más lo hizo —continúa, ajeno a mi agitación—. Ella era lo mejor que tenía y he llorado su muerte a diario durante demasiado tiempo.

Igual que lloro tu partida cuando ni siquiera ha sucedido aún. Casi puedo oír las palabras que no pronuncia y me pregunto si me las he inventado del todo.

—Eldas, yo...

—¿Dónde está? —Una voz seca corta a través del aire cuando la puerta de la sala principal se abre de golpe. *Hablando de madres...*—. ¿Dónde está mi querido niño? —Una mujer con los rasgos muy marcados y unos ojos tan fríos como los de Eldas irrumpe en la habitación y hace que las cortinas revoloteen a su espalda. Me pregunto si parte de la razón por la que no podía tolerar a Eldas era por lo mucho que se parece a ella—. ¿Qué le has hecho?

Parpadeo, confundida, al darme cuenta de que toda su atención reposa solo en mí.

—¿Qué? *¿Yo?*

—Has llegado a este castillo y no les has causado a mis hijos más que tormentos —me regaña. Da la vuelta hasta el otro lado de la cama—. Se supone que ni siquiera tendrías que estar en el Ala Este. Mantente de tu lado, *reina*. —Dice la palabra «reina» como un insulto.

—Yo...

—Madre, Luella ha estado ayudando a Harrow —explica Eldas con tono seco, al tiempo que se retira un poco del borde de la cama—. Sin ella...

—Sin ella mi bebé no estaría en este estado de agitación. Solo míralo. —Retira con ternura el pelo oscuro de Harrow de su cara empapada de sudor.

Quiero sentir compasión por esta mujer. Quiero experimentar simpatía por ella, como me ha sucedido con Eldas. Intento imaginarme en su posición. Ella es, a todos los efectos, la amante del antiguo rey, sin un título real. Desde el primer momento en que entabló relación con el padre de Eldas, debió de haber sabido que su primogénito le sería arrebatado. Intento buscar compasión en lo más profundo de mi ser, pero sus miradas asesinas me lo ponen muy difícil.

—Ya sabes lo siguiente que necesita Harrow —le digo a Eldas—. Si me necesitas o tienes preguntas, sabes dónde encontrarme.

—Sí, gracias, Luella. —La forma en que lo dice me convence de que es sincero.

—Harrow no tomará nada que haya preparado esa chica. —La mujer lanza una mirada furibunda a mi mesilla llena de productos.

—Madre...

—¿Cuántos años tiene? ¿Dieciocho?

—Diecinueve —la corrijo con calma.

—Una niña. Llama a Poppy.

—No puedo hacer eso —dice Eldas con frialdad—. He enviado a Poppy a una importante misión de la que no regresará en al menos dos meses. Y no, no la voy a hacer volver antes. Así que si quieres que Harrow reciba atención, permitirás que Luella...

—El nieto de Poppy. Incluso ese ratón de hombre sería mejor que *ella*.

Veo cómo Eldas aprieta las manos a su espalda hasta que los nudillos se le ponen blancos como el papel. Los músculos de su mandíbula se tensan, pero sus ojos están llenos de dolor y de añoranza, aun cuando habla con un hielo más amargo de lo que había oído jamás salir por su boca.

—Soy el rey y lo que ocurre en mi castillo es decisión exclusivamente mía.

—Es «tu castillo». Pero no mandas sobre mí. Soy tu madre.

—Es una pena que jamás hayas actuado como tal.

—Eldas. —Toco su codo con suavidad para tratar de sacarlo de esa espiral dañina.

—¿Cómo te atreves a hablarme de ese modo?

—¡¿Cómo te atreves tú a hablarle a mi mujer de ese modo?! —Las palabras de Eldas reverberan a través de mí. Me protegen del frío creciente y generan un calorcillo que sube por mis brazos y se asienta en mis mejillas.

No te está defendiendo, Luella; en realidad, no. Soy solo una oportunidad fácil para lanzarle pullas a su madre. Aparto la mirada de ambos y oculto el rostro mientras intento mentirme.

—Harrow necesita descansar —digo con voz queda.

—Sí, nos vamos. —Eldas da media vuelta y apoya su gran mano sobre mis riñones mientras me guía fuera de la habitación. Anda en silencio mientras recorremos el camino de vuelta a mis aposentos.

Durante todo el trayecto, su mano permanece sobre mí. Es cálida, para un hombre tan frío. No hago ningún esfuerzo por apartarme de su contacto.

Hook ya ha vuelto y emite un suave gemido en cuanto nos ve. Levanta la cabeza de sus patas.

—Siento haberte dicho que te fueras. —Me disculpo con Hook y por fin me aparto de Eldas para acuclillarme al lado de mi lobo y rascarlo detrás de las orejas—. No quería arriesgarme a que Harrow despertara y se mostrase hostil contigo.

—Nadie en este castillo le va a hacer daño a Hook. Si lo hicieran, tendrían que enfrentarse a mi cólera.

Levanto la vista hacia Eldas. Parece oscilar un poco. El agotamiento empieza a vencerlo y tengo que resistirme al impulso de correr de vuelta al laboratorio a preparar algo que lo ayude a relajarse y dormir profundamente.

—¿Porque es parte de ti?

—No, no tiene nada que ver conmigo. Es porque tú lo quieres. Es mi responsabilidad protegerte a ti y a cualquier cosa tuya.

—Responsabilidad —susurro, seguido de una risa triste.

—Es un *honor* para mí protegeros —aclara sin dudarlo.

—Gracias. —Es todo lo que digo. ¿Qué más puedo decir ante esa declaración firme? El calor vuelve a mis mejillas con fuerzas redobladas.

—Gracias a ti, Luella. —Sus ojos se demoran en mí, casi expectantes—. Por... —Sacude la cabeza, como si no lograra pronunciar las palabras.

—¿Por anoche?

Una expresión de pánico parpadea a través de él. Eldas parece inclinarse hacia delante, como atraído hacia mí por el recuerdo de nuestro beso. No me importaría que me besara de nuevo, admito por fin para mis adentros. Solo pensarlo remueve mi propio pánico y trago saliva. Al ver mi gesto, se apresura a retroceder.

—Es mejor que dejemos la noche en el fondo de la botella de hidromiel —dice al final.

—¿Esa es tu manera de decir que estabas borracho? —pregunto. Me inunda una sensación de desilusión. Intento erigir una presa antes de que pueda ahogarme.

—Los dos bebimos demasiado.

Y esta es su manera de decir que se arrepiente de lo sucedido. Eldas me mira por el rabillo del ojo. Está claro que espera mi respuesta.

—Sí, es verdad —me fuerzo a decir, por mucho que me duela. Si quiere echarse atrás, lo dejaré. En cualquier caso, yo pretendo marcharme.

Él tiene sus obligaciones. Yo tengo las mías. Hacer caso omiso de lo ocurrido anoche y de cualquier cosa que pueda estar cociéndose entre nosotros será para mejor. Si continuáramos adelante, solo nos romperíamos el corazón.

Aun así, Eldas parece deshincharse un poco, aunque se apresura a enderezar sus hombros encorvados. No cabe duda de que ha llegado a la misma conclusión que yo.

Sin decir más, se marcha. Observo cómo se aleja antes de meter a Hook en mis aposentos.

Por primera vez desde que encontré a Hook, me siento sola en el inmenso paisaje de mis habitaciones. Por primera vez, y a pesar de que la poca sensatez que me queda me diga que no lo haga, me pregunto cómo sería que Eldas se quedara conmigo.

Veinticinco

—Has llegado temprano —comenta Willow cuando entra en el laboratorio.

—Sí, bueno, quería organizar unas cuantas cosas antes de ir a ver a Harrow.

—¿Cómo acabó la cosa? —Willow se encarama en una de las encimeras. Está más interesado en mí que en empezar sus tareas del día. Más interesado en mí que en rascarle la barriga a Hook, y eso es decir mucho.

A Hook no le divierte nada este cambio en los acontecimientos.

—Yo... —Mis manos se detienen por encima de la cesta que estaba llenando—. Fue extraño. Harrow está bien, o debería estarlo. Lo sabremos pronto. —Le hago un resumen rápido de lo sucedido en la víspera, aunque dejo fuera algunos detalles clave de tensiones familiares íntimas y el extraño tira y afloja entre Eldas y yo. No creo que Eldas o Harrow quieran que hable de lo primero. De lo segundo no quiero hablar yo.

—Así que la has conocido, a Sevenna, la Madre del Heredero.

—Sevenna. Solo el nombre ya suena severo. —Le pega a la mujer hosca que conocí ayer.

—En la ciudad la llaman «el espectro del castillo» —me confía Willow.

—El espectro del castillo y el rey de hielo. Desde luego que Quinnar tiene opiniones fuertes acerca de su familia real.

—Son palabras de otras personas, no mías —añade Willow a toda prisa—. Yo nunca he interactuado demasiado con la familia real, a pesar de que llevo aquí toda mi vida.

—Sí, ya me lo habías contado. Pero aunque esas palabras fueran tuyas, no se lo contaría a Eldas. —Le guiño un ojo y observo cómo vuelve a relajarse. Me lanza una de sus sonrisas entusiastas. No, jamás haría nada que pudiera perjudicar a Willow, no después de todo lo que ha hecho por mí.

—Sevenna no sale demasiado del castillo. Bueno, no sale nunca. Dicen que murió con el rey anterior y que ahora es su fantasma el que ronda por los pasillos.

Debió de querer mucho al rey. Seguro que sí. Una vez más intento sentir compasión por ella, por difícil que sea.

—Pues te aseguro que es muy real. Oh, hablando de ella, sí que mencionó algo. O, más bien, fue Eldas quien lo hizo.

—¿El qué?

—Eldas mencionó que ha enviado a Poppy a una misión importante y que no regresará por al menos dos meses. —Termino de recopilar los enseres que creo que necesitaré y procedo a comprobar otra vez que lo tengo todo—. Recuerdo que me dijiste que se había ido de viaje o algo… ¿Es el mismo viaje? ¿Va todo bien?

—La ha enviado al Mundo Natural.

—¿Qué? —exclamo con voz ahogada.

—Creía que lo sabías… —Frunce el ceño un instante—. Lo siento, te lo hubiese contado antes.

—No, no pasa nada. ¿Para qué la ha mandado allí?

—Estaba preocupado por que la ciudad del otro lado del Vano no tuviera curandera después de que tú te marcharas. O eso es lo que me dijo mi abuela. Parece un poco raro, en mi opinión. Jamás había oído de un rey que enviara ayuda a tu lado.

Finjo concentrarme en mi cesta mientras se me hace un nudo en las entrañas. Recuerdo la conversación que tuvimos en el Vano y los miedos que le confié. Y yo tan tranquila, ajena a su amabilidad... Simplemente había imaginado que Poppy estaría ocupada en alguna parte de Midscape. *¿Por qué no dijo nada Eldas?*

—¿Estás bien?

—Sí, muy bien. —Paso el brazo por el asa de la cesta—. ¿Te importa cuidar de Hook mientras hago este recado? Si se pone pesado, puedes echarlo.

Willow suelta una exclamación, escandalizado.

—¡Jamás echaría a mi Hookie! —Willow baja de un salto y agarra la cara de Hook entre ambas manos—. ¿Estás preparado? Hoy vamos a conseguir esas galletas. Eso es lo que vamos a hacer. ¿A que sí? —Su parloteo canino trae una sonrisa a mi cara y me marcho sabiendo que Hook estará en buenas manos durante un rato.

Recorro el camino hasta los aposentos de Harrow de memoria. Avanzo despacio y dudo a cada paso, pero ese ritmo lento me da tiempo para pensar en el gesto de Eldas al enviar a Poppy al otro lado; también pienso en Sevenna, Harrow, Eldas y la familia tan poco convencional de la que de repente no formo parte del todo.

Llamo a la puerta de Harrow y rezo por que Sevenna no esté dentro. No hay respuesta, cosa que tomo como buena señal. Es posible que siga dormido.

—¿Hola? —digo mientras abro la puerta una rendija.

—¿Eres la reina de mi hermano? —me llega la voz rasposa de Harrow.

—Y tu curandera personal —respondo. Cierro la puerta a mi espalda. Alguien ha limpiado la habitación, así que tengo que esquivar muchas menos cosas en mi trayecto hasta su cama.

—Qué suerte —comenta con tono seco.

—Parece que los dos tenemos la mejor de las suertes —replico, igualmente seca.

—Cierto. Tú has terminado casada con el bastardo de mi hermano.

—No es ni la mitad de bastardo que tú.

Harrow resopla desdeñoso y me dedica una sonrisa cansada mientras compruebo el estado de las medicinas que dejé ayer. Tanto el polvo como la segunda dosis de poción han desaparecido. Y a juzgar por el color de las mejillas de Harrow, mis brebajes han funcionado.

—Cuidado, Luella, si sigues hablándome así puede que acabes por gustarme.

—Qué horror.

Se ríe.

—He descubierto que prefiero la compañía de gente que me trata como si fuese un pedazo de mierda.

—¿Y por qué es eso? —pregunto como quien no quiere la cosa, aunque siento una curiosidad genuina por oír su respuesta.

—¿Quién sabe? A lo mejor porque sé que no merezco nada mejor... —cavila Harrow mientras termino la poción que empecé en el laboratorio. Un ramillete de tomillo se convierte en polvo entre mis dedos cuando el líquido de la taza cambia de color a un marrón sucio. La magia hormiguea por la palma de mi mano. *Ya tengo más control de mis poderes*, pienso, o más confianza al menos.

—Eso no es verdad —digo. Le doy la taza y me siento en el borde de la cama. Él observa mi movimiento, pero no me dice que me quite... lo cual es un progreso que ni siquiera sabía que buscaba.

—¿Tú qué sabes? —murmura, medio escondido detrás de la taza.

—Todo el mundo se merece un trato decente. Después de todo, esa es la razón de que te esté ayudando.

—Y apuesto a que te crees muchísimo mejor que yo por ello —se burla, pero a su expresión le falta el veneno que una vez llevaba. O quizá me haya vuelto inmune a su tipo de veneno particular.

—Yo no soy mejor que nadie. —Suspiro—. Aunque desearía ser mejor para mí misma. —Si lo fuese, quizás hubiese sabido que era la reina antes. Quizá ya hubiese podido averiguar una manera de detener el ciclo y arreglar las estaciones en Midscape. Quizá me hubiese percatado de la amabilidad de Eldas. Quizá no estaría ignorando lo que cada vez está más claro que siento por él.

—¿No lo deseamos todos?

—Bueno, ¿qué pasó? —Cambio de tema y así desvío también mis pensamientos—. Esta vez, cuéntame lo que te pasó de verdad.

—¿Para que puedas informar de ello a mi hermano?

—Todo lo que digas quedará entre nosotros. Lo juro. —Miro a Harrow directamente a los ojos.

—¿Lo juras? —Arquea las cejas.

—Me tomo muy en serio mi relación con mis pacientes, Harrow. Tienes mi palabra de que no le contaré nada a Eldas, ni a nadie más.

—Supongo que puedo creerte. No dijiste nada la última vez. —Suspira—. Pu… puede que me haya involucrado en algo en lo que no debería.

—¿En qué? —pregunto, mientras juguetea con la taza entre sus manos.

—No puedo creer que le esté contando esto a una humana —musita.

—Soy tu curandera; piensa en mí de ese modo y nada más.

—Vale. Bueno… no sé cómo sucedió. No tenía que haber pasado esto.

—*¿Qué pasó?*

—Hace unas semanas, creo que tomé destello por primera vez. Tienes que creerme, fue completamente por accidente.

Nunca se me hubiese ocurrido ir a buscar esa mierda —dice a la defensiva.

—No sé qué es el destello.

—Oh, es verdad, *humana*. —Pone los ojos en blanco y yo hago otro tanto—. El destello es una... sustancia fabricada por los feéricos. Fortalece la conexión con el Velo y, debido a eso, potencia la magia élfica. La sensación de poder que fluye por tu interior es como ninguna otra. Como si estuvieras medio metido en el Más Allá; como si fueras medio inmortal, como éramos antes. Algunas personas lo toman para realizar actos increíbles. Otras... por placer.

—¿Como tú?

—Ya te he dicho que no fue mi intención. Al principio, al menos...

Frunzo el ceño. En la academia, había alumnos que experimentaban con varias sustancias, naturales y creadas. Incluso oí que algunos vendían esas cosas por las calles de Lanton. Pero nunca pensé demasiado en el asunto y opté en cambio por distanciarme lo más posible de los actos más turbios. Mis estudios me mantenían lejos de cualquier cosa que no pudiese cultivar en tierra.

—Estábamos en una fiesta. La gente se lo pasaba bien. Creo que me echaron algo en la bebida. Debió de ser eso. Pero después... lo... lo ansiaba. Solo un poco cada vez. Pero la atracción del Velo es abrumadora.

Me resisto a fruncir el ceño. No quiero que interprete mi preocupación como un juicio de valor. En vez de eso, procuro mantener una expresión pasiva y escuchar.

—Además, cuando la tomo, no pienso en nada. El mundo se desvanece en un nebuloso vacío azul. —De repente, un fogonazo de ira centellea en sus ojos—. ¿Sabes lo que es buscar durante toda tu vida un lugar en el que simplemente puedas existir?

—Sí —respondo con sinceridad. Se sorprende—. Es algo que siempre he buscado: un lugar propio, construido con mis manos, un rincón del mundo que pueda convertir en mi responsabilidad y pueda cuidar. No por las mismas razones que tú, Harrow... pero sé lo que se siente.

—¿Quién me ha visto y quién me ve? Yo, relacionándome con una humana. En los bares y salones jamás se lo creerían si lo contara —musita Harrow.

—Estos son tiempos extraños. —Sonrío un poco. Pero enseguida me pongo seria—. Harrow, no puedes...

—Antes de que lo digas, ya lo sé. Sé que no puedo seguir haciendo esto. Y no quiero. Pero esa llamada... —Mira a la nada, como si pudiera oírla ahora mismo, la atracción de esta sustancia llamada «destello»—. La llaman así porque los elfos recuperan un «destello» de su inmortalidad. Ahora que la he probado, quiero más. No sé cómo detener esta ansia.

—Yo te ayudaré —declaro. No me gusta lo que está diciendo de estar más cerca del Velo—. Es decir, si tú quieres —añado enseguida.

—¿Qué puedes hacer tú?

Desearía tener acceso a la biblioteca de la academia y a su abundancia de conocimientos sobre todos los temas. O poder escribirle a uno de mis antiguos profesores que lidiaron con los alumnos que quedaron atrapados por las sustancias que crearon. Aunque puede que aquí tenga algo igualmente bueno.

—Las plantas son cosas magníficas. Pueden crear algo tan poderoso como el destello y también pueden crear maneras de mantener a raya semejantes adicciones. —Lo miro a los ojos—. ¿Quieres que intente fabricar algo así para ti?

Harrow termina la bebida y me la pasa. Aparta la mirada como un niño testarudo. Aun así, a pesar de todo su lenguaje corporal en contra, asiente.

—Vale, supongo. No es como si pudiera impedírtelo. Ya estoy bebiendo lo que sea que me plantas delante, en cualquier caso.

—Muy bien. —Tomo la taza y la dejo en la mesa—. Veré lo que puedo hacer. Mientras tanto, no salgas del castillo.

—Pero...

—No, Harrow. Si no hay más remedio, trae a Jalic, a Sirro y a Aria aquí. —Me encojo para mis adentros ante la sugerencia. Son las últimas personas que quiero ver aquí, pero si eso ayuda a Harrow, entonces es lo que hay que hacer. El bienestar de mis pacientes es lo primero, siempre.

Recuerdo a Aria en el callejón y cómo intercambió algo con el hombre feérico. Me muerdo el labio. Aunque no estuviera involucrada con el hombre de los cuernos que trató de raptarme, puede que sí esté metida en algún negocio turbio. Solo que, si aireo ahora mis sospechas, es probable que Harrow se ponga a la defensiva. No puedo arriesgarme a que se cierre en banda conmigo.

—Asegúrate de que no traigan nada más fuerte que alcohol —me limito a decir.

—Lo intentaré.

—Bien. —Sé que es todo lo que puede hacer. Con suerte, estará solo al principio de la resbaladiza pendiente por la que está cayendo. Pero cuanto antes haga algo por él, mejor—. Debería irme.

—Sí, sal de mi cuarto, humana. —Incluso a la palabra «humana» le falta su antiguo mordiente.

—Con mucho gusto, *príncipe*. —Pronuncio la palabra en tono ofensivo, pero Harrow me sonríe. Una expresión que le devuelvo, como si ahora compartiéramos un secreto.

Supongo que así es.

La puerta de su habitación se cierra a mi espalda y empiezo a repasar mi catálogo mental de hierbas mientras echo a andar pasillo abajo. Estoy tan centrada en encontrar un buen punto de partida para Harrow, que no me doy cuenta de que alguien se interpone en mi camino hasta que casi choco de bruces contra Eldas. Me detiene con una mano fuerte sobre el hombro, cosa que me saca de mi trance.

—¡*Oh*! Lo... lo siento.

—No pasa nada. —Sonríe. ¡Sonríe! Es como si el sol hubiese salido en su cara. Aunque las nubes se apresuran a ocuparla de nuevo y la expresión se esfuma mientras me suelta y recupera la compostura—. De hecho, venía a buscarte.

—Pues ya me has encontrado.

—Sí. —Mira por encima de mi hombro—. ¿Dónde está Hook?

Aunque sea parte de él, no puedo evitar sentirme agradecida por el hecho de que pregunte por mi lobo.

—Está con Willow. Pensé que se lo pasaría mejor ahí que conmigo, mientras atendía a Harrow.

—*Ah*, ¿cómo está mi hermano?

—Bastante bien como para ser mordaz. —Una sombra cruza el rostro de Eldas. Aprieta la mandíbula al instante. Levanto las manos—. No, no, todo ha ido bien. Sé que sus ocurrencias significan que está mejorando. —Me río—. Además, empiezo a acostumbrarme a él.

—¿Te… estás acostumbrando a mi hermano?

—La gente es capaz de beber veneno si lo hace en dosis bastante pequeñas durante el tiempo suficiente —replico.

Eldas resopla y otro destello de diversión cruza su cara. Me gusta divertirlo. Me gustan sus sonrisitas y sus miradas traviesas.

—¿Qué tal está?

—Se pondrá bien. Solo necesita disfrutar menos de la vida nocturna. Le he dicho que debería quedarse en el castillo un tiempo y descansar. No salir.

—Esperemos que a ti te haga caso. A mí desde luego que no me lo hace —musita Eldas.

—Ya veremos… Tampoco confío demasiado en tener éxito. —Giro la cabeza para mirar hacia atrás, hacia la puerta de Harrow. En realidad, estoy ojo avizor por si aparece Sevenna. Solo puedo tolerar pequeñas dosis de veneno cada vez y hoy no tengo energía para su mirada asesina—. En cualquier caso, debería volver al trabajo.

—Yo también —dice Eldas. Aun así, los dos nos demoramos—. Oh, casi lo olvido, quería devolverte esto. —Me tiende un diario familiar—. He tardado un poco más en leerlo que con el otro.

—Aun así lo has terminado en un tiempo récord. —Recibo el cuaderno con ambas manos y estiro los dedos en busca de la corriente que siento cuando nuestras pieles se tocan, pero el tomo es demasiado gordo y el encuentro no se produce.

—Sí, necesitaré otro —comenta, pensativo, en voz baja—. ¿Podría...? —Se aclara la garganta y eso elimina algo de la gravilla de su tono. En realidad, me *gustaba* la gravilla—. ¿Podría ir a tus aposentos más tarde para llevarme otro? —pregunta Eldas con toda la formalidad y la educación que se espera en un rey.

Reprimo una carcajada y sonrío a cambio.

—Por supuesto, Eldas. Eres bienvenido en cualquier momento.

—Bien. —Asiente y pasa por mi lado como si las cosas no acabaran de cambiar una vez más de un modo radical entre nosotros—. Te veré más tarde, Luella.

Hay algo en la manera que mi nombre se enrosca en su lengua, o en el tono ronco de su voz al pasar por mi lado, que hace que me quede ahí plantada, con los dedos de los pies encogidos dentro de mis botas, mucho después de que él haya desaparecido por la puerta de la habitación de Harrow.

Veintiséis

Ceno en mi escritorio, más decidida que nunca a escudriñar los cuadernos de las reinas. Busco, en concreto, información sobre la radícula corazón. La recuperación de Harrow en las dos ocasiones ha excedido mis expectativas. Como conozco bien todas las demás hierbas y las he usado muchas veces antes, solo puedo suponer que la variable está en la planta corazón.

Para mi felicidad, Willow cena conmigo y nos quedamos hasta tarde hablando de la radícula corazón y sus propiedades mágicas. Me ayuda a hojear los diarios en busca de la primera reina que trabajó con esa hierba tan singular. Lo único que encontramos es una mención en el diario de la reina que trajo la planta de las marismas del norte, la misma reina que habló de acabar con el ciclo. Busco a ver si ambas cosas guardan relación, pero cuando mis indagaciones no dan fruto alguno sé que solo estoy viendo lo que quiero ver.

Willow ocupa una silla enfrente de mí y está usando la mitad de mi escritorio. Yo estoy sentada en el otro extremo, la comida olvidada mientras leemos. Hook está hecho un ovillo entre nuestras piernas y acepta encantado que lo rasquemos con los dedos de los pies.

El reloj que pedí da las nueve y me saca de golpe de mi trance. Levanto la vista por primera vez en horas y me froto los ojos adormilados. Unas sombras pálidas y brumosas danzan al otro lado de las ventanas de mi cuarto.

—Oh...

Willow levanta también la vista y se gira hacia las ventanas a su espalda. Se queda parado, con los labios fruncidos, mientras estudia la nieve que cae con la misma intensidad que estudiaba el diario hace unos instantes.

—*Nieve en primavera, al rey altera. Nieve en verano, para la reina aún es temprano.*

—¿Qué? —Willow la repite al oír mi pregunta—. No, ya te había oído... ¿qué es eso?

—Oh, es solo una vieja rima. —Se aparta de la ventana—. *Nieve en primavera, al rey altera...* supongo que implica que debe de pasar algo con la reina. Porque no deberíamos tener nieve una vez que llega la primavera. *Nieve en verano...*

—*Para la reina aún es temprano* —termino—. Lo cual significa que la reina todavía no ha regresado. La última reina está muerta y es invierno cuando debería ser verano. —Willow asiente. Contemplo los gruesos copos de nieve que caen y la aprensión se apodera de mi estómago. Se burla del alegre tiempo primaveral de hacía solo unas horas—. Creo que deberías irte.

—¿Estás segura?

—Tengo que ver a Eldas. —Duele decir las palabras, y ese dolor será solo el principio de la agonía de esta noche.

Willow suspira y cierra el cuaderno que estaba leyendo. Sus notas quedan entre las páginas. Se levanta y Hook lo imita. Willow rasca al lobo entre las orejas.

—Te veré mañana, Hook. A ti también, Luella.

Desearía que no hubiera sonado preocupado y dubitativo.

—Sí, te veré mañana. —*Eso espero.*

—Si me necesitas, llámame. No importa la hora. —Willow se marcha y camino de un lado a otro por delante de los grandes ventanales de mi habitación.

No me sorprende cuando oigo llamar a la puerta.

—Pasa, Eldas.

La puerta se abre y ni siquiera me molesto en mirar. Como era de esperar, su voz corta a través de mis pensamientos desbocados.

—¿Cómo has sabido que era yo?

—Pura suerte. —Giro la cabeza hacia él y me encojo de hombros.

—Tampoco es que tenga costumbre de acudir a tus habitaciones por la noche.

—Bueno, dado que está nevando…

Sus ojos se deslizan hacia la ventana, como si solo me viese a mí desde el momento en que abrió la puerta. Frunce los labios. Sus ojos lucen duros y severos.

—Sí, así es.

—¿No has venido por eso?

—Venía a por un nuevo diario. Pero tienes razón, este es un asunto más urgente.

—Tendré que sentarme en el trono otra vez, ¿verdad? —Le doy vueltas al anillo de labradorita en mi mano derecha con nerviosismo.

—Sí. —Suena casi como si se disculpara, su voz cargada de preocupación.

—Entonces, vamos a ello.

—¿Ahora? —Parece sorprendido por la idea.

—¿Cuándo, si no? Debe hacerse, y preferiría quitármelo de encima cuando tengo toda la noche para intentar recuperarme. —Más bien mientras todavía tenga el valor para hacerlo. Antes de que el miedo se apodere de mí.

—Luella, no te va a pasar nada. —Ni siquiera él suena convencido.

Me encojo de hombros. Sé lo que he leído. El trono no se vuelve más amable. Es solo que las reinas se acostumbran a él. No tengo otra opción que aguantar que el mundo trate de drenar hasta la última gota de vida de mi interior.

—Luella. —El tono suave de la voz de Eldas me hace levantar los ojos hacia él—. Has tenido más tiempo para que tu magia se asiente y se aclimate a Midscape. Sabes lo que va a pasar.

—Solo quiero hacerlo ya —digo con un hilo de voz—. Por favor, llévame ahora.

—De acuerdo —acepta.

En lo que parece un santiamén hemos llegado al salón del trono. Hace tanto frío que mi aliento produce vaho y tengo que reprimir un escalofrío. No llevo más que un vestido sencillo, de manga larga, por suerte, pero el algodón no es ni de lejos bastante grueso para esto.

—Al menos cuando me siente en el trono otra vez, el ambiente se caldeará. —Hago un intento por sonreír, pero Eldas no me imita, así que la sonrisilla se me borra enseguida de la cara. Exuda preocupación a cada paso que da.

—Estaré aquí todo el rato —me dice cuando nos paramos delante del trono—. Te sacaré de ahí como la última vez, si fuese necesario.

La última vez. Solo pensarlo hace que me duela todo el cuerpo. Me cuadro ante el trono. Si pude marcharme de casa, ir a Lanton, llegar a ser herbolaria, convertirme luego en la Reina Humana y manipular la tierra, entonces puedo hacer esto. Me niego a dejar que un trono me controle.

—Acabemos con esto de una vez —digo, y sueno más serena de lo que me siento.

Doy media vuelta, me inclino hacia atrás y me dejo caer en el asiento. Si intentara sentarme con más delicadeza, podría arrepentirme en el último momento. El miedo podría apoderarse de mí y hacer que lo inevitable fuese algo incluso más insoportable de lo que ya es.

Justo antes de que mi cuerpo toque el trono, levanto la vista y todo lo que veo es a Eldas.

Estoy aquí, parecen decir sus ojos. *Estaré aquí.*

No tengo ocasión de darle las gracias. De golpe, me quedo sin aire en los pulmones y me zambullo en una densa oscuridad. *Mantén la cabeza fría, Luella*, me ordeno. Sé lo que se avecina y no voy a dejar que la sorpresa me robe los sentidos.

Me hundo más y más profundo en el centro de la tierra. La sensación está en algún punto entre la primera y la segunda vez que interactué con el trono. Estoy tan inmersa como en la primera, pero ahora es menos violenta, como en la segunda.

Los dedos fantasmales de Eldas se extienden por donde imagino que estaría mi vientre, si tuviese vientre en esta forma. *Concéntrate*, oigo que me indica. *La magia responde a ti. Tú la controlas. Ella no te controla a ti.*

Despacio, voy siendo consciente de lo que pasa. No es del todo como ver, sino más bien como si mi conciencia percibiera con mayor nitidez el mundo a mi alrededor. Estoy dentro de un capullo asentado muy profundo entre las raíces del trono de secuoya. Estoy en el punto oscuro cuyo interior no podía ver antes, atrapada en una jaula de raíces retorcidas.

Todo se extiende desde aquí. Todo se origina en este punto.

La semilla. Ahora lo recuerdo, así es como la llamaba otra reina en uno de los diarios. Esta es la semilla que sustenta toda la vida en Midscape. Esta es la semilla del árbol que nutre el mundo de magia salvaje. El Vano crea las fronteras, pero sin la semilla sería un recipiente vacío.

La primera Reina Humana y el Rey de los Elfos trabajaron juntos para crear el Vano. Ese pensamiento solitario merodea por mi cabeza como si alguien me lo susurrara.

¿Hola?, intento preguntar.

Silencio.

Trato de estirarme hacia el mundo a mi alrededor, pero no encuentro nada. Aun así, mis manos parecen tocarlo todo. En este turbio lugar de comienzos primordiales, veo una imagen borrosa.

Una mujer con una corona. Estira las manos hacia delante. Está *plantando*...

¿Plantando? ¿Plantando qué? ¿He visto esto alguna vez?

La radícula corazón recuerda.

¿Recuerda qué?

Pero las fugaces imágenes han desaparecido, y han dejado solo agotamiento a su paso. Debo seguir concentrada en mi tarea. Existen ecos de mil reinas en este vacío oscuro y no puedo perderme entre ellos.

Por arte de magia, accedo a las grandes raíces que sustentan Midscape. Percibo los mismos gritos desde el otro lado de estas tierras, pero esta vez son menos hambrientos y menos exigentes.

Me doy cuenta de que saben que he regresado. Las plantas, los animales, la vida misma en Midscape... saben que la reina ha vuelto para atenderlos. No están gritándole al vacío de un invierno que parece interminable, sino comunicando sus necesidades para que el verano pueda extenderse por un mundo que todavía se está despertando.

Muy bien, concedo. *Tomad lo que queráis.*

En cuanto les doy permiso, siento los zarcillos reptando por debajo de mi piel. Se hunden en mí con una violencia inevitable. Aprieto los dientes contra el dolor. Este se vuelve más distante cuando el mundo empieza a drenar de mi médula la magia que hay dentro de mí.

Basta, intento exigir. *Ya basta.*

Pero Midscape no escucha. Este mundo antinatural está necesitado y hambriento. *Más, más, más,* parece decir. Todo está desequilibrado y no sabe cuándo parar.

¡Basta!

Las enredaderas se aprietan a mi alrededor. No logro articular palabra. Serpentean dentro de mí. Me van a hacer pedazos en este lugar oscuro y solitario.

De repente, los zarcillos invisibles se aflojan. Recupero mis pulmones. Mi mente está libre y existe solo dentro de mi propia cabeza.

Estoy apretada contra algo sólido y caliente. Todavía hay dos raíces aferradas a mí, pero… *no, no son raíces*. Son brazos. Parpadeo cuando levanto la vista en medio de la tenue luz del salón del trono.

Todo lo que veo es a Eldas.

Él acuna mi tembloroso cuerpo contra el suyo. Su abrazo es la única cosa que evita que mis huesos se desencajen. Quiero darle las gracias, pero estoy demasiado cansada. Hablar es difícil. Pensar es difícil.

—Lo has hecho bien —murmura. Mi cabeza descansa contra su hombro, en el hueco que deja su cuello.

—¿Ha sido suficiente? —grazno.

—Ha sido suficiente. Tú eres más que suficiente.

Eso espero. Mis párpados aletean y se cierran. Parece suficiente. Este mundo antes frío está ahora caliente. En el fondo de mi mente, me doy cuenta de que conozco esa sensación. Ya la he sentido.

Eldas me abrazó de este mismo modo cuando apenas me conocía, después de la primera vez que me senté en el trono. Esos pensamientos vagos se me escapan entre los dedos, tan víctimas como yo de la abrumadora oscuridad.

Despierto en mi cama varias horas más tarde.

Ya ha amanecido y la habitación parece una acuarela de violetas y madreselva. Me siento como si hubiese corrido un maratón. No es que lo haya hecho nunca, pero vi a mis compañeros de clase hacerlo en Lanton y parecía *agotador*.

Cuando me siento en la cama, un coro de crujidos y chasquidos en mis huesos despierta a Hook, que gimotea y salta entusiasmado hasta mi cara. Una nariz húmeda, una lengua mojada y un aliento caliente son mi fiesta de bienvenida de vuelta a la realidad.

—Yo también me alegro de verte —digo con voz tierna mientras deslizo los dedos por su pelaje oscuro—. Siento haberte preocupado.

Una vez que Hook ha comprobado que no estoy muerta, a pesar de lo que mi cuerpo intenta afirmar, columpio mis piernas por el borde de la cama y hago un intento por ponerme en pie. Me duele todo y solo andar hasta el cuarto de baño me deja sin respiración. No es tan terrible como la primera vez, pero aun así no puedo imaginarme haciendo esto con regularidad. Ya tengo que sufrir todos los meses por mi sangre femenina. No me gustaría tener que sufrir cada mes, o más, también por mi magia.

Un suspiro suave interrumpe el silencio y me quedo inmóvil. Miro hacia la puerta de mi dormitorio. Oigo movimiento en la sala de estar. Las orejas de Hook se mueven atentas, pero ya se ha vuelto a acomodar al pie de la cama y solo levanta la cabeza cuando ve que no vuelvo. Aparto la idea de que un ladrón o un asesino feérico pudieran estar hurgando entre mis pertenencias. Si Hook no cree que el sonido sea una amenaza, o ni siquiera merezca una investigación, entonces no tengo por qué preocuparme.

Sin hacer ruido, entro en la sala de estar. Ahí, en mi sofá de elegante tapicería, veo a un Eldas de aspecto entumecido y desaliñado. Tiene las largas piernas encogidas contra uno de los reposabrazos, las rodillas asoman por el borde. Se ha echado por encima una manta fina que encontré al fondo de mi vestidor y había dejado fuera como complemento para el grueso terciopelo del mueble. Es cómica de lo pequeña que le queda, casi como si este hombre larguirucho estuviese utilizando una servilleta para mantenerse caliente.

Me alejo con sigilo y vuelvo a entrar en mi dormitorio.

—Muévete, Hook —susurro mientras tiro del edredón doblado al pie de la cama. No lo he necesitado para mantenerme caliente desde que Hook se ha instalado a vivir conmigo—. *Muévete.*

Gimotea, pero cede.

Arrastro la manta de vuelta a la sala de estar. La tela susurra sobre la alfombra y Eldas se remueve y musita algo en sueños.

La gravedad amenaza con arrancarme el edredón de mis dedos cansados, pero me agarro con fuerza y espero a que Eldas se asiente de nuevo. Con cuidado, le echo la manta por encima.

Eldas se mueve un pelín, pero no se despierta. No abre los ojos hasta al menos una hora más tarde. Yo estoy apoyada contra el respaldo de una silla, uno de los diarios en mi regazo y los pies sobre el escritorio, mientras miro a la nada con intensidad, sumida en mis pensamientos. Hay algo que ronda por la periferia de mi mente. Algo que recuerdo haber leído y conecta con...

Lo oigo removerse y giro la cabeza hacia atrás.

—Buenos días —saludo.

—Buen... —Parpadea para borrar el sueño de sus ojos, luego se los frota.

—¿Buen? —repito con una sonrisita. Eldas cansado y un poco vulnerable no es una imagen terrible para ver a primera hora de la mañana. El resplandor anaranjado del amanecer ya avanzado besa su piel y lo hace parecer más un hombre que una criatura etérea de magia salvaje y muerte.

—Buen Dios... tu pelo.

—¿Qué le pasa a mi pelo? —Me llevo una mano a mis trenzas aún sin peinar. Mi sonrisa se convierte en una mueca de extrañeza. La última vez que pensé siquiera en mi pelo fue cuando Luke comentó que le gustaría que lo llevara largo otra vez.

—Es como fuego con esta luz —murmura.

—Cabeza de fuego. Sí, ya me lo han dicho. —Cierro el cuaderno y suspiro. Lo dejo caer en la mesa más fuerte de lo que pretendía—. Durante todos mis años en el colegio. No hagas enfadar a Cabeza de fuego, podría salirle humo por las orejas. Cabeza de fuego...

—Pareces una diosa —me corrige Eldas—. No cambiaría ni una sola cosa de ti, Luella. —Mi traicionero corazón da un brinco al oír sus palabras. Luego, como si acabara de recordar dónde está, Eldas se aclara la garganta y se sienta erguido. La manta se arremolina en torno a su cintura—. ¿De dónde ha salido...?

—De mi cama. Parecías tener frío esta mañana —respondo a la pregunta inacabada. Parece que a Eldas le cuesta formar pensamientos completos a primera hora del día, y hay algo sorprendentemente entrañable en ello.

—Estoy acostumbrado al frío. —Se ríe sin humor—. El rey del hielo, me llaman.

—Entonces, es una suerte que tengas una reina de fuego. —Las palabras salen por mi boca antes de que pueda pensar en lo que estoy diciendo exactamente. Me pongo roja.

—¿Ah, sí? ¿Y por qué es eso una suerte? —Se levanta, sus labios hacen ademán de sonreír. No contesto; siento la lengua pesada y pastosa en mi boca mientras Eldas se acerca—. ¿Me vas a mantener caliente?

Arquea una única ceja y, por alguna razón, eso es lo que me hace estallar en llamas. Frunzo los labios e intento pensar algo ingenioso que responder. Intento evitar que mis nervios me hagan decir algo estúpido. Trato de no recordar la sensación de esos labios sonrientes sobre los míos.

Pensaba que habíamos quedado, más o menos, en no meternos en ese jardín después de unos cuantos tropiezos achispados.

—Ya lo he hecho. —Señalo la manta que ahora está en el suelo.

—Oh, claro. —Se ríe bajito—. Por supuesto. —¿Oigo un toque de decepción en su voz? Seguro que me lo he imaginado. Eldas me mira con atención mientras rezo por que mi rubor se difumine un poco—. Estás roja. ¿Tienes fiebre otra vez?

—No, estoy bien. —Me apresuro a ponerme en pie, un poco demasiado deprisa, puesto que el mundo empieza a oscilar. Eldas me sujeta con una mano firme.

—No lo estás.

—Sí, lo estoy. —Toco con suavidad el dorso de su mano. Quiero decirme que es solo para tranquilizarlo, pero en realidad quiero sentir esa corriente que sube disparada desde las yemas de mis dedos directo hasta mi pecho siempre que lo toco. Quiero sentirlo aquí conmigo, dentro de mí. *¿Dentro de mí?* Mi mente se atraganta.

—Deja que te lleve de vuelta a la cama.

¡No ayudas, Eldas!, quiero gritar.

—Gracias, pero estaré bien. No necesito tu ayuda. —Balbuceo al hablar, intentando no pensar en todas las implicaciones que seguro que no pretende transmitir.

El trance se rompe. Como si acabara de darse cuenta de que su mano está todavía sobre mí, la retira a toda prisa. Eldas empieza a hablar mientras dobla el edredón. Un rey doblando un edredón es una imagen digna de ver. Sobre todo, cuando los anchos músculos de su espalda se marcan contra la fina túnica que lleva puesta. Me apoyo en mi escritorio y lo contemplo.

—Bueno, pues deberías dormir todo lo que puedas para recuperar fuerzas. Mañana vas a ver a la mejor modista de la ciudad.

—Tengo ropa de sobra.

Hace una pausa y deja el edredón con cuidado en el sofá. Cuando habla de nuevo, no me mira.

—Te va a tomar medidas para el vestido de tu coronación. La mejor modista tiene el honor de vestir a la reina para el evento.

—Ya veo… —murmuro.

—Como es obvio, no sabe que tu intención es haberte marchado para entonces. —Eldas se da la vuelta y la ancha espalda que estaba admirando hace unos instantes se ha convertido ahora en un muro de hielo que no seré capaz de escalar jamás.

—Eldas, yo…

No tengo ocasión de terminar antes de que cierre la puerta a su espalda. El sonido reverbera en mis oídos más fuerte que el silencio que se estrella sobre mí cuando se va.

Veintisiete

La modista monta un taller improvisado en el castillo. Ahora es una de las «pocas elegidas» que puede verme y, según he creído entender, ha sido investigada a fondo por Eldas. Es difícil de creer que haya pasado ya más de una semana desde el ataque. En cierto modo, me sigue pareciendo que fue ayer. Todavía me sobresalto ante cada ruido y cada movimiento que veo por el rabillo del ojo cuando doblo las esquinas. En otros aspectos, parece una eternidad.

Rinni me acompaña a una habitación con grandes ventanales que dan a Quinnar por tres de las paredes, casi como una terraza acristalada. La modista ha instalado tres mesas debajo de cada ventana, y metros y metros de tela, encaje y joyas centellean a la luz del sol. Me dicen que me ponga de pie sobre un pedestal mientras Rinni y Hook montan guardia al otro lado de la puerta.

La modista camina a mi alrededor. Hace un gesto rápido con los dedos y una especie de hielo invisible se desliza sobre mi piel a medida que unas cintas de medir se desenrollan por mis brazos y piernas. Hago lo que la mujer me indica, abro un brazo a un lado, luego el otro. Las mediciones son interminables y dan tiempo a que mi mente divague más allá de los cristales de las ventanas.

Quinnar se está vistiendo como una doncella primaveral. Entre toldos y marquesinas, balcones y porches, han tejido con magia elaboradas guirnaldas de flores silvestres recolectadas en los campos a los que da mi habitación. Los trovadores han empezado a recorrer las calles; se ponen de pie sobre los bancos que rodean el lago central y recitan a viva voz sus canciones.

Es una fachada jubilosa para un mundo moribundo. El trono fue menos agresivo, pero de algún modo más agotador que la última vez. Su peaje es menos físico aunque lo siento más en los recovecos de mi magia, como un ahuecamiento de los poderes que tengo.

Mi poder, el último poder de una larga estirpe de Reinas Humanas, está menguando, y temo por este mundo si Eldas y yo no encontramos una manera de poner fin al ciclo.

Frunzo el ceño al pensarlo.

—Mis disculpas, majestad, ¿os he pinchado? —pregunta la modista, levantando la vista de la muselina que está envolviendo alrededor de mi cuerpo.

—Oh, no, estoy bien. —Fuerzo una sonrisa. Había fruncido el ceño al darme cuenta de que he empezado a preocuparme por este mundo, y no solo del modo en que lo hago por cualquier cosa que esté viva. No... me preocupo por él de un modo más profundo que eso. Quizá sea el trono, o quizá sea Eldas, pero empiezo a temer por Midscape como si pudiera llegar a ser mi hogar.

Contemplo la estatua de la primera Reina Humana, arrodillada delante del primer Rey de los Elfos, y no puedo evitar preguntarme si algún día me harán una estatua: la última reina. No hay manera de saber a ciencia cierta si soy la última... pero una corazonada insistente me susurra con certeza que lo soy. De un modo o de otro, las Reinas Humanas terminarán conmigo.

¿Qué harías tú?, me pregunto con el corazón apesadumbrado, con la esperanza de que la primera reina pudiese oírme. *Si solo pudieras guiarme...*

—¡Majestad! —exclama asustada la modista cuando me bajo del pedestal e interrumpo su trabajo. La muselina cae de mis caderas.

—Lo siento, solo será un momento. Tengo que comprobar algo. —Cruzo hacia las ventanas a toda prisa y miro la estatua con atención.

Desde aquí arriba, puedo ver los detalles que están ocultos por las manos de la reina cuando se ve la estatua a ras de suelo. Acunado entre sus manos ahuecadas hay un brote verde. Tenía razón, no está arrodillada delante de él, está enterrando algo. Y ese algo es una planta.

—¿Cuándo se hizo esa estatua? —pregunto.

—¿Cómo dice?

—La del centro del lago, ¿cuándo fue erigida?

La modista lo piensa un poco.

—No estoy segura. Siempre ha estado en Quinnar. ¿Quizás en la época de la segunda o de la tercera Reina Humana?

Una de las primeras cinco reinas. Una cuyo diario no he podido leer.

—Si es tan vieja, ¿cómo es que todavía conserva todos los detalles?

—Tengo entendido que el Rey Elfo se encarga de su mantenimiento. —Hace un gesto hacia el centro de la habitación—. ¿Podemos continuar, majestad?

Vuelvo al pedestal, con la mente a mil por hora. La escultura fue una creación temprana, de cuando el trono era joven y el recuerdo de la primera reina aún estaba fresco. ¿Ese dato tiene algún significado escondido? ¿O de verdad fue construida solo para rendir honor a esa reina pionera? Esas preguntas me llevan a preguntarme qué es lo que pretende representar en verdad... ¿Será la creación del Vano? ¿O del trono de secuoya, quizá?

Mis pensamientos continúan girando en torno a lo que he leído en los diarios, busco un vínculo con esta revelación de la verdadera naturaleza de la estatua. Puede que esté intentando encontrarle tres pies al gato. Pero debo hallar una manera de romper el ciclo. Esa es la única solución. Si no lo consigo, Midscape estará en peligro.

Después, mi mente regresa a Capton y a todo lo que siempre he querido.

Pero ¿qué quiero?

—¿Qué queréis? —la alegre modista se hace eco de mis pensamientos.

—Lo siento, ¿qué decía? —Parpadeo varias veces para volver a la realidad. La mujer hace un gesto hacia la mesa llena de telas.

—Para vuestro vestido, majestad. ¿Qué queréis? ¿Seda o terciopelo? ¿O quizá gasa? Creo que los tonos joya irían bien con vuestro cutis, pero quiero asegurarme de tener en cuenta vuestra opinión. Después de todo, la belleza natural de una mujer destaca más cuando confía en sí misma.

Le daría un ataque si supiera que lo que más me haría confiar en mí misma sería un par de pantalones de lona resistente y algún tipo de camisa o túnica transpirable que no me importara manchar por completo.

—Confío en su buen juicio —le digo al final. Su rostro se viene un poco abajo.

—¿Estáis... segura? ¿Nada de lo que he traído es de vuestro agrado? Porque si no lo es, puedo...

—No, es todo maravilloso —la interrumpo. No había pretendido ofenderla—. Veamos... —Me bajo del pedestal para deslizar las manos por las telas. Al final, me decido por una tan ligera como el aire—. Esta, del color que crea más adecuado, pero esta.

—Oh, seda tejida por los feéricos. —Casi ronronea mientras desliza los dedos sobre ella—. Tenéis buen gusto, majestad.

—Me alegro de oírlo —comento con una carcajada. Sin embargo, un pensamiento cruza mi mente al saber que es algo fabricado por feéricos—. He oído que los feéricos son buenos artesanos.

—Los feéricos son diestros en sus telares, sí. Pero los elfos son los mejores artesanos de la tierra —se pavonea.

—Oh, por supuesto. En mi lado del Vano no hay nada más valioso que los artículos fabricados por los elfos. —Sonrío y ella continúa deleitándose con mis elogios. Espero tenerla con la guardia lo bastante baja como para aprovechar otra oportunidad—. He oído hablar un montón acerca de las cosas que saben fabricar los feéricos... sobre todo cosas para celebraciones.

—¿Como el hidromiel?

—Y otras cosas de las que he oído hablar. —No estoy segura de cómo abordar esto de manera casual y me doy cuenta de que ya me estoy extralimitando. Una sombra cruza su cara, pero la ilumina con una sonrisa forzada casi de inmediato.

—Nos honráis a todos al demostrar un interés activo por los diversos habitantes de Midscape.

—Es mi deber como Reina Humana. —Justo cuando estoy a punto de renunciar a averiguar algo más sobre el destello, la mujer me sorprende.

—No estoy segura de lo que habéis oído, majestad... —La modista mantiene la cabeza gacha, mientras anota unas cosas en un cuaderno que ha traído—. Pero yo...

—¿Sí?

—No me corresponde hablar de estas cosas. —Su pluma se queda quieta.

—Por favor, cuéntemelo —la animo—. Esta tierra todavía es nueva para mí. Tengo mucho que aprender. —Eso no es mentira en lo más mínimo.

—Sospecho que quizás hayáis oído algo por el estilo de boca del joven príncipe Harrow. —No necesito confirmar el hecho; mi silencio es suficiente para empujarla a continuar—. Por favor, tened cuidado, majestad. Los que vivimos en la ciudad hemos visto los recientes... coqueteos del príncipe. Sobre todo desde la llegada de la delegación feérica.

—¿Cómo cuáles?

La mujer sacude la cabeza.

—No debería haber dicho nada. Perdonadme, majestad. Por favor, si no os importa… si en vuestra inmensa bondad evitáis mencionarle al rey que yo he comentado nada…

—Le aseguro que no diré nada —me apresuro a decir, para tratar de tranquilizarla—. Pero sí necesito saberlo, ya que vivo en el mismo castillo que Harrow. Por favor, dígame si hay algo de lo que deba ser consciente.

—No sé nada más. —Sacude la cabeza y decido dejar el tema. Si sabe algo, está demasiado nerviosa para decir nada.

Terminamos poco después y me excuso de su taller. En cuanto salgo por la puerta, me topo con Harrow, Jalic, Sirro y Aria.

—Majestad. —Jalic es el primero en verme y me saluda con una inclinación de cabeza. Los otros hacen lo mismo. Incluso su reticente formalidad es una mejora significativa con respecto a la primera vez, y me pregunto si mis interacciones con Harrow habrán tenido algo que ver con su cambio de tono.

Hook pasa corriendo por mi lado. Da dos vueltas alrededor de Aria mientras gruñe bajito. Aria se acerca más a Harrow y lo agarra de los brazos.

—Esta bestia me está manchando la falda de mocos. —Aria le da a Hook un suave manotazo en la nariz cuando entierra el hocico en las varias capas de tela—. ¡Fuera, vete!

—Hook, ven —le ordeno. Hook mira de mí a Aria y suelta un bufido frustrado, pero obedece. No obstante, no aparta la mirada de la mujer. Es divertido ver cómo Aria pugna por reprimir una mueca—. Buenas tardes a los cuatro. ¿Adónde vais? —pregunto.

—¿Por qué? ¿Queréis venir con nosotros? ¿Tener un poco más de diversión? —Jalic se mete las manos en los bolsillos y me regala una sonrisa desenfadada.

—La verdad es que no.

—¿Esa es manera de hablarle a una reina? —pregunta Rinni, y Jalic la mira de reojo.

—Voy a ver a la modista —anuncia Aria, e hincha el pecho un poco—. Es un inmenso honor ser vestida por la misma mujer que confecciona el vestuario de la reina. —Acaricia el brazo de Harrow con suavidad. No hay ninguna duda de quién le ha concedido ese «honor».

—Bien, la modista parece tener mucho talento —digo con dulzura, y disfruto un poco al ver que el rostro de Aria tiende hacia la desilusión ante mi falta de ira por que la vaya a vestir la misma persona que a mí—. De hecho, creo que *todos* deberíais encargarle vuestra ropa para la coronación.

—No me voy a hacer nada para la coronación. —La manera en que Aria estira el cuello, como si tratara de competir con mi altura, me recuerda al aspecto que imagino que tendría un cisne territorial—. Me voy a hacer algo para la Troupe de Máscaras.

—Oh, es verdad. —Miro a Harrow—. Dijiste que Aria iba a actuar en alguna parte. ¿En Carron, era?

—¿Se lo dijiste? Era mi sorpresa —protesta Aria con un mohín. Después recupera la compostura a toda prisa—. Es un gran honor.

—Enhorabuena.

—Gracias, majestad. —Actúa como si le acabara de conceder una medalla y hace una reverencia con una floritura dramática de las manos—. Pronto me iré de gira con ellos, pero no os preocupéis, estaremos de vuelta para la noche de la coronación. Estoy segura de que será una actuación digna de recordar.

—No puedo esperar a verla —miento. Aunque no estuviera intentando marcharme antes de la coronación, no tengo ningún interés en nada que tenga que ver con Aria.

—Bien. —Sonríe con los labios apretados—. Vámonos, pues; no queremos entretener a la reina e impedirle hacer… lo que sea que haga.

Rinni da un paso al frente, pero yo ni me inmuto y sigo bloqueando la entrada al taller.

—De hecho, leo mucho. —Miro a Aria a los ojos.

—Bien por ti. —Su sonrisa se está convirtiendo a toda velocidad en una mueca desdeñosa.

—Carron no está lejos de Westwatch, ¿verdad? Justo en la muralla que bordea las tierras de los feéricos, ¿no?

—Vuestro conocimiento de la geografía de Midscape es asombrosa —comenta Aria arrastrando las palabras.

—¿Vas a visitar a algún familiar cuando estés ahí?

Aria entorna los ojos y todo su cuerpo se pone tenso. Es un cambio sutil que corrige enseguida con la serenidad de una actriz. Pero ese ha sido un atisbo de algo real.

Me he vuelto muy ducha en percatarme de cuándo la gente tiene la guardia baja, en gran parte gracias a Eldas.

—La familia con la que tengo relación con regularidad está aquí en Quinnar, majestad. Y ahora, si me excusáis, me gustaría ser respetuosa con el tiempo de la modista. —Parece muy impaciente por cambiar el tema de la conversación—. Es tarde ya y tenemos una velada esta noche.

—¿Una velada? —Miro a Harrow.

—Aquí, en el castillo —aclara, y me dedica un gesto de comprensión. Entonces, su voz revierte a los tonos más descuidados y algo crueles que utilizó conmigo el primer día—. Dudo de que te interese.

—Sí, nada de lo que debáis preocuparos. Ya sabemos que los humanos no encuentran divertidas las mismas cosas que nosotros los elfos —dice Aria, con cierto dejo sarcástico. No puedo evitar preguntarme si se refiere al destello.

—En cualquier caso, tengo otras cosas más importantes de las que ocuparme. —Fuerzo una sonrisa tensa y doy un paso a un lado—. Divertíos.

Los cuatro entran en el taller y cierran la puerta a sus espaldas. Me apresuro a estirar una mano y Hook aparece a mi lado al instante. Lo rasco detrás de las orejas, sin apartar la mirada de la puerta.

—Rinni, llévame con Eldas.

—Pero él…

—Ahora —digo con firmeza. Luego añado, en un tono más suave—: Por favor. Hay algo de lo que tengo que hablar con él y es urgente.

—Muy bien. —Rinni asiente y echa a andar pasillo abajo. No parece enfadada conmigo, pero aun así siento una breve sensación de incomodidad.

Por primera vez, le he dado a alguien de Midscape una orden, como lo haría una reina.

Y la han acatado.

Veintiocho

Rinni me conduce al pasadizo secreto que da al salón del trono. Me hago la sorprendida para que no se dé cuenta de que ya he estado ahí. Ella se lleva un dedo a los labios y nos movemos en silencio, mirando hacia abajo.

Han erigido una pantalla de hierro en el centro de la habitación para dividir el espacio en dos. Eldas está a un lado, sentado en su trono de hierro. Al otro lado hay un hombre con suntuosas ropas de terciopelo y madreperla. La pantalla está tejida de un modo intrincado y oculta la figura de Eldas en su mayor parte. Continúa recluyéndose, todo lo posible, aunque se vea forzado a gobernar debido al retraso en la coronación.

—Así es como ha gobernado a lo largo del pasado año —me susurra Rinni al oído—. Mientras te esperaba.

Todo lo que veo es una jaula. Una barrera física que separa a Eldas de cualquier tipo de conexión real con nadie aparte de Rinni, Harrow, Sevenna, Poppy o Willow. Me pregunto lo que ha debido de ser para él escapar por fin del castillo cuando fue a Capton. ¿Habrá sido ese el día en que se vino abajo? ¿El día en que ya no pudo aguantar más la absorbente soledad de su salón?

Está encadenado por las tradiciones de su puesto. De repente, quiero liberarlo del ciclo tanto como a mí misma y a

Midscape. ¿Cómo sería Eldas sin los grilletes de su deber? Dijo que jamás se había permitido soñar... ¿Qué podría descubrir acerca de sus deseos, si se lo permitiera? *¿Me querría a mí?*, susurra una voz traicionera.

Los dos hombres están hablando de los campos que rodean Quinnar.

—Las plantas no crecen. La tierra es como ceniza —dice el lord.

—La reina acaba de recargar el trono —se excusa Eldas—. Hay que darle tiempo a las cosas.

—La reina Alice no necesitaba tiempo.

—La reina Alice dispuso de cien años para perfeccionar sus habilidades.

—Puede que nosotros no dispongamos de cien años antes de que Quinnar se muera de hambre si los campos no se vuelven viables.

—Sé que son tiempos difíciles, pero debéis ser pacientes. —La voz de Eldas sigue sonando calmada, pero oigo un dejo protector.

—Decidle eso a la gente cuyos estómagos roe el hambre. ¡La gente que lleva recolectando nueces y raíces comestibles en las tierras yermas desde hace meses! —El hombre levanta las manos por los aires. Luego hace una pausa y una profunda reverencia—. Perdonadme, majestad, por haber hablado fuera de lugar.

—Que no vuelva a ocurrir —dice Eldas con una suavidad peligrosa. Me inclino hacia la pared mientras capto un atisbo del tipo de regente que es... del hombre duro que conocí al principio—. Abriré los graneros del castillo. Se os asignarán tres carretas. Divididlas como mejor lo consideréis.

El hombre empieza a caminar hacia atrás, haciendo reverencias y farfullando un «gracias» tras otro durante todo el camino hasta la salida del salón. Rinni me aprieta la mano, nos deslizamos afuera y bajamos las escaleras. Esta vez no duda antes de abrir la puerta lateral al salón del trono.

—¿Majestad? —dice.

—¿Rinni? Sabes que… —Los ojos de Eldas saltan hacia mí y su expresión de enfado desaparece en el momento que me ve. Hook pasa corriendo por mi lado y solo frena cuando llega al trono. Eldas frunce un poco el ceño, pero sus manos se hunden en el pelo de ambos lados de la cara de Hook—. ¿Qué pasa? ¿Algo va mal?

—Tengo que hablar contigo. —Me acerco a él y sus ojos vuelan de vuelta a las puertas del fondo, medio ocultas por la pantalla de hierro—. Sé que tienes que recibir a otras personas, pero…

—Tú eres mi prioridad —me interrumpe, casi como si fuese un decreto. Intento no sonrojarme—. Dime, ¿qué pasa?

—Dos cosas. En primer lugar, Aria.

—¿Qué ha hecho ahora?

—Nada en concreto… Pero no confío en ella —empiezo.

—Investigué a Aria en persona después del incidente en la ciudad —dice Rinni.

—Lo sé, pero es otra cosa. Creo que está… —Me callo de pronto. Le prometí a Harrow que no traicionaría su confianza. Eldas arquea las cejas—. Creo que quizás esté metida en algún asunto turbio.

—No creo que sea capaz de atacar a la corona. —Rinni frunce el ceño.

—Quizá no sea algo tan serio, pero… sí es serio de todos modos. —Doy vueltas sin sentido en torno al tema—. No sé qué es. Pero parece sospechosa.

—Luella —murmura Eldas, pensativo. Baja del trono con las manos cruzadas a la espalda. Es el modelo perfecto de un rey pero con la voz de un amigo, de… no me atrevo a pensar a qué más suena mi nombre en su boca—. Sigues cansada por lo del trono. Sé que es muy duro.

—Esa es la segunda cosa… aunque antes terminaré con el tema de Aria diciéndote que la investigues, *por favor*. Va a ir a Carron. Tiene conexiones con los feéricos. Y desde que la delegación feérica estuvo aquí, le han estado pasando cosas malas a la familia real: la sospechosa enfermedad de Harrow, mi intento de secuestro...

—Tu secuestro fue cosa de un grupo solitario, los Acólitos del Bosque Salvaje, que intenta reclamar el trono feérico. Harán cualquier cosa por demostrar su poder... excepto revelar dónde se esconden sus cabecillas —explica Rinni.

—Y Harrow siempre ha dado problemas. Su enfermedad es poco más que una noche de demasiados excesos. —Eldas suspira con un toque tajante. Me dan ganas de gritar. No sé en qué otro idioma decírselo.

—No creo que Harrow... —No logro terminar antes de que Eldas siga hablando.

—Entonces, ¿cuál es esa segunda, la cosa relacionada con el trono?

No había venido aquí para esto, pero después de lo que he oído no puedo ignorarlo.

—Tengo que sentarme en él de nuevo.

—Luella...

—Ahora. —Miro a Eldas a los ojos y veo cierta aprensión, templada por lo que me atrevería a decir que es admiración—. He oído a ese hombre. Tu gente necesita tierras fértiles y bosques llenos de animales para cazar.

—Todavía estás demasiado débil.

—Estoy bastante fuerte.

Eldas da un paso adelante y sus manos se deslizan desde su espalda para agarrar las mías. Me sorprende mucho que me toque delante de Rinni. Y jamás creí que vería la tierna expresión de su rostro a la luz del día, y desde luego no en presencia de otros.

—No me puedo arriesgar a que te suceda nada.

—¿Por el bien de Midscape? —Esbozo una leve sonrisa.

—Por... —Vacila un instante. Aguardo, expectante, pero sea lo que fuere lo que pensaba decir, no va a ser directo con ello. Así que retrocedo hasta donde los temas son seguros: nuestras responsabilidades.

—Es mi deber —digo con suavidad. Sus ojos se abren un poco—. Igual que cuidar de Capton; también es mi deber cuidar de Midscape.

—Muy bien, pero te sientas solo un poco —cede al fin.

Asiento y me suelta las manos. Paso por su lado y me da la impresión de verle dar un respingo, como si estuviese resistiéndose al impulso de alargar las manos hacia mí. Algo en mi interior lo anhela, desea permitir que Eldas me envuelva en sus brazos para poder absorber de él toda la fuerza que pueda.

Pero no me detengo.

Voy directo hacia el trono y me preparo para el dolor que está a punto de producirse.

Durante dos semanas, bailo con el trono.

Me despierto y desayuno en mi habitación, donde intento leer un rato los diarios, aunque para la segunda semana estoy demasiado agotada como para leer siquiera. Eldas empieza a desayunar también conmigo. Lee sin parar. Me pregunto si lo hace para compensar mi fatiga. No suele decir gran cosa, como si supiera que estoy demasiado cansada para hablar de naderías, así que espero que sepa que agradezco su presencia silenciosa y tranquilizadora.

Los días en los que me siento más fuerte, acudo al laboratorio. Willow expresa su preocupación por mis mejillas demacradas y las sombras cada vez más oscuras bajo mis ojos. Pero no me quejo.

No quiero que nadie sepa cuán vacía me está dejando el trono por dentro. Apenas puedo contarle eso a Eldas. Cada vez que me sincero con él, su expresión se oscurece y casi puedo ver cómo florece más preocupación en los sombríos jardines de su mente.

En cualquier caso, me aseguro de tener las fuerzas suficientes para cumplir la promesa que le hice a Harrow. Le preparo jarras de tés y polvos variados para ayudar con su problema. Como era de esperar empeoró después de la noche con Aria, pero se muestra a la defensiva en cuanto intento tocar el tema.

Nunca he descubierto si volvió a consumir destello.

Al final de la segunda semana estoy tumbada en la cama, despierta, con los ojos fijos en el techo. Me pesa demasiado la piel. Me duelen las articulaciones. Mi pelo ha perdido su lustre.

El trono me está matando. Está compensando lo que no tengo de magia con mi propia vida.

—Tiene que existir una manera de detenerlo —le susurro al aire—. *Tengo* que detenerlo.

No dejo de repetir ese mantra mientras me desenredo de las cálidas mantas de mi cama y arrastro los pies hasta mi escritorio. Los cuadernos de las reinas están desplegados por cada superficie plana de la sala de estar de mis aposentos. Notas garabateadas entre ellos, tanto con mi letra como con la de Eldas. Pero no hay nada útil ahí. Los hemos repasado ya innumerables veces y no hemos encontrado nada.

Pienso en la estatua, en la primera reina que fabricó el trono de secuoya y ayudó a crear el Vano. Si solo tuviese su diario… o los diarios de las que vinieron justo después. Quizás entonces sería capaz de encajar las últimas piezas de este puzle gigante que no logro desentrañar.

En ese momento, se me ocurre una idea.

Hay un caballero apostado al otro lado de mi puerta. Lo reconozco vagamente de la legión que vino a recogerme a Capton. Rinni ha estado recurriendo a miembros de su escuadrón principal para protegerme siempre que ella no puede hacerlo por sus deberes u otras necesidades, como dormir, por ejemplo.

El hombre se sobresalta al verme, pero se limita a inclinar la cabeza.

—Voy a dar un paseo —declaro—. Hook, quédate aquí y vigila el cuarto. —El lobo obedece y el guardia me sigue cuando echo a andar hasta una gran sala ocupada por fantasmas.

Miro las lonas y sábanas que tapan todos los muebles comprados por las reinas anteriores. Algún día, mi escritorio, mi silla, la pequeña mesa y el sofá en el que durmió Eldas estarán bien guardados aquí dentro, cubiertos como lápidas olvidadas. La luz de la luna entra por las ventanas del salón de baile. Las zonas iluminadas están bañadas en blanco hueso; las otras están envueltas en un gris tenebroso.

El caballero se queda a la entrada mientras me adentro en el laberinto de muebles. Cuando estoy a medio camino, agarro una de las telas y la retiro de un tirón. Se levanta una nubecilla de polvo que me hace toser.

Las centelleantes motas se asientan otra vez sobre el sofá, brillantes a la luz de la luna, casi como la escarcha de la magia élfica.

Dejo la tela tirada en el suelo y sigo avanzando hacia el fondo. Es como si estuviera revelando otra vez a estas reinas olvidadas al mundo. Sacrificaron demasiado como para ser relegadas a un rincón del castillo y a una balda solitaria en el laboratorio. Encuentro escritorios, mesas de comedor, sofás de todas las formas y tamaños. Las modas cambian del estilo práctico de las piezas que fabricó el ebanista para mí a otros muebles más elaborados, con volutas bañadas en oro. Retrocedo en el tiempo, sigo la historia contada por los cambios en el sentido del diseño de Quinnar.

Un confeti polvoriento llueve sobre mí a medida que voy quitando las lonas. Por fin llego al fondo de la habitación, donde un último mueble está colocado contra la pared. Si queda algún viejo cuaderno olvidado de las primeras cinco reinas, este es el último lugar en el que se me ha ocurrido que podría encontrarlo. Una ristra de telas cubre el suelo a mi espalda, los muebles ahora al descubierto. Agarro esa última lona con ambas manos y tiro de ella para revelar un escritorio largo.

Un sonoro crujido llena el ambiente. El escritorio gime como si la lona fuese la única cosa que mantenía entera la madera ajada por el tiempo y comida por los gusanos. Con un fuerte chasquido, la madera se desintegra y el mueble entero colapsa de un modo estrepitoso.

Retrocedo de un salto y me da un ataque de tos. Intento evitar los bichos que salen del mueble y corretean por el suelo. A medida que se asienta el serrín, miro el montón de madera y astillas rotas.

«Perdón». No estoy muy segura de si me estoy disculpando con el escritorio que fue o con el recuerdo de la reina. Me invade una oleada de pena, como si este hubiera sido el último vestigio de su presencia en este mundo. «Me pregunto a quién perteneciste», murmuro.

Tan al fondo, debió de ser de una de las primerísimas reinas, relegado y olvidado por el tiempo. No sé lo que esperaba encontrar. Cualquier cosa que la hubiese sobrevivido sería poco más que serrín ahora.

Me agacho y rebusco entre los escombros en un intento por hallar alguna pista sobre a qué reina podría haber pertenecido. Aunque sé que la misión es fútil. O al menos eso creo, hasta que la luz de la luna centellea sobre una cajita de metal que reposa en el marco de lo que una vez fue un cajón.

«Y tú, ¿qué eres?».

Saco la caja de entre los restos y la abro con delicadeza. Dentro hay un pequeño diario al lado de un collar. Inspecciono este último primero.

Envuelta en filigrana de plata veo una reluciente piedra negra. O al menos al principio creo que es una piedra, por lo brillante y pulida que está. Cuando deslizo los dedos por encima del colgante, en cambio, descubro que es cálida al tacto. *Madera.* Una madera densa y negra, pulida y engarzada con sumo cuidado como colgante en una cadena de plata.

Siento que la magia reside en ella. Recuerdos que hacen hormiguear mi mente; noto un cosquilleo en la parte de atrás de la cabeza cuando el poder danza bajo las yemas de mis dedos...

Veo a una mujer por un instante y luego estoy enterrada. Ya he visto estos recuerdos, ¿verdad? Los pensamientos evocados por el colgante tienen una cualidad nebulosa e incómoda. Me apresuro a dejarlo y recojo el diario.

Las páginas están a punto de desmigajarse bajo mis dedos, así que abandono la idea de inspeccionarlo aquí. Tengo que llevarlo de vuelta a mi habitación. Copiaré en otro cuaderno las notas que todavía estén legibles.

Levanto la caja con ambas manos y regreso despacio a mi habitación, con cuidado de no zarandearla. El caballero guarda silencio durante todo el trayecto. Al menos hasta que encontramos mi puerta entreabierta. El hombre pone una mano sobre su espada y se acerca con cautela.

—Puedes retirarte. —La voz de Eldas rompe el frío silencio. El guardia inclina la cabeza y se marcha.

Abro la puerta y encuentro a Eldas en mi sofá, la nariz enterrada en un libro; con una mano, rasca distraído la barriga de Hook. El lobo está despanzurrado en el suelo a su lado, con la lengua colgando por un lado de la boca.

—Menudo perro guardián estás hecho.

—Hook sabe que no tiene nada que temer conmigo —comenta Eldas sin levantar la vista del diario. Veo que está a punto de terminar otro. Entre los dos, casi hemos leído todo lo que hay dos veces, lo cual hace que el contenido de esta caja sea aún más emocionante—. Y hola a ti también.

—¿A qué debo el honor de vuestra presencia, majestad? —Utilizo un tono formal y su título con un toque burlón, y Eldas no se molesta en disimular su diversión. Aunque enseguida vacila cuando levanta la vista hacia mí. Supongo que ahora mismo debo de tener un aspecto bastante espantoso.

—Vine a ver cómo estabas —dice con calma.

—¿A ver cómo estaba?

—He de admitir que lo he hecho una o dos veces. Por lo general, cuando hay algo que no me deja dormir y que querría

comentar contigo. O cuando sufro pesadillas sobre secuestradores feéricos que te raptan de la cama. —Me estremezco y me de-
dico a admirar a Eldas para olvidar ese pensamiento. Hay algo
en él esta noche. Algo… *Oh*, se ha recogido el pelo. Lo lleva atado
en la nuca con un lazo un poco suelto. Varios mechones finos han
escapado del cordel y enmarcan su cara, para luego descansar
con suavidad sobre su clavícula y su pecho—. Por suerte, te he
oído acercarte por el pasillo y me he tomado la libertad de entrar.

—¿Tienes costumbre de tomarte ese tipo de libertades cuando vienes a ver cómo estoy? —Arqueo las cejas.

—Dijiste que sería bienvenido en todo momento.

—Sí, pero no pensé que fueses a colarte en mi habitación
mientras duermo. —Le lanzo una mirada significativa con la
que me gano una risita.

—Te aseguro que la mayor parte del tiempo vengo a hablar,
en el caso improbable de que estés despierta, o solo para verifi-
car por mí mismo que nadie te ha raptado. No me quedo mucho
y jamás te he tocado mientras duermes. —Lo piensa un poco,
luego añade—: Bueno, una vez, la manta había resbalado de tus
hombros y daba la impresión de que tenías frío.

—Ya veo. —Desearía tener una respuesta mejor. Supongo
que debería estar más desconcertada por la idea de que Eldas
viniese de vez en cuando a ver cómo estoy, pero lo encuentro
tranquilizador. Además, ahora se me ha metido en la cabeza
también la posibilidad de que un feérico pueda raptarme en medio de la noche. Cruzo hasta el escritorio. Oigo a Eldas moverse
detrás de mí mientras dejo la caja en la mesa.

—¿Qué has ido a robar de mi castillo a hurtadillas?

—No he robado nada —me defiendo al instante.

Se echa a reír y el sonido me hace enroscar los dedos de los
pies. Es un sonido áspero e inusual, pero no es desagradable en
absoluto.

—Todo lo que hay en este castillo es tuyo, Luella. No puedes
robarte a ti misma.

Mis uñas se clavan un poco en el metal. *Todo lo que hay aquí es mío.* Hay demasiado en esas palabras como para profundizar en ellas ahora mismo.

—En cualquier caso, lo he encontrado en el salón de baile lleno de muebles de las antiguas reinas.

—¿El salón de baile lleno de muebles de las antiguas reinas? —Eldas ladea la cabeza en ademán inquisitivo.

—No me digas... primero los diarios y ahora... ¿sé *otra* cosa más acerca de este castillo que tú desconoces?

—Es un castillo muy grande. —Hace un gesto hacia la caja con la barbilla—. ¿La vas a abrir?

—Tal vez. Si lo pides por favor.

—Los reyes no dicen *por favor.* —Me mira entre sus largas pestañas con una sonrisa perezosa, los brazos cruzados delante del pecho. Lamento todas las oportunidades anteriores en que no he apreciado de cerca la manera en que sus musculosos brazos tensan sus ceñidas mangas.

—Técnicamente, acabas de hacerlo. O casi, supongo. —Pone los ojos en blanco mientras me observa y yo aparto la mirada e intento centrarme en abrir la caja.

—Un collar y un diario... ¿Puedo? —Su mano espera sobre el collar.

—Adelante. Pero el diario es muy frágil. Lo he traído de vuelta para poder transcribir todo lo posible antes de que las páginas se desintegren.

—No tendrás que preocuparte por eso. —Eldas da vueltas al collar entre las manos y luego lo deja a un lado. No lo sé a ciencia cierta, pero sospecho que no siente lo mismo que sentí yo cuando mis dedos entraron en contacto con la madera pulida. La única explicación que se me ocurre es que el collar contenga algo de la magia de la reina, intrínsecamente diferente de la de Eldas.

—¿Y eso por qué?

En lugar de contestar, Eldas mira el diario muy concentrado. Sus ojos refulgen de un color azul pálido y la temperatura de la habitación cae en picado. Cuando levanta la mano, un destello azul recorre el contorno de sus dedos. Se condensa en un abrir y cerrar de ojos. En un segundo su mano está vacía, y al siguiente sus dedos se han cerrado alrededor de un diario idéntico.

—Duplicación con el nombre verdadero de algo —digo. Acepto el diario que me ofrece mientras me acuerdo del costillar de cordero que creó durante nuestra cena.

—Puede que necesites un par para terminar todas las páginas, pero así no se destruye el original.

—Gracias. —Es un gesto considerado, uno que aprecio de verdad.

—Es lo menos que puedo hacer. —Sus labios se fruncen un poco. Eldas niega con la cabeza y más mechones de pelo escapan del moño flojo que lo recoge en la nuca. Apenas me resisto a la tentación de remeterlos detrás de su oreja—. He intentado leer todos esos diarios para comprender tu magia, pero todavía no he entendido ni una palabra. Lo cual significa que no tengo ni idea de cómo ayudarte.

—Has...

—Eres tal enigma para mí, Luella... —susurra en tono melancólico.

Esa sencilla afirmación va cargada de un montón de significado. Nos miramos a los ojos mientras mi corazón amenaza con salírseme del pecho y caer a sus pies como una humilde ofrenda. Aspiro una bocanada de aire lenta y tensa.

—Eldas, haces más que suficiente —susurro.

Eldas, ese cuerpo fibroso bañado en luz de luna, una sombra que ha adquirido forma y es delineada por el suave resplandor de las lámparas de aceite de mi cuarto... Mientras lo miro, me doy cuenta una vez más de que es el hombre más guapo que he visto en la vida. Y he malgastado la mitad de mi tiempo con él dedicando mis horas a proyectos y misiones que me alejarán de sus brazos.

¿Tan malo sería si te quedaras?, me pegunta una vocecilla tentativa en el fondo de mi mente. *Podrías quedarte aquí, con él, para siempre.*

Pero entonces veo el trono de secuoya, que me arranca la carne de los huesos, me roe las entrañas, hasta que me marchito y ya no queda nada para estar con él. Veo una vida vaciada hasta que ni siquiera tengo energías para desearlo ya más.

Veo a mi madre y su cara empapada de lágrimas cuando me marché. Veo a mis padres sentados solos a su mesa. Veo a Emma en el suelo, muriéndose de un ataque que no se calma. Imagino al amable señor Abbot yendo a mi tienda por instinto, solo para recordar que me he marchado. Todo Capton, mi hogar, mis pacientes, mi deber para con ellos y, por extensión, para con Midscape… Todo ello tira de un lado de mi corazón.

Eldas tira del otro.

Sin importar lo que pase, no sobreviviría intacta a ser la Reina Humana.

—Se me ha ocurrido una cosa que me gustaría hacer por ti. Algo que podría ayudarte.

—¿Qué es? —Me giro para mirarlo. Eso me acerca medio paso a él. Mi atención se desvía hacia sus labios. Se me ocurren varias cosas que me gustaría que hiciera para «ayudarme».

Cada vez que me rozaba estas últimas semanas ha sido una agonía. Una agonía porque tengo la piel en llamas debido al trono de secuoya. Una agonía porque puedo sentir cómo se contiene, junto al punzante recuerdo de su beso. Puedo sentir cómo huye de lo que sea que esté surgiendo entre nosotros.

—Mi hermano Drestin, su mujer está encinta —dice un poco incómodo.

—Oh, enhorabuena. —Intento no dejar que mi sorpresa por su repentina revelación y por el cambio de tema disminuyan mi sinceridad. No esperaba que la conversación tomase ese rumbo.

—Sí, está muy emocionado. —El fantasma de una sonrisa cruza la boca de Eldas, aunque la añoranza ensombrece toda dulzura que pudiera haber en ella. Me pregunto si se imagina como padre en el futuro—. Sea como fuere, su mujer sale de cuentas más o menos para la fecha de la coronación. Como es natural, no podrán venir.

—Es comprensible.

—Sí y, como hermano del rey, se le concede una libertad para este tipo de asuntos que tal vez otros lores no tendrían. —Me resisto a la tentación de comentar que todos los lores deberían tener derecho a estar en casa para el nacimiento de un hijo. Por suerte, Eldas continúa antes de que pueda arriesgarme a insultar a su gente y sus costumbres—. Pero se ha ofrecido a recibirnos en Westwatch antes de la coronación. Es su manera de disculparse y de intentar ganarse el cariño de la nueva reina. —Eldas me mira de reojo—. No le he dicho que te irás pronto.

No me mires con semejante nostalgia, me gustaría suplicar. Ya puedo oír las fracturas por estrés que se están formando en mi corazón. Crepitan como el hielo cuando es demasiado fino. Crepitan como los sentimientos que Eldas ha tejido en mi interior sin que me diera cuenta siquiera.

—¿Crees que de verdad lo lograré? —Deslizo los dedos por el lomo del diario.

—Si alguien puede hacerlo, esa eres tú —dice Eldas con suavidad, la voz grave de la emoción—. Y tienes razón en que debe hacerse. El poder de la reina está disminuyendo… No puedo soportar ver ni un día más cómo mueres delante de mis ojos. El ciclo debe terminar y tú debes marcharte.

Se me atasca el aire en la garganta. Se preocupa por mí. Está decidido a apoyarme en mi misión de terminar con el ciclo. Aun así, la manera en que dice esas palabras, casi expectante, casi a la espera de ver si lo contradigo, como si hubiera algún modo de hacer esto que me permitiera quedarme…

Una voz susurra en la parte de atrás de mi mente: *Esto es lo que querías, ¿no?*

Bueno, Luella, ¿lo es?

—En cualquier caso, no tengo una buena razón para rechazar la invitación de mi hermano —continúa Eldas tras mi silencio.

—¿El trono estará bien si me marcho?

—Lo recargaremos una vez más antes de partir —contesta con solemnidad—. Pero, aparte de la situación de Midscape, necesitas tomarte un descanso de él. No serás eficaz si sigues forzándote de este modo.

Eso no puedo discutírselo. Igual que todavía no puedo mirarlo a los ojos.

—Empacaré mis cosas. ¿Cuándo nos vamos?

—Dentro de una semana. —Una semana más de trabajo, luego viajaremos durante quién sabe cuánto tiempo. ¿Otra semana, quizá? Eso solo me dejará un par de semanas más antes de la coronación y de que venza mi trato con Eldas—. A menos...

—¿A menos? —Lo miro y parece sorprendido por mi repentina ansiedad.

—A menos que tú y yo nos vayamos un poco antes —dice con cautela, sus ojos inquisitivos.

—¿Adónde iríamos?

—Hay algo que creo que te podría gustar y que debería revitalizarte.

—¿Eso es todo lo que me vas a decir?

—Sí, eso creo. —Las comisuras de sus labios están curvadas en una sonrisa—. No tuve ocasión de enseñarte mi castillo. Willow se me adelantó a la hora de mostrarte el invernadero. —Me reprimo de informarle que él *podría* haberme enseñado el castillo en cualquier momento de esos primeros días. Pero las cosas entre nosotros eran diferentes entonces. Es asombroso lo mucho que han cambiado en tan pocas semanas—. Me gustaría compartir esto contigo.

Las yemas de sus dedos resbalan con suavidad de mi hombro a mi codo, donde se quedan mientras espera mi respuesta. Me estremezco, pero no de frío. De repente, estoy ardiendo. Me doy cuenta de que quiero esa caricia perezosa por *todas partes*. Quiero sentir sus dedos gélidos sobre mis brazos, mis piernas, mi vientre...

—Sí. —La palabra es casi un graznido. Mi lengua se ha vuelto pesada e inútil—. Me encantaría ver esa sorpresa.

Su rostro se ilumina, más brillante que el amanecer sobre sus mejillas la mañana que se quedó dormido en mi sofá.

—Entonces, partiremos por la mañana.

—¿Por la mañana? ¿Tan pronto?

—Tardaremos un día o así en llegar. Y luego otro día en ir hasta Westwatch. —Eldas se aparta y se dirige hacia la puerta con zancadas casi saltarinas. Mi pecho burbujea al verlo de ese modo, consciente de que he tenido algo que ver en que esté tan contento—. Y me da la sensación de que querrás pasar más de una noche ahí.

—Vale. —No puedo evitar reírme—. Prepararé mis cosas enseguida.

—Y yo te veré a primera hora, en cuanto amanezca.

Veintinueve

Un carruaje dorado nos espera en el largo túnel que discurre por debajo del castillo y a través de la cordillera montañosa que rodea Quinnar. Cuando vino a recogerme, Eldas me informó que iríamos en carruaje.

—Quiero que sepas cómo podrías llegar ahí sin mí —me explicó cuando le pregunté por qué no nos limitábamos a vanoambular.

Eso solo avivó mi curiosidad con respecto a dónde era «ahí».

Solo he traído una bolsa, una especie de bolsón de viaje que encontré en mi armario. A esa única bolsa la cargan los lacayos en la parte de atrás del carruaje, encima de varias otras.

Echo una miradita en dirección a Eldas, pero me reprimo de comentar hasta que estamos en el carruaje.

—¿Crees que has traído suficientes cosas?

—Sospechaba que tú traerías demasiado pocas. Así que me aseguré de que las sirvientas empacaran más cosas para ti, solo por si acaso. Puedes agradecérmelo cuando tengas ropa apropiada para Westwatch. —Eldas se instala en su asiento y yo reprimo una carcajada ante su petulancia fingida. Desde fuera, el carruaje parecía bastante grande, pero de algún modo nuestros muslos quedan en contacto en el banco de dentro. Hay otro banco enfrente, pero Eldas ha elegido sentarse a mi lado.

Intento ignorar su sólida presencia. El esfuerzo se vuelve más fácil cuando el carruaje da una sacudida hacia delante y empieza a rodar por el largo túnel para emerger a la luz del sol al otro lado. Aparto las gruesas cortinas de terciopelo y pego la nariz al cristal cuando encaramos el serpenteante camino entre campos que llevo semanas contemplando desde las ventanas de mi habitación.

—Espera —dice Eldas. Se inclina por encima de mí y lo que antes era el contacto de su muslo lo es ahora de medio cuerpo. Me aprieto contra la pared y las ventanas y finjo estar más concentrada en el paisaje que en las manos diestras con las que ata las cortinas. Eldas vuelve a su lado del banco y saca un diario desgastado de la pequeña bolsa que ha traído al habitáculo del carruaje.

—¿Qué es eso? —pregunto.

—Creía que estabas más interesada en el paisaje —contesta con una risita.

—Estoy interesada sobre todo en ti. —En cuanto las palabras salen por mi boca, las contrasto con un repentino giro de mi cabeza de vuelta a las ventanas para ocultar el intensísimo rubor que trepa por mi cuello, gira en torno a mis orejas y se extiende por mis mejillas. Espero a que responda algo ingenioso, pero me lo ahorra. Aunque sí oigo el suave resoplido de una risa ahogada que hace que mi estómago parezca gelatina.

—¿Me creerías si te dijera que las reinas no son las únicas que llevaban diarios?

—Sí, lo creería. —Mi cara empieza a enfriarse a medida que me distraigo con el paisaje serpenteante. Los campos se suceden unos tras otros, pegados a prados con granjas encajadas entre ellos. A lo lejos, veo que la tierra asciende para formar colinas. A la distancia, distingo también la tenue silueta de una fortaleza en la cresta de una de ellas.

—Mi padre me inculcó la importancia de catalogar mis pensamientos y llevar diarios —continúa Eldas—. De hecho, he estado comparando los diarios de los reyes con los de las reinas, para ver si puedo hallar algo importante para nuestra investigación.

Nuestra investigación. No solo mía. Ya no. Sí que se ha comprometido con esta misión. Me muerdo los carrillos por dentro y espero antes de hablar a que mi estómago se desenrede.

—O sea que, según lo que dices, ¿te has estado guardando cosas que no me has contado?

Se ríe otra vez. Nunca había oído a Eldas reírse tanto. A medida que el castillo desierto y gris se pierde a nuestra espalda, da la impresión de que el hueco en su pecho, ese abismo frío y amargo que no podía atravesar cuando nos conocimos, está desapareciendo por momentos.

—Sí, Luella. Me he estado reservando cosas. Después de todo lo que te he dado, pensé que sería justo negarte algo ahora.

—Lo sabía. —Me muevo en mi asiento para intentar encontrar una posición cómoda después de que los baches del camino hayan zarandeado el carruaje de tal modo que casi acabo sentada en el regazo de Eldas—. ¿Por qué me has dado tanto? —pregunto en voz baja.

—¿*Cómo*? —La pluma de Eldas se queda inmóvil. Me asombra que pudiera escribir algo con tanto zarandeo.

—Jamás esperé que fueses el marido atento y detallista.

—Y ese es el verdadero crimen en todo esto, ¿verdad?

Había pretendido hacerlo sentir mejor con el comentario, pero su respuesta agria y cansada me hace buscar sus ojos, su rostro. ¿Qué expresión tendría cuando dijo eso? Fuera cual fuere, me la perdí. Estaba demasiado concentrada en mi falda y ahora Eldas mira por la ventana de la puerta a su izquierda.

—Bueno, esta no es precisamente una situación normal.

—Para ti, no —reconoce. Él se ha estado preparando para esto toda la vida. Aunque no parece haberle servido de mucho a la hora de prepararlo de verdad para una Reina Humana.

—No, para mí no… —Reprimo un suspiro y miro por mis propias ventanas. Si el trono no hubiese estado intentando matarme... Si no estuviese al final de una estirpe de reinas de tres mil años de antigüedad... Si hubiese sido más fuerte, o hubiese estado más preparada, o fuese capaz de desear ser reina como alguien formado para esto desde joven...—. Desearía que todo fuese diferente —susurro en voz alta.

No había sido mi intención que lo oyera, pero con esas orejas tan largas, debería haber sabido que lo haría.

—Yo, no —dice Eldas, igualmente bajito. Tengo que hacer un esfuerzo por oírlo por encima de los crujidos del carruaje.

—¿Tú no? —Lo miro, pero sigue girado hacia la ventana.

—Si las cosas fuesen diferentes, tú no hubieses sido tú. —Por fin se gira hacia mí de nuevo. Sus ojos antes gélidos son ahora pozos tibios, tan tentadores y cálidos como los manantiales en los que nadaba desnuda bajo las secuoyas en lo más profundo de los bosques que rodeaban el templo—. Y he descubierto que me gusta mucho justo la mujer que eres. No cambiaría ni una sola cosa.

No sé cómo responder a eso, así que no lo hago. Aparto los ojos de los suyos y miro otra vez por la ventana. Eldas vuelve a su diario. Y doy gracias en silencio al carruaje por ser bastante ruidoso como para ocultar, creo, el tronar de mi corazón.

—Luella —susurra Eldas—. Luella, ya hemos llegado.

En algún momento me quedé dormida. Con lo agotada que me tiene el trono, parece que nunca duermo lo suficiente estos días. Parpadeo despacio y una oscuridad casi completa me da la bienvenida. Eldas ha debido de correr las cortinas, porque ahora están cerradas a cal y canto. La poca luz que se cuela es de color miel, aunque se va apagando. La copia del diario que Eldas me hizo está en mi regazo, sin leer aún en su mayor parte.

Y mi cabeza... Me enderezo a toda prisa.

—Perdón —balbuceo. En algún punto, caí hacia un lado mientras dormía y mi sien acabó sobre su hombro. Eldas me dedica una sonrisa burlona.

—No pasa nada. —Eso es todo lo que dice, pero aun así me encuentro tratando de leer entre líneas todo el rato.

Recupera el control, me ordena mi mente. Pero ya he descubierto que a mi corazón no se le da bien escuchar.

El rey da unos golpecitos en la puerta y esta se abre. Él se apea primero y luego se gira para ayudarme. Tomo su mano fría, pero me doy cuenta de que su contacto ya no es seco y gélido. Quizás haya cambiado algo en él. A lo mejor me he acostumbrado a su magia. O tal vez sea solo el hecho de que he empezado a desear el contacto de esos dedos fríos sobre mi piel.

—¿Dónde estamos? —La gravilla cruje debajo de mis pies cuando me apeo.

El carruaje está aparcado al final de un sendero que dibuja un gran arco. Unos altos setos lo rodean por todos lados y continúan por los bordes de lo que supongo que es una sola propiedad. Se extienden a un costado de una carretera entre árboles.

Delante de nosotros hay una casita pintoresca. El tejado de paja está en buen estado y el amplio porche delantero está recién lijado y pintado. Hay el mismo aroma en el ambiente que el que suele haber en el templo en el solsticio de verano, cuando los Custodios lo engalanan antes de las celebraciones.

—Esto es tuyo —anuncia Eldas y me guía hacia la casa. Mientras nos alejamos, el cochero vuelve a subirse al asiento del conductor y pone en marcha a los caballos—. Hay un pueblo a tan solo una hora en carruaje de aquí —responde Eldas a mi pregunta tácita—. El cochero se alojará allí, puesto que aquí no hay sitio para él.

—Ya veo… —Sin sirvientes. Sin asistentes. Sola con Eldas en medio de la nada, rodeados de ondulantes colinas y extensos bosques asentados a la sombra de una montaña que casi me recuerda a casa.

—Adelante —me anima. Hace un gesto hacia la puerta cuando subimos al porche—. Después de todo, es tuya.

—No haces más que decir eso. —Mi mano vacila sobre el pomo de la puerta—. Pero ¿a qué te refieres?

—Esta es la cabaña de la reina. —Eldas sonríe con orgullo—. Es un regalo creado tres reinas antes que tú, como lugar privado de escapada para su majestad. Bastante cerca de Quinnar como para poder hacer el viaje en un solo día, pero bastante lejos como para que parezca una escapada de verdad. Y como te dije, sin necesidad de depender de que el vanoambulismo de un rey te traiga hasta aquí. En cualquier caso, tanto yo como pasados reyes hemos rodeado este lugar de poderosos hechizos para que, aunque esté lejos del castillo, sea igualmente seguro.

Abro la puerta y me encuentro con la casita de campo más adorable que he visto en la vida.

Es como los óleos que a veces veía en los mercados de Lanton, con paisajes idílicos que prometían un mundo que la mayoría de la gente no conocería jamás. Unas anchas vigas discurren por el techo, con múltiples ganchos para secar hierbas en cada una de ellas, ansiosos por recibir vegetación. La planta baja está dividida por una escalera central. A la izquierda hay una cocina con grandes ollas de latón y baldosas rojizas; a la derecha, un salón con varios sofás dispuestos en torno a una gran chimenea.

La madera de la barandilla se desliza con suavidad bajo mis dedos cuando subo las escaleras. La planta de arriba es más pequeña que la otra y veo de inmediato por qué Eldas dijo que no había sitio para el cochero. Aquí arriba solo hay una habitación… con una sola cama.

—¿Qué opinas? —pregunta Eldas mientras examino el grueso edredón que cubre la cama.

—Solo hay una cama.

Eldas recibe mi comentario con una sonora carcajada.

—No te preocupes. Yo dormiré abajo. —Sonríe, ajeno a la punzada de desilusión que alancea mi costado. Yo también intento hacer caso omiso de la sensación.

—Pero ¿no deberías...?

—De niño, dormía en el sofá cuando venía a visitar a Alice. —Empieza a bajar las escaleras otra vez. Cuando lo sigo, me doy cuenta de que mi bolsa y un baúl extra están ya aquí arriba y que sus cosas han sido colocadas en un rincón del salón.

—Pero ya no eres un niño.

—Aun así, ya he dormido en un sofá por ti antes.

Mi mente vuela al sofá de mi cuarto.

—No te pedí que lo hicieras.

—Estabas débil después de sentarte en el trono y yo estaba preocupado. ¿Y si hubieses necesitado algo? ¿Y si el trono había absorbido más poder del que creíamos? —No tengo respuesta a eso, sobre todo después del estado en el que quedé tras la primera vez que me senté en el trono—. No necesitabas pedirme que cuidara de ti. Debí de haberlo hecho mejor desde el principio.

—Nunca te di las gracias por eso.

—No tenías por qué dármelas.

—Gracias —insisto en decir de todos modos.

—De nada. —La sonrisa que honra sus labios es breve pero cálida. Mira hacia las puertas que ocupan la pared posterior de la cabaña—. Por desgracia, creo que los alrededores serán más impresionantes a la luz del día. ¿Te parece que nos quedemos dentro por esta noche?

—Todavía estoy un poco cansada —admito. Qué lejos quedaron los días en que una buena siesta podía mantenerme en pie toda la noche.

—Por eso estamos aquí, para que puedas descansar. Las reinas del pasado decían que este lugar era revitalizante.

—Estoy segura de que lo será, pero no creo que pueda apaciguar mi mente lo suficiente como para meterme en la cama ya.

—Mis pensamientos siguen atascados en el hecho de que Eldas

y yo estemos aquí, en un lugar pintoresco, juntos, solos... con una cama.

—Entonces, quizá una copita de vino dulce ayude a calmar esos pensamientos revoltosos. —Eldas se dirige a la cocina.

—¿Vino, no hidromiel? —Cruzo hasta ahí y apoyo los codos en la ajada encimera de madera maciza. Me quedo en un trance momentáneo al ver a Eldas enrollar sus mangas hasta los codos, lo cual deja al descubierto sus musculosos antebrazos.

—Las hadas hacen hidromiel. Los elfos hacen vino. Y es un crimen que todavía no lo hayas probado. —Eldas me guiña un ojo. *Guiña un ojo.* Tengo que sentarme en una de las banquetas para no caerme del susto. ¿Este es el mismo Rey de los Elfos que conocí hace unas semanas? El mármol ha desaparecido y aquí está el hombre en todo su esplendor. Espero que se quede.

—Bueno, ¿y de quién es la culpa? —pregunto con tono juguetón.

—Una cosa más que puedes blandir en mi contra. Voy a necesitar una vida entera para compensar todas las transgresiones que he cometido contra tu persona. —*Aunque solo dispongo de unas pocas semanas,* oigo que piensa.

Eldas saca una botella polvorienta de un botellero bajo. Se mueve por la cocina como pez por su casa. Sabe con exactitud dónde están el sacacorchos y los vasos. Sus movimientos al abrir el vino son fluidos, como si lo hubiese hecho cien veces.

—No habría esperado que un rey tuviese un aspecto tan... *natural* en la cocina —comento en tono apreciativo.

—Incluso los reyes tienen *hobbies.* —Eldas sirve el vino con generosidad—. Alice era una cocinera increíble y yo aprendí de ella. —Recuerdo la plétora de anotaciones culinarias que aparecían en su diario.

—Sin embargo, parecías muy ofendido cuando pregunté si tú habías preparado nuestra cena hace unas semanas. —Esa fue la cena en la que me besó. Casi veo el momento exacto en el que

Eldas piensa lo mismo; sus movimientos se ralentizan para hacer una pausa breve y luego se recupera a toda prisa.

—Las cosas eran diferentes entonces.

—Parece que las cosas cambian deprisa entre nosotros.

—A lo mejor es porque no disponemos de mucho tiempo.

—Me mira a los ojos mientras deja la botella al lado de los vasos. Veo desesperación en ellos. Conozco la mirada de alguien que quiere algo, aunque jamás había notado que mi cuerpo pudiera reaccionar de semejante manera a esa forma de mirar. Estoy en llamas, el calor fluye por mi bajo vientre más deprisa que el vino de la botella a los vasos. Cada parte de mí está tan sensible que el roce de mi ropa es casi demasiado.

—¿Tú… —Me aclaro la garganta—… venías aquí con Alice?

—Intento guiar la conversación lejos de nosotros mientras acepto mi vaso de sus manos.

El vino es de un oscuro color ciruela en el que el ocaso parece girar en espiral cuando inclino el vaso. Me pregunto si un humano normal lo encontraría ominoso. Me pregunto si yo debería. En vez de hacerlo, me tiene fascinada.

¿Qué tipo de uvas se habrá utilizado para crearlo? ¿Qué otras frutas? ¿Qué proceso le habrá dado este color mágico? Siento una punzada de arrepentimiento cuando me doy cuenta de que lo más probable es que no me quede en Midscape el tiempo suficiente para rascar siquiera la superficie de este mundo mágico.

—Así es, siempre que me lo permitían. Era uno de mis pocos lugares de escapada, igual que lo era para ella.

—Sigo sin entenderlo… ¿Por qué insisten los elfos en mantener encerrado a un joven solo porque es el heredero? —Parece muy injusto.

—Hay razones lógicas, como garantizar su seguridad o asegurarse de que no se ponga en ridículo al meterse en algún lío. Aunque lo más probable es que sea así solo porque es como siempre se ha hecho, y las razones que existían al principio simplemente se habrán perdido con el tiempo. —Eldas se encoge de hombros con indiferencia, pero he visto las cicatrices subliminales que esos años de soledad dejaron en su espíritu: sus costumbres y manías, sus dudas y su incomodidad al tener que relacionarse con alguien nuevo que entra en su mundo.

—¿Igual que los elfos siguen los pasos de sus padres? —pregunto, en referencia a Willow y a Rinni.

—Los humanos también tienen costumbres bastante raras. He oído que incluso se os permite tener vuestros propios sueños y estudiar para convertiros en lo que queráis ser, sin tener en cuenta a vuestros padres ni sus deseos y conocimientos. Parece un poco egoísta, ¿no? —Esboza una sonrisa sugerente. Estallo en carcajadas.

—Cierto. Podemos ser tan raros como vosotros. Aunque creo que, en esto, ganan los humanos. —Eldas se ríe y estira el brazo con el vaso de vino para brindar. Yo levanto el mío y lo dejo en el aire al lado del suyo.

—¿Por qué brindamos esta vez? —pregunto. Eldas lo piensa unos instantes.

—Por mañana.

—¿Qué pasará mañana?

—Todo. Brindemos por que mañana esté abierto a todas las posibilidades. Y por que seamos lo bastante atrevidos y tengamos la ambición suficiente para aprovecharlas.

El brindis es sincero e improvisado, a diferencia de la última vez, así que hago chocar mi vaso con el suyo de buena gana. Noto el vino cálido sobre mis labios, un complemento perfecto para el calor que siento en el estómago debido a sus sentimientos. Eldas me dedica una sonrisa pícara desde detrás de su vaso, y yo se la devuelvo.

Por primera vez desde que llegué a Midscape me doy cuenta, en este momento, de que no quiero estar en ningún otro sitio más que aquí.

Treinta

El amanecer asoma claro y frío. Me guiña un ojo a través de la pequeña ventanita del primer piso, que está frente al pie de la cama. Ruedo y ciño mejor las mantas a mi alrededor.

Me duele un poco la cabeza. Supongo que bebí un pelín demasiado vino ayer por la noche. Pensé que estaba borracha con la conversación, pero ahora sé que estaba solo un poco borracha sin más. Por desgracia, a diferencia de la última vez, no hubo besos achispados que valieran.

Abro los ojos una rendija y recuerdo dónde estoy. Esta habitación me trae añoranzas de mi ático allá en casa. Desde el suelo y las paredes de madera vista, hasta el polvo que flota en el aire con el aspecto que siempre pensé que tendrían las hadas.

Cinco minutos más, hubiese suplicado por aquel entonces. Seguir durmiendo cinco minutos más era un placer. Aquellos días tenía trabajo que hacer. Había pescadores que venían a recoger cosas para ellos mismos o para sus familias antes de zarpar para pasar la mañana en el mar. Sabía bien cuándo aparecería cada cliente, y además siempre tenía que estar preparada para los clientes inesperados que entraban a lo largo del día.

Ahora… no estoy muy segura de dónde se supone que debo estar.

¿Sobre el trono? ¿En Capton? ¿Con Eldas? La incertidumbre me llena de vergüenza. Debería saber sin lugar a dudas adónde pertenezco; siempre lo he hecho. El deber en el que siempre he confiado me guía. Mucha gente se ha sacrificado por mí: mis padres, todo Capton. Cualquier duda parece una traición.

«No hagas esto», le ruego en silencio a mi corazón. Aprieto la base de la mano contra mis ojos hasta que veo estrellitas. Yo no pedí esto, nada de esto. Y ahora… hay una parte de mí que no quiere renunciar a ello del todo. La mitad de mi corazón está arraigando aquí, con unas raíces tan profundas como las del trono de secuoya. Hay muchísimas cosas en este mundo que todavía no he visto ni he explorado. Muchísima magia en la que podría deleitarme si me atreviera.

Oigo el chisporroteo de algo al caer en una sartén caliente y bajo las manos. En cuanto el olor del beicon llega a mi nariz, mi estómago gruñe de un modo ruidoso y salto de la cama. Si voy a flagelarme, puedo hacerlo con la barriga llena.

Me ciño una bata de seda alrededor del camisón y bajo las escaleras de puntillas. Sabía que la casa era demasiado pequeña para cualquier tipo de sirviente y también sabía que Eldas había dicho que le divertía cocinar, pero hay algo cautivador en *ver* al hombre trabajando de verdad en la cocina.

Lleva una sencilla túnica de algodón, fina y de corte humilde. Tiene un cuello amplio que deja a la vista sus clavículas fuertes. Es de manga larga, por supuesto, pero una vez más se las ha remangado. Lleva también un delantal de tela gruesa atado en torno a su estrecha cintura, coloreado por manchas tanto viejas como nuevas. Oculta los ceñidos pantalones negros que lleva debajo. Unos mechones negros como el carbón se han escapado del moño en el que ha recogido la mitad de sus trenzas y ahora enmarcan su mandíbula y su cuello. La otra mitad de su pelo se mueve en cortinas de medianoche.

Apoyo la barbilla en la palma de mi mano y contemplo cómo se mueve. Lo hace con gracia, sin vacilar, con fluidez. *Cómodo,* pienso al instante. Este es el aspecto de un hombre en su elemento. Su frente no está lastrada por la corona de hierro, sino más bien un poco fruncida en señal de concentración. Los ojos de Eldas lucen decididos e intensos, aunque al mismo tiempo lleva una sonrisita en los labios, como si cada giro de la cuchara y cada gesto de la espátula lo deleitaran.

Es casi imposible imaginar que este sea el mismo hombre severo que conocí en el templo hace varias semanas. *Y es tu marido*, me recuerdo. Eso me incita a echarle otro vistazo, pero de otro modo.

Está tan impresionantemente guapo como lo he visto siempre... como rara vez me he permitido apreciar. Su atractivo me ha desarmado en muchas ocasiones ya, pero permitirme apreciarlo *como lo haría una esposa* hace que se me tensen los muslos.

Algunas mujeres matarían por ser tú. Por tener todo esto, me regaño. *Y tú quieres salir corriendo.*

Es como si Eldas hubiera percibido mi agitación, porque me mira con esos asombrosos ojos azules, sobresaltado de verme ahí. Intento plantarme una sonrisa en la cara y seguir bajando las escaleras como quien no quiere la cosa, como si no me hubiese estado dedicando a admirarlo de un modo desvergonzado.

—Buenos días.

—Buenos días —repite él—. ¿Qué tal has dormido?

—Muy bien. Las antiguas reinas tenían razón: este lugar es sorprendentemente refrescante después del trono de secuoya. —Opto por no mencionar mi leve dolor de cabeza. Lo último que quiero es que sugiera que nos saltemos la parte del vino esta noche, dado lo delicioso que estaba—. ¿Y tú?

—Genial. —Sonríe.

Echo una miradita al sofá. Tengo mis dudas sobre eso. Seguro que era genial para un niño, pero no hay forma humana de que pueda estirarse ahí.

—Esta noche puedes dormir tú en la cama. Podemos intercambiarnos.

—Luella…

—Sería justo.

Eldas tiene un brillo malicioso en los ojos.

—Soy el rey, así que creo que yo decido lo que es justo.

—Creo que estás equivocado. La reina también debería tener derecho a opinar.

—Si la reina insiste, sería un tonto por enfrentarme a ella.

—Me alegro de que por fin te hayas dado cuenta. —Me instalo en el mismo sitio que la noche anterior y admiro el banquete que ha preparado—. No bromeabas cuando dijiste que te divertía cocinar.

—No es gran cosa.

—La humildad no te pega nada. —Le lanzo una sonrisa juguetona y empiezo a comer. Hay lonchas de beicon, huevos fritos, rebanadas de pan de masa madre tostadas en la sartén, y cada cosa está más rica que la anterior.

—Despacio, no te lo va a quitar nadie —me dice.

—No puedo evitar fijarme en que tú estás llenando tu plato tanto como yo.

Eldas se limita a sonreír.

Cuando terminamos, Eldas mete los platos en un fregadero hondo y me manda arriba, a vestirme. Procuro hacerlo lo más deprisa que puedo. Mi madre siempre insistía en que quien cocinara en la casa no tenía por qué fregar después. Pero llego demasiado tarde. Para cuando vuelvo abajo con mis propios pantalones y camisa, Eldas se está secando las manos en el delantal, con una satisfacción un poco engreída reflejada en los ojos.

—¿Cocinas y ahora friegas? —Arqueo las cejas—. ¿De verdad eres el mismo Eldas que el del castillo?

—Aquí estoy libre del castillo y libre de sus cargas. Este lugar es un escape también para mí. —Incluso su postura es un poco más erguida, como si ya no estuviera aplastado por el peso de su cargo o por los traumas que lo atormentan entre esas paredes. Apenas me resisto a decirle que debería simplemente vivir aquí, todo el rato—. Creo que es hora de enseñarte los alrededores.

Salimos por las puertas de doble hoja de la parte trasera de la cocina. Las plantas trepadoras cubren una pérgola entera para crear una zona en sombra sobre un patio. Las baldosas de barro se extienden por un saliente, bajan por unas escaleras y rodean un estanque de centelleante agua azul. Me acerco a la pared baja de piedra, al lado de las escaleras.

—Este sitio es… —Las palabras escapan como un susurro.

A la izquierda del estanque hay una pequeña arboleda rodeada de jardines. Suben en terrazas hacia la montaña hasta que casi los engulle el bosque que está al pie. A la derecha del estanque hay un prado que ha sido invadido por flores silvestres. Hay más jardines al fondo, y veo el brillo del agua entre las hileras de plantas que sospecho que solo crecerían en zonas más pantanosas.

—Es tuyo —me recuerda Eldas una vez más. Su aliento mueve los pelillos de mi nuca. Todo mi cuerpo se tensa de un modo delicioso ante el sonido tan cercano de su voz.

Delante de mí hay un jardín que no podría haber imaginado ni aunque lo hubiese intentado. Detrás de mí hay una casa, sencilla y cómoda. El tipo de casa que hubiese anhelado de haber pensado alguna vez en mudarme al campo.

—Es maravilloso.

—Me alegro de que te guste. Las Reinas Humanas lo han cuidado siempre, junto al Rey de los Elfos. Estas plantas fueron trasplantadas desde el Mundo Natural. Alice decía que siempre la ayudaban a recuperar su poder cuando no podía regresar a su mundo.

—¿Se pueden trasplantar cosas entre los mundos? —Arqueo la cejas.

—Se requiere una buena cantidad de magia y de cuidados, pero sí. Del Mundo Natural a Midscape, y viceversa. —Eldas asiente—. Oculto en alguna parte del Mundo Natural hay una

réplica de este jardín. Alice me dijo que mantiene las plantas vivas aquí y puede ayudar a revitalizar a la reina. Por eso pensé
que traerte a este sitio podría ayudarte. Ella siempre decía que
un poco de la magia de su mundo fluía por este lugar, suficiente
para ponerla fuerte.

Réplica... *equilibrio*, es lo que quiere decir Eldas. Es magia
natural, la magia de la reina, suspendida entre los mundos. ¿Podría utilizarse de algún modo para las estaciones? Se requeriría
mucha más magia que solo la necesaria para mantener vivas
unas cuantas plantas, pero aun así quizá podría ser un comienzo... ¿no?

La palma de la mano de Eldas se posa en mis riñones y me
saca de mi ensimismamiento. Me pongo un poco más recta.

—Adelante, ve a explorar.

Pasamos el día entero deambulando por el lugar. Me cuesta
un esfuerzo supremo no desguazar la casita en busca de un cuaderno en blanco para poder empezar a catalogar la gran varie-
dad de plantas y anotar los cuidados que requieren. *Esto es un
sueño*, empiezo a decirme. Es un sueño precioso del que voy a
despertar en algún momento. Pero por ahora, voy a disfrutar de
él. Voy a deleitarme en los exuberantes jardines, la maleza salvaje que ha crecido por los alrededores, y la magia que parece flotar en el ambiente tan feliz como los entusiastas polinizadores
que zumban de flor en flor.

—¿Qué hay ahí arriba? —El sendero de gravilla que serpentea
entre los parterres elevados continúa entre los árboles, y luego se
adentra en el denso bosque y entre las sombras de la montaña en
el crepúsculo tardío.

—Lo último que quería enseñarte.

—¿Qué es? —pregunto con tono firme. El sendero me recuerda al templo y a esa larga caminata que me llevó a través del
Vano.

—Conduce al Vano. —Eldas confirma mis sospechas sin darse cuenta.

—Pero… creía que Capton era la única entrada al Vano.

Eldas suspira. Es la única indicación que tengo de que carga con una losa de preocupación que no entiendo.

—Capton es donde se elige a la Reina Humana. El acto de hacerlo honra el antiguo pacto acordado entre los elfos y los humanos, ya que el hogar de la primera reina estaba en esa isla y la primera piedra angular fue colocada ahí, desde donde se extendió el Vano en sí. Sin embargo… ese no es el *único* punto por donde puede cruzarse el Vano.

—¿En serio? —Había oído rumores en Lanton de vez en cuando… comerciantes que hablaban de ataques de vampiros al sur o de barcos que se hundían en el norte debido a bestias con magia salvaje que aterrorizaban los mares. Pero siempre pensé que esas historias eran como todas las demás leyendas sobre magia de mi niñez: exageradas hasta la hartura y basadas más en la ficción que en los hechos.

—¿Puedo enseñártelo? —Me tiende la mano—. Puedo transportarnos vanoambulando, si me lo permites. Si no, es un trayecto largo.

—Sí, claro. —Tomo su mano y la oscura neblina de su poder nos envuelve.

Cruzamos una zona de penumbra y nos adentramos en un reino de intensa oscuridad. Cada vez que atravieso el Vano con Eldas es un poco más fácil que la anterior. Aun así, este espacio entre mundos, no del todo uno ni el otro, hace que unos bichitos invisibles correteen por mi piel.

No pertenezco aquí y la entidad que es el Vano me lo hace saber.

—Reconozco este lugar. —Es el mismo claro cubierto de musgo en el que tropecé con Hook. Un círculo de piedras más pequeñas rodea una losa grande en el centro de un pequeño túmulo.

—Crees que lo reconoces —me corrige Eldas—. Pero jamás has puesto un pie en este lugar.

Miro la piedra y su escritura difuminada.

—¿Otra piedra angular del Vano?

—Exacto. —Las sombras giran alrededor de Eldas cuando se mueve hacia la piedra. Se estiran hacia él, voraces. Decenas de zarcillos se enroscan a su alrededor con abrazos ansiosos.

No, pienso. El Vano no se estira hacia él, sino que resuena *desde su interior*. No aprecié ese hecho la última vez que estuvimos aquí, pero ahora que comprendo su magia, veo el halo de medianoche que irradia de él en ondas con cada uno de sus movimientos.

Eldas estira una mano hacia la piedra y un pulso de magia brota de él. Su poder ya no me hace temblar de miedo. Más bien resuena en una porción hueca y necesitada de mí que exige a gritos ser llenada.

Un crepúsculo estrellado ilumina las palabras grabadas en la piedra. Una escritura que no comprendo brilla en tándem con los ojos de Eldas. El poder se hunde en la tierra y el Vano se condensa a nuestro alrededor.

Eldas retira la mano y sus hombros se encorvan un poco.

—Es obligación del Rey de los Elfos cuidar de todas las piedras angulares del Vano. Las recargamos con nuestro poder para asegurarnos de que el Vano permanezca fuerte. Las piedras angulares se debilitan con el tiempo, y cuando están débiles… criaturas menores pueden cruzar el Vano.

—Un solo hombre no puede mantener todas las piedras angulares. —Supongo que así es como surgieron los rumores de la existencia de criaturas mágicas que se colaban en mi mundo de vez en cuando.

Eldas sacude la cabeza en ademán sombrío.

—Midscape está en un equilibrio precario que el tiempo ha hecho cada vez más frágil. Generación tras generación, contenemos la respiración al tiempo que nos preguntamos si estos serán los últimos años de paz. La mayoría de los reyes se centran en el Velo. Mantener el orden entre la vida y la muerte es mucho más importante que mantener a los humanos en el Mundo Natural y a los de magia salvaje aquí.

—Deja que te ayude —le ofrezco, antes de poder pensarlo mejor.

Se ríe y sus ojos cansados pasan de la piedra a los míos.

—Claro, justo después de que de algún modo consigas romper el ciclo de reinas creando estaciones naturales en este mundo antinatural, y luego cambies tu magia de un modo radical para convertirte en algo que pueda manipular el Vano.

Frunzo los labios, mientras intento evitar que mis instintos se apoderen de mi cerebro. Eldas se queda de pie delante de mí y sus ojos se van apagando para recuperar su tono de azul natural a medida que se disipa el subidón de magia. Levanta una mano y desliza los dedos despacio por mi mandíbula.

Su pelo es una cascada de noche que se funde con su ropa y luego es eclipsado por la oscuridad viviente que nos rodea. La palidez polvorienta de su piel se ha vuelto grisácea, como si la mortaja de la muerte lo hubiese envuelto. Tiene un pie en el Más Allá. Yo tengo un pie en el mundo de la vida.

Lo único que nos une es esa caricia lánguida que me prende fuego.

—Además, te marcharás en cuanto logres tu objetivo. No podrías quedarte y ayudar.

Podrías quedarte, grita ahora la voz en mi mente. *¡Quédate con él!*

¿Eso es lo que realmente quiero? ¿O me estoy dejando arrastrar por el momento? Tal vez Eldas me haya transportado de verdad a un mundo nuevo con un mero viajecito en carruaje. Me ha traído a un lugar donde tengo la guardia baja y puedo fingir que todo se arreglará. Un sitio donde puedo ignorar que me estoy dejando caer en una situación en la que lo más probable es que acabe con el corazón roto.

¿O de verdad no siento nada por él? Todo este anhelo y este deseo voraz… ¿serán una táctica de la magia de la Reina Humana que quiere asegurarse su propia supervivencia empujándome a que me quede con él?

Aprieto los ojos y aspiro una temblorosa bocanada de aire. No sé las respuestas. Pero quiero saberlas. *Necesito* saberlas. Si me quedo en Midscape, tiene que ser *mi* elección. Al final debo elegir, por voluntad propia, libre de las influencias de cualquier hombre, dónde quiero estar. Tengo que seguir mi propio criterio y elegir lo que quiero para mí misma, no lo que otros quieren para mí. Y jamás podrá ser decisión mía si no logro romper el ciclo. Si fracaso, lo que de verdad quiero puede que ni siquiera importe.

—Ahora estoy aquí —susurro, y por fin abro los ojos para levantar la mirada hacia el rostro de mi antítesis—. No pienses en mañana. Vivamos el día de hoy.

No sé muy bien lo que estoy diciendo, pero sé lo que quiero ahora mismo. *A él.* Los ojos de Eldas se abren un poco y eso me indica que me está escuchando.

Inclino la cabeza un pelín hacia arriba. Su mano todavía roza mi piel. Sus nudillos se apoyan debajo de mi barbilla.

—Bésame otra vez —le pido con voz ahogada—. Bésame como hiciste esa noche en el castillo. Rindámonos a esta ensoñación, Eldas.

—No —murmura. Todo en mi interior se estremece ante su negativa. Pero entonces me atrae hacia él y me sujeta con las manos más suaves que alguien podría imaginar—. No voy a besarte como aquel día. —Se me corta la respiración. A través del abanico de mis pestañas, observo cómo se inclina hacia delante—. Voy a besarte mejor.

Su otro brazo se materializa de entre la oscuridad, enroscado de repente en torno a mi cintura. Eldas me envuelve entre sus brazos y tira de mi cuerpo hacia el suyo por primera vez. Noto su figura larga y firme contra mí. Mis manos, torpes e inexpertas, aterrizan sobre sus caderas, temblorosas como pajarillos asustadizos a punto de emprender el vuelo.

En ese momento, el deseo hace que me duela todo el cuerpo. El segundo en el que siento su aliento sobre mi cara es el más largo de mi vida. Tenía razón cuando me di cuenta, hace meses, que querer besar a alguien es lo que hace toda la diferencia.

Y jamás he querido besar a nadie más que a Eldas. Este no es un deseo producido por la embriaguez. No tiene nada que ver con la soledad ni con las necesidades desatendidas.

Quiero que *él* me bese. Ahora. Aquí. Para siempre.

Me sostiene la mirada hasta el último momento. Sus labios tocan los míos y estallo en llamas.

Dejo escapar un gemido. Él me estrecha con más fuerza. Así obedece mi orden tácita y trata de sofocar la ardiente agonía en mi interior con su cuerpo frío. Su lengua se desliza por mis labios, busca una entrada y yo se la concedo. Eldas profundiza el beso con una indolencia cruel.

Más, exige mi cuerpo con una necesidad que me hace sonrojar. Quiero que sus manos se muevan. Quiero que esos largos dedos recorran la curva de mi cuello, mis senos, mi cadera. Quiero sentir cosas que solo conozco en teoría. Quiero que me enseñe y me guíe por todos esos caminos carnales todavía inexplorados para mí.

Sin embargo, para mi disgusto supremo, se aparta. Sus labios tienen un brillo mojado en la oscuridad y se curvan en una sonrisa indescifrable. El color ha inundado su rostro y le ha devuelto un tono natural.

—Luella —susurra, grave y ronco—. Estás brillando.

Me doy cuenta de que es verdad. Un resplandor apenas perceptible cubre mi piel y danza con la oscuridad. Nuestros poderes irradian juntos, se entremezclan, se enroscan uno alrededor del otro en un baile de contrarios.

—Entonces —respondo, con un tono sensual que ni siquiera sabía que era capaz de emplear—, creo que deberías seguir besándome. Para que podamos investigar de manera adecuada este extraño fenómeno.

Su sonrisa se convierte en una expresión de pícara suficiencia y Eldas se inclina hacia delante una vez más con los ojos velados.

—Mi reina, la eterna investigadora.

Mi reina. Las palabras me hacen sentir las rodillas débiles. Ya no me llenan de miedo. *Mi reina*. Esas dos palabras son casi tan dulces como perderme en el sabor de su boca.

—Mi rey —murmuro en respuesta—. Eldas, *mi* rey. —Yo soy suya y él es mío.

En el momento en que digo su nombre, Eldas me estrecha con una fuerza aplastante. Se aprieta contra mí y estoy segura de que vamos a caer al suelo tapizado de musgo. Sin embargo, las sombras crecen a nuestro alrededor y nos deslizamos entre mundos.

Treinta y uno

Mi espalda aterriza sobre el grueso edredón que estiré sobre mi cama esta mañana. El colchón suspira a mi alrededor, acepta mi peso y el de Eldas. Mis brazos se cierran sobre su espalda, lo atraigo hacia mí. Doblo una rodilla y empujo mis caderas hacia arriba contra las suyas.

Soy torpe, y sin duda poco habilidosa, pero Eldas se mueve conmigo de un modo fluido. Responde a cada uno de mis movimientos con una atención decidida. Se mueve justo como necesito y se me corta la respiración cuando se aprieta contra mí la primera vez.

Se apoya en una mano y deja la otra libre para recorrer mi cuerpo. Sus dedos se deslizan por todo mi contorno. Soy suya para que me moldee y esculpa a su antojo, suya para cortarme de la noche misma. Solo con su dedo índice, dibuja constelaciones en mi ropa; cada punto conectado por un intenso deseo diferente, que jamás creí que pudiera sentir con tal ansia.

Sus labios se apartan de mí y mis ojos se abren de golpe cuando sus dientes se hunden con suavidad en la piel de mi cuello. Eldas me besa como la criatura de oscuridad que es, decidido a consumir hasta el último destello de mi luz. Se me escapa otro gemido que luego se difumina en un suspiro de placer.

—Luella. —Gruñe mi nombre, tan caliente y ávido como la espiración con que lo dice. Nunca imaginé que mi nombre pudiese ser una combinación tan erótica de sonidos y caricias.

—Eldas —respondo en igual medida. Se aprieta contra mí otra vez. Se me escapa una exclamación ahogada cuando lo siento.

—Puedo marcharme. —Aun así, al tiempo que habla, su cuerpo lo contradice. Sigue besándome. Su mano se cuela por debajo de mi camisa, serpentea por encima de mi abdomen plano. Cómo había deseado que me tocara ahí de nuevo...

—Márchate y te encontraré —susurro sin aliento en respuesta—. Déjame aquí, insatisfecha y anhelante, y te perseguiré hasta dar contigo, Eldas.

Sus labios resbalan por mi oreja y sus dedos por fin encuentran el camino hasta mi pecho. El gemido que desencadena su caricia casi ahoga su susurro ronco.

—Oh, Luella, nunca me atrevería a dejarte insatisfecha y anhelante.

Entonces, como para cumplir esa promesa, sus labios se aprietan contra los míos. Su peso me empuja más profundo contra la cama y mis manos cobran vida con un permiso que no sabía que estuvieran esperando. Mis uñas se hunden en los duros músculos de su espalda cuando su mano se cierra en torno a mi seno.

Durante años mi cuerpo ha estado dormido. Ahora, como una extremidad muerta que estuviera volviendo a la vida, pequeños calambres y punzadas danzan por todo mi ser. Jamás había sentido nada de verdad hasta ahora. Arqueo la espalda para separarla de la cama y apretarme contra él. Le suplico sin palabras que me toque más, que me conceda todos esos deliciosos deseos que hasta ahora me habían sido negados.

Consúmeme, quiero decir, pero todo lo que sale por mi boca son gemidos entre besos cada vez más hambrientos. Las sombras se oscurecen, se cierran a nuestro alrededor mientras me quita la camisa. Yo aprovecho para hacer lo mismo, y lo exploro ansiosa con los ojos y las manos y la boca en el instante en que su pecho queda al descubierto.

Al principio, se muestra tenso ante mi contacto. Sus ojos siguen la dirección de mis manos, exploran mi cara, esperan algún tipo de reacción. La única que puedo ofrecerle es una mezcla de asombro, admiración y deseo. Las curvas de sus músculos están iluminadas por el tenue resplandor de nuestra magia. Los sonidos que hace cuando mis uñas rozan con suavidad sus pezones me vuelven loca.

Quiero ir despacio. Quiero ir deprisa. Lo quiero todo al mismo tiempo y aun así quiero que el reloj se detenga para poder saborear cada segundo.

Estoy demasiado distraída por el sabor de su boca como para sentir vergüenza por mi desnudez creciente. El deseo es demasiado intenso como para cuestionar lo que hacen mis manos cuando tiran con torpeza de su cinturón y sus pantalones. Los dedos de Eldas abandonan mi piel para ayudar y dejo escapar un gemido que me haría sonrojarme en cualquier otra circunstancia.

Pero en este momento no dudo de nada. Mi mundo se ha reducido a un punto muy preciso: este hombre. ¿Este hombre? No. *Mi marido.*

Marido. La palabra se extiende por mi mente, tan erótica como sus caricias. Parece tan apropiada como su peso encima de mí y su boca contra la mía. Este increíble y poderoso ser es mi marido. Mediante un giro del destino que jamás hubiese esperado, nuestras vidas quedaron entrelazadas para siempre. Paso una pierna alrededor de sus caderas, una manera de suplicarle que se acerque más.

Eldas se detiene un momento encima de mí, su pelo es una cascada de medianoche que se arremolina en la almohada alrededor de mi cabeza. Sus ojos estudian los míos. Veo que busca algún indicio de vacilación, espera a que me arrepienta.

Entierro los dedos en su pelo negro azabache y atraigo su boca hacia la mía una vez más. No hay nada más que la magia y *él*. Invito a los dos a mi interior con un bufido y un suspiro.

Eldas se queda quieto y por un instante nos limitamos a existir, juntos como un solo ser. Sus manos acarician mi cara mientras continúa observándome, esperando a que le dé más permiso. Una vez que me acostumbro a él, asiento y se retira un poco solo para volver enseguida otra vez.

Nuestros cuerpos se mueven juntos, imparables. Somos un coro de jadeos y gemidos. Nunca supe que existían tantos tonos de sombra hasta que conocí a este hombre. Se mueve con todas ellas, a través de todas ellas, tan etéreo, eterno e incomprensible como el Vano en sí.

En este momento, existimos más allá del tiempo. Existimos por cada rey y cada reina que existieron antes que nosotros, y cumplimos el tratado más que solo de nombre. Los tronos de secuoya y de hierro por fin se unifican una vez más.

En algún lugar lejano, un reloj da la hora. Por segunda vez, me despierto aturdida y exhausta. Los acontecimientos de la noche anterior están tan frescos en mi mente como una lluvia cálida de verano. Son tan reales como el peso contundente del brazo de Eldas en torno a mi cintura.

Fuese lo que fuere ese resplandor que cubría mi piel, se ha difuminado con la noche que nos envolvió. Me pregunto si era la respuesta de mi magia a la suya. O quizá haya sido mi magia, que brotaba en un instinto equivocado por protegerme de mi eterno contrario mientras él me tomaba con una pasión feroz.

Con un suspiro que casi suena satisfecho, dejo que mis párpados aleteen una vez más y se cierren, y entrelazo mis dedos con los suyos. Él me devuelve el apretón, pero su respiración permanece constante. Incluso en sueños se estira hacia mí. Su brazo se aprieta a mi alrededor, como para confirmar ese pensamiento inconexo.

Podría pasar así toda la vida. No tiene ningún sentido negarlo. Este hombre quisquilloso, extraño y en cierta medida emocionalmente necesitado se ha convertido en mío. Y a propósito o no, me he permitido convertirme en suya.

Pero los pensamientos errantes sobre lo que debe hacerse, sobre mi deber para con este mundo y con el mío, por fin me sacan de la cama y de ese cálido abrazo. Me escurro de entre sus brazos sin que se dé cuenta y salgo a un amanecer grisáceo. Eldas murmura mientras me pongo la bata y dejo de puntillas la habitación.

Me encuentra unas horas más tarde en la terraza que da al estanque y a los jardines. La copia del diario que me fabricó está escrita en la lengua antigua. La puedo leer, pero las palabras no resultan del todo naturales y la gramática es extraña, por lo que avanzo despacio. Estoy buscando algún tipo de idea acerca del equilibrio entre los dos mundos y cómo conseguirlo. No puedo quitarme ese pensamiento de la cabeza, incluso ahora.

Pero cuando oigo la puerta abrirse a mi espalda, sé que toda esperanza de concentrarme en el diario de esta reina olvidada se ha evaporado como el rocío. Un Eldas deliciosamente descamisado cruza hacia donde estoy sentada debajo de la pérgola cubierta de enredaderas y deja una humeante taza de té en la mesa.

Se sienta enfrente de mí y contempla los jardines. Lo miro por el rabillo del ojo, pero no parece darse cuenta. Sus ojos permanecen fijos solo en la cresta de la montaña. Puedo imaginarlo repasando el camino que conduce al Vano. Me pregunto si estará pensando en todas las otras piedras angulares que necesitan su atención.

—Gracias —dice al cabo de un rato. La palabra suena suave y un tanto tímida. Me provoca un leve calorcillo en las mejillas.

—¿Por anoche? —Arqueo las cejas—. Yo también debería darte las gracias por ello.

Aparta la mirada. Sus ojos son distantes, pero su expresión es relajada, franca, tierna. Todas las emociones de las que nunca lo creí capaz.

—Por permitir que no me sintiera tan solo. Por enseñarme todos tus magníficos lados. Por darme algo que no merezco pero que recordaré para siempre. No hablo solo de anoche, sino de todo el tiempo que hemos pasado juntos hasta ahora.

Cuando me mira otra vez, no sé muy bien cómo reaccionar. Mi corazón se ha henchido hasta un punto que empuja de un modo doloroso contra mis costillas. Me muerdo el labio para evitar decir algo absurdo.

El mundo no ha cambiado. Sigue siendo el mismo. Mis miedos, mis deberes, continúan siendo un complemento de los suyos y un contraste. Sin embargo, de algún modo, parece como si el mundo hubiera cambiado. Solo un poco. Como si algo hubiese encajado por fin en su sitio.

—Yo también debería darte las gracias. Lo de anoche fue excepcional. —Por fin alargo la mano hacia la humeante taza y me la llevo a los labios. Reconozco la mitad de las hierbas de la infusión solo por su aroma; las confirmo e identifico el resto por su sabor—. Qué bueno está esto —interrumpo lo que fuese que Eldas estuviera a punto de decir—. ¿Has preparado tú la mezcla?

—Ojalá pudiese llevarme el mérito. —Sonríe también y todo apuro inicial después de nuestra primera noche juntos se evapora como el rocío—. Pero por desgracia no puedo y es probable que me acusaras de mentir en el momento en que lo intentara.

—A lo mejor me has estado ocultando todo este tiempo que tienes un arte especial con la jardinería y una afinidad por las plantas. Después de todo, me ocultaste que supieras cocinar.

—Si tuviese semejante afinidad, ¿crees que la hubiese mantenido en secreto cuando me hubiera servido para acercarme más a ti? —Se ríe entre dientes—. No, estos son los últimos restos de una mezcla de Alice.

—Ah. —Miro el líquido parduzco de la taza. Menta, cáscara de lima, fresas secas y *Camellia sinensis*, la planta del té, secada bajo un sol caliente… todo ello baila por mi lengua—. Sabe a verano.

—Su época preferida para beberlo —afirma Eldas—. Os hubieseis llevado muy bien.

—Hubiese sido agradable conocerla. —Bebo otro sorbo. El sabor se ha vuelto algo triste y lleno de añoranza—. Hubiera tenido un montón de preguntas para ella.

—A lo mejor me las puedes hacer a mí. —Eldas desliza uno de sus muy diestros dedos por el borde de su taza. Me muevo, mi asiento de repente es mucho más incómodo, ahora que ese gesto me trae recuerdos de nuestra noche juntos.

—En este momento, serían sobre todo preguntas acerca de mi magia.

—Ya veo. —Hace una pausa—. *¿En este momento?*

Bebo otro trago largo para no tener que responder de inmediato. Tengo que elegir mis siguientes palabras con cuidado.

—Al principio, puede que le hubiese preguntado cómo podía ninguna reina haber soportado esta situación. Cómo nadie más había insistido en encontrar una… solución.

—Una forma de salir de esta, quieres decir. —Las palabras se escurren de su boca con suavidad, pero hay un toque frío en su voz. Uno que sé bien que debo interpretar como que está dolido. Me ve como otra persona más que huye de él, que lo condena a la reclusión. Sus ojos se posan en el diario que he dejado en la mesa, casi como si lo acusaran por intentar llevarme lejos.

—Una manera de fortalecer Midscape —insisto. De eso se trata mi misión. De garantizar la seguridad de Midscape. Hacerlo es la mejor manera de ayudar a todos los que viven aquí y, además, será la única forma de saber si lo que siento por Eldas es real. O si todas estas emociones profundas y complejas surgen solo de la proximidad y de la sensación de necesidad.

El amor se elige, le dije a Luke hace lo que ahora parece una eternidad, y creo que es más verdad que nunca. No puedo estar segura de lo que siento por Eldas si no lo elijo con total libertad.

——Pero... ¿Ya no tienes esas preguntas? —Me mira entre sus largas y oscuras pestañas.

—No, ya no. —Hago un gesto amplio a mi alrededor—. Esto es el paraíso. Y el invernadero allá en el castillo es un bálsamo bienvenido que sería suficiente entre viaje y viaje a este lugar.

—Ya veo. —¿Es desilusión eso que oigo en su voz?

—Además... —En cuanto hablo, Eldas me mira con intensidad. No debí decir nada. La esperanza ha vuelto a iluminar su rostro más que el sol, más que la pátina de magia que impregnó mi piel anoche mientras hacíamos el amor—. Entiendo cómo algunas reinas encontraban compañía en sus reyes.

Trato de esbozar una sonrisa coqueta y hago hincapié en la palabra «compañía». No *amor*. Todavía no puedo decir eso. ¿Qué pasaría si lograra mi objetivo, y luego volviera a casa y descubriera que no puedo volver a marcharme una vez que esté rodeada por mi tienda y mis pacientes? ¿Qué pasaría si el Vano me arrebatara estos sentimientos en cuanto emergiera de vuelta en el Mundo Natural? ¿Qué pasaría si de verdad me importara Eldas, pero me viera incapaz de abandonar mi tienda de nuevo?

Eso lo destrozaría. Y es una trampa que ni siquiera me voy a arriesgar a tenderle. Es mejor que piense que esto es un divertimento pasajero. Yo ya he pasado el punto en el que era capaz de proteger mi corazón. Estoy impotente ante el posible desengaño, pero ¿él? Quizá todavía pueda ahorrárselo.

Claro que todo esto es suponiendo que él sienta algo por mí. Solo porque no se haya acostado con Rinni, eso no significa que nunca haya estado con una mujer. Dada su destreza en la cama, me resulta difícil imaginar que anoche haya sido su primera vez. Aunque claro, puesto que yo nunca había estado con un hombre, no es que tenga una lista larga como para poder comparar destrezas.

Borro esos pensamientos de mi mente. Me niego a imaginarlo con otra mujer y no puedo concebir que estos sentimientos que amenazaron con quemarme viva ayer por la noche sean unilaterales. Por el momento, vamos a ignorar peligrosamente todas esas incógnitas, igual que ignoramos que nuestro tiempo aquí juntos se va reduciendo. Es lo más seguro para el corazón de ambos.

Eldas se ríe, ajeno a mis incontables preocupaciones sobre lo que nos deparará el futuro.

—Y dime, mi reina, ¿fui *compañía* suficiente para ti anoche? —La manera en que dice la palabra es un poco fría, pero con un toque burlón—. Porque si me encontraste deficiente de cualquier modo, es algo que debo remediar de inmediato. —Se pasa la lengua por los labios, curvados en una sonrisa pícara, y el gesto me enciende por dentro.

—Bueno, ya me conoces. Soy meticulosa en mi recopilación de información sobre un tema. Serán necesarios más datos.

Deja escapar un gruñido antes de agarrar mi cara y estampar sus labios sobre los míos. Me dejo hacer encantada cuando tira de mí para sentarme en su regazo. Mi cuerpo rígido protesta, pero me muevo de todos modos. Me siento a horcajadas sobre él y empuja sus caderas contra mí.

Le mordisqueo el labio de abajo, lo cual le saca un sonido delicioso. Se levanta, sujetándome con ambas manos, mis piernas enroscadas en torno a su cintura. Con un gesto de la mano y un fogonazo de magia gélida, las tazas desaparecen. Apenas me doy cuenta de que mi espalda golpea la pequeña mesa.

Tira de los lazos de mi bata mientras mis dedos hurgan en sus pantalones con el mismo fervor. *¿Por qué nos hemos molestado en vestirnos siquiera?* Como si no supiésemos que esto era lo que acabaríamos haciendo.

Tan desnudos como ayer por la noche, Eldas no pierde el tiempo. Sus caderas embisten contra las mías otra vez y dejo escapar un grito de placer. Estoy llena de un profundo deseo y una sensación de satisfacción al mismo tiempo. Mi cuerpo está agotado, pero aun así ansioso por moverse con él, ávido de sus caricias.

Nuestros gemidos y jadeos llenan el valle cuando olvidamos toda vergüenza y vacilación, y seguimos soñando juntos este sueño insaciable acerca de todo lo que podríamos ser.

Treinta y dos

Tres días demasiado pronto, el carruaje regresa a por nosotros.

Preparamos nuestras bolsas la noche anterior y, ante mi insistencia, las habíamos dejado al lado de la puerta. Eldas se negó a dejarme ayudar al cochero a cargarlas, así que prepararlas era lo menos que podía hacer.

Cuando el cochero empieza a llevar las bolsas al carruaje, cruzo otra vez la cocina como el fantasma de otra reina olvidada, una de las muchas en flotar a través de este mundo, disfrutar de sus placeres y luego desaparecer. Me agarro los codos y contemplo el estanque. Recuerdo a Eldas sumergido en él la tarde anterior; el sol centelleaba sobre su cuerpo perfecto, mojado y deliciosamente desnudo. Tan delicioso que tuve que darle un bocado…

—¿Estás bien? —me pregunta con suavidad. Esta vez ni siquiera lo había oído reunirse conmigo aquí fuera.

—Desearía no tener que marcharme —admito.

Sus manos se apoyan con suavidad sobre mis caderas. Eldas da un pasito más hacia mí y planta un dulce beso en el hueco de mi cuello.

—El deber nos llama, por el momento. Pero podríamos volver después de visitar a mi hermano. —Hace una pausa, me agarra más fuerte—. Y después de que recargues el trono una vez más —añade en tono solemne.

El aire ya se está enfriando a nuestro alrededor. Estoy más fuerte de lo que lo he estado en semanas, gracias a la magia natural que vive en este lugar. Bastante fuerte como para resistir la tentación de regresar aquí. Ha sido un sueño maravilloso y, como de todos ellos, tengo que despertar. Todavía tenemos trabajo por delante y ciclos de tres mil años de antigüedad a los que poner fin. Sacudo la cabeza.

—Para entonces la coronación estará demasiado próxima.

—Demasiado próxima al momento en el que estaré cimentada a este mundo y habrá desaparecido toda posibilidad de elección, junto con la búsqueda de la verdad. Después de la coronación, no habrá vuelta atrás y jamás podré explorar con libertad mis sentimientos hacia él—. Deberíamos regresar a Quinnar y continuar buscando una manera de romper el ciclo.

—El tiempo es implacable —musita. Me veo obligada a asentir. Me había dicho a mí misma que el tiempo aquí era un sueño, y lo he disfrutado como tal. Ahora, el amanecer es cruel y me pregunto si volveré a encontrar amable alguna mañana.

—Gracias por traerme aquí, por enseñarme esto, por proporcionarme descanso.

—Tampoco es que te haya dejado descansar demasiado. —Esboza una sonrisilla y no puedo evitar borrarle la expresión con un beso, entre risas.

—Gracias por todo —susurro sobre sus labios.

—Parece que te has divertido. —Su voz tiene un tono jovial y sensual. Sabe muy bien que me he divertido por todo el lugar. Y él fue la fuente de la mayor parte de esa diversión.

—No ha estado mal. —Sonrío. Eldas me suelta, escandalizado.

—¿Solo *no ha estado mal*?

—Quizá deberías trabajar más duro. —Me giro hacia él y es su turno de borrarme la sonrisa insinuante con su boca.

Nuestros besos son todavía de esos hambrientos que casi lo hacen empujarme contra la pared y levantarme las faldas. Incluso cuando son lentos, están llenos de un deseo más profundo que cualquier emoción que haya conocido jamás.

—No me desafíes —gruñe Eldas. Me muerde el labio de abajo y se me escapa un gemido—. O tal vez exceda tus expectativas.

—Quizá sea lo que quiero.

—Oh, ya sé que lo *quieres*, pero ¿podrías soportarlo?

Aun mientras lo miro, decidida, me estremezco de anticipación. Es un sueño sensual de lo que es un hombre. El cochero nos salva antes de que nos rindamos a nuestros instintos más básicos.

—Majestades. —Hace una reverencia y mantiene los ojos fijos en el suelo. Eldas se aparta medio paso de mí, pero deja la palma de su mano apoyada sobre mis riñones. Ya no le da miedo tocarme en presencia de otras personas, un hecho que pienso que tal vez me guste—. El carruaje está listo para cuando queráis.

—No nos demoremos —declara Eldas.

Cuando cruzo el umbral de la cabaña, una punzada de añoranza comprime los músculos alrededor de mi corazón. Imagino que los zarcillos de las enredaderas serpentean hacia mí, y se estiran como las manos de un niño. La tierra suplica mi presencia con un susurro que siento más que oigo. Resuena a través de mis pies.

Con una última mirada al oasis de la reina en un desierto de magia salvaje y castillos grises, me meto en el carruaje.

Recorremos la mayor parte del trayecto a Westwatch en silencio. Es un tercer compañero cómodo, alguien con quien nos cruzamos una noche cuando estábamos sudorosos, cansados y satisfechos, y al que ahora conocemos bien. El diario de Eldas ha vuelto a su regazo, y pasamos la mayoría del viaje escribiendo y leyendo. Por fin logro unas pocas horas de lectura ininterrumpida en las que no estoy demasiado distraída por su presencia como para concentrarme.

—*Oh* —exclamo bajito. Mis ojos se han quedado clavados en una página. *Ya sé de quién es este diario.* Se me acelera el corazón. Tal vez este diario haya estado esperando en ese escritorio, tal vez haya estado aguantando de una pieza para este momento. Mi búsqueda de aquella noche ha tenido su recompensa.

Tengo en la mano el diario de la primera reina.

—Hemos llegado —dice Eldas con un toque de confirmación. Ha malinterpretado el sonido que he hecho. Levanto la cabeza de golpe, a punto de corregirlo, pero me distraigo cuando veo que el carruaje rueda despacio por un ancho puente levadizo. Eldas señala por encima de mi hombro una muralla que se estira hacia el cielo y esprinta hacia el horizonte, al este y al oeste—. Esa es la frontera —me explica—. Mi tatarabuelo fue el que construyó la muralla para mantener fuera de tierras élficas las reyertas de los feéricos y otros agitadores. Y ahí está el río del que te hablé y que sirve de protección adicional.

—Porque los feéricos pierden su *glamour* siempre que entran en contacto con agua dulce, ¿no es así?

Eldas asiente.

Hablar de los feéricos trae a mi mente otra vez aquel día en la ciudad. Reprimo un escalofrío y me centro en los otros pensamientos que los feéricos despiertan en mí: pensamientos de Harrow y el destello. Hace pocos días que me he marchado, pero ya parecen demasiados.

—Harrow también va a venir, ¿verdad?

—Sí, y nuestra madre, dado que es un viaje familiar —dice Eldas, con un toque de disculpa en la voz.

—Si se comporta de manera civilizada, yo también lo haré.

—Hace mucho que sé que es imposible obligar a nadie a que te tenga cariño o esperar gustarle a todo el mundo. Por supuesto que hubiese preferido que la madre de Eldas, de todas las personas posibles, al menos me tolerara, pero si mis sospechas son correctas; su odio es por causa de Alice y de la dinámica que tuvieron el padre de Eldas y su reina. No tiene nada que ver conmigo. Lo más que puedo esperar es que, en el futuro, si me quedo… o si vuelvo… ella sea capaz de aprender a aceptarme. Pero por el momento, dejo a Sevenna a un lado.

—Ya veremos. —Eldas no suena demasiado esperanzado.

Al otro lado de la extensión de agua veo el arco de una ciudad que, cuando dejó de tener espacio para seguir creciendo hacia fuera, lo hizo hacia arriba. Veo la arquitectura familiar de Quinnar en los altísimos edificios y la piedra gris. En el corazón de la ciudad hay una gran fortaleza que se alza por dentro de la muralla. De un modo muy similar a Quinnar, un túnel con muchas verjas serpentea a través de la base de la fortaleza. Supongo que es el único acceso a las tierras feéricas.

Salimos del carruaje y una oleada de sirvientes hace una reverencia para darnos la bienvenida. Camino al lado de Eldas mientras me reajusto la falda. Desearía que me hubiese sugerido llevar algo un poco más formal. ¿No fue por eso que empacó tantas cosas para mí? A lo mejor mi objetivo de acostumbrarlo a la ropa que suelo utilizar ha sido un poco demasiado exitoso.

Drestin es la excepción entre los tres hermanos. No heredó el pelo negro de su madre. En lugar de eso, tiene el pelo castaño oscuro, que supongo le viene de su padre. Lo lleva aún más corto que Harrow, lo cual le da el aire distintivo de un militar.

La mujer de Drestin, Carcina, está a punto de reventar en cualquier momento. Durante todo el trayecto hasta nuestra habitación camina despacio a nuestro lado con una mano sobre su tripa muy embarazada, disculpándose por no poder hacer genuflexiones ni reverencias apropiadas. Le aseguro que no tiene de qué preocuparse, pero eso solo parece agobiarla más.

—¿Qué opinas de ellos? —pregunta Eldas en cuanto nos quedamos solos.

—Son agradables —respondo con sinceridad.

—Son un encanto.

—¿Puedo preguntarte algo acerca de ellos? —Me quito la capa de viaje y la dejo sobre el respaldo de un sofá situado cerca de una chimenea.

—Lo que quieras.

—Carcina es la mujer de Drestin.

—Sí, ¿y?

—¿Y es la madre de su hijo? —pregunto con cierta timidez.

—¿Por qué no iba a serlo?

—Bueno... —No estoy muy segura de por qué ando de puntillas en torno a este tema. Me aclaro la garganta y hago acopio de valor—. Sé que la Reina Humana no era tu madre. Sé que los Reyes Elfos suelen tener amantes. Sé que los elfos valoran las tradiciones, pero me temo que todavía no tengo clara cuál es la «tradición» con respecto a cómo engendran los lores élficos a sus herederos.

—Ah, es verdad. Nunca hemos hablado del tema de los herederos.

Un dato que estaba encantada de dejar a un lado cuando llegué, puesto que la mera idea de tener una relación íntima con Eldas era inimaginable. Pero ahora...

—No me refiero a ti y a mí, ni a que yo vaya a... —empiezo a añadir a toda prisa mientras pienso en nuestros últimos días juntos. Me interrumpe con una carcajada.

—Es una pregunta legítima; no creo que te refieras a nada en particular. —Eldas se desabrocha el abrigo y me distrae por un momento con los elegantes movimientos de sus dedos—. Al Rey de los Elfos se le permite tener amantes y a la Reina Humana también. Ha sido tradición que el rey engendrara a su heredero con una amante, como mi madre, porque eso garantiza que el Rey de los Elfos sea un elfo puro, con lo que su conexión con el Velo no estaría en peligro.

—Ya veo. —Lo pienso un poco—. ¿O sea que nunca ha habido un hijo entre un Rey Elfo y una Reina Humana?

—No. No es...

—¿Tradicional? —termino con una leve sonrisa. Me dirijo al dormitorio, aunque me paro en seco cuando veo que hay una sola cama.

—Pensé que no sería un problema. —La voz de Eldas suena cargada de picardía. Se apoya contra el marco de la puerta, su túnica plateada parece metal líquido sobre sus hombros—. Mi hermano se ofreció a darnos habitaciones separadas, pero...

—Por supuesto que no —exclamo con una máscara de fingida ofensa—. ¡¿Cómo osas sugerir que les causemos más inconvenientes?!

—No, no querríamos hacer eso, ¿verdad? —Sonríe y desliza una mano en torno a mi cintura. Tira de mí contra su cuerpo duro.

—Aunque debo insistir en tener tiempo para hacer algo de trabajo por las noches. —Saco el pequeño diario del bolsillo de mi abrigo e intento enseñárselo, pero Eldas no quiere saber nada del asunto. Aparta el diario y pone un dedo debajo de mi barbilla.

—Muy bien, pero todavía no es de noche —gruñe sobre mis labios—, lo cual significa que ahora tengo todo el derecho del mundo a distraerte.

Me estremezco cuando mi cuerpo responde a él, el diario olvidado ya. Soy como una masilla impotente cuando sus manos se deslizan por mis costados y se cierran sobre mis pechos por encima de la ropa. Contengo una brusca bocanada de aire y él planta su boca sobre la mía.

Hay tantas cosas que tengo que contarle... tanto trabajo por hacer y cosas de las que preocuparse... Este diario es la clave que hemos estado esperando. Pero las caricias que me conducen hasta la cama que compartiremos borran toda idea de marcharme.

Los colores del mundo a mi alrededor se funden en un solo manchurrón bajo las suaves palmas de sus manos, hasta que él es la única cosa en la que me concentro. Caemos sobre el edredón y pasamos la tarde concentrados solo el uno en el otro.

—Harrow y Madre deberían haber llegado ya. —Drestin mira hacia el alto reloj de pie encajado entre las estanterías llenas de libros del salón en el que nos hemos reunido para tomar una copa antes de la cena.

—Puede que la lluvia los haya retrasado. —Eldas está de pie al lado de una chimenea encendida cuya luz naranja envuelve su cuerpo en sombras. En el exterior, la lluvia aporrea contra los cristales.

—No ha sido por la lluvia. Sé que Harrow sigue haciendo de las suyas. Los rumores acerca del más joven de los príncipes llegan incluso hasta Westwatch. No me cabe ninguna duda de que él es el motivo de la demora. —Drestin bebe un largo trago de su copa. La mía está casi intacta—. Tenemos que terminar con esto, casarlo y darle tierras. Cuanto antes tenga responsabilidades reales sobre los hombros, mejor.

—No está preparado —protesta Eldas.

—Yo no estaba preparado cuando me diste Westwatch y solo tenía un año más que Harrow ahora mismo. Fue lo mejor que nadie podría haber hecho por mí. —Los brillantes ojos azules de Drestin vuelan hacia Carcina, que está sentada a mi lado en el sofá y parece mucho más cómoda que cuando nos recibió al llegar—. Lo mejor aparte de conocerte a ti, por supuesto.

—No tienes por qué halagarme. Sé que era un mero requisito para el título —dice Carcina con una sonrisa juguetona.

—Ah, sí, perdona. Eso es todo lo que eres, madre de mi hijo, luz de mi mundo, diosa entre las mujeres… tan solo otra entrada en mi lista de cosas hechas —bromea Drestin de vuelta, y me agrada ver un amor sincero en sus ojos. Esos ojos se posan en mí un instante y luego vuelan hacia Eldas igualmente deprisa. Fue solo un vistazo, pero sé lo que está pensando.

Un matrimonio surgido de la necesidad, pero sustentado por un amor genuino que creció en contra de todos los pronósticos. Bebo un sorbito de mi copa para evitar decir nada al respecto. Si Eldas percibe siquiera el trasfondo de la situación, tampoco lo dice.

—Deberíamos cenar —sugiere Eldas, tras echar otro vistazo al reloj—. Carcina, no deberías estar hasta tan tarde sin comer algo.

—Estoy bien. —Carcina da unas palmaditas en su tripa—. A lo mejor, si este bebé tiene el hambre suficiente, saldrá gateando a la mesa y pedirá de comer. —Se ríe—. Estaría encantada de que esto terminara ya.

—A estas alturas, la mayoría de las mujeres lo están —comento. Me lanza una mirada inquisitiva—. En Capton, en mi mundo —aclaro, puesto que no sé cuánto saben del otro lado del Vano—, estudié en una academia para ser herbolaria. No me especialicé en partería, pero trabajé en estrecho contacto con otros que sí lo hicieron. Existen muchos bálsamos y pócimas que puedes tomar para ayudar con las variadas afecciones de esta etapa del embarazo... como los pies hinchados o el dolor de espalda. —Me fijé en ambas cosas cuando nos acompañó con andares de pato hasta nuestros aposentos.

—Tal vez pudieras compartir con mis curanderos esos conocimientos del Mundo Natural. Cualquier ayuda sería bien recibida.

—Puedo preparártelo todo yo misma. Sería un placer, si tenéis las cosas que necesito.

—Majestad...

—Solo Luella, por favor —le recuerdo, no por primera vez.

—Luella —dice con timidez—. No quisiera molestarte.

—No sería ninguna molestia. De hecho, me encantaría. —Sonrío de oreja a oreja.

—Es mejor no discutir con ella cuando ha tomado una decisión —añade Eldas con una sonrisita. Recuerdo cómo, no hace tanto, ayudar a otros era «rebajarme» como reina. Ahora, no se cuestiona.

—Entonces, quizá después de la cena podría enseñarte el laboratorio del curandero. —Carcina apoya su mano sobre la mía—. Gracias, Luella.

—No hay de qué.

La cena es un encuentro íntimo. Puesto que Harrow y Sevenna siguen sin aparecer, nos trasladamos a un comedor más pequeño e informal que vi antes de camino al salón. Me recuerda a la primera cena que compartí con Eldas.

Por lo general, pensar en aquella cena me haría pugnar con fantasías persistentes de Eldas empujándome contra una chimenea. Pero esta noche, no. La preocupación por Harrow y lo que podría haberlos retenido ronda la parte de atrás de mi mente.

Sin embargo, de un modo un tanto egoísta, agradezco la ausencia de Sevenna. Me da la oportunidad de conocer a Carcina y a Drestin, y que ellos me conozcan sin que las opiniones de Sevenna emponzoñen el ambiente.

Después de cenar, los hombres deciden tomarse una copa mientras Carcina y yo nos escapamos al laboratorio y a los jardines de Westwatch. Eso da a los hermanos una oportunidad de ponerse al día y a mí me permite encontrar el camino hasta las reservas de productos médicos en Westwatch. La paranoia se ha instalado ya en el fondo de mi mente porque *sigue* sin haber noticias de Harrow.

Algo va mal y noto el aire denso debido a lo que sea que esté sucediendo.

—Hemos llegado. —Carcina enciende las lámparas de la habitación con un gesto de la mano y un destello en sus ojos. Hay cositas de la magia salvaje que me dan envidia por su obvia falta de respeto por la lógica.

El laboratorio es parecido al de Quinnar. En lugar de tener un invernadero adyacente, una puerta con arco se abre sobre un jardín en terrazas que da a la ciudad de Westwatch. La distribución es un poco diferente, pero un rápido barrido revela dónde guardan los curanderos productos similares a los que suelo usar.

—Creo que tengo aquí todo lo que necesito —digo, mientras cotilleo en el interior de los armarios—. ¿Puedo llevártelo por la mañana?

—No querría dejarte sola.

—¿No es seguro? —No puedo evitar preguntarlo.

—Hemos reforzado la seguridad para vuestra visita. —Sonríe, orgullosa.

—Entonces no pasa nada, estoy acostumbrada a trabajar sola. Es como trabajaba en mi tienda. Mis horas preferidas eran temprano por la mañana, antes de que nadie pudiera molestarme.

—¿Tu tienda?

—Abrí una tienda después de terminar mis estudios en la academia. —Ahora parece que fue hace años. El tiempo se alteró cuando crucé el Vano. Debe de pasar más deprisa en Midscape, porque los recuerdos de mis encimeras desgastadas y mis cuencos de fabricación burda están abandonando mis dedos. Me da la sensación de que llevo toda la vida en Midscape.

Que se me vayan difuminando esas conexiones es algo que me aterra. Tengo que regresar. No podré saber quién soy en realidad ni lo que estoy sintiendo hasta que lo haga.

—Ya veo. —Está claramente confundida, pero acepta el comentario sobre la marcha y no hace más indagaciones.

—En cualquier caso… Si no te molesta que me quede aquí sola a trabajar en el laboratorio de vuestros curanderos, a mí no me importa hacerlo. Pareces exhausta y necesitas descansar.

—Este niño no ha llegado al mundo siquiera y ya está agotando mi energía y mi paciencia. —Su cuerpo hace hincapié en lo que dice con un bostezo.

—Ve a descansar; lo tendré todo listo para el desayuno.

—Gracias otra vez, Luella. —Hace ademán de marcharse, pero se para justo antes de hacerlo—. No sabía qué esperar de la Reina Humana. Admito que... estaba un poco nerviosa. Pero me alegro de que seas tú.

No se me ocurre ninguna respuesta antes de que Carcina se retire finalmente.

Mientras trabajo, intento identificar la dolorosa e incómoda sensación que impulsa mis manos con una determinación frenética. *Culpabilidad*, pienso al fin. Me siento culpable, pero ¿por qué?

Por marcharme.

Frunzo el ceño en dirección al líquido que burbujea en un pequeño caldero. No hay nada por lo que deba sentirme culpable. Estoy haciendo lo correcto para nuestros dos mundos y para nosotros. Jamás podría quedarme con Eldas y ser feliz, no de verdad, a menos que supiera que lo hago por voluntad propia.

—¿Es más eficaz cuando lo miras con esa cara? —La voz de Eldas corta a través de mis pensamientos. Doy un respingo, sobresaltada, y me giro hacia él. Está apoyado en una mesa, los brazos cruzados, con aspecto de estar encantado consigo mismo.

—¿Cuánto tiempo llevas ahí?

—El tiempo suficiente para verte trabajar. —Debía de estar realmente absorta en mis pensamientos para no darme cuenta de que había entrado Eldas—. Y ha sido asombroso.

—¿El qué? —Digo las palabras al tiempo que suelto el aire. Ya estoy tratando de pescar todas las emociones complejas que de algún modo ha hecho caber en los pequeños pozos azules que son sus ojos. Hay admiración, un toque de pesar, añoranza, ¿resignación? Más emociones de las que soy capaz de nombrar.

—Naciste para hacer esto —comenta.

—Ya me habías visto trabajar. —Paso el dedo por la parte superior de un frasco antes de guardarlo.

—Es verdad, pero nunca te había observado de verdad. Nunca había prestado atención. —El pesar que había notado en él acaba de adquirir sonido—. Luella... si no fuésemos capaces de romper el ciclo antes de la coronación... haría todo lo posible para ayudarte a lidiar con el trono. Te daría todo lo que necesitaras. Quizás incluso podríamos hallar también una manera de que trabajaras como curandera en Quinnar. Tal vez, aunque serías parte de Midscape, podríamos explorar opciones para que visitaras Capton más que solo en el solsticio de verano.

Se me hace un nudo en el estómago y, cuando hablo, no puedo mirarlo. Sé que está tratando de ayudar, pero esta conversación saca a la luz la enmarañada masa de emociones que no logro aclarar del todo cuando pienso en mi vida anterior, en mi vida de ahora y en lo que sea que me aguarde en el futuro.

—¿No sería eso poco convencional para una reina?

—Sí, pero las convenciones siempre han sido nuevas en algún momento. Yo también he leído los diarios. Otras reinas han anhelado algo parecido... tener un propósito más allá del trono de secuoya. Ayudar a los curanderos no era suficiente. Para ellas es demasiado tarde, pero para ti, para las futuras reinas... —Se pasa una mano por el pelo y aparta la mirada. Lo observo por el rabillo del ojo—. Si es que hay futuras reinas, quiero decir.

—Hablando de eso. —Me giro y me apoyo contra la encimera—. Tengo que contarte algo.

—Dime. —Está claro que le ha sorprendido mi repentino cambio de actitud.

—El diario que he estado leyendo... hoy he averiguado de quién era.

—¿De quién?

—De la reina Lilian.

—Lilian —susurra. No cabe duda de que conoce el nombre por las historias que le han contado durante toda su vida—. La primera reina. Entonces...

Asiento, segura de lo que va a decir a continuación.

—Creo que sé cómo están conectadas las estaciones, el trono de secuoya y la magia de la reina. Creo que comprendo lo que hicieron la primera reina y el primer rey y cómo funciona todo. —He desentrañado un gran misterio, debería estar más contenta. Y aun así, observo con miedo cuando Eldas se pone en pie. Estamos al borde de una línea roja de la que no hay vuelta atrás—. Necesito leer más, e investigar, por supuesto. Y solo porque entiendo cómo se creó el Vano y cómo cambian las estaciones, ello no garantiza que sea capaz de hacer nada con la información, pero...

Las manos de Eldas se cierran alrededor de mis hombros. Lleva una sonrisa radiante en la cara. Sin embargo sus ojos muestran una tristeza devastadora.

—Esto es excelente. Si alguien puede averiguarlo, esa eres tú. Lo he dicho desde el principio y ahora tienes lo que necesitabas.

—Lo sé, pero...

—¿Pero? —vacila Eldas.

No estés contento por esto, me gustaría decirle. No quiero que finja siquiera estar contento porque me vaya a marchar. El hecho de que pudiera estarlo me comprime el corazón hasta un punto doloroso. La sonrisa de su cara se burla de mí y me encuentro dudando de las señales de dolor que creía haber visto en sus ojos; ¿son reales, o solo me las estoy imaginando porque *quiero* que lo sean?

—Eldas, ¿qué sientes por mí? —me atrevo a preguntar, mi voz pequeña y asustada.

—¿Qué? —Sus manos caen de mis hombros. Quizás esa sea respuesta suficiente.

—¿Qué sientes por mí? —pregunto de nuevo, más fuerte y con más seguridad.

—Cuando dices...

—¿Me quieres?

Me mira como si mis palabras se hubiesen materializado en algo sólido y lo hubiesen golpeado entre las costillas. Abre y cierra la boca varias veces. Tal vez había repasado los números de nuestra ecuación y había llegado al mismo resultado que yo: que era mejor no pensar en lo que eran estos sentimientos en realidad. Era mejor no preguntar ni saber, para los dos.

Mientras me mira ahora, sumido en un silencio letal, deseo que el denso aire nocturno me envuelva. Deseo que me lleve lejos, que me lleve a través del Vano aquí y ahora, porque no puedo soportar esta espera para oír su respuesta.

Si dice que no me quiere, me romperá el corazón. Si dice que sí me quiere, mi corazón también se romperá... *cuando*... inevitablemente me marche. Y si no me marcho... me preguntaré si sus sentimientos, como los míos, han sido manipulados de algún modo por la magia o por las circunstancias, si alguna vez han sido reales siquiera o un retorcido instinto de supervivencia del corazón. Me cuestionaría todo durante toda la vida, y solo eso sería nuestra perdición.

—No respondas. —Sacudo la cabeza—. Es mejor si...

—Luella, yo...

Ninguno de los dos tiene ocasión de terminar. Drestin irrumpe a la carrera. Está jadeando, como si llevara corriendo durante un rato. Sus ojos se deslizan sobre mí y aterrizan en Eldas.

—Es Harrow —suelta resollando—. Ha habido un ataque.

Treinta y tres

—¿Un ataque? —repite Eldas, un poco aturdido. Yo también estoy descolocada por el repentino cambio en la conversación.

—Antes de que nos sentáramos a cenar, envié jinetes a investigar. Estaba preocupado. Encontraron a Madre y su carruaje justo a las afueras de Westwatch, pero Harrow no estaba con ella. Dijo que había querido parar en Carron antes de venir hasta aquí y que ella no le había podido decir que no. Por supuesto que no, a su querido Harrow. Así que lo dejó ir. Encontraron a su caballo y a su guardia destripados justo a las afueras de Carron. No hay señales de Harrow.

—Carron, ¿por qué querría…?

—Aria —interrumpo a Eldas—. Fue a ver la actuación de Aria. Ella me contó que iba a actuar en Carron con la Troupe de Máscaras, como inicio de una gira que se extenderá hasta el día de la coronación. —Miro de un hombre a otro—. ¿Cuánto se tarda de aquí a Carron?

—Está muralla arriba, a una hora de Westwatch —contesta Drestin.

—Vamos.

—Tú deberías quedarte aquí —dice Eldas con firmeza.

—Pienso ir —insisto, con tal fuerza que casi puedo oír cómo rebotan mis palabras dentro de sus cabezotas—. Me vais a necesitar.

Drestin mira de Eldas a mí, con las cejas arqueadas y una expresión un tanto perpleja. Puede que Rinni esté acostumbrada a Eldas y a nuestra relación cordial, pero parece que Drestin todavía no lo está.

—Majestad...

Hago caso omiso de su sorpresa y descarto de plano su objeción.

—¿Hay alguna entrada a las tierras feéricas desde Carron?

—No —responde Eldas.

—¿Ningún modo de cruzar la muralla? —insisto.

—No —repite Eldas.

—Bueno... —empieza su hermano, lo cual hace que Eldas arquee una ceja arqueada—. Ha habido informes de lugares donde la muralla se ha debilitado. Granjeros que hablaban, que hacían correr rumores sobre feéricos que se han colado... Pero todavía tengo que confirmar...

Mi cerebro se mueve tan deprisa como mis manos frenéticas. Mientras los hombres hablan, termino la poción que estaba preparando y la echo en un frasco que luego meto en una bolsa de cuero robada de un gancho al lado de las puertas que dan a los jardines. Los dejo ahí un momento para buscar en los jardines cualquier cosa fresca que me pudiera servir para hacer magia o una cura de urgencia.

Por desgracia, no encuentro ninguna radícula corazón. Parece que es verdad lo que dijo Willow acerca de que la planta es muy rara.

—Luella, quédate... —intenta decirme Eldas cuando vuelvo a entrar en el laboratorio.

—Ya os he dicho que voy a ir. —Miro a los ojos cerúleos de los dos elfos e intento comunicarles, solo con mi actitud determinada de pies bien plantados en el suelo, que esto no es negociable—. Tengo información que tal vez necesitéis.

—¿Qué información puedes tener tú? —pregunta Drestin.

—Estamos perdiendo el tiempo. Solo confiad en mí. —Miro a Eldas—. Por favor.

Eldas asiente y me ofrece la mano.

—A Carron.

Cierro los dedos alrededor de los de Eldas y juntos nos adentramos en la oscura neblina que surge de debajo de los pies de Eldas. Vanoambulamos hasta una carretera embarrada a poca distancia a pie de un pueblo más o menos del tamaño de Capton. Drestin emerge de una nubecilla de neblina a nuestro lado. Unas volutas oscuras giran en el aire durante un momento, antes de disiparse con el viento y dejar a un hombre allí donde ellas estuvieron.

Carron fue construido pegado a la muralla, como había dicho Drestin. Al igual que en Westwatch, hay un puente que cruza la parte más estrecha del río. Si yo fuese un feérico que quisiera colar algo a escondidas en territorio de los elfos, desde luego este sería el sitio por el que lo intentaría.

En los campos del extremo derecho del pueblo se han erigido carpas y tiendas de campaña. Resplandecen desde el interior, sus colores brillantes como caramelos en la centelleante oscuridad que sigue a una noche de lluvia. Unas banderas que se ven pequeñas a la distancia ondean con la brisa nocturna. Oímos tenues vítores desde el otro lado de los campos.

—Ve a investigar a la Troupe de Máscaras —le ordena Eldas a su hermano—. Busca cualquier señal de juego sucio.

—¿Y tú?

—Voy a la escena del crimen. —Eldas no espera a que Drestin conteste; ya nos estamos moviendo a través del Vano otra vez.

Emergemos en la carretera un poco más allá, en medio de una carnicería. A un caballo lo han rajado de arriba abajo, sus entrañas desparramadas por el suelo. A su jinete, un guardia cuyo rostro no reconozco pero que lleva la armadura de la ciudad de Quinnar, lo han partido casi en dos.

—¿Lobos? —pregunto, al ver marcas de garras.

—Esto no lo ha hecho un lobo —dice Eldas con tono sombrío—. Esas son marcas de garras feéricas.

Me estremezco y mi mente vuela hasta la criatura con astas del callejón. Así que los feéricos pueden tener alas, cuernos y garras. Ellos son las criaturas que atormentaban mis pesadillas, no los elfos.

Eldas se pone en cuclillas para buscar alguna pista acerca de quién puede haber hecho esto o lo que le ha ocurrido a Harrow. Yo sigo mirando al elfo muerto: los ojos abiertos de par en par, sangre arremolinada en el barro. Aparto la mirada y la deslizo por las llanuras que rodean la carretera. En mi mente, intento recrear lo ocurrido.

No hay ningún sitio donde esconderse, lo cual significa que Harrow y su guardia tenían que haber visto a sus atacantes. ¿*Glamour* feérico? Miro carretera abajo. *No.*

—Eldas, aquí hay algo mal.

—Sí —gruñe—. ¡Mi hermano podría estar muerto! —Eldas se levanta con su voz—. Hay algo *muy* mal. Tenemos que registrar la zona. No pueden haber ido muy lejos.

Mantengo la calma ante su ira y su pánico. He visto a familias que han pagado conmigo su pesar por sus parientes enfermos. La preocupación retuerce los corazones de los hombres para convertirlos en algo irreconocible. Pero antes o después, el sentido común acaba por prevalecer.

—Mira. —Señalo la carretera—. Mientras cenábamos estaba lloviendo, lo que significa que el *glamour* feérico no hubiese funcionado. Dijiste que el agua dulce lo inutiliza, ¿verdad? —Eldas hace una pausa y asiente despacio, así que aprovecho para continuar—. Además, cualquier huella se hubiese borrado enseguida. Estas son las nuestras. Y luego, hay estas… —Unos agujeros profundos llenos de agua están agrupados en dos tipos de huellas. Unas son de botas; las otras, de unas patas más grandes que ninguna que haya visto jamás. Más grandes que las de Hook.

Hablando de eso… Me llevo los dedos a los labios y emito un agudo silbido.

—Hook, ven —lo llamo. El lobo emerge corriendo de entre las sombras de la noche. Qué alegría verlo otra vez después de varios días; y es un alivio saber que todavía viene cuando lo llamo. Pero este no es el Hook mimoso que conozco. Suelta un gruñido ronco ante la carnicería. Tiene los ojos alerta y las orejas aplastadas contra la cabeza—. Hook. —Llamo su atención hacia mí—. ¿Puedes encontrar a Harrow para nosotros?

Como de costumbre, Hook parece comprender mi petición. Va hacia los caballos y olisquea a su alrededor. Supongo, *espero*, que esté intentando grabarse el olor de Harrow.

—¿Adónde quieres ir a parar? —pregunta Eldas. Puedo ver cómo procura quitarse la preocupación de la mente para poder pensar con claridad una vez más.

—Creo que han puesto los cuerpos aquí.

—¿Por qué?

—Para despistarnos y hacernos perder el tiempo buscando por los campos y las carreteras. —Me giro hacia Carron—. Harrow fue a ver a Aria. Es muy probable que ella supiera que vendría. Podría haberle contado a una partida de feéricos que Harrow estaba de camino.

—Aria no actuaría en contra de su familia. Hacerle daño a Harrow perjudica a su padre.

Sigo teniendo grandes sospechas, a pesar de este recordatorio, pero airearlas ahora no serviría de nada.

—Tal vez lo haya hecho sin querer. Tal vez le haya dicho la cosa equivocada a la persona equivocada...

Eldas refunfuña ante la idea de que hubieran traicionado a su hermano, pero al final no pone objeciones.

—Tenemos que registrar la ciudad. —Sujeto con fuerza la bolsa que llevo colgada y los frascos de hierbas que traje conmigo tintinean con suavidad alrededor de otras plantas sueltas. ¿Cuándo le digo a Eldas que estoy preocupada por el estado en que podamos encontrar a Harrow? ¿Durante cuánto tiempo más puedo guardarle el secreto a Harrow antes de que empiece a ser perjudicial para él?—. Llévanos ahí.

Eldas no dice nada, pero me da la mano; yo entierro mis dedos libres en el pelo de Hook. Y los tres cruzamos el Vano para aparecer en las embarradas calles de Carron. Al instante, Hook pega la nariz al suelo.

Olisquea por la calle, adelante y atrás, hasta que parece detectar un rastro.

—Yo puedo ir con Hook mientras tú…

—No me voy a separar de ti —dice Eldas con firmeza y echa a andar detrás de Hook.

La pequeña ciudad está sumida en un silencio escalofriante. Todos sus residentes han cerrado con llave y han ido a ver la actuación de la Troupe de Máscaras. El brillo líquido de las farolas ilumina cristales oscuros y cuelga en las esquinas, sumiendo las callejuelas en las sombras más oscuras y agoreras que haya visto.

Sería un momento perfecto para atacar a un príncipe. Harrow fue atraído hasta aquí por Aria y, si mis sospechas son correctas, por el aliciente del destello que ella debía de proporcionarle. Me lo imagino caminando por estas calles silenciosas después de decirle a su guardia que se quedara atrás mientras se hacía el trato, para conservar así el anonimato. Imagino su sombra esperando en la callejuela por la que nos conduce Hook. Imagino dinero cambiando de manos para obtener destello mientras destripaban a su guardia. Imagino la sonrisa dulce de Aria, enrolada en la Troupe de Máscaras solo para participar en esta primera actuación con la que atraer a Harrow lo más cerca posible de las tierras feéricas.

Para cuando Harrow se diera cuenta, seguro que ya era demasiado tarde.

—No lo entiendo. —Eldas mantiene la voz baja. Se mueve con una gracia y un sigilo casi felinos—. Harrow debería haber podido derrotar a unos cuantos feéricos. Tiene una conexión tan fuerte con el Velo como la de Drestin y, aunque puede que sea un poco obtuso, es bastante listo como para no creerse sus medias verdades.

—A menos que fuesen más que unos cuantos feéricos. —Y a menos que hubiese consumido tanto destello como para dejarlo atontado.

—Con su guardia...

—A menos que le dijera a su guardia que esperara en algún otro sitio.

—¿Por qué haría algo así? —Eldas se para a mirarme. Mi expresión debe revelar algo porque entorna los ojos—. ¿Qué sabes?

He hablado demasiado y lo sé.

—No sé nada aparte de que debemos encontrar a Harrow.

—Me estás mintiendo —bufa, furioso. Tiene el ceño fruncido por la ira, pero sus ojos lucen dolidos—. Te conozco lo suficiente como para saber cómo cambia el aire a tu alrededor cuando mientes.

Trago saliva.

—Ahora no hay tiempo para...

—Entonces, cuéntame lo básico.

—Estoy intentando respetar a mi paciente —digo con voz débil.

—Es una orden.

—Pero...

—¡Luella! —insiste. La preocupación contrasta con la frustración en su voz.

—Harrow estaba consumiendo destello —farfullo.

—¿Qué? —El blanco pugna por consumir los ojos de Eldas mientras sus párpados se sostienen tan abiertos que debe resultar doloroso—. ¿Cómo lo sab...?

—Él me lo dijo —aclaro a toda prisa. Luego los nervios y el miedo me empujan a hablar incluso más rápido. Me apresuro a contarle a Eldas lo que vi en la callejuela: a Aria recibiendo lo que sospecho que era destello de manos de su cómplice feérico. Le cuento lo que me dijo Harrow en su cama y su confusión sobre cómo se había enganchado a la sustancia que jamás tuvo la intención de probar en primer lugar. Y mi teoría de que Aria la utilizó para atraer a Harrow hasta aquí, en solitario.

—Estaban planeando esto... Ir a por ti aquel día no fue más que una oportunidad inesperada. Por eso su intento de secuestro parecía tan casual y descuidado. Aprovecharon la ocasión, pero el objetivo real desde el principio era Harrow, porque los instigadores feéricos sabían que tenían a una mujer con influencia sobre él. —Eldas está furioso. Espero que la ira que veo en sus ojos esté dirigida a los feéricos y no a mí, pero no las tengo todas conmigo—. Tú y yo hablaremos con más detalle sobre tu decisión de ocultarme todo esto cuando mi hermano esté a salvo.

—Vale. —Me gustaría objetar y decirle que traté de contárselo mientras respetaba los deseos de mi paciente, pero sé que este no es ni el momento ni el lugar. Eldas tiene razón, la seguridad de Harrow es nuestra prioridad ahora mismo.

Hook suelta un gemido grave y empezamos a seguirlo otra vez. El lobo nos conduce a un rincón cutre y olvidado de la ciudad. La muralla casi ha desaparecido detrás de montañas de basura que llenan el aire con su hedor. Eldas se tapa la nariz y evita acercarse. Yo he olido cosas peores con algunas plantas raras, pero aun así la peste me hace vacilar.

De algún modo, Hook logra no perder el rastro a través de todo ello y nos conduce a una serie de tablones apoyados contra la muralla, medio ocultos por la basura apilada delante de ellos. Hook los araña y emite un gruñido grave. Cuando Eldas y yo nos acercamos, oímos el tenue eco de gente hablando, palabras indiscernibles. Entre las grietas de los tablones, se ve la oscura línea de un túnel en la muralla.

—Quédate aquí —me ordena Eldas en tono hosco.

—Pero necesitas...

—*No* te necesito. Eres una carga porque no puedo permitir que te ocurra nada. Y si hubieses sido franca conmigo desde el principio, tal vez todo esto no habría ocurrido —me escupe con una rabia que no creía que Eldas pudiera sentir hacia mí. Me tambaleo hacia atrás como si me hubiera pegado. Aun así, incluso a través de toda su ira, veo el brillo de su preocupación y su compasión por mí. Me recuerda que el Eldas que he llegado a conocer y a querer sigue siendo el hombre que tengo delante—. Quédate aquí, escóndete y *mantente a salvo* con Hook. Si te pasara algo, me veré obligado a destrozar a todos y cada uno de los feéricos con mis propias manos.

Antes de que pueda decirle nada más, Eldas empuja los tablones hacia un lado, se adentra en la oscuridad y me deja sola. Rechino los dientes y Hook suelta otro gemido grave y araña el suelo.

Mi mente se llena de imágenes de Eldas cayendo en una emboscada, herido y sangrando. Seguro que Aria sabía que Eldas iría en busca de Harrow. A menos que pensaran que podían llevárselo bastante lejos antes de que nadie se diera cuenta de su desaparición… Esos pensamientos dan vueltas en mi mente junto con la imagen de Harrow drogado hasta el punto de la incoherencia.

Miro a los ojos luminiscentes de Hook.

—¿Tú qué harías? —susurro. El lobo mira otra vez al agujero en la pared—. Si insistes, no puedo discutir con eso.

Busco en mi bolsa una ramita de zarza. Elegí con sumo cuidado todas las plantas que recolecté en los jardines de Westwatch. Cada una por una razón diferente, basada en la información de las reinas anteriores. Llevo semanas leyendo y practicando sus métodos.

El recuerdo de mi último ataque aún perdura. Entonces no confiaba en mi magia y *necesité* a Hook y a Eldas para salir indemne. Pero ya no soy la misma mujer. Sé cómo utilizar mis poderes y confío en que la tierra bajo mis pies me mantendrá a salvo.

—Vamos. —Hago un gesto afirmativo en dirección a la abertura y Hook se adentra en la oscuridad sin miedo alguno. Trato de emularlo mientras lo sigo de cerca. A medida que avanzamos, transmito magia de mi mano a la zarza; así la cargo de energía para utilizarla en un estallido repentino.

Un grito agudo, interrumpido por un crujido enfermizo, rompe el silencio en la distancia.

—¡Ve! —le insto a Hook, que echa a correr. Sigo avanzando a trompicones por la oscuridad, deslizando la mano por la áspera pared excavada. El roce desgarra la piel de mi palma, pero la mantengo ahí con firmeza.

Enseguida, una esquirla de luz me guía. Distingo la sombra de Hook, que sigue corriendo. Sale a la luz de la luna antes que yo. Los sonidos de una pelea aumentan en mis oídos, así que sigo avanzando.

Nunca he estado metida en una pelea de verdad. Estudié cómo curar, no cómo hacer daño. Pero tampoco me había casado nunca, ni había cruzado el Vano; no había tenido magia, ni me había acostado con un hombre, ni había amado de ese modo. Y he sido capaz de hacer todo eso por primera vez sin despeinarme.

Puedo hacer esto también.

Emerjo en un bosque. Noto al instante que las tierras feéricas son distintas al reino de los elfos. Motas de magia flotan por el aire entre los árboles y envuelven todo en tonos azules y verdes. Unas flores trepadoras que no reconozco cuelgan como cortinas de las frondosas ramas de los árboles. Incluso la tierra parece diferente debajo de mis pies; está menos domada y es más mágica, mucho más parecida a lo que creo que esperaba de Midscape.

El gruñido de Hook, seguido de un grito, me trae de vuelta a la realidad. Echo a correr, zigzagueo entre los árboles y aparezco en un claro. Veo a dos feéricos muertos más adelante, sus cuellos cortados con una violenta línea oscura. Eldas se enfrenta ahora a una bestia con pezuñas que encajan con las huellas que vimos en la carretera. El animal tiene el tamaño de un oso, cubierto de pelo alrededor de la cara y las patas, pero con el resto del cuerpo cubierto de escamas de aspecto mojado, como las de una serpiente.

El gimoteo de Hook llama mi atención hacia el otro lado del claro, donde otro feérico con cuernos de carnero ha hecho retroceder al lobo. Los ojos del hombre brillan de un violeta intenso y sus manos se mueven por el aire mientras una magia vaporosa sigue todos sus movimientos. Tanto bestia como hombre llevan collares cargados de labradorita alrededor del cuello.

Sujeto la zarza en alto y hundo los pies en el suelo.

Un brazo se cierra alrededor de mí y noto la hoja de una daga en el cuello.

—¡Rey Eldas! —grita Aria por encima de mi hombro. Me pitan los oídos. Tenía razón: fue ella desde un principio. Jamás he estado tan enfadada por estar en lo cierto—. Si no queréis parlamentar con nosotros por vuestro querido hermano, quizá prefieras hacerlo por vuestra reina.

Los brillantes ojos de Eldas se apartan de la bestia para mirarnos. Una ira diferente a cualquiera que haya visto hasta entonces retuerce sus apuestos rasgos en una máscara de pura maldad. Oleadas de sombra irradian de él y la presencia del Vano se condensa con su magia.

—Suéltala —gruñe.

—Soltadnos a nosotros. ¡Dejadnos marchar y devolvednos las tierras que son nuestras por derecho propio! —Aria aprieta más la daga contra mi cuello.

—Aria, no lo hagas —suplica el hombre de los cuernos de carnero, la voz débil por la emoción—. Se suponía que debías marcharte. —Veo algo que reconozco. Una emoción que he notado muchas veces en Eldas ya. Admiración, *compasión*. Empiezo a juntar las piezas de lo que parece haber sido una trama de lo más simple: Aria se enamoró de uno de los feéricos rebeldes. El amor es la única cosa que podría hacer que alguien actuara en contra de sus propios intereses.

—Con esto insultas el intento de tu gente, de tu familia, por llegar a un acuerdo diplomático, y perjudicas a tu propia causa. —Eldas estira el brazo y un surtido de cuchillos de plata surgen de la nada. Invoca cada uno con solo un pensamiento. El verdadero nombre de un arma que aprendió y guardó en su memoria a lo largo de su vida—. Mátala y nos matarás a todos.

—Nuestras tierras son frías y crueles —grita Aria—. Ella solo logra que el reino de los elfos sea viable para cultivar comida y cazar.

—Eso no es... —No logro decir ni una palabra más. Aria me sujeta con más fuerza y la daga se clava un poco en mi cuello cuando hablo. La sangre resbala por la hoja y caen gotas al suelo.

—Silencio —me escupe—. Hemos encontrado una manera de hacer las cosas de modo que ya no seas necesaria. Un ritual que restaurará estas tierras.

Ritumancia... Willow lo explicó como el acto de llevar a cabo rituales para adquirir y potenciar la magia. Jamás hubiese esperado que Aria me proporcionaría la pieza que me faltaba para completar el puzle de cómo terminar con el ciclo. Pero lo ha hecho.

Solo tengo que sobrevivir el tiempo suficiente para poder poner a prueba mi teoría.

—No deis un paso más —grita Aria cuando Eldas empieza a moverse. Los ojos de él siguen clavados en mí, aterrados—. Sé que no osaréis poner en riesgo la vida de la Reina Humana.

Hace más de un minuto que la sangre procedente de la mano que me corté contra la pared está goteando sobre el suelo, mezclada con la sangre que resbala por la hoja de la daga. Esbozo una sonrisita. Aprendí muy pronto lo peligrosa que puede ser mi sangre cuando se mezcla con la naturaleza.

—Él no lo hará —susurro—. Pero yo sí.

La magia explota a mi alrededor con una fuerza que no había sentido desde aquel almuerzo con Harrow. La libero de mi control y fluye a la tierra sin restricciones.

Soy como una plaga para la tierra. La muerte se extiende a mi alrededor a medida que el poder es consumido y absorbido directamente de sus entrañas. Equilibrio, todo requiere equilibrio.

La zarza cae de mis dedos y serpentea hacia fuera. Las ramitas espinosas se enroscan alrededor de Aria, que suelta un grito. Noto cómo las diminutas dagas de la planta se clavan en su piel, como si las enredaderas fuesen parte de mi propio cuerpo.

Aun así, ninguna de las espinas se dirige hacia mí. Aria está envuelta como un capullo en una prisión malvada, atrapada aunque no muerta, y yo soy libre para alejarme de ella cuando los tallos apartan de mi cuello la mano que sujeta la daga, como unas violentas cuerdas de marioneta. La tierra se agrieta bajo mis pies mientras camino. Unas zarzas espinosas y enfadadas me siguen, y luego corren hacia la bestia cuando señalo en su dirección.

La criatura de garras y escamas hace un intento por escapar, pero no logra dejar atrás mi magia. El aire se remueve cuando Eldas vuelve su atención hacia el feérico restante. Las armas que había invocado caen como una granizada de acero sobre el hombre. Aria deja escapar un grito de pura angustia. Frío y constante.

Bajo la mano en el momento en que el último feérico queda envuelto en zarzas. De golpe, la energía abandona mi cuerpo y caigo de rodillas. Impactan contra el suelo rocoso, ahora agrietado, seco y desprovisto de vida alguna, excepto por mis enredaderas espinosas.

Treinta y cuatro

Hook corre hasta mí y me lame la cara mientras me sostengo a cuatro patas. Es como si acabara de estar sentada en el trono de secuoya. Mi cuerpo tiembla y me duele todo. El agotamiento enturbia mi visión.

—¡Lo habéis matado! —chilla Aria—. Mi amor, mi amor... —Sus palabras se convierten en sollozos. No estoy segura de si deja de hablar o si es que mi mente ya no le presta atención. Me concentro mejor en intentar no desmayarme.

Está claro que estoy hecha para traer vida. Pero incluso emplear la muerte como método para lograr equilibrio se cobra un alto peaje. Oleadas de magia ruedan por mi interior como un mar revuelto y me tambaleo un poco. Estoy pegajosa, empapada de sudor, como si mi cuerpo tratara de expurgar la incómoda sensación de estar dejando la tierra yerma.

—Luella...

—Estoy bien —digo cuando Eldas se arrodilla a mi lado. Levanto la vista hacia él y después hacia Aria, que ahora mira embotada el mundo a su alrededor. Mis zarzas se clavan en su piel en múltiples puntos, pero aun así no me vi capaz de matarla. Es algo que no tengo dentro. Así que dejaré que Eldas y su justicia decidan qué ocurrirá a continuación—. Encárgate tú de ella. Yo cuidaré de Harrow.

—Os voy a llevar a los dos de vuelta a Westwatch —declara—. Regresaré aquí a encargarme de ellos cuando sepa que estáis a salvo.

—Pero...

—No van a ir a ninguna parte en los siguientes cinco minutos. —Eldas hace un gesto con la barbilla hacia el seto que nos rodea—. De verdad eres increíble —murmura, mientras desliza un brazo por debajo del mío y alrededor de mis hombros. Con la ayuda de Eldas, me tambaleo hasta donde espera Harrow. Está en una especie de trance, aturdido, con los ojos vidriosos y medio cerrados, desenfocados. La boca de Eldas se aprieta en una línea seria.

—Yo lo ayudaré —lo tranquilizo.

—Sé que lo harás. —Eldas se inclina hacia delante y apoya la palma de su mano sobre Harrow—. Ayudarlo a toda costa parece ser uno de tus puntos fuertes —añade con un siseo algo amargo.

Las sombras se espesan a nuestro alrededor antes de que pueda responder a su comentario; luego se difuminan a toda prisa, espantadas por las luces de la entrada de Westwatch. Dos guardias se sobresaltan ante nuestra repentina aparición. Eldas ladra unas órdenes y desaparece una vez más, dejándonos atrás a Harrow y a mí. Me doy cuenta de que Hook no está con nosotros y, de un modo egoísta, espero que cuide de Eldas allá en las tierras feéricas mientras se ocupa de Aria y de todo lo demás.

A petición mía, llevan a Harrow a una habitación que no está lejos del laboratorio. Cada paso es más difícil que el anterior, pero el tintineo de los frascos que llevo en la bolsa me mantiene en marcha. Harrow necesita las medicinas que le preparé y muchas más.

Sevenna no está por ninguna parte mientras atiendo a Harrow, lo cual es una bendición. Durante la primera hora de su tratamiento, logro moverme por ahí sola y sin molestias. Después de eso, me veo rodeada por otros curanderos. Harrow está bastante estable, así que huyo del lugar antes de que desaparezca lo que sea que esté reteniendo a Sevenna.

Mis aposentos están fríos y vacíos cuando regreso a ellos poco después del amanecer. Echo una miradita a la cama, pero la idea de dormir sola, sin Hook o Eldas para mantenerme caliente, no es atractiva en absoluto. En vez de eso, me doy un baño para quitarme de encima los acontecimientos de la noche anterior, y luego me hago un ovillo en el sofá de nuestra salita de estar. Me quedo dormida aunque no tenía intención de hacerlo.

Cuando por fin me despierto, descubro que ya ha pasado medio día. Eldas es la primera cosa que enfocan mis ojos. Tiene el diario de Lilian sobre una rodilla, abierto por la mitad. Aun con su velocidad de lectura sobrenatural, es probable que no haya dormido, si ya va por ahí.

—Estás despierta —comenta, sin molestarse en levantar la vista siquiera.

—Eso parece. —Me enderezo. Todos mis músculos gritan su protesta. Podría dormir dos días más sin ningún problema—. ¿Cómo está Harrow?

—Dicen que está estable. Los curanderos han bajado su... ¿cómo se lo describiste? ¿Fiebre que había pillado por estar fuera bajo la lluvia? Aunque aún no se ha despertado. —Los ojos de Eldas por fin se deslizan hacia mí.

—Pensé que no querríais que se enterara todo el mundo de lo del destello —digo con cautela.

—Haces muchas suposiciones. —Cierra el diario despacio—. Supones que no quiero que la gente se entere de que mi hermano es un adicto al destello.

—¿Estaba equivocada?

—Supones que *yo* no debería saberlo.

—Intentaba respetar los deseos de Harrow —digo con calma.

—¡Si estaba consumiendo destello, está claro que no se podía confiar en su opinión sobre lo que era mejor para sí mismo!

—No me corresponde tomar esa decisión.

—*Supusiste...* —Cada vez que dice la palabra adquiere un tono más acusador—... que podías manejar una situación para la que no estabas preparada en absoluto.

—Eldas —digo con suavidad, pero con firmeza. Sus ojos están atormentados y cansados. Ahora no es el momento ideal para entablar esta conversación. Respiro hondo e intento empezar por el principio—. No te conté lo del destello porque no quería traicionar la confianza de Harrow. Dudo de que se lo haya contado a nadie más, excepto quizás a Jalic o a Sirro, que podrían formar parte de la trama de Aria... No lo sé. Si hubiera traicionado la confianza que había puesto en mí, probablemente se habría retraído aún más y se habría llevado el secreto a la tumba. —Una tumba que podría haber llegado demasiado pronto si la noche anterior hubiera acabado de otra manera—. Temía sinceramente por él, Eldas. Y estaba preocupada porque, si le daba razones para apartarse de la única persona con la que había empezado a abrirse, eso podría haber sido mucho más perjudicial que cualquier otra cosa. Siento no haber podido imaginar que algo como esto podía suceder.

El rey frunce los labios y mira por la ventana. Apoya un codo en el reposabrazos de la butaca en la que está sentado y se lleva una mano a los labios, como si tratara de forzarse físicamente a no decir algo de lo que podría arrepentirse.

—Los feéricos formaban parte de un grupo llamado Acólitos del Bosque Salvaje. Una ventaja de que no sean capaces de mentir es que, después de un punto, son fáciles de interrogar.

Recuerdo que Rinni ya mencionó ese nombre una vez y hago caso omiso de su comentario sobre el interrogatorio. Creo que no quiero saber a qué se refiere.

—Aria los estaba ayudando a infiltrarse en la corte de su tío. Así es como se pudieron colar con los dignatarios, pero sin que el rey de los feéricos supiera nada. No puedo creer que la haya dejado entrar en mi casa. —Eldas dirige su frustración hacia dentro. Ni siquiera parece estar hablando conmigo.

—¿Qué hiciste con Aria? —Tengo que preguntarlo. Puede que no *quiera* saberlo del todo, pero *necesito* saberlo.

—Será encerrada y la llave se perderá durante un tiempo —dice Eldas después de un instante—. Puede que tuviera ganas de matarla en ese momento, pero sigue siendo la sobrina del rey feérico; debería ser él quien decidiera su destino. Darle la oportunidad de hacerlo será una muestra de buena voluntad y me demostrará si va en serio en lo que respecta a las relaciones entre nuestros reinos.

Hago una mueca ante la idea de tener que juzgar a un miembro de tu familia, a alguien a quien quieres.

—¿Y el resto del grupo?

—Los que logré atrapar se enfrentaron a mi justicia. —No hay un ápice de arrepentimiento en su voz. *Muertos, pues.* Trago saliva e intento no juzgar a Eldas por lo que debe hacer como rey—. Con suerte, el hecho de haber desbaratado este plan suyo tan elaborado los contendrá durante un tiempo. Después, cuando logremos terminar con el ciclo, habremos puesto punto final a sus reivindicaciones de favoritismo hacia los elfos por parte de la Reina Humana, y la tierra revivirá. Lo que estamos haciendo ayudará a todo el mundo… aunque ellos no lo sepan todavía.

—Ahora que lo mencionas, creo que sé cómo hacerlo. Romper el ciclo, quiero decir. —Eldas arquea las cejas—. Creo que la solución es más sencilla de lo que hubiéramos imaginado jamás. Es una cuestión de restaurar el equilibrio entre Midscape y el Mundo Natural. Como el jardín de la reina. —Veo que la solución empieza a iluminarse en los ojos de Eldas a medida que hablo—. Creo que con algo parecido a la ritumancia de los feéricos podríamos reunir los requisitos necesarios para encontrar el equilibrio. Lo cual tiene sentido. La magia de la Reina Humana se parece más a la de los feéricos que a la de los elfos… Es probable que sea porque los feéricos son más cercanos a las dríades y todo eso. —Creo que mi lógica cuadra, puesto que los feéricos descendían de las dríades, y las dríades luego crearon a los humanos, aunque hace ya un tiempo que Willow y yo hablamos de la historia de Midscape.

—Bien —dice Eldas, aunque contradice su palabra negando con la cabeza al ponerse de pie.

—No pareces contento. —Lo observo mientras se gira hacia el crepitante fuego de la chimenea detrás de su butaca.

—Por supuesto que no estoy contento —murmura en tono sombrío.

Se me comprime el pecho. Esperaba que estuviera enfadado, pero no que fuese tan doloroso.

—Eldas, yo...

—Mi hermano podría haber resultado herido. *Tú* podrías haber resultado herida. —Gira la cabeza hacia mí.

—No conocía el alcance de la situación; en realidad, no. Solo pensé en que tu hermano estaba en un lío. Nunca me detuve a considerar la política que podía haber de por medio. —Me pongo de pie despacio, dejo que el mundo dé vueltas y que luego se asiente. Mi magia y mi cuerpo están agotados.

—Es mejor así —murmura.

—¿El qué?

Eldas se gira y su expresión es irreconocible. No había visto esos ojos frígidos desde nuestra boda.

—Que te vayas a marchar pronto.

—¿Lo dices en serio? —susurro.

—Por supuesto que sí. Es lo que querías, ¿no? Tienes una idea y, según lo que he leído en ese diario, no creo que estés demasiado desencaminada. —Eldas me mira desde lo alto—. Ya no se te necesitará aquí y podrás irte. Librarte de mí. Ningún rey tendrá que sufrir nunca más con una Reina Humana.

—Espera —susurro. Cada palabra es como una herida física que me corta más profundo de lo que creía posible. Me sorprende que el suelo no esté ensangrentado—. Sé que estás molesto y... tienes razones para estar enfadado conmigo. Pero Eldas, yo...

—¿Qué sientes por mí? —Me mira a la cara mientras me devuelve la pelota con mi misma pregunta. Me apoyo en la silla para estabilizarme; si no, solo su mirada podría haberme derribado.

—Tú nunca respondiste a eso —le recuerdo con un hilo de voz.

—Si me lo preguntaste, entonces debes de tener alguna idea de lo que puedo sentir. —Eldas se yergue en toda su altura—. Pero quiero saber qué opinas tú, Luella. ¿Qué sientes por mí? ¿Me quieres?

Cada poro, cada rincón crudo de mi esencia grita *¡sí!* Pero mis labios no se mueven. Tiemblan en silencio y me escuecen los ojos. *Sí, di que sí, Luella.* Pero si digo que sí ahora… siempre tendré dudas.

—Dime, Luella, ¿me quieres? —Su voz adquiere un tono casi suplicante.

Aprieto los labios con más fuerza para reprimir todos mis instintos. Mi cabeza está en guerra con mi corazón. Mi sentido del deber para con Capton y Midscape pelea contra la vena impulsiva que estos sentimientos me han producido. El silencio es lo mejor para nosotros, aunque él no lo vea ahora mismo.

—Dímelo ahora o me lavaré las manos con respecto a ti para siempre.

¿Cómo puedo hacer que lo entienda?

—Eldas, yo…

—¿Sí o no? ¿Me quieres? —Su voz sube de volumen un pelín. Lo observo mientras se desmorona bajo mi silencio y mi vacilación—. No. Por supuesto que no. ¿Quién podría quererme? —Se ríe con tristeza y sacude la cabeza—. Ya sospechaba que no, dados los secretos que elegiste guardar.

—Eldas, no es tan fácil.

—Sí que lo es. —Me taladra con la mirada y no puedo ni respirar—. Es una pregunta muy simple, con una respuesta igualmente simple. Tus acciones y todo lo que no puedes decir me han indicado lo que necesito saber.

—Quería... nuestra situación es... no podemos estar seguros... tengo que marcharme para saber... —Me resulta imposible formar una oración con cohesión. El mundo tiembla bajo mis pies. Oigo los gemidos y las fracturas por estrés que se extienden en los cuatro sentidos a mi alrededor. *Haz que lo comprenda,* tengo que conseguir que lo comprenda. Pero cuando más necesito las palabras, me fallan todas, incluso las de tipo frenético—. Eldas...

Cierra la puerta a su espalda. El suave *clic* me llega como el ruido de un tambor. Me tambaleo y luego corro a la puerta y la abro de un tirón. Pero ya sé lo que me espera: un pasillo vacío.

Ha desaparecido.

Treinta y cinco

Eldas regresa a Quinnar solo. Vanoambula sin decírmelo siquiera. Me entero de que se ha marchado a través de Drestin, y ese es en realidad el mayor mazazo de todos. El carruaje de vuelta es tan frío y solitario como los pasillos que me aguardan en el castillo. Ni siquiera la presencia de Hook puede espantar esta sensación gélida. Paso las horas absorta en un largo debate conmigo misma sobre lo que podría o debería haber hecho de otra manera.

Cuando el castillo de Quinnar aparece a lo lejos, en línea con las cimas de las montañas y alzándose imponente sobre los campos, no estoy segura de lo que siento. Es extraño, porque una parte de mí siente nostalgia por el lugar. La otra parte preferiría estar en cualquier sitio que no fuese este carruaje que me acerca cada vez más ahí.

Rinni me está esperando cuando el carruaje se detiene delante del túnel de entrada al castillo.

—¿Qué ha pasado? —pregunta. No, *exige saber*.

—Harrow…

—Ya sé lo que ocurrió con Harrow. Soy la generala de Eldas, así que es obvio que *eso* me lo ha contado. —Rinni viene hasta mí, pasa su brazo por el mío y me conduce hacia las puertas. Hook nos sigue de cerca. La voz de la guardia baja hasta no ser más que un susurro, mientras mira hacia atrás para asegurarse de que los soldados que escoltaban mi carruaje a caballo no nos siguen—. ¿Qué ha pasado entre vosotros?

—No ha pasado nada —miento.

—Eso es lo que dijo él y es *obvio* que es mentira.

—Rinni...

—Había empezado a ver cambios en Eldas. Cambios para mejor, Luella. Había empezado a ver un lado más cálido y amable. Me dio fe y esperanza en el hombre que nos rige. —Nos detenemos en el gran vestíbulo de entrada. La grandiosa escalinata sube por el otro extremo para luego dividirse hacia la entreplanta vacía. Me trae recuerdos de cuando llegué por primera vez.

Parece increíble, pero creo que todo era más *sencillo* entonces. Cuando Eldas no era más que un rey y yo apenas entendía mi papel como reina.

—Sin embargo, desde que ha regresado... Ha vuelto a su antiguo ser —termina Rinni—. Y sé que eso debe significar que ha sucedido algo entre vosotros dos.

—No puedo cambiarlo, Rinni. —Me encojo de hombros como si el peso del mundo no los estuviera aplastando. Si Rinni cree que no me importa, quizás Eldas también lo crea, y entonces tal vez yo también lo haga. Y de algún modo, esta posición insoportable en la que me encuentro puede que se vuelva más fácil.

Rinni parpadea, confundida.

—No te lo pido ni espero que lo hagas. Estaba cambiando por sí solo, porque creía que podía ser un hombre digno de amor. De *tu amor*.

No puedo soportar sus palabras. No quiero oírlas de ella. Quería oírlas de boca de Eldas. No, no quería oírlas en absoluto. Es imposible, no podemos amarnos. No en estas circunstancias, no tan deprisa.

Pero ¿qué sé yo sobre el amor? ¿Qué he sabido nunca sobre el amor? Nada. Y por eso he estropeado todo de tal manera.

Necesito volver a lo que entiendo y no me hará daño. A mi deber.

—Perdona, Rinni, es posible que estés equivocada. Pero en realidad no tengo tiempo para hablar de ello. Los días se están volviendo más fríos y tengo trabajo por hacer. Hook, vamos.

Rinni me mira pasmada mientras echo a andar hacia mis aposentos. Al cabo de unos momentos, me alcanza y camina detrás de mí, pero me doy cuenta de que es solo por obligación. No dice nada más cuando me encierro a trabajar y a planear mis siguientes pasos.

Espero que acabe por ponerse del lado de Eldas... Él la necesita mucho más que yo ahora mismo.

Eldas no me habla en tres días. Al cuarto, rompe el silencio con una carta. Cuatro frases simples y sin emoción, nada más.

> *Parece que pronto va a nevar otra vez.*
> *Mi reino necesita que te sientes en el trono o rompas el ciclo.*
> *¿Cuál va a ser?*
> *¿Cuánto tiempo queda para que termines y te hayas marchado?*

Terminado y marchado. Quiere lavarse las manos de mí. Rinni estaba equivocada; no quiere amor más de lo que lo quiero yo. No estamos hechos para amar. Nos hicieron para que nos concentráramos en nuestro trabajo.

Así que eso es lo que hago.

Al quinto día estoy arriba, en el laboratorio, y Willow está conmigo. No deja de lanzarme miradas de preocupación hasta que no puedo soportarlo más.

—Adelante, pregúntalo —digo, sin levantar la cabeza del diario. Ya casi he trazado el plan a seguir. Solo hay una cosa por hacer. Puedo dedicarle un rato a Willow. Él siempre ha sido amable conmigo y nada de esto es culpa de él.

—¿Qué pasó realmente en Westwatch? —Sus ojos son tiernos, inquisitivos, pero de un modo amable—. Desde que has vuelto, no eres la misma.

—No cambió nada —respondo en tono plácido. Es verdad. Eldas sigue siendo el gélido Rey de los Elfos. Yo sigo obligada a ser su Reina Humana. Lo que fuera que encontramos en esa cabaña fue un sueño, un momento, tan frágil como unas alas de mariposa.

—Sí que cambió algo. —Frunce el ceño y se sienta enfrente de mí—. ¿Es por lo que pasó con Harrow?

—¿Cómo está? —pregunto. Así dejo que Willow siga pensando que mi malestar tiene su origen en el incidente con los feéricos. Desde que regresamos, Willow se ocupa del tratamiento de Harrow, pero el más joven de los príncipes todavía no ha despertado. Esa es otra cosa por la que Eldas debe de estar resentido conmigo. No tengo ninguna duda de que me culpa por el estado catatónico de su hermano, puesto que fui yo la primera que lo trató.

—Está bien, pero sigue sin cambios. —Willow me da unas palmaditas en la mano—. Estoy seguro de que saldrá de ese estado pronto.

—Sí... —Le echo un último vistazo a mis planes. Quedan solo dos semanas hasta la coronación. Me muerdo el labio y suspiro. Se me está pasando algo por alto para alcanzar el equilibrio, lo sé, pero mis pensamientos están desperdigados como semillas de diente de león al viento.

Parte de mí solo puede pensar en Harrow, preocupada por su recuperación. Me pregunto por qué no se ha despertado todavía. Y otra parte de mí se pregunta si estoy haciendo la elección correcta. Si existe alguna otra alternativa. Luego, está Eldas...

—Necesito unas cuantas cosas del invernadero —digo, y me escabullo antes de que Willow pueda seguir indagando. Me he vuelto demasiado frágil. Estoy a punto de vomitar de golpe todos los sentimientos que llevo a cuestas solo para que alguien más pueda verlos, para no tener que cargar con ellos yo sola durante más tiempo. Aun así, no puedo hacerlo. Es mejor fingir que todo esto no existe.

El calor se pega a mi cuerpo en el instante en que entro en el invernadero, y no me suelta. Respiro hondo ese aroma que ahora me resulta familiar, el aroma único de las plantas que crecen aquí, del musgo, la tierra, el compost del que se ocupa Willow con tanto esmero.

—Sed buenas cuando me vaya —les digo con dulzura a las plantas. Parecen removerse en respuesta.

Paseo por las hileras de macetas, en busca de lo que tal vez quiera llevar conmigo. Necesito encontrar algo que replique la fuerza del trono de secuoya. Algo que pueda echar raíces profundas en el Mundo Natural y proporcione un contrapeso al trono en este mundo. Se me ocurrió que tal vez podría llevarme un fragmento del trono en sí, pero otra reina ya lo intentó por razones distintas y el trono se mostró resistente a todos los cuchillos y cinceles.

La primera Reina Humana plantó algo para hacer el trono. Estoy convencida de que eso es lo que representa la estatua del centro del lago de Quinnar. El Vano y el trono creados al mismo tiempo en un proceso mágico, casi como un ritual. Pero ¿qué puedo plantar que sea capaz de emular al trono en poder? ¿Qué queda pendiente en ese equilibrio?

Entonces, una pequeña planta bulbosa capta mi atención. Miro la radícula corazón y parpadeo varias veces. Es como si la viera por primera vez.

—La radícula corazón recuerda —susurro, repitiendo las palabras de Willow.

Ahí está la semilla del espacio a la que va mi conciencia dentro del trono. Es la semilla de la que nació el trono. En ese lugar percibí la vida de las reinas anteriores, la energía del mundo.

Lilian envolvió con filamento de plata un pedazo de corteza oscura, igual que la de la radícula corazón, y esa semilla del centro del trono de secuoya, y lo convirtió en un collar. El collar que escondió en la caja. Un collar con una magia que Eldas no pudo comprender.

Encargó que la estatua en el centro de Quinnar la representara arrodillada. No porque pretendiera que las reinas fuesen serviles y sumisas, sino para mostrar la manera en que se originó todo... y cómo terminaría.

—Eso es.

Las dos flores que brotaron al instante cuando toqué la planta por primera vez parecen guiñarme un ojo, como si estuviesen muy contentas de que haya solucionado por fin el rompecabezas. Con sumo cuidado, levanto la maceta y acuno la modesta planta entre mis brazos. Casi puedo volver a ver esos recuerdos efímeros que vi cuando la toqué, estiran las manos hacia mí.

La primera vez que entré en contacto con ella, vi a la reina Lilian sacar la radícula corazón y plantarla. Esto es lo que estaba plantando en la estatua. Lo sé. Lo siento con cada fibra de mi ser. De esta planta es de donde creció el trono de secuoya y lo que ayudará a llevar el equilibrio al Mundo Natural.

«¿Planeaste esto desde el principio, Lilian?», murmuro. Una mujer humana que negoció la paz con un rey elfo guerrero. Fue lista. Llevó la radícula corazón a propósito solo a Midscape. *Hizo* que los mundos estuvieran desequilibrados. Lilian implantó una salida para las Reinas Humanas, para cuando llegara el momento correcto, cuando la paz fuese estable y las Reinas Humanas ya no fuesen necesarias como trofeos. Dejó las pistas necesarias: inició la tradición de los diarios, erigió la estatua, utilizó la radícula corazón que atraparía recuerdos de ella... Todo con la esperanza de que alguien las encontrara.

Me voy a casa.

Corro de vuelta al laboratorio, dejo la planta en la mesa y le doy un fuerte abrazo a Willow. Se pone rígido, sobresaltado, y justo cuando hace ademán de devolvérmelo, ya me estoy apartando.

—Gracias, gracias —le digo.

—¿Qué? —Parpadea, confundido.

—Es gracias a ti, gracias a la planta corazón, gracias a… oh, da igual. Escucha, necesito que hagas algo por mí.

—Vale. —Willow asiente despacio—. ¿Qué?

—Toma esto. —Corto con cuidado una de las flores. Willow abre los ojos de par en par—. Conviértela en un elixir para Harrow. —La radícula corazón me ha ayudado a curarlo hasta la fecha. La flor será justo lo que necesita: una mezcla de las propiedades corporales y mentales de la planta.

—La flor, pero si es para… —Deja la frase a medio terminar.

—Para hacer veneno, lo sé. No puedo explicar por qué creo que ayudará —le digo, con tono de disculpa—. Pero, por favor, confía en mí porque necesito concentrarme en mi otro trabajo.

—Oh… vale. —Willow se pone en marcha despacio para hacer lo que le he pedido. Mientras tanto, repaso mis planes. Busco en el laboratorio todo lo que pueda tener que sacrificar en aras del equilibrio, para hacer que la radícula corazón se propague más deprisa.

Mis manos se detienen antes de que emane magia de ellas. Si esto funciona… podré irme a casa esta misma tarde. Estoy mareada de la emoción y la aprensión.

Después, otro pensamiento cruza mi mente. Si esto funciona, será la última vez que vea a Eldas. Mis dedos tiemblan y trago saliva con esfuerzo.

El ciclo debe terminar, me recuerdo con firmeza y vuelvo al trabajo.

Antes de que me dé ni cuenta, estoy ante la puerta del salón del trono. Casi no he visto a Rinni durante esta última semana. Quizás porque he estado encerrada en mi habitación. O tal vez porque Eldas por fin le ha contado todo y yo tenía razón en que se pondría de su lado. A lo mejor cuando me haya marchado, ella y Eldas vuelvan a darle una oportunidad al romance. La mera idea me pone enferma, así que opto por concentrarme en la radícula corazón que llevo entre las manos.

—Llegas tarde —dice Eldas en tono seco cuando entro—. Te cité para sentarte en el trono hace una hora.

—Lo sé. —Lo miro a los ojos y mi pecho se comprime aún más. Esos ojos glaciales son los mismos que me contemplaban en la oscuridad con tal deseo... con lo que me había atrevido a pensar que podría ser amor—. Pero no importa. Todo esto está a punto de terminar.

El ciclo.

Nosotros.

—Has solucionado el rompecabezas —susurra. No se arruga ni una esquina de su máscara.

—Sí, me marcho esta noche. —Espero ver un ápice de emoción en su rostro. Veo un destello, pero uno que ni siquiera yo logro descifrar. Es tan probable que sea alivio como que sea arrepentimiento. Y puesto que no lo sé, eso es lo que me confirma que estoy tomando la decisión correcta. Nada de esto estará claro para mí hasta que regrese a un mundo que conozco, un lugar que tiene sentido y en el que tendré cierta libertad para desentrañar esta maraña de sentimientos que intenta estrangularme.

—Entonces, te concederé paso a través del Vano —dice, despacio—, y espero que no regreses nunca.

Treinta y seis

Es tan tarde que la primerísima neblina del amanecer ha empezado a besar el cielo.

Solo Willow y Rinni han venido a verme partir. Eldas me dejó marchar hacia la noche sin decirme adiós siquiera. Me dijo que podía retirarme de ese enorme y solitario salón del trono con poco más que un deseo de buena suerte. Nadie más vendrá a despedirse porque esta misión sigue siendo nuestro gran secreto. Si tengo éxito, Midscape disfrutará de una seguridad que no ha conocido nunca. Ya no dependerá de una sola persona para el bienestar de sus tierras. Si fracaso... Eldas vendrá a recogerme antes de la coronación y nadie sabrá que su reina «trató de escapar de él».

Soy como un trozo de carbón, lentamente aplastado bajo el peso de todo lo que me rodea. Aunque no sé si me convertiré en un diamante... o en polvo.

Willow me mira con los ojos rojos y brillantes, sorbe por la nariz.

—Creía... no tenía ni idea de que te fueras a marchar. No de este modo... hubiera... hubiera...

Le doy un fuerte abrazo, que me devuelve sin vacilar.

—No pasa nada. Siento no habértelo contado. Pero tenía que ser así. —Esto fue lo único en lo que insistí ante Eldas y Rinni acerca de mi partida: Willow sabría adónde me iba y estaría aquí. Ha sido demasiado bueno conmigo como para marcharme sin más y no decirle nada. Además, se daría cuenta de que yo no estaba y haría saltar todas las alarmas. Así que seguir ocultándoselo había dejado de ser una opción.

—No pasa nada —me dice con voz temblorosa—. No estoy enfadado, pero... hay tantas cosas de Quinnar y de Midscape que quería enseñarte. Quería que estuvieras aquí para los ritos de primavera, y luego para los festivales de la cosecha y la Navidad.

Se me rompe un trocito del corazón por cada cosa que no voy a tener la oportunidad de ver. Pero todavía me pregunto si todas esas fracturas se soldarán en cuanto regrese a Capton. ¿Desaparecerán la añoranza y el cariño que siento hacia este mundo mágico cuando ya no me rija por la certeza de que *debo* estar aquí?

—Me hubiera encantado verlos contigo. Y quién sabe, puede que todavía lo haga. Todo esto podría ser un gran fiasco. Podría estar de vuelta para la coronación dentro de dos semanas. —Eldas lo dejó claro antes de que me marchara. Nuestro trato duraba tres meses. No importa si estoy en Midscape o en Capton. Si se agota el tiempo sin haber roto el ciclo, estaré en la coronación.

Nos separamos y le froto los hombros con cariño. El hombre apenas contiene las lágrimas y eso hace que a mí también me escuezan los ojos. Cuando empecé a buscar una manera de salir de aquí, jamás imaginé que partir sería tan duro.

—Además —añado, al tiempo que me planto una expresión valiente en la cara—, conmigo en Capton, Poppy volverá a casa. Así no tendrás tantísimo trabajo.

—Me apañaba bien —farfulla. Luego, en un despliegue de sentimientos muy poco característico de él, Willow envuelve sus brazos a mi alrededor—. Cuídate, Luella.

—Tú también. —Esta vez, cuando nos separamos, me vuelvo hacia Rinni. Su rostro está más demudado por la emoción de lo que esperaba. Justo cuando pensaba que empezaba a abandonar cualquier amistad que habíamos forjado.

—Esto es un error —dice al cabo de unos instantes.

—No, la estirpe de reinas se está debilitando. Lilian nunca tuvo la intención de que esto durara tanto. Debemos...

—Que dejes a Eldas es un error —me interrumpe. Willow se mira los pies. Está claro que desearía no estar aquí para esta conversación en particular—. Él te quiere, Luella.

Entonces, ¿por qué no lo dijo?

¿Por qué no lo dije yo?

Fuerzo una sonrisa a través de la profunda pena que empieza a arraigar alrededor de mi corazón. De momento, las raíces son tan larguiruchas y finas como las de la planta que llevo de vuelta conmigo, pero con el tiempo se harán más gruesas, gracias a la determinación o al arrepentimiento. Espero que sea lo primero.

—Algunas cosas simplemente no están destinadas a ser.

—Esa es una excusa patética, y lo sabes.

—Rinni —dice Willow con un leve dejo de reprimenda.

—Estás huyendo de él porque la situación te da miedo, porque sabes que es real. —Rinni me fulmina con la mirada, me reta a contradecirla—. Fuiste bastante valiente para venir aquí con la cabeza bien alta. Fuiste bastante atrevida como para tratar de escapar poco después, aunque no tenías ni idea de lo que te haríamos por ello. Fuiste bastante fuerte como para enfrentarte a los Acólitos del Bosque Salvaje por el bien de Harrow... *de todas las personas posibles.*

—Pero...

—*Pero* estás huyendo de un sentimiento real. —Habla sin dejarme intervenir—. ¿Por qué?

Niego con la cabeza.

—No espero que lo entiendas.

—Bien, porque no lo entiendo. —Rinni me sorprende al dar un paso al frente y tirar de mí hacia ella. El abrazo es rudo, como si se odiara por hacerlo, pero se odiaría aún más si no lo hiciera—. Escucha —susurra Rinni—. El Vano solo responde a Eldas y a su magia. La bendición que te ha otorgado es lo que te permitirá regresar a tu mundo. Pero una vez que estés ahí, recuerda que tienes algo que muy pocas personas más tienen: un guía. Cuando tu sentido común por fin se haga notar, te estaremos esperando.

—Yo no...

—Ahora, ve ahí y arregla las cosas. —Rinni casi me empuja hacia la arcada. Gira sobre los talones y no mira atrás cuando la cruzo. Ya se dirige de vuelta a la ciudad. Willow se demora un poco más. Sus ojos tristes son lo último que veo antes de que el Vano me rodee.

La magia de Eldas está enroscada en torno a mis tobillos mientras me adentro en la oscuridad yo sola. *Te concedo paso*, dijo, y me otorgó su magia como imagino que un rey confiere el título de caballero. Pero este manto sobre mis hombros es frío y solitario.

Un gimoteo bajito me saca de mis pensamientos.

Me paro y me giro hacia el origen del sonido. Hook está encaramado en una roca. La oscuridad se funde con su pelo y todo lo que veo son sus ojos. Pero sé que es él.

—Ven aquí. —Me pongo en cuclillas y Hook llega corriendo. Me mira con tristeza, como si supiera. Como si pudiera oler la pena en mí—. Tengo que hacerlo —le susurro a la primera parte de Eldas que quise jamás, mucho antes de saber siquiera que Hook era una extensión de él de un modo extraño pero también precioso—. Por favor, quiero que sepas que tengo que hacer esto. No hay sitio para mí en Midscape; en realidad, no. Esto es para nuestros dos mundos y para todas las mujeres jóvenes que podrían venir detrás de mí.

Hook lloriquea y agacho la cabeza. El lobo se acerca más y mis brazos se deslizan alrededor de su peludo cuello. La presa que había construido para contener mis lágrimas se rompe y lloro con la cara enterrada en el pelo de Hook.

Lloro por la pérdida de tiempo. Lloro por todo lo que hubiese podido ser. Lloro por los dulces recuerdos que nunca tuve ocasión de crear, porque el amor que podría atreverme a decir que había surgido entre nosotros estaba condenado por las circunstancias antes de que pudiera empezar siquiera. Lloro por la piel de Eldas debajo de las yemas de mis dedos, por su pelo sedoso rozándome, por la gravilla que a veces retumbaba en su voz. Descubro incluso que ya echo de menos la vista de Quinnar desde las ventanas del castillo, y los festivales que nunca vi.

No sé cuánto tiempo paso encorvada en el Vano, llorando, pero lloro hasta que no me quedan lágrimas. Con las palmas de las manos, me seco las mejillas y devuelvo la compostura a mi cara. Mi respiración todavía está entrecortada cuando me pongo de pie. He llorado todo lo que tenía dentro y lo único que queda es mi determinación.

—Vamos, tú y yo, una última vez.

Hook camina conmigo a través del Vano. Los zarcillos de neblina que me rodean empiezan a difuminarse y un bosque en penumbra se va materializando delante de mí. La línea entre mi mundo y el suyo se desvanece y el momento en que la cruzo es como si me dieran un golpe atrás de la cabeza.

Los últimos retazos de la magia de Eldas me abandonan, se esfuman en el viento, como si nunca hubieran estado ahí en primer lugar. He dado diez pasos cuando un último gimoteo me alerta sobre el hecho de que ahora camino sola. Me paro y miro a Hook. Está sentado al borde del Vano, no se atreve a ir más allá. Tiene las orejas gachas y la cola baja y quieta, la cabeza ladeada con expresión apenada.

—Vuelve a casa —le digo con voz queda—. Y gracias por todo. —Hook ladra una vez, luego otra—. Cuídate, Hook —me fuerzo a decir.

Mientras recorro el camino hacia el templo, un aullido solitario resuena por el bosque de secuoyas moteado por la luz del sol.

No miro atrás. Mantengo los ojos fijos en el mundo que tanto he añorado. El aire es como lo recordaba: dulce por la turba y el olor de la savia de las secuoyas, con un toque salado del agua rociada del mar. El bosque disfruta de los últimos coletazos de la primavera, que me llenan de una vitalidad que no puede replicarse en Midscape. Suavizan el dolor de la partida y dan vigor a mis pasos. Es *vida*, no solo una ilusión de vida como la que reinaba en Midscape.

Un Custodio que barre la zona de delante del templo principal es el primero en verme. Frunce el ceño y ladea la cabeza, como si tratara de averiguar por qué alguien de Capton ha acabado en el bosque profundo al lado del Vano.

—Eres… —Su escoba cae sobre el camino de piedra cuando se le afloja la mano. Los músculos de la mandíbula también le fallan. Las *palabras* le fallan—. Eres… Eres… Sois…

—Necesito hablar con la Custodia en Jefe. —Levanto la vista hacia el santuario a la sombra de la montaña que se alza sobre Capton. La montaña tiene el mismo aspecto al otro lado del Vano, como un espejo. Y donde se erige el castillo en Quinnar, se alza el templo en Capton.

El hombre sale corriendo sin decir una palabra más. Regresa no solo con la Custodia en Jefe, sino también con el resto de los Custodios del Vano. Me miran sorprendidos, como si acabaran de golpearlos en la cabeza.

—¿Luella? —susurra la Custodia en Jefe—. ¿De verdad eres tú?

—Lo soy. —Asiento—. Estoy aquí en una misión para nuestros dos mundos.

—¿Una misión? —susurra casi con veneración. Me miran como si fuese una especie de diosa reencarnada que caminara entre ellos. Supongo que soy la primera reina que ha regresado en un momento distinto del solsticio de verano. Y sin un batallón de elfos a su alrededor.

—¿Puedo pasear por los terrenos del templo a mi antojo? —pregunto. Sé que hay algunos sitios reservados solo a los Custodios del Vano.

—Por supuesto, majestad. —La Custodia en Jefe hace una reverencia y me dirijo hacia el santuario sin molestarme todavía con el tema de los títulos. No sé cómo se referirá a mí la gente de Capton. Aún no sé siquiera si me voy a quedar.

Hago una pausa delante del altar ante el que Eldas y yo estuvimos hace casi tres meses. Parece una eternidad. Un dolor sordo, como un tambor lejano, vibra a través de mí a cada latido de mi corazón, hasta que no puedo soportar mirarlo durante más tiempo.

Si mi teoría es correcta y el equilibrio debe ser restaurado, entonces el templo es un reflejo especular del castillo de Quinnar, y lo que los Custodios llaman «santuario» es meramente el vestíbulo de entrada.

Doy media vuelta y camino como si estuviera en Midscape, solo que al revés. Avanzo despacio, con los Custodios detrás, hasta que llego a un claro en el centro de los terrenos del templo. Ahí, delante de mí, está la secuoya más grande del bosque.

—El trono fue las raíces para este árbol —susurro. Una energía similar vibra dentro de su poderoso tronco y baja en cascada desde las frondosas ramas que se alzan imponentes por encima de mí.

—¿Perdón? —La Custodia en Jefe se acerca a mi lado.

—Lo siento, lo explicaré pronto.

Cruzo el umbral de piedra y hierba, y camino hasta el árbol.

Para que funcionara, todo debía estar en equilibrio. Lilian basó su parte de la magia del primer rey y la primera reina en la ritumancia, la idea de que la disposición de cosas y acciones en el tiempo puede albergar una magia inherente. No es idéntica, pues no hay nada igual a la magia de la reina, pero se parecía lo suficiente como para que Lilian pudiera dejar un trozo fuera de su sitio.

Me acerco al gran árbol, la réplica del trono en el Mundo Natural. En la base, me arrodillo y dejo la planta corazón en el suelo, a mi lado. Empiezo a excavar con las manos.

Esta tierra… la tierra que nutrió a este árbol y a las jóvenes que procedían de ella durante décadas… Ella acogerá a la primera radícula corazón de vuelta en el Mundo Natural. Me quito del cuello el collar que encontré junto con el diario de Lilian y lo entierro primero. A continuación, retiro con cuidado el tiesto de la planta corazón y extiendo sus raíces alrededor del amuleto.

El árbol representa el trono.

El collar de Lilian representa el lugar oscuro al que iba mi inconsciente.

La radícula corazón lo engloba todo. Restaura el equilibrio. La radícula corazón recuerda dónde ha estado, así que mis manos comprimen bien la tierra a su alrededor.

Una réplica perfecta de Midscape en el Mundo Natural, ahora completa. La pieza que faltaba y que mantenía a los mundos desequilibrados ha sido recolocada. Echo el peso atrás para sentarme sobre los talones y levanto la vista hacia el árbol con una leve sonrisa. Todo lo que hacía falta eran una planta, un collar y algo de comprensión.

—Gracias por hacerlo simple, Lilian —susurro.

—¿Qué has hecho? —pregunta la Custodia en Jefe.

Los Custodios me han rodeado, me observan confundidos. Ellos no sienten la magia que empieza a fluir a través de este árbol. No saben que la esencia de este mundo está siendo absorbida por las ramas que rozan las nubes, para luego enviarla a través de una maraña de raíces hacia Midscape.

No son conscientes de nada de eso. Pero yo sí. Porque aunque puede que no regrese a Midscape jamás, siempre seré la última Reina Humana.

—He puesto punto final —digo al cabo de unos instantes.

Treinta y siete

Espero durante cinco días.

He ordenado a los Custodios mantener en secreto mi presencia. Es una exigencia dolorosa y paso cada noche mirando por la ventana de la habitación que me han asignado. Contemplo las luces centelleantes de Capton y me cuestiono mi elección. Aunque sé que es la correcta. Si estoy equivocada, darles a mis padres y a Capton esperanzas de que el ciclo haya terminado y luego arrebatárselas de inmediato sería demasiado cruel.

No duermo mucho. Todo es demasiado… *normal*. Este lugar, esta gente… han logrado continuar con sus vidas como si no hubiese pasado nada. Es *mi* mundo el que ha cambiado en los últimos tres meses, no el suyo. Un hecho que hace que me retuerza en mi cama demasiado pequeña de repente, como si estuviera tumbada sobre clavos.

Por ello, cuando llega el mensajero elfo estoy despierta. Un Custodio acude a mi habitación a toda prisa, resollando.

—Majestad, necesitamos… Ha llegado un mensajero del otro lado del Vano.

—¿Qué ha dicho? —Me aparto de la ventana.

—Nada aparte de que solo hablará contigo.

—Entonces, no lo hagamos esperar. —No estoy del todo segura de qué resultará de esta interacción, pero hago acopio de valor para preguntar—: ¿El Rey de los Elfos viene con él?

—No, gracias a los Dioses Olvidados —farfulla el Custodio. Ni siquiera se molesta en disculparse. Da por sentado que el sentimiento es mutuo. Después de todo, ¿quién de los habitantes de Capton podría pensar jamás algo bueno de Eldas después de su despliegue durante el concejo municipal? A mí me costó semanas ablandarme.

El mensajero lleva la armadura de un caballero de Quinnar y lo recuerdo de manera vaga como uno de los que vinieron a recogerme la primera vez. Espera en el centro del santuario, relajado ante las miradas recelosas que le lanzan los Custodios. Veo que algunos tienen las manos cerradas en torno a sus amuletos de labradorita por instinto y no puedo reprimir una sonrisa. Recuerdo haber sido igual que ellos, temerosa de la mera imagen de un elfo.

—Majestad. —El elfo inclina la cabeza en mi dirección.

—¿Qué noticias traes de Quinnar? —pregunto, algo ansiosa. Supongo que la presencia de este hombre significa que ha habido alguna señal de mi éxito o de mi fracaso. Cuando me marché, el trono necesitaba ser cargado. Me preparo para oír hablar de nieve, para oír las exigencias de Eldas en boca de este hombre, su orden de que regrese.

Sin embargo…

—Al trono de secuoya le han salido ramas y hojas —dice en cambio—. La generala Rinni me ha pedido que os diga que el Rey de los Elfos os congratula. Que vuestros esfuerzos en pro del Mundo Natural y de Midscape han funcionado.

—Si eso es verdad… —La Custodia en Jefe se adelanta y me mira—. Entonces, lo que nos explicaste al llegar, ¿ha pasado de verdad?

La primera noche consistió en una larga explicación a la Custodia en Jefe y a unos pocos de sus consejeros de mayor confianza. Les informé a grandes trazos respecto de mi misión y de lo que estaba ocurriendo en Midscape, mientras que ellos me contaron que a Luke lo habían encarcelado en Lanton por lo que había hecho.

—Eso creo. —Sonrío de cara a la galería. El mundo no parece centellear ni refulgir de alegría. He hecho algo que se creía imposible. He ayudado a salvar dos mundos. Y aun así... me siento hueca. Hay un vacío en mi interior que no puede ser llenado. Nada es tan nítido, tan brillante ni tan colorido como esperaba.

—Con ello —continúa el mensajero elfo—, el rey ha concluido que vuestras obligaciones han terminado y os desea lo mejor. Recogeré a Poppy y partiremos.

Nada parece del todo real mientras paso de una habitación a la siguiente. Hablo con gente, creo, aunque no estoy segura. Tengo la vaga sensación de haberle dado las gracias a Poppy por su trabajo y de haberle dicho que le diera un abrazo fuerte a Willow por mí antes de despedirme de ella. Los Custodios no dejan de hacerme preguntas que contesto lo mejor que puedo... hasta donde creo que comprenderán.

El ciclo ha terminado. Yo lo he roto. No tendré que volver a Midscape jamás. Eldas no vendrá a exigir que me vaya con él.

Debería estar emocionada. Y aun así...

El mundo vuelve a enfocarse en el mismo instante en que veo a mi madre de pie a la entrada del santuario, con mi padre a su lado. Corro hasta ellos y los abrazo al mismo tiempo. Es un abrazo torpe y lloroso, pero siento más emociones de las que he sentido desde hace días.

—Luella, de verdad eres tú. —Madre hace un fútil intento por secarse los ojos cuando nos soltamos de ese abrazo.

—Los Custodios decían que habías vuelto, pero no podíamos creerlo —dice Padre.

—Lo entiendo. Pero sí, soy yo. Y he vuelto para quedarme —digo, aunque las palabras salen como balbuceadas por mi boca.

¿Cómo puedo estar tan contenta y tan triste al mismo tiempo? Me seco las mejillas y abrazo a mi madre una vez más.

—Esto es motivo de celebración —exclama Padre.

—No podría estar más de acuerdo. —La Custodia en Jefe asiente—. Estaba pensando en que deberíamos honrar el regreso de Luella con una gran velada en la plaza del pueblo.

—¿La plaza del pueblo? Pero si yo la...

—La hemos arreglado. —Madre me retira el pelo de la cara.

—En gran medida, hemos aprovechado tu «paisajismo» y la hemos convertido más en un parque de lo que solía ser. —Padre se ríe. Yo fuerzo también una carcajada. Se vuelve hacia la Custodia en Jefe—. Lo hablaré con el Consejo.

—No creo que una celebración sea del todo necesaria —protesto con voz débil.

—¡Por supuesto que lo es! —Padre me da una palmada en la espalda—. Has hecho algo asombroso, Luella. El pueblo entero querrá rendirte homenaje.

—El pueblo ya ha hecho suficiente por mí.

—Querrán celebrar que ninguna de sus jóvenes tendrá que volver a soportar el título de Reina Humana ni tendrá que volver a cruzar el Vano jamás.

—Cierto. —Reprimo un suspiro.

—¿Qué pasa, Luella? —pregunta Madre.

—Nada. —Fuerzo otra sonrisa—. Es solo que estoy impaciente por volver a mi tienda, eso es todo.

—Todo a su debido tiempo —me anima Padre—. Por el momento, disfruta de un descanso bien merecido.

Tres días después, estoy una vez más en mi antigua habitación del ático de la casita rojiza de mi familia.

«No es gran cosa, pero es mía», susurro. Eso es lo que solía decir.

El colchón de heno, mis libros alineados en un rincón, mi baúl de ropa y todo lo que antes consideraba mi vida, aparte de mi tienda, reunido en un mismo lugar. Esta es la primera vez que lo veo todo desde que volví de los grandiosos salones de Midscape. Esperaba encontrarlo cómodo y reconfortante. Y sí es reconfortante… pero de un modo un poco nostálgico. Como un par de zapatos, desgastados justo del modo correcto, pero aun así inutilizables porque se te han quedado pequeños.

—¿Luella? —me llama Padre mientras sube las estrechas escaleras que conducen al altillo. Lleva dos tazones. El olor familiar de la mezcla de té de menta que preparé para él hace años llena la habitación—. He pensado que a lo mejor querrías algo para calmar tus nervios.

—Gracias. —Acepto la taza que me ofrece y bebo un trago.

—Tu madre y yo te hemos comprado algo para que te lo pusieras hoy. —Hace un gesto con la barbilla en dirección al traje extendido sobre la cama. Es un bonito vestido veraniego de algodón amarillo chillón, adornado con lazos de seda blancos—. Es obvio que no debe de ser gran cosa, comparado con los vestidos que te habrás puesto como Reina Humana, pero sospecho que te divertirás mucho más con él. —Se ríe bajito.

—Seguro que sí. —Todo lo que quiero son mis pantalones de loneta. Todo lo que quiero es mi tienda. Todo lo que quiero es ser normal otra vez.

Solo que ya no sé lo que es ser normal. No sé cómo encontrar algo que no reconozco.

—Te va a encantar el nuevo parque del pueblo. —Padre bebe un sorbito y sonríe de oreja a oreja. Quería enseñármelo de camino acá, pero los Custodios no quisieron arriesgarse a que me vieran antes de la «gran revelación». Así que vinimos directo a casa, para que pudiera prepararme en mi propia habitación, con mis propias cosas, como insistió Madre—. El Consejo incluso está hablando de llamarlo Parque Luella.

—¿Y qué más? —pregunto con una risa suave—. ¿Una estatua colocada en el centro?

—Es curioso, pero la idea se propuso y dio la impresión de tener buena acogida. —Padre también se ríe, pero yo me quedo callada.

Una estatua de la primera reina en Quinnar. Una estatua de la última reina en Capton. El equilibrio se mantendría de otra manera. Cuando lo miro desde una perspectiva del orden natural, diría que tiene sentido haber dejado a Eldas. La primera reina se quedó con su rey. Yo abandoné al mío.

Clavo las uñas en la taza.

—¿Qué te pasa? —pregunta mi padre al percatarse del silencio denso que nos envuelve.

—Nada. —Sacudo la cabeza—. Tenías razón, estoy un poco nerviosa. Eso es todo.

—Todo irá bien. La gente estará encantada de verte. Un final perfecto después de toda la fealdad que nos trajo Luke. Será como cerrar una etapa para todos.

—Eso espero —murmuro.

—Déjala en paz, Oliver —lo llama Madre desde abajo—. Tiene que prepararse. ¡Lo mismo que tú!

—¡Voy, Hannah! —Padre me da un beso en la coronilla, como hacía cuando era niña, y se dispone a marcharse.

—Padre —empiezo con timidez. Se para y me mira—. Después de hoy, todo va a volver a la normalidad, ¿verdad?

Me observa, confundido.

—¿Por qué no habría de hacerlo?

—Por nada. Bien. Eso es todo. Gracias otra vez por el té. —Doy otro sorbito mientras baja y rezo por que tenga razón.

Cuando mi tazón está vacío, me pongo el vestido que han escogido mis padres. Me llega a las rodillas; la falda suelta, con encantadores lazos en la parte de delante y manga corta. Me siento muchísimo mejor cuando por fin me deshago de la ropa de Midscape y de las túnicas prestadas por los Custodios.

Bajo mientras espero a mis padres y doy una vuelta por mi tienda. Veo que Poppy hizo algunos ajustes mientras yo no estaba. Tendré que poner unas cuantas cosas en orden.

También veo el fantasma de Luke, de pie al lado de la puerta. Pero incluso ese odioso recuerdo no es tan amargo como lo era antes. A pesar de todo lo que puso en riesgo, a pesar de lo tonto que fue... quizá con eso logró que Eldas y yo por fin pudiéramos encontrarnos. Si no hubiese estado tan desesperada por hallar una manera de salir de aquello, quizá me habría limitado a aceptar a Eldas como era. No como el hombre en el que se estaba convirtiendo.

El recuerdo de la sensación de sus manos sobre mi piel me produce un escalofrío, aunque lo espanta enseguida la voz de mi madre.

—¿Estás lista? —Ella y Padre están al pie de las escaleras.

—Sí —digo, y nos ponemos en marcha.

Damos un rodeo por el pueblo y acabamos detrás de donde solía estar el estrado. Veo señales de las nuevas mejoras hechas en la zona. También restos de las enredaderas que crecieron por encima de los edificios, podadas y amontonadas en la calle, a la espera de ser quemadas o utilizadas para fabricar abono.

Padre me conduce por un lado del estrado. Capto un atisbo del pueblo entero, la gente por la que he regresado. La gente a la que quiero y con la que tengo una deuda. Respiro hondo.

—Vamos allá —dice Padre.

Me empuja al escenario antes de que pueda prepararme. Creo que es el presidente del Consejo el que anuncia mi presencia. ¿O ha sido la Custodia en Jefe? ¿Quizás ambos? Miro al frente, de pie donde estuvo Eldas hace unos meses, y observo los rostros de todas las personas a las que conocía.

Tengo el corazón en la garganta, amenaza con estrangularme. *Mal, esto está mal*, grita algo en mi interior, *la Reina Humana no debe ser vista antes de su coronación*. Me doy cuenta de que no estoy en el lugar correcto. No estoy destinada a estar aquí, con esta gente. Por mucho que los quiera y aunque siempre los llevaré en el corazón, jamás volveré a encajar en este mundo.

Con todos los ojos fijos en mí, doy media vuelta y echo a correr.

Treinta y ocho

Corro a través del pueblo, con el corazón desbocado durante mucho rato antes de quedarme sin respiración. Corro con la falda enredada entre las rodillas, el pelo suelto al viento, y un río de lágrimas rueda por mis mejillas. Aunque no sé por qué corro, ni hacia dónde. Tampoco sé por qué estoy llorando.

Todo lo que sé es que siento un profundo dolor en mi interior, más profundo que cualquier otro que haya sentido jamás. Es voraz, insaciable e imposible de describir. Aunque he calmado al trono de secuoya, sus raíces siguen dentro de mí, me llaman para que vuelva.

No, no son las raíces del trono. Estas raíces son de cosecha propia. Estas raíces han crecido de algo que jamás pedí y nunca quise. Han sacudido los mismísimos cimientos de mi mundo, de mi deber, y ahora estoy cayendo en un profundo abismo del cual quizá no pueda escapar nunca.

Corro más allá de los límites del pueblo y solo ralentizo la marcha al llegar a las ondulantes colinas en las inmediaciones del bosque. Veo el río que discurre por él, que serpentea a través del Vano. Pienso en seguirlo, pero la magia de Eldas ya no está en mí. Me resultaría tan imposible orientarme en el Vano como la primera vez que me perdí.

Tampoco me atrevo a entrar en el bosque. No pertenezco ahí. Esos árboles crecen demasiado próximos a mis recuerdos. Miro hacia atrás, hacia el pueblo más abajo. La mayoría de la gente sigue en la plaza. Imagino su confusión y su dolor.

Mi rostro húmedo arde de vergüenza. Se enfadarán conmigo. Después de todo lo que invirtieron en mí, después de todo lo que hice por volver con ellos. Y yo hui.

Hui porque... porque... porque ya no tengo un sitio en Capton. Mi posición en la comunidad todavía existe, pero nada parece ser igual. Este lugar ya no es mi hogar. ¿He de pasar aquí el resto de mis días, con añoranza? ¿Preparando pociones sin entusiasmo alguno? Me giro hacia el mar, paseo hasta los acantilados y miro hacia el horizonte. Contemplo la enorme extensión de tierra más allá de Capton.

Podría explorar el mundo, supongo. Si ya no pertenezco aquí y tampoco pertenecía a Midscape, entonces quizás encuentre el lugar al que pertenezco ahí fuera. Mientras doy vueltas a esos pensamientos, la culpabilidad bulle en mi interior y los ahoga.

Se me comprime el corazón y dejo escapar un hipido estrangulado. No del todo un sollozo, no del todo una risa.

«Bueno, pues ya tienes lo que querías, Luella», musito con un toque de ira dirigida a mí misma. «¿Y ahora qué?».

—¿Y qué es lo que querías? —La voz de mi madre corta a través de mis pensamientos. Me giro, sorprendida de verla ahí de pie. Su pelo color fuego forcejea por escapar de su trenza bajo el efecto de la brisa del mar.

—Madre... —digo con voz queda—. Lo siento muchísimo.

—No te disculpes. Lo has pasado mal y sospecho que los Custodios, aunque amables, no te atendieron como es debido —dice con ternura—. ¿Nos sentamos?

—Claro. —Me siento en la hierba, donde ella señala. Madre se ubica a mi lado, recoge su falda a su alrededor mientras yo hago otro tanto.

—Le dije a tu padre que esto era demasiado, que era demasiado pronto. Ha estado preocupado por ti. Aunque es curioso, creo que está más preocupado por ti ahora que cuando te marchaste.

—¿Qué? —Me giro hacia ella. Mi madre lleva plantada en la cara una sonrisa dulce, pero por lo demás indescifrable—. Pero he vuelto...

—Y no eres la misma. —Remete un mechón de pelo detrás de mi oreja—. ¿Qué es lo que querías? —repite.

—Quería cumplir con las expectativas de todo el mundo. No quería defraudar a la gente de Capton después de lo mucho que invirtieron en mí —explico—. Quería libertad. Quería un propósito. Quería...

—¿Querías? —me anima.

—Quería saber si lo que sentía por él era real —admito, tanto a ella como a mí misma. Las palabras suenan pequeñas y frágiles, como si decirlas en voz alta pudiera hacer añicos esos sentimientos temblorosos en mi pecho.

—*Él* —dice con suavidad—. ¿Te refieres al Rey de los Elfos?

—Sí, a Eldas.

—¿Qué sentías por él? —Su expresión es indescifrable. ¿Se enfadará si reconozco haber encontrado una manera de amar a alguien a quien ella solo ha conocido como un bruto? ¿Podrá entender que, aunque me arrebató de su lado, tiene un costado amable y considerado? ¿Que mandó a Poppy a sustituirme y se quedó conmigo cuando estaba débil después del trono, porque le importaba, y que cocina beicon y hace esa cosa con la lengua que yo...?

Me sonrojo y me giro hacia el océano; noto que el rubor recorre todo el camino hasta mis orejas.

—No lo sé.

—¿Qué *crees* que era? —Madre no me va a dejar ir con tanta facilidad.

—Amor —admito.

—Dime por qué crees eso —dice, con esa voz inexpresiva, desprovista de pista alguna acerca de lo que puede estar pensando de verdad.

Respiro hondo y le hablo de mi tiempo en Midscape. A diferencia de los Custodios, a los que les hice el recuento necesario de datos básicos, a mi madre se lo cuento todo, excepto los momentos que compartimos en la cabaña y que todavía me hacen sonrojar. Se entera de cada emoción fea, preciosa e improbable que he descubierto dentro de esas paredes grises del castillo.

Cuando termino, mi garganta está tan en carne viva como mi corazón, y las estrellas empiezan a asomar a un cielo lejano.

—Ya veo —dice, pensativa.

El silencio subsiguiente pesa en mi garganta y es difícil de tragar. Bullo de la agonía y mi madre tiene una sonrisa enigmática dibujada en la cara mientras mira hacia las aguas oscuras que nos separan de Lanton.

—¿Por qué sonríes? —pregunto al fin.

—Por muchas cosas. Sonrío porque sigo estando muy orgullosa de mi hija, porque has sido fuerte y capaz. Por haber hecho algo tan impresionante que apenas puedo comprenderlo. —Madre se había sentido un poco perdida cuando intenté explicar el Vano, el trono de secuoya y las estaciones, tanto la primera vez como esta—. Sonrío porque estoy contenta de que mi hija haya encontrado un sitio al que pertenece y donde podría ser feliz. En serio, eso es todo lo que un padre quiere oír jamás.

—Pero... —¿Era feliz? La imagen de Eldas flotando en el agua del estanque en la cabaña mientras yo cuidaba del jardín se cuela en mi mente. Creo que lo era.

—Bueno, ¿qué vas a hacer ahora? —Hace caso omiso de mi vacilación.

—No estoy segura —reconozco.

—¿Vas a volver a Midscape?

Doblo las rodillas y las pego a mi pecho, luego envuelvo los brazos a su alrededor.

—No puedo.

—¿Por qué?

—No puedo dejaros a Padre y a ti.

—Cariño... —Me pasa un brazo por los hombros—. Todo hijo debe marcharse en algún momento. A veces, se marcha a una casa calle abajo. Otras, a un lugar muy lejano. Pero si ese hijo acaba donde pertenece y es feliz y es querido... eso es todo lo que quiere un padre.

Sus palabras duelen de un modo nostálgico. Es la misma sensación que tiene un niño cuando termina el verano, la misma sensación que sentí cuando contemplé mi antigua habitación. Duele por lo feliz que he sido aquí, aunque sé que ya no puedo serlo.

—No puedo abandonar las necesidades de Capton.

—Capton estará bien —insiste.

—Teníais a Poppy. —Le lanzo una mirada un poco acusatoria—. Poppy ya no está y no va a volver. ¿Quién cuidará ahora de los ancianos de Capton? ¿De los enfermos? ¿Los heridos? —Madre abre la boca, pero me apresuro a continuar—. Y no digas que la gente simplemente se alegrará por mí. Merecen que les devuelva todo lo que invirtieron en mí. Todo el mundo sacrificó muchísimo; Padre y tú también. Si me marchara, no daría un uso debido a la educación académica que me pagaron entre todos. —*Os defraudaría*, quiero decir, pero no lo consigo.

Mi madre respira hondo. Solo por la forma en que inspira, veo que tiene un montón de pensamientos que está a punto de compartir conmigo. Me preparo para lo que se me viene encima.

—En primer lugar, me da la impresión de que ya has dado un buen uso a esa educación al salvar a todo Midscape y cortar el ciclo de futuras reinas. Ese es un resultado bastante bueno para tus estudios. Si alguien se ha ganado un descanso, eres tú.

—Pero eso no es...

—¿No es para lo que fuiste a la academia? —Madre arquea las cejas de un modo que dice *no me vengas con tonterías, jovencita*—. No de manera explícita, pero ha sido una aplicación digna y un buen resultado de tus estudios, ¿no crees?

—Pero curar...

—Sí, este tema de la salud. Ante todo, *sí* conseguimos seguir adelante y seguiremos haciéndolo contigo o sin ti. Luella, tienes mucho talento y eres una gran ayuda, pero el pueblo no te necesita para sobrevivir. —Sus palabras tristes pero sinceras me sacuden hasta la médula. Me quedo muy quieta e intento centrarme solo en la hierba que se mece a mi alrededor y en el suelo debajo de mí. Lo he reducido todo a lo que creía que era y necesitaba ser en este pueblo. Si no se me necesita... entonces, ¿qué hago?—. En cualquier caso, si tan preocupada estás, deberías saber que tu padre y el Consejo han recibido un mensaje de Royton esta mañana.

—¿Royton? —repito. La Academia de Royton es conocida por producir algunos de los mejores herbolarios de esta tierra. Está en la costa, más al sur, asentada en tierras más cálidas y más tropicales donde pueden cultivarse todo tipo de plantas todo el año—. ¿Qué pasa con Royton?

—Van a enviar a una alumna de la academia. Llegará en cuestión de una semana para ayudar con cualquier cosa que necesite Capton mientras tú te instalas, sin importar lo que tardes. Royton afirma que su salario entero está pagado durante al menos cien años y que podemos utilizar sus servicios durante tanto o tan poco tiempo como deseemos.

—Pero Royton está a varios días de distancia... —Me tiemblan los dedos.

Ha sido cosa de Eldas. Informó a Royton y se aseguró de que viniera alguien para que no tuviese que preocuparme de nada mientras me instalaba. Les pagó una suma digna de un rey por atender a este pequeño pueblo. No hay ninguna otra explicación para que un graduado de Royton tuviese constancia de nuestra situación y quisiera venir aquí, de todos los lugares posibles.

¿En qué estaba pensando Eldas cuando hizo la gestión para esta nueva curandera?

La cínica en mí diría que Eldas estaba tratando de demostrar que yo no era tan necesaria en esta comunidad como una vez pensé. Que lo hacía para arrebatarme mi propósito en la vida y forzarme a quedarme en Midscape. Pero si esa hubiese sido su intención... no cabe duda de que me lo hubiera dicho antes de partir.

Lo que pretendía en realidad era darme a elegir, la opción de poder decidir si quería quedarme en Capton, o si deseaba marcharme, a Midscape o cualquier otro sitio.

El amor se elige.

Solo sueña, Eldas, y luego persigue esos sueños.

Tengo que marcharme para saber.

Me vuelven a la memoria palabras que le dije y que no sabía que él había registrado. Me escuchó. Una y otra vez. Es un hombre imperfecto e introvertido. Puede ser cruel y frío. Pero está dispuesto a escucharme. De algún modo, oyó cosas que yo ni siquiera sabía que le estaba diciendo. Escuchó... y yo no hice lo mismo.

Nuestras interacciones centellean en mi mente. Sus miradas, su contacto, incluso delante de otras personas. La manera en que me abrazaba por la noche. La manera en que nuestras magias resonaban juntas. Las promesas que me hizo.

Eldas, ¿qué sientes por mí? Mi pregunta resuena en mi mente y ahora logro leer entre líneas. *Te quiere más que a nada, idiota.*

—Luella. —La voz suave de mi madre me sobresalta y me trae de vuelta al presente—. Lo más importante para tu padre y para mí ha sido siempre tu felicidad. ¿Dónde serás más feliz?

—¿Irá todo bien? —No solo me refiero a ellos, o a Capton, sin mí. Quiero que me diga que *todo* irá bien.

—Te conozco. Tú harás que vaya bien si no lo hace ya. —Le da un apretón a mi mano.

—Si regreso… si es que quieren aceptarme… me convertiré en parte de ese mundo más que de este.

—Pero ¿podrás venir de visita de vez en cuando? —pregunta. Yo asiento—. Entonces, ¿en qué es diferente de lo que vive cualquier padre? Los hijos deben crecer y vivir sus propias vidas. Si quieres hacerlo, Luella, *ve allí*.

—Aunque quisiera volver… no puedo. —Me está entrando el pánico. Debí solicitar una manera de regresar. ¿Por qué no encontré una razón para pedirle a Eldas que me diera su bendición para regresar?

—¿Por qué no?

—Porque la única persona que puede cruzar el Vano o proporcionar a otros la capacidad para hacerlo es el propio Eldas.

—Incluso como Reina Humana, no pude encontrar el camino de salida del Vano cuando intenté escapar. Me perdí y di vueltas sin sentido hasta que él vino a rescatarme—. Las dos veces que lo he cruzado fueron con la bendición de su magia o con él como guía.

Un guía. Rinni dijo que tenía un guía a través del Vano. *Hook*. Rinni se refería a Hook.

—Espera —le susurro al horizonte—. Sí puedo regresar.

Mi madre sonríe como si lo hubiese sabido desde el principio.

—Entonces, ¿qué esperas?

—Pero…

—Ve —insiste por última vez—. Ve y sé feliz.

Mi corazón martillea en mis oídos tan fuerte que casi ahoga las voces de mis padres en el piso de abajo mientras preparo mi bolsa. Madre se encarga de explicarle las cosas a mi padre. Aguzo el oído, atenta a su reacción. Su voz suave sube como un retumbar sordo hasta mí, pero no logro descifrar lo que dice. Para cuando bajo, con la bolsa colgada del hombro, tiene una sonrisa cansada pero de aspecto genuino.

Me desean lo mejor y me abrazan con tal fuerza que mis huesos crujen. Les digo que puede que esté de vuelta en diez minutos. Aunque también es posible que no retorne en una semana, un mes o un año. No tengo ni idea de los cambios que mi regreso pueden propiciar en Midscape. No tengo ni idea siquiera de si Eldas me dejará quedarme, o de si la coronación me convertirá en miembro de ese mundo hasta el punto de que *no pueda* volver aquí nunca. La magia ha cambiado y estoy echando un órdago con los resultados.

Por primera vez en mi vida, estoy actuando sin un plan y sin que el deber me guíe. Todo lo que estoy escuchando es el frenético latir de mi corazón.

En un abrir y cerrar de ojos, estoy al borde del Vano una vez más. Lo estoy arriesgando todo. Pero ¿qué hay de nuevo en eso?

Respiro hondo y me adentro en el Vano. Un dedo de hielo baja por mi columna. Me llevo los dedos a los labios y emito un silbido que resuena por doquier en ese silencio antinatural.

—¿Hook? —Lo llamo una y otra vez. Justo cuando estoy a punto de darme por vencida, los ojos dorados de Hook parpadean en mi dirección desde la oscuridad—. ¡Hook! —Corre hacia mí y caigo de rodillas. El lobo me lame la cara y no pierdo ni un segundo—. Necesito volver. Necesito ir con Eldas. ¿Puedes llevarme ahí?

Como la primera vez que lo vi en el Vano, Hook ladea la cabeza a izquierda y derecha antes de echar a andar. Se aleja hacia la oscuridad y yo reúno todas mis fuerzas para seguirlo, rezando por que no vaya a llevarme de vuelta a una piedra angular. En cuanto veo la suave luz de la luna bostezar en la boca de una cueva, empiezo a correr.

Hook galopa a mi lado con un ladrido de felicidad. Le lanzo una sonrisa y él casi baila a mi alrededor. *¡Bienvenida a casa!*, parecen decir sus movimientos.

Me paro en seco y contemplo Quinnar. El aire primaveral es cálido ahora, incluso de noche, y es casi pegajoso comparado con el frío del Vano. Multitud de flores cuelgan en la brisa, se mecen sobre los árboles. Complementan a los banderines y pendones salpicados por toda la ciudad.

El ambiente está lleno de música. La gente está en la calle, bailando, riendo y bebiendo. Vuelan chispas de magia en todas direcciones y veo a bestias y pájaros de papel cobrar vida y regocijarse entre los fiesteros. Huelo los bollos que tomamos Rinni y yo. Veo a acróbatas dar vueltas en aros suspendidos de un modo imposible en medio del aire, por encima del lago.

Veo una ciudad sumida en celebraciones, como si de algún modo supieran que estaba a punto de regresar. El mundo que vi al llegar, muerto y gris, está ahora en pleno apogeo. Es mágico y parece un sitio al que podría llamar «hogar».

El hocico caliente de Hook se aprieta contra mi mano y me agacho para rascarlo detrás de las orejas.

—Gracias por guiarme a través del Vano. Ve a jugar. No quiero atención ahora mismo. —Lloriquea—. Te llamaré luego con un silbido —le prometo. Hook se queda ahí sentado, insistente—. Oh, muy bien. Ven conmigo entonces. —Me río, en parte por los nervios y en parte por esa alegría que no esperaba sentir de nuevo.

Empiezo a bajar las escaleras a la carrera, hasta casi tropezar conmigo misma. Por suerte, me he cambiado y llevo pantalones, de modo que cuando casi me caigo de bruces al llegar abajo, no acabo con las faldas alrededor de las orejas delante de todos los presentes.

—Espera… —dice una mujer élfica—. Acabas de…

No espero a que termine y reemprendo mi carrera. Hook sabe, como siempre, hacia dónde corro. Se lanza a la carga en medio de la gente, ladrando y aullando para espantarlos de nuestro camino mientras yo intento mantener su ritmo a la desesperada.

Conseguimos llegar al túnel de entrada al castillo, bloquea-
do por una hilera de caballeros. Me paro derrapando delante de
ellos. Hook se coloca a mi espalda y mantiene a raya a la multitud que empieza a acumularse a nuestro alrededor.

—Ne… necesito… —resuello. Meto la mano en mi bolsa. No
me marché de mi tienda con las manos vacías. Bebo un trago de
la pócima fortificante que he traído y me enderezo, con la respiración recuperada—. Necesito ver al rey.

—Eres…

—Pero eres una…

—¿No es así?

Todos los guardias parecen hablar entre ellos al mismo tiempo. Los silencia una voz familiar.

—¡Dejadme pasar! —ladra Rinni, abriéndose paso hasta delante. Se detiene, parpadea en mi dirección hasta que una sonrisa taimada se despliega por sus mejillas—. Casi llegas tarde.

—Siento haberos hecho esperar. —Sonrío—. Perdí la noción
del tiempo al otro lado del Vano. ¿Me he perdido la coronación?

—Todavía no. —Rinni me guía al interior del túnel. Oigo el
retumbar de una masa de gente al otro lado de las puertas del
castillo. Rinni las abre con un centellear de sus ojos.

Entro en el castillo y, por primera vez, veo color. Multitud de
tapices de azules vistosos y verdes vibrantes se extienden desde
el techo hasta el suelo, colgados a lo largo de las anchas columnas que soportan el gran arco de entrada. Hay también guirnaldas de flores colgadas de las vigas de la entreplanta.

Jarrones de flores bordean el gran vestíbulo detrás de la multitud ahí congregada. Hay hombres y mujeres de todos los colores y formas, y los ojos de todos ellos vuelan desde donde el Rey
de los Elfos se yergue en las escaleras —supongo que acaba de
dar un discurso— para aterrizar sobre mí.

Sin embargo, yo solo veo los ojos de Eldas. Su boca un poco
abierta. La sorpresa ha hecho añicos su habitual máscara y me
mira pasmado en un silencio aturdido.

Sé que hay personas importantes aquí reunidas. Lores y damas. Gente de su reino, de *nuestro reino*, si es que me permite compartirlo con él. Sé que me he presentado ante ellos con las rodillas sucias y con lo que deben de considerar ropa de pordiosero. Sé que tenía una sola oportunidad para hacer que esta primera impresión fuese buena y la he arruinado. He arruinado los años de planificación, sacrificio y sufrimiento de Eldas que conducían hasta este momento. Nada de esto ha salido como estaba previsto.

Ni siquiera había pensado en lo que iba a decir. Así que abro la boca y digo lo primero que me viene a la mente. Dejo que mis palabras resuenen por todo el vestíbulo.

—¡Rey Eldas, te quiero!

Treinta y nueve

El silencio es ensordecedor. Podría oír el pétalo de una flor de cerezo cayendo al suelo, de lo callado que está todo. No sé cómo está reaccionando la gente. La única persona a la que miro es a Eldas. La única persona cuya reacción me importa es él.

Su sorpresa se diluye en algo que me atrevería a decir que es cálido. Después de que el horror inicial por mi arrebato de franqueza y por cómo *nada* de esto entra dentro de sus tradiciones se diluye, ahí están los ojos que reconozco. Los ojos de los que me enamoré y los que he ansiado ver de nuevo mientras estaba en el Mundo Natural.

—Y yo te quiero a ti —dice al final.

Seis palabras y las cosas encajan en su sitio. Todavía tengo muchas cosas que dilucidar aquí. Hay muchas incógnitas con respecto a lo que seré para este mundo ahora que ya no necesita a una Reina Humana para que las estaciones sigan su curso normal. Pero ya lo iré deduciendo, porque el hombre que tengo delante es todo lo que quiero.

—Os... —Eldas se aclara la garganta—. Os ruego que nos excuséis a la reina y a mí un momento. —Eldas me tiende la mano y cruzo la sala hacia él. Hago todo lo posible por caminar con elegancia y mantener la cabeza erguida.

Tal vez no tenga el mismo aspecto que las reinas que conocen, pero quizá, con el tiempo, acepten el tipo de reina diferente que ya soy. Subo las escaleras despacio y los dedos de Eldas se cierran en torno a los míos. Mi magia llama a la suya y unas chispas invisibles revolotean entre nuestra piel y me roban la respiración.

Me acompaña escaleras arriba y me conduce a una habitación anexa. Se apresura a cerrar la puerta a nuestra espalda.

Eldas se gira bruscamente hacia mí. Había esperado que estuviera un poco enfadado por cómo he hecho las cosas, pero hay un fuego en sus ojos que no es iracundo en lo más mínimo. Me agarra la cara con las manos, una sobre cada mejilla.

—Dilo otra vez —susurra, como un suspiro de alivio que hubiera estado conteniendo desde el momento en que me fui.

—Te quiero. —Repito mis palabras, pero esta vez solo para él—. Te quiero desde la cabaña. Desde… no sé desde cuándo. En algún momento, me enamoré de ti. Tú y yo… estas circunstancias en las que nos hemos conocido han sido un poco enrevesadas. Pero te quiero a pesar de todas ellas.

—Entonces, ¿por qué te quedaste en el otro mundo? —susurra—. ¿Por qué no me lo dijiste antes de marcharte?

—Porque fui cobarde —admito en voz alta, en su beneficio y en el mío propio—. Me daba miedo creer que solo te quería porque no tenía muchas más opciones. Pensé que este amor estaba fabricado para mi propia supervivencia, puesto que pensaba que no había otra salida, que me quedaría aquí atascada para siempre. Me daba miedo un amor procedente de una falta de elección. Me daba miedo no saber lo que era el amor siquiera, porque no creo que lo haya sentido jamás.

—Pero cuando has tenido otra salida… cuando has tenido la elección que deseabas… volviste. —Eldas me mira ahora de arriba abajo y mi cuerpo hormiguea de placer. Una mirada nunca ha sido más íntima. Me desnuda solo con sus ojos.

—*Tenía* que volver. Encontré mi respuesta mientras estaba en Capton: te quiero por todo lo que eres y por todo lo que somos juntos. No es mi imaginación; no es mera supervivencia. Sí, Eldas, he tenido libertad y elección y te *elijo* a ti. Sé que nada se ha producido de un modo convencional, pero es genuino. Y pensé que, a lo mejor, podíamos darle a esto otra oportunidad.

—¿Una oportunidad? —Arquea sus oscuras cejas y yo me río entre dientes.

—Hemos hecho esto marcha atrás, ¿sabes? Nos casamos, nos metimos en la cama, nos enamoramos. Suele ser al revés.

—A mí me gusta cómo lo hemos hecho —dice Eldas. Su voz es seda para los oídos. Se desliza por encima de mi piel y todo mi cuerpo se pone tenso—. Porque me ha conducido hasta ti.

—Creo que puedo estar de acuerdo con eso —murmuro.

Aprieta los labios sobre los míos con un beso apasionado de deseo acumulado y caricias anhelantes. Me aprisiona contra la puerta, me palpa el trasero y tira de mi pelo. Por primera vez en mi vida, odio llevar pantalones.

Lo beso con igual fervor. Entierro los dedos en su pelo negro azabache, lo deslizo sin vergüenza por sus hombros y oculto con él nuestros rostros. Acaricio su mejilla mientras su boca se mueve sobre la mía. Saboreo su lengua una y otra vez, y espero que sea solo el *primer* beso de los muchos que voy a obtener de él hoy.

Y cuando se aparta de mí, noto las rodillas débiles y necesito apoyarme en la puerta detrás de mí para sostenerme en pie. Estoy dispuesta a caer al suelo con él, desnudos los dos. Estoy dispuesta a que toda esa sala llena de gente oiga mis gritos de éxtasis, siempre que eso signifique tenerlo moviéndose dentro de mí una vez más.

—¿Y ahora qué? —murmuro. Miro de él al suelo y a la puerta detrás de mí.

Eldas me atrae hacia él y su otro brazo se desliza alrededor de mi cintura.

—Ahora —gruñe contra mis labios. Sus dedos se han colado entre mi pelo y yo inclino la cabeza hacia atrás para dejar que haga lo que quiera—. Ahora, mi reina, mi *esposa*, te voy a llevar a la cama.

—Pero la gente…

—Que espere. Después de todo, somos el rey y la reina. Nuestra coronación tendrá lugar cuando sea el momento.

Se me escapan dos días entre los dedos con la misma facilidad que se deslizan los dedos de Eldas por mi pelo cuando estamos en la cama. El arrebato de franqueza ha sido la comidilla de la ciudad y las especulaciones vuelan en todas direcciones. La gente se pregunta por qué la Reina Humana llegó a la carrera, qué tenía que ver con el anuncio de Eldas con respecto a las estaciones, y por qué la Reina Humana llevaba ropa tan humilde. Ha habido especulaciones incluso que decían que fue nuestro amor el que rompió el ciclo de las Reinas Humanas.

Esa es una historia que aclararé seguro. El amor es poderoso, pero también lo es el duro trabajo que hemos realizado Eldas y yo. El duro trabajo que seguiremos haciendo para ser buenos regentes en esta tierra.

Si hubiese dependido de mí, nos habríamos quedado en sus aposentos por toda la eternidad. Pero al final, el deber nos llama. Más pronto que tarde, la coronación debe tener lugar. Podríamos demorarla un día o dos, pero cualquier cosa más allá pasaría de escandaloso a un comportamiento lascivo.

Estamos a la entrada principal del salón del trono. Sujeto la mano de Eldas en la mía con los nudillos blancos de tanto apretarla.

—No estés nerviosa —me susurra.

—Para ti es fácil de decir —respondo e intento alisar unas arrugas invisibles en mi falda. El vestido que me hizo la modista es impresionante. Consiste en capas de gasa con forma de hojas que casi parecen escamas cuando estoy parada, pero que cuando me muevo son como las hojas que salen volando de los árboles con los vendavales de finales de verano. Hubiese sido una vergüenza que este arte «ponible» se desperdiciara si yo no hubiese vuelto.

—Todo lo que tienes que hacer es sentarte.

—¿Sabes que esa es una de las primeras cosas que me dijiste, más o menos? —Le sonrío y él se ríe bajito. Aunque la preocupación se apodera enseguida de mi actitud ligera—. Deberíamos haber probado el trono de antemano, solo para asegurarnos de que no intentará chupar mi poder como una sanguijuela.

—Estábamos ocupados. —Eldas sonríe. Le doy un tirón de la mano y le robo la sonrisa con un beso. Mi marido no puede estar tan guapo sin acabar con mis labios sobre los suyos.

—Después de esto, a ver si estamos *menos* ocupados. Quiero saber lo que está pasando.

—¿Pasando? ¿Con qué?

—Con todo —declaro—. Al fin y al cabo, estoy aquí para gobernar a tu lado. Soy más que una cara bonita, ahora que las estaciones pueden seguir su curso sin mí.

Me regala una sonrisita y está a punto de decir algo cuando llegan Harrow y Sevenna. Harrow todavía está delgaducho y un poco más pálido de lo que querría, pero sus ojos lucen brillantes y avispados. Sus movimientos son fuertes.

Suelto la mano de Eldas e, ignorando a Sevenna por completo, voy hasta Harrow y lo envuelvo en un gran abrazo.

—Por todos los dioses, me está abrazando —oigo a Harrow murmurar, pero está relajado en mis brazos. Incluso me da unas palmaditas suaves en un hombro.

—Estaba muy preocupada por ti. —Lo suelto y doy un paso atrás. Eldas me había puesto al día sobre el estado de Harrow entre sesiones bajo las sábanas (en algún momento teníamos que comer), pero esta es la primera vez que lo veo.

—Parece que preocupé a todo el mundo. —Mira con expresión culpable de Eldas a Sevenna. Noto que todavía quedan cosas pendientes de las que hablar con respecto al enredo de Harrow con el destello y con Aria, pero ya habrá tiempo para eso. Y ahora estoy aquí, así que al menos me puedo asegurar de que Eldas no se pase con el castigo para el joven.

—Nos alegramos mucho de que estés bien, eso es todo. —Hablo con confianza en nombre de todos los presentes.

—Harrow, ve a hablar con tu hermano —le dice Sevenna en tono gélido—. Me gustaría tener un momento a solas con la Reina Humana.

Harrow obedece, aunque mira de su madre a mí antes de irse. Aunque Eldas y Harrow hablan en voz baja, nos miran cada poco rato. Sevenna hace caso omiso de sus hijos.

—Harrow me contó lo que hiciste por él —admite a regañadientes. Tiene las manos cruzadas delante del cuerpo, los nudillos blancos—. Y creo que la mitad del reino se ha enterado de tu declaración ante mi primogénito.

—Sé que no es tradición...

—Oh, creo que eso ya lo has convertido en tradición —dice en tono seco. No logro discernir si está contenta, orgullosa, enfadada o molesta, así que intento mantener una expresión neutra. Sevenna suspira—. Sin embargo, Eldas me escribió y me aportó algo de contexto. Me informó acerca de tu elección.

—¿Mi elección?

—Que eras libre y volviste. Elegiste a mi hijo y tu juramento a él como su esposa. —Observo cómo su garganta se contrae al tragar. Sevenna fuerza a la siguiente palabra a salir por su boca casi con violencia—. Gracias.

Apenas resisto la tentación de preguntarle si le ha costado decir eso. Pero estoy demasiado anonadada por que lo haya dicho siquiera. Además, es la madre de mi marido y el hombre al que quiero. Es hora de empezar a suavizar los bordes cortantes de nuestra relación, por el bien de todos.

—De nada. —Aunque esta mujer me pone más nerviosa que cualquier otra persona, puedo hablar con calma y con sinceridad

cuando de mis sentimientos por Eldas se trata—. Quiero a tu hijo.
Y deseo querer a Harrow como a un hermano si él me lo permite.
Lo mismo digo de Drestin y Carcina. —Miro hacia atrás y veo
que Harrow nos observa. Seguro que ha oído su nombre.

Sevenna resopla con suavidad.

—Buena suerte con eso. Mi hijo pequeño es salvaje.

—Sí, creo que eso ya lo sé.

Compartimos una sonrisa que casi parece de camaradería.
Tenemos más trabajo por delante y Sevenna tiene más capas que
habrá que ir retirando, pero tendré tiempo de sobra para hacerlo.

Tendré el resto de mi vida en Midscape.

La mano de mi marido se desliza en la mía justo cuando se
abren las puertas. Suenan las trompetas y una lluvia de pétalos
cae del cielo por arte de magia cuando entramos. El caminar de
Eldas es tan rígido como su corona, su rostro severo. Pero yo no
puedo evitar sonreír del asombro al ver la sala.

Veo a la misma masa de gente que el día de mi declaración.
La vez anterior habían acudido a oír un anuncio, pero ahora están aquí para una coronación, la *última* coronación de una Reina
Humana. La sala está llena de magia salvaje y de todas las criaturas que la tienen. En ella veo mi hogar, un lugar adonde pertenezco y adonde no falta nada. Es el hogar que he elegido.

Eldas me acompaña hasta mi trono y luego se gira hacia la
sala.

—La Reina Humana ha regresado. —Su voz resuena hasta
las vigas más altas del techo—. El ciclo comienza de nuevo, solo
que este ciclo que empezamos ahora será eterno. —Acepta una
corona de hojas de secuoya bañadas en oro de una almohada
que sujeta Willow. Los ojos del joven brillan con lágrimas de alegría—. ¡Viva la reina Luella! La última reina de la primavera.

—¡Viva la reina Luella! —repite la sala mientras Eldas pone
la corona sobre mi frente.

Juntos, Eldas y yo nos sentamos en nuestros tronos y la sala
estalla en un coro de vítores. Por fin me relajo en mi asiento. No

noto nada más que el susurro tranquilo de la magia sobre mi piel, vibrando desde el otro lado del Vano; una magia que me recuerda de dónde vengo mientras miro hacia dónde estoy.

Por fin me puedo relajar aquí. Estiro la mano y Eldas la toma con una sonrisa. Todo está en equilibrio y el mundo está bien.

Sobre la autora

Elise Kova siempre ha sentido un profundo amor por los mundos fantásticos. De algún modo, logró concentrarse en el mundo real durante el tiempo suficiente como para graduarse con un MBA —máster en Administración de Empresas—, antes de meterse otra vez debajo de su manta favorita para escribir y conceptualizar su siguiente sistema mágico. En la actualidad vive en St. Petersburg, Florida, y cuando no está escribiendo se dedica a los videojuegos, a ver anime o a hablar con lectores en las redes sociales.

Elise invita a sus lectores a obtener adelantos, información privilegiada y mucho más, solo con suscribirse a su *newsletter* en: http://elisekova.com/suscribe.

Visítala en internet en:
http://elisekova.com/
https://twitter.com/EliseKova
https://www.facebook.com/AuthorEliseKova/
https://www.instagram.com/elise.kova/

Consulta todos los títulos de Elise en su página de Amazon:
http://author.to/EliseKova

Agradecimientos

Amy Braun, si tú no hubieses diseccionado este manuscrito, no estaría ni cerca de lo que es ahora. Muchísimas gracias por trabajar conmigo, por tenerme paciencia y por ser tan *tiquismiquis*. No puedo expresar lo mucho que te aprecio.

Miranda Honfleur, ayudaste muchísimo a que mis primeros capítulos fuesen buenos, y —afrontémoslo— esa es una de las partes más importantes de un manuscrito. Aprecio tus críticas y espero que podamos trabajar juntas en el futuro.

Alisha Klapheke, aun cuando te estaban sucediendo tantas cosas, encontraste tiempo para ayudarme y, por ello, te estoy eternamente agradecida. Gracias por haber contribuido a que este libro empezara con buen pie.

Melissa Wright, solo para que lo sepas, todavía no te guardo rencor por animarme a buscar compañeros de crítica. Como puedes ver más arriba… es una de las mejores cosas que he hecho en la vida. Asimismo, siento haber tardado tanto en decírtelo. Puedes echarle la culpa a este libro.

Danielle Jensen, reina del romance fantástico, jamás podré darte las gracias lo suficiente por lo asombrosa que eres. Eres una inspiración para mí. Tú me das alas. Eres genial y tengo una suerte increíble de ser tu amiga. ¡Por muchos más años de amistad y muchos más libros!

Lux Karpov-Kinrade, gracias por ser una animadora tan temprana de este libro y por estar a mi lado de principio a fin. Me has ayudado a seguir el rumbo fijado y a mantener la cabeza fría cuando solo estaba llena de dudas. Muchísimas gracias por tu amabilidad y tu amistad.

Marcela Medeiros, he disfrutado mucho al trabajar contigo en este proyecto. Gracias por tu paciencia y tu duro trabajo para dar vida a mis personajes. La cubierta es más increíble de lo que jamás hubiese podido soñar.

Kate Anderson, tu entusiasmo es siempre muy motivador. Gracias por motivarme a lo largo del camino y por echarle un vistazo a este libro cuando estaba en sus primeras etapas. Aprecio mucho todos tus comentarios.

Rebecca Heyman, gracias por animarme a recortar el primer acto de esta historia de un modo tan drástico. Está claro que necesitaba un corte de pelo.

Melissa Frain, puede que este sea el primer manuscrito en el que hemos trabajado juntas, pero brindo por que haya muchos muchos más en el futuro.

El Hombre, tu amor es mi musa. Brindo por nuestra historia de amor ahora y en los años por venir.

Dear Tower Guard —mis Queridos Guardias de la Torre—, gracias a todos por vuestra ayuda en cada paso del camino. No puedo expresar cuánto significa para mí teneros como compañeros de viaje.

Las tortugas, gracias, señoras, por mantenerme motivada, por ser tan alentadoras, y por tener un canal entero dedicado al vino. Este año necesitaba *todo* eso.

Gracias a todos los *instagrammers,* expertos en Facebook, apasionados de Twitter, *bloggers* e *influencers* varios que ayudaron a hacer correr la voz. Todos vosotros sois los campeones del mundo del libro. Soy muy afortunada de haber trabajado con todos y cada uno de vosotros durante la publicación y la promoción de *Un trato con el Rey de los Elfos* No hay palabras suficientes para expresar mi gratitud.

Ecosistema digital

Floqq
Complementa tu lectura con un curso o webinar y sigue aprendiendo.
Floqq.com

Amabook
Accede a la compra de todas nuestras novedades en diferentes formatos: papel, digital, audiolibro y/o suscripción.
www.amabook.com

Redes sociales
Sigue toda nuestra actividad. Facebook, Twitter, YouTube, Instagram.